»Hinreißend und komisch: ein Buch mit Anti-Aging-Effekt!«
Für Sie

Nur ein Abenteuer, die Nacht mit Max, denkt Isabelle. Schließlich weiß sie mittlerweile, was im Leben möglich ist und was besser ein Traum bleibt. Max ist einunddreißig und Isabelle fast zwanzig Jahre älter. Wie sollte das gehen? Ihre Freunde finden schon den Gedanken unmöglich. Seine auch. Total absurd! Unvernünftig! Verrückt! Aber wie verrückt muss man sein, um die große Liebe zu finden?

»Der Autor zeigt auch in seinem zweiten Roman, dass er im Überfluss besitzt, was vielen seiner schreibenden Konkurrentinnen oft fehlt: intelligenten Charme, erstaunliches Einfühlungsvermögen.«
Jutta Duhm-Heitzmann, NDR

Daniel Bielenstein, Jahrgang 1967, lebt als Journalist und Autor in Hamburg. Sein erfolgreiches Debüt ›Die Frau fürs Leben‹ und seine Diebeskomödie ›Ein Mann zum Stehlen‹ sind ebenfalls im Fischer Taschenbuch Verlag lieferbar – genau wie die rockig verschmuste Anthologie ›Mein Lieblingslied‹, für die Bielenstein eine Liebesgeschichte über Elvis Costellos Song »I want you« geschrieben hat. Im Scherz Verlag ist zuletzt Daniel Bielensteins neuer Roman ›Das richtige Leben‹ erschienen.

Unsere Adresse im Internet: www.fischerverlage.de

Daniel Bielenstein

Max und Isabelle

Ein Liebesroman

Fischer Taschenbuch Verlag

Limitierte Sonderausgabe
Veröffentlicht im Fischer Taschenbuch Verlag,
einem Unternehmen der S. Fischer Verlag GmbH,
Frankfurt am Main, Mai 2007

Lizenzausgabe mit Genehmigung des Argon Verlags

Druck und Bindung: Clausen & Bosse, Leck
Printed in Germany
ISBN 978-3-596-50935-5

Isabelle
Mein Leben im Schleudergang

Ich arbeite als Zimmermädchen, Köchin und Raumpflegekraft. Unbezahlt, weil ich leider mit meinen »Herrschaften« entfernt verwandt bin – es sind meine Kinder. Ganz nebenbei betreibe ich noch einen Blumenladen, der zur Hälfte mir gehört und der richtig gut läuft. Aber glauben Sie nicht, dass darauf irgendjemand Rücksicht nimmt. Im Gegenteil! Wenn ich über die Mittagspause nach Hause komme, spielt sich das immer gleiche Theater ab. Dabei gibt es zwei Varianten:

1. Ich stelle mich in die Küche und koche in aller Eile etwas. Kurz darauf kommt mein Sohn Florian nach Hause. Er ist fünfzehn, schlank und trägt Hosen, in die auch ein ausgewachsener Sumo-Ringer passen würde. Flo schlurft mürrisch über den Flur und knallt seine Schultasche in die Ecke – was leider kein Beweis dafür ist, dass er wirklich in der Schule war. Er sagt nicht »Hallo, Mama« oder »Toll, dass du etwas kochst«. Er sagt: »War vorhin bei McDonald's. Hab keinen Hunger.« Dann bleibt er kurz in der Küchentür stehen, schnuppert demonstrativ und schiebt vorwurfsvoll hinterher: »Außerdem riecht es mal wieder zum Kotzen.«
2. Ich lege mich aufs Sofa, koche *nicht* und versuche mühsam, mein schlechtes Gewissen zu bekämpfen – schließlich bin ich Mutter und verfüge über ausgeprägte Fütterinstinkte. Florian kommt nach Hause, gibt mir einen Kuss, sieht mich irritiert an und fragt: »Sag bloß, es gibt nichts zu essen?« Daraufhin folgt eine Schimpftirade, bei der ich es bedaure, dass fünfzehnjährige Teenager nicht durch die Babyklappe passen. Es endet damit, dass ich ihm Spiegeleier brate und die Nudeln vom Vortag aufwärme. Und es bereue, jemals das Stadium der Fruchtbarkeit erreicht zu haben.

Meine Tochter Vanessa ist da unkomplizierter. Sie ist siebzehn und hat mir letzte Woche erklärt, dass sie mittags nur noch Joghurt isst – genau wie Heidi Klum oder Gisèle Bündchen. Zwischen dreizehn und fünfzehn Uhr geht sie dann ungefähr zwanzig Mal zum Kühlschrank und verdrückt insgesamt vier Joghurts, acht Milchschnitten und eine Packung Pizza-Baguette. Dann wundert sie sich, dass sie Pickel hat und bis heute ihren süßen Babyspeck mit sich herumträgt. Sie findet ihn alles andere als niedlich. Statt Sport zu treiben, was ich ihr regelmäßig empfehle, scheint sie allerdings zu glauben, dass sie ihre Pfunde durch stundenlanges Starren in den Badezimmerspiegel wegbekommt. Erfahren wie ich bin, verkneife ich mir jeden Kommentar. Schließlich weiß ich, was sonst passiert: Ich bekomme einen eindrucksvollen Beweis dafür, dass Mädchen heutzutage genauso laut, unverschämt und bewandert in Sachen Schimpfwörter sind wie Jungs.

Sehen Sie, jetzt ist es wieder passiert. Ich wollte Ihnen eigentlich etwas über mich erzählen. Und worüber rede ich? Über meine Kinder! Also vergessen Sie das. Noch einmal von vorne.

Samstagnachmittag. Das ist der Zeitpunkt, an dem andere Menschen entspannt auf ihrem Sofa liegen und sich allmählich für einen Abend mit Freunden, einen Kinobesuch oder auch für ein paar kuschelige Stunden vor dem Fernseher zurechtmachen. Bei mir ist Samstagnachmittag der Moment, an dem ich denke, dass es so nicht mehr weitergeht. Weil ein durchschnittlich belastbarer Mensch schon mit zwei halbwüchsigen Kindern überfordert wäre, die ihre Tage damit verbringen, elektronische Geräte, Kosmetika und Sportkleidung bei eBay zu ersteigern, um sie dann Gewinn bringend an ihrer Schule, in der Nachbarschaft oder auch in ihrem zwielichtigen Freundeskreis weiterzuverkaufen. Das allein wäre ja noch nicht schlimm. Es wäre einfach nur der Beweis dafür, dass Flo und Nessi mein unerklärliches Talent für kaufmännisches Handeln geerbt haben. Weniger schön daran ist allerdings die Tatsache, dass unsere Wohnung mittlerweile aussieht wie ein Großlager vom Otto-Versand. Aber das stört anscheinend niemanden außer mich.

Natürlich weiß ich, dass ich meine jugendliche Art der ständigen nervlichen Überbeanspruchung durch meine Kinder verdanke: Es sind Flo und Nessi, die mich aktiv, durchtrainiert und meistens auch bei guter Laune halten. Weil sie mir regelmäßig erklären, dass das Wichtigste im Leben darin besteht, als Erster die neue CD von Eminem zu haben, einen Ledergürtel von Shakira oder auch einen ISDN-XXL-Anschluss, damit man per Livestreaming die Ergebnisse der amerikanischen Basketball-Liga verfolgen kann. Mir sind all diese Dinge zwar vollkommen gleichgültig. Aber sie erinnern mich dennoch daran, dass es anderes im Leben gibt als der seit vier Monaten verstrichene Termin beim TÜV, die anstehende Steuerprüfung im Laden oder der Streit mit meinem Exmann Bernd um die Unterhaltszahlungen.

Bernd ist übrigens einer der vielen Gründe dafür, warum mir mein Leben vorkommt wie ein Blick in eine Waschmaschine im Schleudergang. Er ist nicht nur der Erzeuger von Flo und Vanessa, sondern auch der Mann, dem ich vor ziemlich genau fünf Jahren den Stuhl vor die Tür gestellt habe. Was ich übrigens keine Sekunde bereue. Unsere Ehe war von Anfang an eine Achterbahnfahrt – mit Höhen und mit Tiefen. Nur dass wir diese in den ersten Jahren gemeinsam durchlebten. Nach der Geburt der Kinder verlegte Bernd sich darauf, die Höhen – besser gesagt die Höhepunkte – mit anderen Frauen zu teilen. Für mich blieben nur noch die schlechte Laune und die schweigsamen Abende vor dem Fernseher übrig. Ich schweige aber lieber alleine, was ich ihm eines Tages von meinem Anwalt mitteilen ließ. Wirklich verletzt hat mich die Tatsache, dass Bernd diese Nachricht mit ziemlicher Gelassenheit aufnahm. Gutmütig und ignorant wie er ist, sagte er mit seiner etwas trotteligen Stimme, dass Scheidung wohl wirklich das Beste für uns alle wäre. Ein paar Monate später ist er mit einer Frau zusammengezogen, die zwölf Jahre jünger ist als ich. Und die, wenn ich ehrlich bin, ziemlich gut aussieht. Auch wenn sie eine immer deutlichere und hässlichere Falte auf der Stirn kriegt, weil sie sich über Bernds monatliche Unterhaltszahlungen an seine Kinder ärgert. Dabei sollte sie sich freuen, dass ich ihm nicht auch noch auf der Tasche liege – weil ich ganz zufällig eine ziemlich erfolgreiche Geschäftsfrau bin.

Aber ich will mich nicht beklagen. Ich bin mit meinem Leben zufrieden, auch wenn ich es in einer chronisch unaufgeräumten Wohnung verbringe, die sich alle drei Tage in eine Diskothek, eine Jugendherberge oder in die Umkleidekabine eines Basketballteams verwandelt – und in der ich eigentlich störe, wie Flo mir neulich erst wieder lächelnd mitteilte. Weil es ihm peinlich sei, wenn seine Freunde den Eindruck bekämen, dass er in einem Altersheim aufwächst. Deshalb solle ich mich doch bitte zurückziehen, wenn er Besuch von seinen Freunden bekommt. Zur Erläuterung: Ich bin gerade einmal siebenundvierzig Jahre alt. Aber das ist in den Augen meiner Kinder definitiv jenseits der Grenze, bis zu der man noch »hip« sein kann.

Damit jetzt keine Missverständnisse aufkommen: Meine Kinder lieben mich, und ich liebe meine Kinder. Mehr als alles andere. Und daran wird sich auch nichts ändern, wenn sie mich bei eBay versteigern oder gegen einen neuen Nintendo-Game-Cube eintauschen, was ich wahrhaftig nicht ausschließen möchte.

Zurück zum Samstagnachmittag. Ich habe nicht nur den halben Tag im Laden verbracht, war anschließend einkaufen, habe gekocht und notdürftig die Küche aufgeräumt, habe dann mit Flo über das Thema Schwarzfahren diskutiert und Nessi erklärt, dass eine Model-Agentur, die vor den ersten Probeaufnahmen eine Überweisung von fünftausend Euro erwartet, vermutlich nicht seriös ist. Ich habe außerdem das Wohnzimmer gestaubsaugt und Flo eine Entschuldigung für den versäumten Unterricht in der letzten Woche geschrieben, nachdem er mir hoch und heilig versprochen hat, bis zu den nächsten Zeugnissen regelmäßig am Unterricht teilzunehmen. Ich habe mit meiner Mutter telefoniert, die morgen zu einer Golfreise nach Portugal aufbricht. Ich habe Vanessas »Allegra« durchgeblättert, im Internet ein paar Überweisungen erledigt und bin die Einkaufslisten für den Laden durchgegangen.

Alles ist also wunderbar – abgesehen von der Tatsache, dass ich mich fühle wie eine Dauerläuferin nach einem Dreifach-Marathon: Ich bin vollkommen erledigt.

Noch vor wenigen Wochen hätte ich an einem solchen Tag meinen Freund Michael von der Weinhandlung »RotWeiß« angerufen. Michael ist nicht nur ein ausgesprochen hübscher Mann, ein charmanter Plauderer und ein talentierter Liebhaber, er versteht sich außerdem auf die Kunst der Fußreflexzonenmassage. Er berührt meine Füße mit seinen kräftigen Händen und verwandelt mich binnen einer halben Stunde auf magische Art und Weise in eine ausgesprochen entspannte und sexuell höchst willige Frau. Schade nur, dass Michael, er ist ein Jahr älter als ich, vor wenigen Wochen überraschend seine Jugendliebe Marion geheiratet hat – etwas, was er mir beim Anziehen nach unserer letzten gemeinsamen Nacht und vor allem auch *nach* der Trauung berichtete ... Sagen Sie nichts, ich weiß es selber: So sind Männer.

Ein Liebhaber zur Entspannung ist also nicht zur Hand. Und das ist auch vollkommen in Ordnung so. Erstens ist heute einer der seltenen Tage, an denen ich mich so alt fühle, wie ich tatsächlich bin. Und zweitens habe ich in letzter Zeit darüber nachgedacht, dass es mit den ewigen Affären nicht so weitergehen kann. Ich verspüre allmählich wieder Lust auf eine ernsthafte Beziehung, auf einen Mann, der mehr von mir will, als mit mir ins Bett zu gehen, um mir anschließend von den Problemen mit seiner Ehefrau vorzujammern. Nicht dass mich das stören würde, wenn er vorher einen halbwegs guten Job im Bett hingelegt hat und ich so müde und so befriedigt bin, dass ich ihm sowieso nicht zuhöre. Aber genau das ist das Problem: Ich habe den Eindruck, dass sich die Männer weniger Mühe geben als früher. Und das versetzt mich ernsthaft in Panik.

Es ist inzwischen nach siebzehn Uhr, und ich würde mich eigentlich liebend gerne aufs Sofa legen, um ein Buch zu lesen und auf den Moment zu warten, in dem meine Kinder zu ihren Wochenendverabredungen aufbrechen und in der Wohnung eine himmlische, geradezu unwirkliche Stille einkehrt. Eigentlich.

Heute wird daraus nichts werden. Ich bin nämlich bei meiner Freundin Ellen zum Abendessen eingeladen. Und zwar in weniger als zwei Stunden. Also mehr oder weniger sofort. Leider bedeutet Abendessen bei Ellen nicht einfach Nahrungsaufnahme in gemütlicher Atmosphäre. Ellens Dinnerpartys haben nur am Rande mit Essen zu tun und überhaupt nichts mit »gemütlich«. Es sind gesellschaftliche Großereignisse, und Ellen erwartet, dass man sich entsprechend vorbereitet. Sonst kann es durchaus passieren, dass sie einen Gast wie eine Aussätzige behandelt, die arm, krank und – noch schlimmer – falsch gekleidet ist.

Trotzdem liebe ich Ellen. Und zwar deshalb, weil es nichts gibt, was sie nicht von mir weiß – und weil sie geradezu rührend darum bemüht ist, mich an den Mann zu bringen. Übrigens hat sie auch heute angedeutet, dass sie jemand Passendes für mich eingeladen hätte. Was immer sie damit meint. Ellen hat nämlich die Angewohnheit, Männer nur nach *ihrem* Geschmack auszusuchen, nicht nach *meinem* – und in Sachen Partnerwahl gehen unsere Vorstellungen sehr weit auseinander.

Jedenfalls kann ich zu Ellen nicht einfach *hingehen*. Ein Abendessen bei ihr will in puncto Kleidung, Frisur und dem neuesten Klatsch und Tratsch ungefähr so gut vorbereitet werden wie eine Hochzeit, eine Taufe oder eine Beerdigung. Am wenigsten Sorgen machen mir die neuesten Society-Gerüchte. Da habe ich gegenüber den meisten meiner Bekannten einen uneinholbaren Vorsprung – schließlich gehöre ich dank unseres Ladens und seines (zumeist weiblichen) Stammpublikums zu den bestinformierten Frauen der Stadt. Eine Art Berufskrankheit.

Ich blicke noch einmal auf die Uhr. Es ist inzwischen Viertel nach fünf. Ich hinke meinem Zeitplan erschreckend weit hinterher. Ich springe vom Sofa auf – auf das ich mich in einer Phase der Schwäche habe fallen lassen – und gehe hinüber zum Badezimmer. Die Badezimmertür vibriert sanft im Rhythmus der neuesten MTV-Hits. Dazu höre ich ein verdächtiges Planschen in der Wanne. Und mich umfängt, obwohl ich noch draußen im Flur stehe, eine betäubende Wolke aus Shampoo und Wildfrüchte-Schaumbad, die mir spontane Schwindelanfälle beschert. All das lässt nur einen Schluss zu: Meine Tochter Vanessa liegt seit ungefähr drei Stunden in der Wanne, hat vermutlich inzwischen den verschrumpelten Körper einer Greisin und denkt nicht eine Sekunde an unsere Vereinbarung, dass das Bad heute Nachmittag mir gehören soll.

»Schätzchen, ich muss gleich zu Ellen. Kann ich rein?«

Keine Antwort. Natürlich, ich habe meine Tochter »Schätzchen« genannt. Ein großer Fehler, denn das hat sie mir erst vor wenigen Tagen strengstens verboten. Stattdessen soll ich sie, wenn ich denn meinen Hang zu Kosenamen nicht in den Griff bekomme, »Sugar« oder »Kleines« nennen – beides stammt aus irgendwelchen Fernsehserien, die sie täglich mehrere Stunden anschaut und die sie dem echten Leben eindeutig vorzieht.

»Nessi, Kleines. Ich bin in Eile. Mach Schluss da drinnen, in Ordnung ... *Sugar*?«

Wieder eine Weile Plätschern, dann ein Grummeln – schließlich bequemt sich Nessi zu einer Antwort:

»Mama! Kann ich denn nicht ein Mal in der Woche in Ruhe baden? Das ist doch nicht zu viel verlangt! Du kannst doch nach vorne gehen!«

»Ich ...«

Meine Erwiderung bleibt mir im Hals stecken. Zur Erklärung: Unsere Wohnung misst fünfundneunzig Quadratmeter und ist ein Altbau mit vier Zimmern, einem wunderschönen Balkon und einer Wohnküche. Außerdem haben wir ein Gästeklo, das mit rund einem Quadratmeter Größe nicht gerade üppige Ausmaße hat. Und genau diesen Ort hat meine Tochter im Sinn, wenn sie von »vorne« spricht und meint, ich könne mich dort für eine Samstagabend-Einladung fertig machen. Da aber hat sie sich getäuscht.

»Fünf Minuten, Nessi«, rufe ich durch die Tür. Meiner Stimme ist deutlich anzuhören, dass ich es ernst meine.

»Dann gehe ich halt dreckig zu Tobias. Aber frag du mich nicht noch einmal, warum ich keinen Freund habe«, kommt es prompt aus dem Badezimmer zurück. Ich verzeihe es ihr –

schließlich bin ich in ihrem Alter auch nicht anders gewesen. Mit dem einzigen Unterschied, dass ich damals einen Freund hatte.

Fünf Minuten später. Ich will gerade gegen die Badezimmertür hämmern, als Nessi fragt:

»Mom? Kann ich dein Parfüm ...?«

»Nein, kannst du nicht.«

Statt des erwarteten Einspruchs höre ich Nessi im Badezimmerschrank herumwühlen. Ich weiß, wie viel sie auf meine Verbote gibt. Kurz entschlossen öffne ich die Badezimmertür, und in diesem Augenblick nimmt das Verhängnis seinen Lauf: Nur mit einem Handtuch um den Kopf bekleidet, ist Nessi gerade damit beschäftigt, mein Fach im Schrank zu durchwühlen – auf der Suche nach brauchbaren Kosmetikutensilien.

Sie dreht sich grinsend zu mir um und winkt mit einer golden glänzenden Arzneipackung. »Mama – wieso nimmst du denn bitte noch die Pille?«

Das war's. Mehr sagt meine Tochter nicht. Mehr muss sie auch gar nicht sagen. Ich stehe im Badezimmer, das nach Nessis dreistündiger Badeorgie einem türkischen Dampfbad gleicht, und bin fassungslos. Ich starre meine Tochter an, die nackt und pubertär vor mir steht und die ich mir in einsamen oder melancholischen Momenten am liebsten immer noch an die Brust legen würde. Dieses halb erwachsene, vorlaute Mädchen grinst mich an und ist dabei von einer widerlichen Selbstsicherheit erfüllt. Und sie hat mich soeben allen Ernstes gefragt, ob ich in diesem Leben jemals wieder mit Sex rechne.

»Fünf Minuten«, bringe ich schwach hervor, verlasse das Badezimmer und knalle die Tür hinter mir zu. Vielen Dank auch, Vanessa, für deine freundliche und sensible Art.

Ich weiß nicht, was mich mehr ärgert, Nessis Unverschämtheit oder ihre Undankbarkeit. Dabei kann ich es ihr nicht einmal verdenken. Schließlich habe ich mir in den vergangenen fünf Jahren alle Mühe gegeben, dass sie und besonders Flo genau das denken: dass ich ein Wesen aus Fleisch und Blut bin mit der ganzen Palette der menschlichen Instinkte – außer Sexualität.

Dafür gibt es gute Gründe, und die hat mir Flo ein paar Monate nach Bernds Auszug auf beeindruckende Art und Weise vorgeführt. Damals dachte ich noch, dass ein neuer Partner die Dinge einfacher machen würde. Mein Gott, war ich naiv. Drei Tage, nachdem ich wieder einen Mann mit in die Wohnung gebracht hatte, bekam Flo am ganzen Körper Ausschlag. Wofür ich ihn am liebsten ins Internat gesteckt hätte – bis ich dann heulend vor ihm niederkniete und ihm hoch und heilig versprach, nie wieder fremde Männer mit nach Hause zu bringen.

Das soll natürlich nicht heißen, dass ich in den zurückliegenden Jahren nicht eine ganze Reihe von Affären gehabt hätte. Nur ist daraus nie etwas Ernstes geworden – und das lag meistens an mir. Ich war zu sehr mit mir, mit den Kindern und mit dem Versuch, mein Leben nach Bernd neu zu sortieren, beschäftigt, um mich wirklich auf jemanden einzulassen. Außerdem fühle ich mich nicht angesprochen, wenn Männer mit mir Pläne für ein gemeinsames Altersglück machen wollen – ich bin schließlich noch nicht einmal fünfzig, und von Dingen wie Rente, gemeinsamem Lebensabend oder zweitem Frühling will ich nichts hören!

All das geht mir durch den Kopf, während ich in einer Mischung aus Wut und Demütigung zurück ins Wohnzimmer trotte. Ich lasse mich seufzend aufs Sofa plumpsen, und vor meinem inneren Auge spult sich ein Dokumentarfilm ab, der den poetischen Namen »Das Liebesleben der Isabelle Bauer« trägt. Falls ich mich übrigens noch nicht vorgestellt habe – so heiße ich. Der Film gelangt mit dem Kapitel »Weinhändler Michael« an sein vorläufiges Ende, denn Michael ist in der Tat der Letzte meiner Verflossenen. Was die vergangenen Wochen angeht, hat Vanessa also Recht: kein Sex. Leider.

Ich seufze und schiebe diese Gedanken und die Bemerkung meiner Tochter in den Teil meines Kopfes, der für Dinge reserviert ist, über die ich nicht nachdenken will. Ich habe trotzdem das Gefühl, dass sie in mir eine Art Zeitzünder in Gang gesetzt haben. Einen Zeitzünder, der etwas in mir zum Explodieren bringen wird – allerdings auf eine sehr stille Art und Weise. Nämlich auf eine, die mich offen macht für Dinge, auf die ich mich sonst vielleicht niemals eingelassen hätte.

Als ich wieder aus meinen Erinnerungen auftauche, durchfährt mich ein ziemlich großer Schreck. Es ist auf einmal … *Viertel vor sechs* geworden.

Das ist eine *Katastrophe*. Ich habe noch genau fünfundsiebzig Minuten Zeit, um mich in einen Zustand zu bringen, der mich halbwegs vor Ellens bösartigen Kommentaren bewahrt. (»Schätzchen, lässt du dir die Haare neuerdings von deiner Tochter schneiden? Ich finde es übrigens sehr mutig, *die* Bluse mit *der* Hose zu kombinieren.«)

Ich springe vom Sofa auf und stürze den Flur entlang in Richtung Schlafzimmer. Als ich an der Badezimmertür vorbeikomme, hinter der Nessi immer noch mit sich selbst beschäftigt ist, fauche ich so laut, dass sie merken muss, wer die Leitlöwin ist:

»Wenn du nicht in drei Minuten das Bad frei machst, streiche ich dein Taschengeld. Außerdem ziehst du rüber ins kleine Zimmer. Ich verkaufe deine Autogramm-Postkarten bei eBay. Und ich verbiete dir den Frankreichurlaub mit Tine.«

Ich schreie so laut, dass sie es hören *muss*. Egal, ob sie gerade den Kopf unter Wasser hat, sich föhnt oder die letzten Tropfen meiner Chanel-Bodylotion verbraucht.

Sie glauben, dass es etwas nützt? Dann haben Sie garantiert keine Kinder.

Ich habe welche und bin daher nicht besonders verwundert, als Nessi mir Sekunden später antwortet – und zwar in einer Tonlage, in der sonst nur amerikanische Teenager reden, die in schlechten Kriminalfilmen auftauchen und gerade dabei sind, jemanden in kleine Stücke zu zerteilen:

»Du bist so was von gestört, Mama. Schreist hier rum wie 'ne Wärterin im Frauenknast … Abgesehen davon sind deine Erziehungsmethoden total abartig. Also lass mich in Ruhe.«

Ich antworte nicht. Ich habe Wichtigeres zu tun. Zum Beispiel atmen. Und meinen Puls unter zweihundert halten. Es gelingt mir ganz gut. Allerdings nur so lange, bis ich mich an die *Uhrzeit* erinnere. Und an Ellens Kommentare, die so sicher auf mich warten wie ihre Bemerkungen über ihre neuesten Urlaubspläne in irgendeinem exklusiven Hotel in der Karibik.

»Wir unterhalten uns später, meine Gute«, zische ich in Richtung Badezimmer und stürme in mein Schlafzimmer. Dort bemerke ich sofort, dass sich irgendetwas verändert hat. Besser gesagt: dass etwas fehlt. Aber was? Auf dem Bett liegt meine dunkelblaue Satin-Tagesdecke und darauf meine schönste Unterwäsche, die ich fein säuberlich bereitgelegt habe. Auch ansonsten scheint alles an seinem Platz zu sein, bis auf – ich halte die Luft an, als ich es merke – mein rotes, chinesisches Seidenkleid. Eigentlich sollte es an einem Bügel am Schrank hängen. Aber es ist ... *verschwunden!* Und ich bin ... *fassungslos.*

Sie verstehen meine Aufregung bestimmt, wenn ich Ihnen etwas über dieses Kleid erzähle. Es ist nämlich nicht irgendein Kleid. Sondern ein sehr besonderes. Marie, meine Geschäftspartnerin, hat es mir vor zwei Wochen aus Shanghai mitgebracht. Und ich sehe darin, da bin ich unbescheiden, einfach umwerfend aus. Weil das Kleid ganz beiläufig betont, dass ich zwar zwei Kinder in die Welt gesetzt, aber immer noch eine tolle Figur habe. Vor allem aber ist es ein Kleid – und das ist viel wichtiger als Männer, Mode und Maße –, in dem ich Ellen todsicher *neidisch* machen werde. *Das* ist einfach unbezahlbar. Und *das* ist, ganz nebenbei, auch die Diät wert, die ich in den letzten Tagen eingehalten habe, damit mein unleugbares kleines Bäuchlein für einen Abend unsichtbar wird.

Sie sehen, dieses Kleid bedeutet mir sehr viel. Deshalb habe ich es vorhin in andächtiger Stimmung aus dem Schrank geholt und griffbereit an die Tür gehängt, um es zu gegebener Zeit in einer hingebungsvollen und durchaus selbstverliebten Zeremonie anzuziehen. Aber daraus wird nun nichts. Das ist ärgerlich. Sogar sehr ärgerlich. Um nicht zu sagen: Ich könnte in die Luft gehen. Eines aber ist es nicht: rätselhaft. Im Gegenteil. Mir ist sonnenklar, was Sache ist. Ich bin schließlich nicht erst seit gestern Mutter einer Tochter. Und darum weiß ich, wo ich mein verschwundenes Kleid suchen muss.

Schnaubend vor Wut, gehe ich zurück in Richtung Badezimmer. Diesmal klopfe ich nicht, und ich kündige mich auch nicht durch irgendwelche Worte an. Ich drücke kraftvoll die

Klinke hinunter und stürme einfach ins Bad – wo ich Zeuge eines Schauspiels werde, das man verfilmen und als Gruselschocker für desillusionierte Mütter vermarkten sollte. Meine geliebte Tochter Vanessa steht, mit nassen Haaren und geschminkt wie eine chinesische Konkubine, vor dem großen Badezimmerspiegel und sieht aus wie eine zu dralle Blutwurst – wobei sie selbst die Füllung ist und mein rotes, chinesisches Seidenkleid die Pelle. Ganz zufällig muss meine Tochter nämlich Konfektionsgröße zweiundvierzig tragen – während ihre dreißig Jahre ältere Mutter immer noch Größe sechsunddreißig einkauft. Was ich *eigentlich* überhaupt nicht schlimm finde. Ich war in Nessis Alter ebenfalls pummelig. Und ich habe auch andere Mädchen um ihre knabenhafte Zierlichkeit beneidet. Anders als Nessi wäre ich allerdings nicht auf die Idee gekommen, die Kleider meiner Mutter anzuziehen.

Vielleicht hätte ich ihr sogar verziehen – wenn es dazu nicht zu spät wäre. Denn in dem Augenblick, in dem ich ins Badezimmer komme, passieren mehrere Dinge gleichzeitig: Nessi wirbelt erschrocken herum und verliert taumelnd das Gleichgewicht, wobei sie meine Fünfunddreißig-Euro-Keramik-Puderdose von Shiseido fallen lässt (die natürlich sogleich klirrend auf den Kacheln zerschellt). Ich schreie auf vor Wut und ändere spontan meine Meinung zum elterlichen Züchtigungsrecht. Nessi wiederum reißt in einer Mischung aus Wut und Reg-dich-bitte-nicht-auf-Bewegung die Arme nach vorne und setzt dazu an, mir all das zu erklären, was man nicht erklären kann. Bei der Gelegenheit schneidet sie sich auch gleich noch die rechte große Zehe an einer der Scherben auf. Ich wiederum mache mit einer Ich-rege-mich-sehr-wohl-auf-Geste einen großen Schritt auf sie zu. Und empfinde nicht die Spur von Mitleid mit meiner am Fuß blutenden und jetzt auch noch heulenden Tochter. Die verstummt Sekundenbruchteile später – denn genau wie ich lauscht sie gebannt dem knirschenden, zerrenden Geräusch, mit dem mein chinesisches Seidenkleid der Länge nach aufreißt und die überflüssigen Pfunde meiner Tochter seufzend in den Raum quellen, um mich rosa und schadenfroh anzufunkeln.

Stille.

Nessi und ich stehen voreinander, bewegungslos, wie Figuren in einem Film, der auf Standbild geschaltet wurde. Aus Nessis Zeh tröpfelt Blut und verteilt sich sehr pittoresk auf die weißen Fußbodenfliesen. Ich glaube, dass sie es nicht einmal merkt. Weil meine Tochter einzig und allein damit beschäftigt ist, mich anzustarren – und zwar so, wie andere Leute ein Gefäß mit Nitroglyzerin anstarren, das gerade verdächtig ins Trudeln geraten ist und das jederzeit sämtliches Leben im Umkreis von hundert Metern auslöschen kann. Sie täuscht sich. Denn in mir ist keine Wut. In mir ist kein Ärger, keine Aggression, kein drohender Tobsuchtsanfall. In mir ist eine vollkommene Ruhe und Harmonie. Das ungefähr muss der Zustand sein, von dem Sri Singh, mein Bikram-Yoga-Lehrer, immer spricht. Und von dem er behauptet, dass er sich mitunter vollkommen unerwartet einstellt – jetzt weiß ich, was er meint.

Ich bin, psychologisch betrachtet, offenbar in so etwas wie das Auge des Orkans geraten. Wobei der Orkan nichts anderes als mein eigenes Leben ist – als allein erziehende Mutter, Co-Geschäftsführerin eines Blumenladens und mehrfach ausgezeichnete Meisterin für chaotische Lebensführung. Und jetzt, wo Sie vielleicht vermuten, dass ich mit einem Nervenzusammenbruch für drei Jahre in ein Müttergenesungswerk im Bayerischen Wald eingeliefert werde, geschieht genau das Gegenteil. Ich fühle mich von einer wohligen, samtweichen Leichtigkeit getragen. Sämtliche Spannung und Aufgeregtheit sind von mir abgefallen, und mein Inneres fühlt sich an wie frische Wäsche, die in einem warmen Sommerwind schaukelt. Es ist wunderbar!

Ich glaube, Nessi und ich würden noch weitere drei Stunden so stehen bleiben – aus lauter Angst, die Dinge wieder in Bewegung zu bringen. Aber da ist ja noch ein Mann im Haus – sofern ein fünfzehnjähriger, hoch begabter und trotzdem versetzungsgefährdeter Neuntklässler das Prädikat Mann überhaupt verdient: Florian. Und der hat nichts übrig für die weibliche Kunst des Kopf-in-den-Sand-Steckens. Leider.

Mein Sohn hat nämlich bemerkt, dass etwas Schlimmes passiert ist. Und wenn er sich überhaupt für etwas interessiert, dann für schlimme Ereignisse. Was auch der Grund dafür ist, dass er täglich mehrere Stunden vor dem Fernseher so genannte Reality-Shows ansieht, vorzugsweise solche, bei denen Menschen tragische Unfälle erleiden, aus Hochhäusern fallen oder sich in irgendeiner anderen Form abgrundtief blamieren. Das hebt seine Laune ungemein.

Flo steht auf einmal in der Badezimmertür, und sein Gesicht verzieht sich zu einem breiten Grinsen – einfach deshalb, weil er seine halb nackte, blutende Schwester und seine unter Schock stehende Mutter entdeckt hat. Er hebt beide Daumen, schnalzt anerkennend mit der Zunge und sagt zu Nessi: »Echt cool, der Nuttenlook. Vielleicht hast du damit ja Glück und kriegst endlich auch mal einen ab.«

Spricht's, dreht sich um und verschwindet in seinem Zimmer, um weiterhin auf seiner PlayStation Leute zu erschießen und die Weltherrschaft an sich zu reißen.

Schlimmer als meinen Sohn finde ich in diesem Moment nur mich selber: Anstatt mich nämlich über ihn aufzuregen, würde ich am liebsten in schallendes Gelächter ausbrechen. Und noch lieber würde ich ihm vor Dankbarkeit um den Hals fallen, weil er es meiner vorlauten Tochter, die mich gerade erst als postsexuelles Auslaufmodell abgestempelt hat, gehörig heimgezahlt hat.

Aber was tue ich? Ich reiße mich zusammen. Unter anderem, weil Nessi gerade eines ihrer Lieblingslieder von Justin Timberlake in die Tat umsetzt: Cry me a river. Es ist nicht zu ertragen.

Max
Sitzen oder stehen?

Samstag, 8.45 Uhr
Das Geräusch, das Sie gerade hören, ist keine Fliegersirene und auch kein vorbeifahrendes Polizeiauto. Es ist mein Wecker. Das heißt, dass alle im Haus wach werden. Nur ich nicht.

8.48 Uhr
Ein durchdringendes Klopfen an der Wand reißt mich so weit aus dem Schlaf, dass ich endlich meinen Wecker höre. Zum Glück besitze ich das Modell *Akustik Plus*, das auf Zuruf reagiert. Gebe also etwas von mir, das ich hier unmöglich wiederholen kann. Nur so viel: Wenn mein Wecker Gefühle hätte, wäre er jetzt beleidigt. So hört er einfach nur auf zu läuten. Ich schlafe wieder ein.

8.50 Uhr
Dasselbe noch einmal: Wecker klingelt, ich sage meine Meinung, Wecker wird still. Mache die Augen wieder zu. Fühle mich dabei wie mein Chef, der es genauso macht: andere anschreien und selber weiterschlafen.

8.55 Uhr
Chef? Das Wort wirkt ungefähr wie ein doppelter Espresso. Ich öffne die Augen und erinnere mich daran, dass ich heute Dienst habe. Obwohl Samstag ist und jeder normale Mensch um diese Uhrzeit schlafen würde. Bin nun mal kein normaler Mensch – arbeite schließlich in der Medienbranche. Schlimmer noch: beim Fernsehen.

8.58 Uhr
Ein braun gebranntes Mädchen mit Blumen im Haar kommt

zu mir ans Bett. Sie hält ein Tablett in der Hand, auf dem ein goldenes Telefon steht, das sanft und unaufdringlich läutet. Ich hebe ab, und eine Stimme informiert mich darüber, dass ich eine Erbschaft gemacht habe. Ich bitte die Stimme, beim Sender anzurufen, um zu sagen, dass ich nicht komme. Heute nicht und auch sonst nie mehr.

9.00 Uhr

Das Blumenmädchen löst sich in Luft auf. War leider nur ein Traum. Was da klingelt, ist außerdem kein goldenes Telefon, sondern immer noch mein Wecker. Bin also wieder eingeschlafen.

9.01 Uhr

Höchste Zeit aufzustehen. Meine Hand wandert zur anderen Seite des Bettes und findet sie leer vor.

9.02 Uhr

Bin jetzt hellwach und untersuche die andere Hälfte des Bettes. Kein Zweifel: Sie ist wirklich leer und unberührt, sieht man einmal davon ab, dass ich mich im Laufe der Nacht selber darauf herumgewälzt habe. Ich richte mich auf, räkele mich, stoße dazu urzeitliche Laute aus und grinse wie ein Achtjähriger, der die lang ersehnte Carrera-Bahn zum Geburtstag bekommen hat. Und das, obwohl ich in Wirklichkeit einunddreißig bin.

9.05 Uhr

Stehe pfeifend unter der Dusche, und ein großes Glücksgefühl durchströmt mich. Von Müdigkeit kann keine Rede mehr sein. Im Gegenteil: Ich habe mich lange nicht so wohl gefühlt. Ich seife mich von Kopf bis Fuß ein und mache mir keinerlei Gedanken darüber, dass die Hälfte des Duschwassers auf dem Badezimmerfußboden landet.

Dabei hätte ich eigentlich gute Gründe für schlechte Laune: Ich bin unausgeschlafen, ich bin verkatert, ich habe eine Nacht alleine verbracht. Und ich habe Dienst, obwohl heute

Samstag ist und dazu noch ein wunderschöner, wolkenloser Sommertag.

Trotzdem würde ich am liebsten laut schreien vor Energie und Lebenslust. Wollen Sie wissen, warum? Sehr einfach: Weil ich wieder Single bin. Und zwar seit sechs Tagen, acht Stunden und vierunddreißig Minuten.

9.10 Uhr

Komme mir vor wie ein ausgewilderter Tiger. Bin der Herr des Dschungels. Habe daher auch das Recht, die Zahnpastatube offen zu lassen, meinen Rasierpinsel nicht auszuwaschen und das kleine Sieb in der Dusche in ein unansehnliches Haarteil zu verwandeln. Kein Mensch – und auch keine Frau – kann mich daran hindern. Auch nicht, indem sie mir morgendliche Hygienediskussionen aufzwingt oder nicht mehr mit mir redet. Diese Zeiten sind ein für alle Mal vorbei!

9.17 Uhr

Könnte jetzt sogar wieder im Stehen pinkeln. Setze mich trotzdem hin, weil es bequemer ist. Außerdem war *das* bei Jana nie ein Thema. Sie ist schon einen Schritt weiter (weiß nicht, ob vor oder zurück): Sie findet Sitzpinkler unmännlich. Hat sie jedenfalls mal am Telefon zu ihrer Freundin Frauke gesagt – eines dieser Gespräche, bei dem sie über Krankheiten (auch meine) und andere Intimitäten redete. Und das, obwohl ich im selben Zimmer war und kein Interesse an Frauenkrankheiten, Kosmetik, der zweiten Ehe von Paul McCartney und der Gebärmuttererkrankung der Tante der Schwägerin von Fraukes Halbschwester habe.

9.20 Uhr

Entscheide mich für den hellen Anzug und ein kragenloses Hemd. Keine Krawatte. Dazu Turnschuhe – schließlich wird später nur mein Oberkörper im Bild sein. Habe übrigens das Gefühl, dass mehrere meiner Signum-Hemden fehlen. Zufälligerweise die, die Jana öfter getragen hat.

9.22 Uhr

Das Zusammenleben von Mann und Frau setzt früher oder später einen Prozess in Gang, der nur durch einen geregelten Kühlkreislauf und andere Sicherheitsmaßnahmen vor der Kernschmelze bewahrt werden kann. Da mein Vertrauen in solche Technologien gering ist, sollte man das Experiment am besten ganz vermeiden. Ehe, nein danke.

9.23 Uhr

Jana und ich waren nicht einmal verheiratet. Und es ist trotzdem schief gegangen. Wofür ich ihr keineswegs Vorwürfe mache. Es hat nicht geklappt, weil es nicht klappen konnte. Nur am Rande bemerkt: Jana ist eine selbstsüchtige, intolerante, humorlose Frau auf dem emotionalen Stand eines Kleinkindes. Wenn sie etwas haben will und es nicht bekommt, wird sie unerträglich. Sie ist also meistens unerträglich, weil sie immer irgendetwas haben möchte.

9.25 Uhr

Starre in den leeren Kühlschrank und überzeuge mich, dass wirklich nur Bierdosen drin sind. Soll ich den Tag mit einem Pils beginnen? Verwerfe den Gedanken. Muss schließlich arbeiten.

Außerdem wäre es eine übertriebene Trotzhandlung. Ein Mann muss ja nicht gleich das machen, was er schon immer machen wollte, nur weil seine Freundin weg ist. Es reicht, dass ich die Küche innerhalb von sechs Tagen in eine Mischung aus Slum und Wertstofftonne verwandelt habe. Vom Rest der Wohnung ganz zu schweigen.

9.30 Uhr

Frühstück bleibt ein ungelöstes Problem. Habe keine versteckten Vorräte mehr und war auch nicht einkaufen. Tiger hat trotzdem Hunger. Muss also auf die Suche nach Beute gehen.

9.35 Uhr

Stehe vor der Wohnungstür meines Übermieters und drücke auf die Klingel. Er ist Deutschlehrer auf halber Stelle und nutzt die Wochenenden, um seine Doktorarbeit über Kafkas Verhältnis zu den Frauen fertig zu stellen. Da er seit fünf Uhr dreißig am Schreibtisch sitzt, sieht er noch mitgenommener aus als ich, als er schließlich die Tür öffnet. Was allerdings auch daran liegen könnte, dass er einen knielangen, gestreiften Morgenmantel und dazu Baumwollsöckchen trägt.

Er heißt übrigens Raimund, was überhaupt nicht zu ihm passt, da eigentlich nur kräftige Typen so heißen. Dieser Raimund aber ist blass wie eine Nebelschwade, hat blaulila Ringe unter den Augen, dazu Schultern wie ein Yorkshireterrier und Beine, die in etwa so kräftig sind wie die von Kate Moss. Dafür ist Raimund ein hilfsbereiter Kerl, wie ich in den letzten Tagen öfter erfahren habe. Jetzt steht er in der Tür und sagt mit müder Stimme:

»Hallo, Max. Was willst du denn um diese Uhrzeit?«

»Wollte nur fragen, ob du mir mit Brot aushelfen kannst. Hatte keine Zeit einzukaufen.«

Er lächelt, was bei Raimund bedeutet, dass seine Lippen sich öffnen und er auf merkwürdige Weise die Zähne bleckt. (Alles andere an ihm behält dabei den gleichen, schwermütigen Trauerfeierausdruck.) Mit einer Stimme, die klingt wie eine ausgeleierte Spieluhr, sagt er:

»Scheint ja nicht so gut zu klappen, das Leben ohne Jana, wenn du nicht einmal was zu essen im Haus hast. Jetzt weißt du bestimmt, was du an ihr hattest, was?«

Es kommt selten vor, dass Raimund sich Vertraulichkeiten leistet. Weil er die Erfahrung gemacht hat, dass so etwas schief geht. Und dabei soll es, wenn es nach mir geht, auch bleiben. »Unsinn, Ray. Mein Leben fängt gerade wieder so richtig an. Bin den ganzen Tag mit den Mädchen beschäftigt, bei denen ich mich wegen Jana in den letzten drei Jahren nicht mehr gemeldet habe. Das ist Stress. Da kommt es schon mal vor, dass ich es nicht zum Supermarkt schaffe.«

Raimunds Gesichtsausdruck erhellt sich für einen kurzen

Moment, dann runzelt er die Stirn – um danach wieder in seiner üblichen trüben Stimmung zu versinken. »Also, Max. Ich weiß ja, dass es mich nichts angeht, aber übertreibst du nicht ein wenig? Schließlich ist so eine Trennung keine leichte Sache. Lass dir Zeit damit. Du musst jetzt erst einmal dein Leben wieder in den Griff bekommen.«

»Klar, Ray. Danke für den Tipp. Werde ich beherzigen. Schließlich hast du ja Erfahrung mit so etwas.«

Raimund sieht mich an und zieht dabei gedankenverloren seinen Morgenmantel glatt. »Jaja, Max. Mach dich nur lustig über mich …«, sagt er schleppend. Ich kann es ihm nicht verdenken. Schließlich ist Raimund vor rund sechs Monaten von seiner Frau Susanne verlassen worden. Nach zehn Jahren Ehe. Seitdem grübelt er darüber nach, warum sie gegangen ist.

Bevor wir tiefer in das Thema einsteigen können, erinnere ich Raimund noch einmal an den eigentlichen Grund meines frühmorgendlichen Besuches.

»Kein Problem, Max. Ich mach mich gleich an die Arbeit.«

»Sehr nett von dir, Ray. Eins mit Wurst, eins mit Käse. Aber nicht wieder Scheibletten, hörst du? Und den Kaffee schwarz.«

Er dreht sich um und watschelt den Wohnungsflur hinunter. Ich bleibe in der Tür stehen und frage mich, wie Raimund, er ist schließlich Lehrer, bloß mit einer Klasse voller Fünfzehnjähriger fertig wird, die vermutlich auf alles Mögliche Lust haben, nicht aber auf seine neuesten Erkenntnisse über Franz Kafka oder dessen depressive Literaturergüsse. Fünfzehnjährige also, denen es ein königliches Vergnügen bereitet, Lehrer wie Raimund in die Psychiatrie oder – wenn sie gnädig sind – in den Freitod zu treiben.

Bevor ich Antworten auf meine Fragen finde, erscheint Raimund wieder an der Tür. Er drückt mir ein liebevoll zurechtgemachtes Frühstückstablett in die Hand. Inklusive Serviette, Frühstücksei und kleinem Salzstreuer. »Hier, Max. Kannst mir die Sachen einfach wieder vor die Tür stellen.«

»Bist ein echter Freund, Ray. Vielen Dank. Ich wüsste gar nicht, was ich ohne dich machen sollte.«

Er sieht mich an wie ein geprügelter Hund. »Ich habe das

früher immer für Susanne gemacht. Hab's ihr sogar ans Bett gebracht. Hat trotzdem nichts genützt. Sie hat gesagt, dass sie einen Mann fürs Schlafzimmer und nicht für die Küche braucht. Ich weiß bis heute nicht, was sie damit meinte.«

»Mach dir keine Gedanken, Ray. Man kann es Frauen nie recht machen. Glaub es mir. Nimm dir also an mir ein Beispiel und freu dich einfach, dass sie nicht mehr da ist«, sage ich mit einem sonnigen Strahlen im Gesicht.

Aber Raimund sieht immer noch wie ein Schlechtwettergebiet aus. »Du hast gut reden, Max.«

9.45 Uhr

Habe es mir im Garten bequem gemacht, genieße Raimunds Frühstück und dazu die frische Morgenluft. Habe mich lange nicht mehr so gut gefühlt.

9.50 Uhr

Ich werde beim Sender anrufen und kündigen. Ich verschwende dort nur meine Zeit. Werde stattdessen ein Buch schreiben: einen Entliebungsroman. Held muss sich durch Ehe oder Beziehung kämpfen, sprengt in gewaltiger Kraftanstrengung seine Ketten und trennt sich von seiner Frau/Freundin. Am Ende sitzt er allein und glücklich in seinem Garten und frühstückt, während ihm die Sommersonne ins Gesicht scheint. Das einzige Geschnatter um ihn herum stammt von den Enten, die auf dem angrenzenden Kanal schwimmen. Bin mir sicher, dass Millionen von Männern zu Tränen gerührt sein werden.

9.55 Uhr

Werde doch nicht beim Sender anrufen und auch nicht kündigen. Außerdem fällt mir ein, warum ich so früh aufgestanden bin. Weil Dickmann, mein Chef, mir die wunderbare Aufgabe übertragen hat, live von der Eröffnung eines Autohauses zu berichten. Und zwar heute. Um zehn Uhr vormittags.

Ich werfe einen Blick auf meine Uhr und stelle fest, dass das in genau … fünf Minuten ist.

9.56 Uhr

Ich könnte jetzt aufspringen und in ungesunde Hektik verfallen. Entscheide mich aber dagegen. Der Tag ist zu schön und meine neu gewonnene Freiheit zu kostbar, um sie durch Stress zu ruinieren. Verlege mich daher darauf, mich über meinen Chef zu ärgern.

Das mit Dickmann ist nämlich so eine Sache. Unser Chef ist ein recht umgänglicher Typ. Eigentlich. Neuerdings aber trägt er eine ziemlich unschöne Laune spazieren. Ich vermute, dass es an seiner nicht allzu lange zurückliegenden Eheschließung liegt. Und zwar nicht mit irgendwem, sondern mit Anja Atwell, meiner Vorgängerin als Chefreporterin von Hamburg-LIVE. Dickmann meinte vermutlich, dass er mit seinem Jawort auch gleich sein schlechtes Image, das er bei den Frauen im Sender genießt, hinter sich lassen würde. Weit gefehlt: Die nennen ihn weiterhin nur Mini-Dickmann, und viele von ihnen wissen, wovon sie sprechen – klar, das ist für keinen Mann angenehm, zeigt aber auch, wie rücksichtslos Frauen sein können. Dickmann hat sich nicht entblödet, eine Kollegin deswegen zu verklagen. Er wollte sogar den Wahrheitsbeweis antreten. Das hatte zur Folge, dass seither sämtliche Mitarbeiterinnen im Sender kühl lächelnd ihr Lineal hochhalten, sobald er den Raum betritt.

9.58 Uhr

Springe auf und verfalle doch in ungesunde Hektik. Der Tag ist zwar schön und meine Freiheit kostbar. Aber es reicht, dass ich keine Freundin mehr habe. Ich will nicht auch noch meinen Job verlieren.

10.08 Uhr

Verlasse hektisch das Haus, steige in meinen Wagen und weiß einmal mehr, warum nur Leute, die kein Cabrio haben, bezweifeln, dass man in einer Stadt wie Hamburg ein Cabrio haben muss. Auch wenn meines nur ein ziemlich alter und ziemlich unansehnlicher Mazda ist. Ein Blick auf die Uhr vertreibt den Anflug von guter Laune sofort wieder. Presche stattdessen mit achtzig Stundenkilometern durch unsere Tempo-dreißig-Zone und ziehe dabei die bewundernden Blicke einiger Kinder und die gestenreichen Todesdrohungen ihrer Mütter auf mich.

10.12 Uhr

Ein öffentlich-rechtlicher Fernsehsender wird nicht umsonst als »Anstalt« bezeichnet. Womit schon alles über die Menschen gesagt ist, die dort arbeiten. Ich weiß das selber nur zu gut, da ich meine Ausbildung dort genossen habe.

Beim Privatfernsehen ist die Sache komplizierter: Dessen Angestellte, jedenfalls in den oberen Etagen, sind in der Regel keine Beamten, sondern Betriebswirte. Sie verstehen viel von Geld und wenig von Menschen. Trotzdem habe ich meinen Wechsel zu Hamburg-LIVE kein einziges Mal bereut. Alle Mitarbeiter werden gleich schlecht behandelt und gleich schnell rausgeworfen, wenn sie nicht das tun, was die oberen Etagen von ihnen erwarten. Wir leben sozusagen in einer Ein-Klassen-Gesellschaft.

Das war früher anders: Beim Öffentlich-Rechtlichen musste ich mich in das filigrane Gefüge einer Feudalgesellschaft einfinden, die über eine bunte Palette verschiedener Hierarchiestufen und entsprechender Befindlichkeiten verfügt. Das fängt an bei den quasiverbeamteten Altredakteuren, die ihre Tage in der Cafeteria verbringen, sofern sie sich nicht gerade mit ihresgleichen zu einer Klausurtagung in irgendein Sporthotel in guter Lage zurückgezogen haben. Unter ihnen ackert eine breite Riege noch nicht so lange fest angestellter Wichtigtuer und die noch schlimmeren festen Freien, die seelisch eregieren, sobald sie einen der Redaktionsleiter duzen dürfen. Allesamt blicken sie auf die niederen Kreaturen des vierten Standes herab, nämlich die große Schar der freien Freien. Die machen zwar den größten Teil der Arbeit, werden aber dennoch regelmäßig aus der Redaktion entfernt, damit sie bloß nicht auf die Idee kommen, vor Gericht zu ziehen und eine Festanstellung zu erstreiten. Zur Aufrechterhaltung dieses Hofstaates bedarf es einer Armee von Verwaltungsangestellten, die nichts anderes tun, als mit erhobenem Haupt durch die endlosen Flure des Senders zu wandeln und zu überlegen, wie hoch die nächste Gebührenerhöhung ausfallen muss, um ihre nächste Gehaltserhöhung zu finanzieren.

Aus und vorbei! Ich bin seit zwei Jahren Reporter für Hamburgs wichtigsten Privatsender, muss jeden Tag mit meiner Kündigung rechnen und liebe meinen Job trotzdem über alles.

Mit diesem wunderbaren Gefühl rase ich durch die Straßen der Stadt, lese dabei die Unterlagen für meinen bevorstehenden Auftritt und komme endgültig zu der Überzeugung, dass zwischen Männern und Frauen nichts mehr so ist, wie es einmal war. Sie glauben mir nicht? Dann warten Sie es einmal ab!

10.18 Uhr

Ich erreiche mein Ziel und fahre durch ein Rolltor, über dem ein riesiges rotes Schild mit schwarzem Pferd vor gelbem Hintergrund leuchtet – Hamburgs neuestes Ferrari-Zentrum, dessen feierliche Eröffnung wir heute live und in Farbe den Zuschauern präsentieren wollen.

Zunächst aber ist überhaupt nichts feierlich. Insbesondere nicht die Gesichter meiner Kollegen, die vor dem Ü-Wagen stehen und am liebsten live von meiner Hinrichtung berichten würden. Vermute ich jedenfalls. Ihr Ärger ist natürlich vollkommen übertrieben. Schließlich wissen Manni, der Kameramann, und Silke, die Tonfrau, und auch die Jungs von der Übertragung, mit wem sie es zu tun haben. Mit mir, Max Kästner. Und ich komme immer zu spät.

Diane Schöck, Besitzerin der Ferrari-Filiale, rettet mich vor einer ernsthaften Auseinandersetzung. Bevor meine Kollegen sich auf mich stürzen können, kommt sie strahlend wie ein polierter Sportwagen auf mich zu und streckt mir nicht nur ihre in ein enges Kostüm gepressten Brüste, sondern auch ihre Hand entgegen:

»Haaallo, Herr Kästner. Ich habe Sie schon sehnsüchtig erwartet. Herr Dickmann hat mir telefonisch zugesichert, dass Sie ganz bestimmt kommen würden. Und dass Sie sich besondere Mühe mit Ihrem Beitrag geben wollen …«

»Ich gebe mir immer besondere Mühe, Frau Schöck«, sage

ich und lächele liebenswürdig, während ich versuche, meine Hand aus ihrer Umklammerung zu befreien.

»Aber das weiß ich doch, Herr Kästner. Und genau darum habe ich Herrn Dickmann gebeten, mir heute sein bestes Pferd im Stall zu schicken.«

Dass Hamburg-LIVE ein Stall ist, stimmt in der Tat – und über den zweiten Teil ihrer Aussage will ich mir gar keine Gedanken machen. Schließlich sind die Zeiten des unabhängigen Journalismus ohnehin längst vorbei. Der Werbekunde ist König – oder auch Königin, wie im Falle von Frau Schöck. Die kann sich daher benehmen, wie sie will.

»Kommen Sie, ich zeige Ihnen schon einmal das Wichtigste. Ihre Leute können hier warten. Wir sind sowieso noch nicht mit den Vorbereitungen fertig«, sagt sie, wedelt abfällig in Richtung Manni und Silke und zieht mich dann mit sich zu den neuen Verkaufsräumen, die in ihrer ganzen Pracht so gar nicht in die umliegende Industrie- und Lagerhallenlandschaft passen wollen.

»Wissen Sie eigentlich, dass ich ein großer Fan von Ihnen bin, Herr Kästner? Am liebsten mag ich Ihre ›Hausbesuche‹ bei berühmten Hamburger Persönlichkeiten. Die sehe ich mir jeden Tag an. Haben Sie nicht Lust, so etwas mal bei mir zu machen?«, flüstert sie und schiebt mich durch eine schmale Metalltür, die in ein breites Rolltor eingelassen ist. Wobei sie nicht versäumt, mir, als ich vor ihr stehe, an den Hintern zu fassen.

»Meinen Sie jetzt einen Beitrag über Sie oder einen Hausbesuch?«

»Na beides natürlich«, sagt sie und führt mich durch eine Werkstatt, die eher einem Hightech-Operationssaal als einem Kfz-Betrieb gleicht. Klar, wer zweihunderttausend Euro für sein Auto ausgibt, der will auch, dass sein vierrädriger Freund ordentlich behandelt wird, wenn ihm mal etwas wehtut.

Wir verlassen die Werkstatt durch eine Schiebetür und betreten die überdimensionalen Showrooms, deren Glaswände im Moment noch durch rote und weiße Stoffbahnen verhüllt sind.

»Wir haben die Planen mit einem praktischen kleinen Mechanismus verbunden, den Sie später betätigen werden«, erklärt Diane dazu. »Unser Autohaus wird sozusagen auf Knopfdruck enthüllt. Und Sie sind der Glückliche, der es tun darf.«

»Sehr beeindruckend, Frau Schöck. Das sieht man nicht alle Tage!«, stimme ich ihr zu und versuche, meiner Stimme wenigstens einen Hauch von Begeisterung beizumischen. Allerdings brauche ich mir überhaupt keine Sorgen zu machen, dass die Ferrarista-Dame sich über mein mangelndes Interesse beklagen könnte. Dass sich ein Mann *nicht* für Autos interessiert, ist für sie ohnehin undenkbar.

»Sie können sich nicht vorstellen, was dieser Tag für mich bedeutet. Ich habe fünf Jahre dafür gekämpft, eine Verkaufslizenz zu bekommen. Fünf Jahre lang bin ich alle paar Monate nach Italien gefahren, um die Herren davon zu überzeugen, dass ihre Babys bei mir in besten Händen sind. Und dass ich nur die würdigsten Pflegeeltern für sie aussuchen werde – wenn Sie mir das kleine Wortspiel gestatten …«

Diane ist die Sorte Mensch, die mir den letzten Funken Hoffnung raubt, dass ich noch einmal eine Frau finden könnte, die mir gefällt. Ich schätze sie auf Mitte dreißig, sie trägt blondierte, hoch aufgetürmte Haare und eine Sonnenbrille, unter der ihre farbenprächtige Schminke zu erkennen ist. Ihr nur mühsam schlank gehaltener Körper steckt in ein paar pastellfarbenen Leggins, die etwa bis zur Mitte ihrer Unterschenkel reichen – vermutlich um den Blick auf das diamantbesetzte Fußkettchen zu lenken. Und sie geht auf ein paar stelzenartigen Stilettos, auf denen vermutlich nicht einmal ein Zirkusartist die Balance halten könnte. Sie kann es.

»Kommen Sie, ich möchte Ihnen zeigen, womit wir die Hamburger begeistern wollen. Schließlich ist es ein Skandal, dass es bisher nur eine einzige Ferrari-Filiale in der Stadt gibt. Und die wird auch noch von einem Dilettanten geleitet.«

Ich folge ihr durch eine weitere Tür in den zweiten Showroom, in dem dank der Stoffplanen Dämmerlicht herrscht. Aus unsichtbaren Lautsprechern quillt leise italienische Rockmusik. Mehrere Mechaniker und Angestellte rutschen auf Knien um ein paar Automobile und wischen mit Seidentüchern unsichtbare Staubkörner vom Lack.

»Und? Was sagen Sie?«, fragt Diane Schöck und sieht mich gespannt an.

»Beeindruckend …«, ist das Einzige, was ich hervorbringe. Offensichtlich merkt sie jetzt doch, dass ich ihre geradezu sexuelle Erregung angesichts einiger blank polierter Automobile nicht teile. Jedenfalls rückt sie leicht von mir ab und beäugt mich aufmerksam und auch etwas misstrauisch, so als litte ich vielleicht an einer ansteckenden Krankheit. Dann aber strahlt sie wieder, offenbar hat sie eine Erklärung für meine Zurückhaltung gefunden. »Kommen Sie, Sie können ruhig näher herangehen. Sie brauchen nicht schüchtern zu sein«, säuselt sie. »Ich weiß, dass manche Männer vor Ehrfurcht erstarren, wenn sie zum ersten Mal einen Ferrari von nahem sehen. Aber glauben Sie mir, Herr Kästner, bei den Autos ist es wie bei den Frauen – sie stehen auf die starken Typen. Also gehen Sie ran, haben Sie keine Scheu.«

Sehen Sie, so weit ist es gekommen. Jahrzehntelang haben uns die Frauen Zurückhaltung gepredigt und uns eingeschärft, erst zu fragen und dann zuzugreifen. Und jetzt geben sie uns Tipps, wie wir unser dezentes Auftreten überwinden.

Gemeinsam gehen Diane Schöck und ich drei marmorbelegte Stufen hinunter auf die Ebene, auf der die Fahrzeuge stehen. Diane drapiert sich gekonnt neben einen schwarz funkelnden Modena, der für meine Begriffe aussieht, als bestünde die Karosserie aus Plastik – was sie vermutlich mit Dianes beeindruckender Oberweite gemeinsam hat.

»Na? Wollen Sie mal anfassen, Herr Kästner? Kommen Sie ruhig näher, Ihnen passiert schon nichts«, sagt sie mit rauchiger Stimme, schiebt ihre Sonnenbrille auf die Nasenspitze und wirft mir über den Brillenrand aufreizende Blicke zu. »Kommen Sie, legen Sie Ihre Hand auf diese Kurven. Sie haben noch nie etwas Besseres gefühlt, ich verspreche es Ihnen.«

Ich kann nicht glauben, dass Diane mit dieser Masche auch nur ein Auto verkauft. Aber anscheinend weiß sie, wie man es macht – schließlich sieht man ihr und der Umgebung an, dass Geld das kleinste Problem ist, das sie hat.

Diane rückt an mich heran, nimmt meine Hand in die ihre und führt sie dann sorgsam über den schwarz glänzenden Lack des Wagens. Ungefähr so, wie Eltern ihren Kindern beibringen, einen Hund zu streicheln. »Na, wie fühlt sich das an, Max? Bekommt man da nicht Lust auf mehr?«

»Vor allem auf mehr Einkommen, Diane«, entgegne ich dezent.

»Aber, aber, Max. Sie müssen positiv denken. Noch nie was von Leasing gehört? Für umgerechnet fünfzig Euro am Tag sind Sie dabei, und das wird sich ein Fernsehstar wie Sie doch leisten können, oder etwa nicht?«

Klar kann ich mir das leisten! Schließlich habe ich auch einen Computer, der mich nur fünfundzwanzig Cent am Tag kostet. Und erst vor drei Tagen habe ich mir eine neue Couch gekauft, die mit nur einem Euro am Tag zu Buche schlägt und am Sonntag sogar umsonst ist, wie der Verkäufer im Möbelhaus betonte. Merkwürdig finde ich nur, dass die Leute, die mit dieser Ein-Euro-am-Tag-Masche Dinge verkaufen, ihre Kunden nie auffordern, einmal auszurechnen, was sie eigentlich am Tag *verdienen*.

»Ach lassen Sie mal, Frau Schöck. Außerdem muss ich mich jetzt auf unsere Übertragung vorbereiten. Schließlich wollen wir in zehn Minuten auf Sendung gehen.«

Sie sieht mich enttäuscht an, findet aber sofort zu ihrem strahlenden Lächeln zurück. »Aber natürlich, Herr Kästner, schließlich müssen auch Sie Ihre Arbeit erledigen. Darum sind Sie schließlich hier.«

»Sie sagen es.«

Fünf Minuten später ist mein Team in Stellung gegangen. Manni hat seine Kamera auf mich gerichtet, Silke hält ihr Mikro so über meinen Kopf, als wollte sie mich angeln – was bei ihr allerdings hundertprozentig ausgeschlossen ist.

Der Showroom füllt sich nach und nach mit allerlei Hamburger Prominenz, darunter die führenden Köpfe der Schillpartei, allerlei Kiezgrößen und andere Vertreter der organisierten Kriminalität – Männer, denen anzusehen ist, dass ihr Selbstwertgefühl stark vom Preis des Wagens abhängt, den sie fahren.

Diane Schöck betritt die kleine Bühne, auf der der rote Knopf zur Enthüllung der neuen Filiale aufgebaut ist. Sie winkt uns dezent zu, was vollkommen überflüssig ist. Manni hat mit seiner typischen, gelangweilten Routine längst die Hand gehoben und zählt mit den Fingern die Minuten ab, die bis zum Start der Sendung verbleiben. Dann saust sein Arm wie ein Metzgerbeil nach unten, er reißt die Augen auf und zischt in meine Richtung:

»Uuuuuund los.«

Trotz Müdigkeit, trotz all der Gedanken, die in meinem Kopf herumspuken, und trotz meiner Lust, jetzt an einem kühlen Baggersee zu liegen und nichts zu tun, passiert genau das, was in solchen Momenten immer mit mir passiert: Ich verwandle mich in den strahlenden, immer gut gelaunten TV-Profi, der vermutlich noch lächeln würde, wenn er über seine eigene Beerdigung berichten müsste. Mit einer schwungvollen Drehung wende ich mich zur Kamera, setze mein berühmtes Max-Kästner-Lächeln auf, und los geht es:

»Liebe Zuschauer, liebe Tifosi, liebe Freunde der gehobenen Automobilkultur. Heute ist nicht irgendein Tag für unsere Stadt. Heute ist der Tag, an dem diejenigen von Ihnen, die wissen, dass Auto fahren mehr ist als die zweitschönste Sache der Welt, auf ihre Kosten kommen werden. Wir berichten für Sie aus einem einzigartigen Einkaufsparadies für PS-Freunde, dessen Eröffnung Sie gleich live miterleben werden ...«

Und so weiter und so weiter. Während ich meinen Text herunterrassele, schreite ich langsam durch den Showroom, gefolgt von Mannis Objektiv und Silkes Mikro. Ich betrete die kleine Bühne, bleibe neben Diane Schöck stehen und verkünde:

»Und nun, liebe Zuschauer, ist es so weit: Die Formel eins für den anspruchsvollen Autofreund geht an den Start, die schwarzweiße Flagge ist gehisst, die Ampeln stehen auf Grün – Ihr kundenfreundlicher neuer Boxenstopp ist eröffnet ...«

Ich sage es und drücke gemeinsam mit Diane Schöck den roten Knopf, woraufhin in ohrenbetäubender Lautstärke eine Eros-Ramazzotti-Hymne erschallt, die Stoffbahnen vor den Schaufenstern zu Boden fallen, ein paar der Mechaniker den einen oder anderen Ferrari-Motor aufheulen lassen und die übrigen Besucher in ekstatischen Jubel ausbrechen.

Das alles finde ich wunderbar. Noch wunderbarer finde ich, dass mein Auftritt damit beendet ist und ich und das Team so schnell wie möglich aus dieser PS-geschwängerten Atmosphäre verschwinden können.

14.30 Uhr
Sitze im Schneideraum und fühle mich irgendwie matt. Kein Wunder: Draußen sind ungefähr zweiunddreißig Grad, was im Vergleich zu hier drinnen angenehm kühl ist. Außerdem habe ich gerade nicht nur die achte Tasse Kaffee getrunken, sondern auch den Ferrari-Beitrag für die City-News am Abend geschnitten und vertont.

15.15 Uhr
Überlege, was ich heute noch erledigen muss. Zu viel, um überhaupt damit anzufangen. Tue darum nichts. Außer warten. Starre dabei auf den Minutenzeiger der großen Wanduhr, der sich träge, aber unaufhaltsam nach unten bewegt.

15.30 Uhr
Feierabend!

15.35 Uhr
Sitze wieder im Wagen und brause in ein sonniges Wochenende. Letzte Woche hätte ich mich in diesem Augenblick auf einen Streit mit Jana über unsere Pläne für heute und morgen einstellen müssen. Jetzt liegt mir die Welt zu Füßen. Ich kann tun – und vor allem auch lassen –, was ich will! Obwohl, das stimmt nicht ganz. Ich bin zum Abendessen eingeladen. Und zwar ausgerechnet zu einem Dinner bei Holger Ellinghaus und Ellen Strobert, auf das ich nicht die geringste Lust verspüre.

Dennoch habe ich mir geschworen hinzugehen. Und zwar deshalb, weil Jana mich inständig darum gebeten hat. Ich weiß genau, dass sie erwartet, dass ich aus lauter Trotz nicht hingehen werde. Also habe ich mir fest vorgenommen, aus lauter Trotz erst recht hinzugehen.

Aber bis es so weit ist, liegt noch ein ganzer langer Nachmittag vor mir. Und den werde ich dazu nutzen, meine neue Single-Freiheit zu genießen!

Isabelle
Auf Gespensterjagd

Haben Sie auch eine Freundin, von der Sie nicht wissen, warum Sie eigentlich mit ihr befreundet sind? Und die Sie dennoch unendlich vermissen würden, wenn sie auf einmal nicht mehr da wäre? Sehen Sie: Genauso geht es mir mit Ellen.

Während ich im Auto sitze und auf dem Weg zu ihr bin, frage ich mich allerdings, ob es wirklich stimmt – das mit dem Vermissen. Ellen ist egoistisch, streitsüchtig, angeberisch, neidisch, verwöhnt, gekünstelt, geliftet und zweimal geschieden. Jetzt ist sie mit Holger verheiratet, der übrigens ein ausgesprochen netter Mann ist. Okay, er ist über sechzig und Frühpensionär. Allerdings nicht, weil er an irgendeinem Gebrechen leidet. Sondern weil er sein kleines Firmenimperium vor zwei Jahren verkauft hat und seine einzige Aufgabe seitdem darin besteht, sich Gedanken über seine Millionen zu machen. Ellen hat natürlich auch positive Seiten – die mir meistens jedoch partout nicht einfallen wollen.

Dafür fällt mir jetzt allerdings ein, dass meine Freundin eines auf den Tod nicht ausstehen kann: Unpünktlichkeit. Das könnte ein Problem werden. Denn ihre Einladung für den heutigen Abend galt für sieben Uhr. Und inzwischen ist es Viertel vor acht. Andererseits brauche ich mir nicht wirklich Sorgen zu machen. Ellen wird vermutlich kein Wort über meine Verspätung verlieren. Sie wird vollauf damit beschäftigt sein, sich über mein Outfit aufzuregen – und das nicht einmal zu Unrecht. Ich trage nämlich nicht nur kein chinesisches Seidenkleid, ich trage auch sonst nichts, was die Bezeichnung Abendgarderobe verdient. Wenn Sie es genau wissen wollen: Ich trage Jeans, ein T-Shirt und Stoffschuhe. Ich sehe also aus wie eine Studentin im achtunddreißigsten Semester, die sich ihr Outfit bei ihrer halbwüchsigen Tochter ausgeliehen hat. Was übrigens auch stimmt, jedenfalls das mit der Tochter. Ich habe es mir nicht nehmen lassen, mich an Nessis Kleiderschrank zu bedienen – aus Rache sozusagen. Deshalb habe ich jetzt ein T-Shirt mit der Aufschrift »Bomb« über meinem Busen an. Ich bin mir nicht ganz sicher, ob Ellen mich nicht als Erstes in ihr Schlafzimmer lotsen wird, um mich, notfalls unter Gewaltanwendung, umzuziehen. Immerhin ist mein neuer, nicht ganz freiwilliger Gammellook konsequent. Meine Frisur erinnert nämlich an eine Karibikinsel, über die ein Wirbelsturm hinweggefegt ist.

Sie können sich also bestimmt vorstellen, dass meine Laune nicht gerade die beste ist. Und dass ich auf alles Mögliche Lust habe, aber bestimmt nicht darauf, mit irgendwelchen erfolgreichen, gut gekleideten Menschen einen ganzen Abend Smalltalk zu führen. Aber jetzt ist es zu spät, um etwas daran zu ändern.

Außerdem merke ich gerade, dass das Schicksal doch nicht gegen mich ist: Ich entdecke nämlich in akzeptabler Entfernung zu Ellens Wohnung einen Parkplatz. Ein Wunder in dieser Gegend. Es bewahrt mich vor einer Nachtwanderung oder auch davor, für die letzten Meter zu Ellen ein Taxi heranzuwinken. (Ist alles schon vorgekommen.)

Ich stelle den Wagen ab und stehe kurz darauf vor dem großzügigen Hausportal mit den griechischen Säulen und dem golden schimmernden Klingelschild. Ellen und Holger wohnen standesgemäß in einem Altbau in Toplage mit Wohnungen, bei denen man alles unter einhundertachtzig Quadratmeter als klein bezeichnet. Und in die auf Wunsch ein Hausmeister kommt, um eine durchgebrannte Birne zu wechseln oder einen Dübel für die silbernen Handtuchhalter zu setzen. Ich drücke auf den kleinen, schimmernden Elfenbeinknopf, neben dem »Strobert/Ellinghaus« steht. Ellen führt aus unerfindlichen Gründen immer noch den Namen ihres ersten Mannes, von dem sie sich schon mit Ende zwanzig getrennt hat. Darum mussten sich ihre beiden nächsten Gatten, inklusive Holger, mit dem Schrägstrich auf dem Klingelschild abfinden. Ich glaube, Ellen will damit klarstellen, dass sie nie wieder einem Mann ganz gehören will – und dass es ausgesprochen kostspielig ist, sich mit ihr zu überwerfen. Zumal sie zu ihrem zweiten Mann, der Rechtsanwalt ist und die Scheidung von ihrem ersten durchgefochten hat, immer noch ein freundschaftliches Verhältnis pflegt, was Mann Nummer eins und Mann Nummer drei höchst unglücklich macht.

Die Gegensprechanlage schnarrt, dann höre ich ihre Stimme: »Schatz, du bist zu spät.«

Sehen Sie: In diesem Augenblick fällt mir ein, was ich an Ellen habe und was ich niemals missen möchte: Ellen ist *treu*. Und zwar durch und durch. Ich kenne sie seit fast dreißig Jahren, und ich zweifele nicht daran, dass wir uns auch noch kennen werden, wenn wir zu einem gemeinsamen Treffen von irgendwelchen Zivildienstleistenden gebracht werden müssen und den Prosecco aus Schnabeltassen trinken.

Keine Frage, ich habe Freundinnen, die, objektiv betrachtet, nettere, intelligentere oder höflichere Menschen sind als Ellen. Gleichzeitig aber haben viele von ihnen die unangenehme Eigenschaft, sich nicht mehr bei mir zu melden – nur weil sie, oder ich, zum Beispiel einen neuen Liebhaber haben. Oder weil ich mich negativ über ihre Wohnungseinrichtungen, ihre Kinder oder ihre Ehemänner geäußert habe. Solche Freundinnen sind dann plötzlich aus meinem Leben verschwunden, und wenn ich ihnen zufällig in der Stadt begegne, lächeln sie gequält und sagen, dass wir uns unbedingt einmal treffen müssen. Nur um sich dann nie wieder zu melden.

Ellen ist da anders: Sie sagt frei heraus, was ihr alles an mir nicht passt und was sie mir ihrer Meinung nach voraus hat. Dafür ist hundertprozentig Verlass darauf, dass sie mindestens zweimal in der Woche in meinem Laden auftaucht, und sei es nur, um mir zu sagen, dass sie für eine Woche mit Holger nach Barbados fliegt.

Außerdem gibt sich keine meiner Freundinnen so viel Mühe, mich zu verkuppeln wie Ellen. Nicht dass sie dabei mein Lebensglück besonders interessieren würde. Es macht ihr einfach Spaß. Und damit sind wir beim vielleicht größten Unterschied zwischen mir und Ellen: Ich habe mein gesamtes bisheriges Leben gearbeitet und mein eigenes Geld verdient. Ellen dagegen hat geheiratet und sich wieder scheiden lassen. Rein finanziell gesehen, ist sie die Erfolgreichere von uns beiden. Trotzdem beneidet Ellen mich. Was sie natürlich niemals zugeben würde. Sie beneidet mich um das, was ich aus eigener Anstrengung aufgebaut habe.

Ich beuge mich zur Gegensprechanlage und sage: »Tut mir unendlich Leid, Ellen. Es war einfach ein Chaos-Tag. Ich bin froh, dass ich es überhaupt geschafft habe ...«

»Ich bin tödlich beleidigt, Süße. Aber das macht nichts. Komm hoch. Wir haben mit dem Essen gewartet«, sagt Ellen, und vermutlich lächelt sie dabei versöhnlich. Ich habe mit meiner Entschuldigung den richtigen Ton getroffen.

Der Türöffner surrt. Ich trete in das großzügige Treppenhaus mit den marmorgetäfelten Wänden und dem Läufer auf den Stufen, der so schwarz und so fusselfrei ist, weil er vermutlich mehrmals am Tag gereinigt wird.

Dem Aufzug werfe ich einen verächtlichen Blick zu. Ich gehe wie immer vergnügt die Treppe hoch und frage mich, ob der Abend langweilig oder *sehr* langweilig werden wird. Oder ob Ellen vielleicht ausnahmsweise einmal Leute eingeladen hat, die nicht nur über Aktien, Politik und die internationalen Kautschukmärkte reden können (mit Letzteren hat Holger in irgendeiner Form sein Vermögen verdient).

In solche Gedanken versunken, merke ich gar nicht, dass Ellen in der Tür steht und mir erwartungsvoll entgegensieht, als ich die letzten Stufen emporsteige. Und dass sie dabei verdächtig lächelt.

»Warum nimmst du denn nicht den Aufzug, Kind?«

»Weil ein dreistöckiger Treppenaufstieg im Durchschnitt vierzig Kalorien verbraucht.«

Sie winkt ab und sagt: »Als wenn du das nötig hättest.«

»Außerdem finde ich euer Treppenhaus so toll.«

»Wirklich? Dann muss ich mir das vielleicht auch einmal ansehen.«

Zur Erklärung: Ellen und ich sind ungefähr gleichaltrig (sie hat drei Jahre Vorsprung), und wir können es beide figurmäßig ohne Probleme mit Frauen aufnehmen, die zwanzig Jahre jünger sind als wir. Allerdings ist unsere Methode dabei höchst unterschiedlich. Während ich versuche, gut und gesund zu essen und mir mein Job jede Menge Bewegung verschafft, greift Ellen auf allerlei technische Hilfsmittel zurück – wozu auch eine Schar Schönheitschirurgen gehört. Außerdem gibt es keinen Appetitzügler, den sie noch nicht ausprobiert hat.

Ellen nimmt mich am Arm und flüstert mir vertrauensvoll ins Ohr:

»Ich hatte schon Sorgen, dass du gar nicht mehr kommst. Ich hätte es ja verkraftet. Aber ich glaube, Richard wäre ausgesprochen enttäuscht gewesen. Schließlich habe ich ihm eine Menge von dir erzählt. Und er ist sehr gespannt, dich kennen zu lernen.«

»Richard?«

»Du wirst schon sehen. Ehemaliger Geschäftsfreund von Holger. Und ein entzückendes Stück Mann. Außerdem ist er ohne Wartezeit lieferbar. Wenn du willst, kannst du ihn also direkt mitnehmen.«

Jetzt fällt bei mir der Groschen. Ellen hat sich wieder einmal als Partnervermittlungsinstitut betätigt – und das hatte sie schließlich auch angekündigt. Im Prinzip stört mich das ja überhaupt nicht. Immerhin sind Abendessen mit Flirtfaktor viel angenehmer als eine lustlose Nahrungsaufnahme mit drögen Themen und langweiligen Menschen. Peinlich ist höchstens die Tatsache, dass ich diesen kleinen Umstand bei der Auswahl meiner Garderobe vollkommen vergessen habe und jetzt in Jeans und Girly-T-Shirt zum Blind Date auftauche.

Aber da mache ich mir anscheinend vollkommen unnötige Sorgen, wie ich zu meiner großen Überraschung feststelle. Denn Ellen, die mich gerade in den Wohnungsflur hineinschiebt, flüstert:

»Ich finde deinen Madonna-Look übrigens hinreißend. Ich habe das gleiche T-Shirt gestern bei Prada gesehen. Finde ich toll, dass du dir auch mal etwas gönnst.«

Ich nicke und lächele gequält. Unter anderem, weil ich mir nicht sicher bin, ob Ellen neuerdings nichts mehr von Mode versteht oder ob meine Tochter ihre Einkaufsgewohnheiten geändert hat. Und offenbar auch noch über die nötigen Finanzen verfügt.

Ellen und Holgers Wohnung hat Stil – und über zweihundert Quadratmeter, um das in allen erdenklichen Formen unter Beweis zu stellen. Edle Vorhänge, eine Bibliothek und ein Klavierzimmer (obwohl keiner der beiden spielen kann), das sind nur ein paar der Highlights, die Ellen jedem Besucher präsentiert, ob er will oder nicht. Sobald nämlich jemand die Wohnung betritt, beginnt sie, notorisch irgendetwas zu suchen, in einem entfernten Zimmer klingelt das Telefon, oder sie muss gerade sehr dringend wichtige Unterlagen holen. Kombiniert mit dem Satz »Ach, kommen Sie doch kurz mit«, schafft sie es spielend, jeden Gast zu einer Wohnungsbesichtigung zu nötigen. Ich vermute, dass selbst der Postbote nichts abgeben kann, ohne danach umfassend über die neuesten Wohntrends der gehobenen Einkommensklassen informiert zu sein.

Ich kann das verstehen. Ellen hat ein Händchen für Einrichtungen. Weswegen ich ihr auch verzeihe, dass sie als Beruf stets »Innenarchitektin« angibt, ohne dabei rot zu werden. Auf die Frage, was sie denn so einrichte, sagt sie in der Regel: »Wohnungen«. Gelogen ist daran nur die Mehrzahl. Denn Ellen richtet nur eine einzige Wohnung ein, ihre eigene, und das, solange ich denken kann.

Ich folge ihr in die großzügige Diele, deren rechte Wand verspiegelt ist, während an der linken Wand ein überdimensionaler Anselm Kiefer hängt (ich bin mir sicher, dass Ellen ihn hässlich findet. Aber erstens gefällt er Holger, und zweitens zieht Ellen damit schon mal all die Gäste auf ihre Seite, denen sie sich intellektuell unterlegen fühlt). Auf einer kleinen Anrichte steht ein aufwendiges Blumengesteck – ebenfalls keine ganz billige Dekoration, die zudem jede Woche erneuert werden muss. In diesem Fall habe ich dafür vollstes Verständnis. Unter anderem, weil es zufällig mein Laden ist, der sie damit ausstattet.

Ellen nimmt mir die Jacke ab und schiebt einen der Wandspiegel zur Seite, hinter dem sich eine großzügige Garderobe verbirgt. »Ich freue mich jedenfalls, dass du da bist«, sagt sie und schenkt mir einen warmherzigen Blick – sie meint es ehrlich.

»Ich auch. Schließlich haben wir uns letzte Woche gar nicht gesehen«, sage ich.

Ellen stöhnt dezent auf und macht eine wegwerfende Handbewegung, mit der sie offenbar andeuten will, dass sie mehr zu tun hat, als eine ohnehin schon viel beschäftigte Frau wie sie bewältigen kann. Da bin ich aber mal gespannt.

»Du kannst dir nicht vorstellen, was ich um die Ohren habe. Wir lassen das Schlafzimmer neu tapezieren. Dann sind die Schränke für Holgers Arbeitszimmer gekommen. Und dazu noch die Vorbereitungen für heute Abend. Ich weiß gar nicht, wo mir der Kopf steht. Schließlich soll es ein besonderer Abend werden.«

»Hat Krystina etwa frei?«, frage ich. Ellen lässt sich an manchen Tagen von einer polnischen Studentin helfen, die sie konsequenterweise nur »das Mädchen« nennt. Ich verstehe mich mit Krystina blendend, und sie quittiert meine Kommentare über ihre Chefin stets mit einem zurückhaltenden, aber eindeutigen Lächeln.

»Schlimmer. Sie ist schwanger. Kannst du dir so etwas vorstellen? Mit vierundzwanzig? Und ohne uns zu fragen oder ein Wort zu sagen?«

»Du meinst, sie hatte unangemeldeten Sex?«

»Und zwar …«, Ellen hält inne und sieht mich erstaunt an. Dann prustet sie los und schüttelt dabei ungläubig den Kopf. »Ich weiß, ich bin schrecklich. Also lass uns davon aufhören. Es wird ohnehin höchste Zeit, dass ich dich den anderen Gästen vorstelle.«

Sie nimmt mich am Arm, zieht mich ins Wohnzimmer und sagt mit so lauter Stimme, dass es jeder im Raum hören kann:

»Und wenn du nichts dagegen hast, fangen wir sofort mit dem Essen an. Ich glaube, meine Gäste sind schon halb verhungert.«

Ich überlege mir gerade eine saftige Erwiderung – zum Beispiel könnte ich darauf hinweisen, dass Holger, ihr Mann, alles andere als verhungert aussieht –, als jemand anderes zu meiner Verteidigung ansetzt:

»Aber, aber. Das macht doch nichts. Wir haben uns sehr angeregt unterhalten. Und wer wartet nicht gerne auf eine schöne Frau?«

Das ist zwar wenig originell, aber über das Kompliment freue ich mich trotzdem. Suchend blicke ich zur Festtafel hinüber, an der insgesamt neun Personen sitzen. Ich weiß sofort, wer sich dort als mein Anwalt betätigt hat: Am hinteren Ende sitzt ein Mann, der mir aus zwei klaren blauen Augen amüsiert zublinzelt und dazu dezent mit dem Kopf nickt. Ich winke ihm dankbar zu und stelle fest, dass manche Männer sogar noch jenseits der sechzig ausgesprochen attraktiv sein können. Dieser jedenfalls ist es. Sein Gesicht ist braun gebrannt und kantig, seine strubbeligen Haare glänzen silbern, und seine Handgelenke wirken kraftvoll und zupackend. Er gehört in die Abteilung »würdevoller Gentleman«, in der auch Männer wie Blacky Fuchsberger, Sky du Mont oder Sean Connery zu finden sind. Männer allerdings, zu denen Frauen passen, die mindestens fünfzehn Jahre älter sind als ich.

Da mich die gesamte Runde jetzt neugierig anstarrt, überlege ich fieberhaft, was ich sagen kann. Zum Glück ergreift Ellen das Wort. Sie strahlt meinen Retter an, lächelt mir zu und verkündet salbungsvoll:

»Liebe Isabelle, das ist Richard. Mein lieber Richard, das ist Isabelle, von der ich dir so viel erzählt habe.«

Moment! Richard? Hat Ellen nicht gerade erst diesen Namen erwähnt? Und zwar in Zusammenhang mit einem möglichen Kandidaten für eine Partnerschaft – mit *mir*? Kann es sein, dass meine Freundin vorhat, mich mit diesem Silberschopf zu verkuppeln, dessen Äußeres zwar zweifellos vorteilhaft ist, der aber so sehr in die Jahre gekommen ist, dass ihr Ansinnen die reinste Unverschämtheit ist? Ich meine, der Mann ist bestimmt ausgesprochen nett, zuvorkommend, gebildet und ein perfekter Kavalier. Sicherlich kann man mit ihm interessante Gespräche führen, und über mangelnde Komplimente muss man sich auch nicht beschweren. Das hat er schließlich gerade bewiesen.

Ganz abgesehen davon, dass die Frau an seiner Seite sicherlich nicht aufs Kleingeld zu achten braucht, das sieht man auf den ersten Blick. Aber er ist nun einmal ... alt! Und das heißt, dass er vermutlich jeden Tag zehn Kürbiskernkapseln schlucken muss, um seine Blasenschwäche zu kurieren, und dass er Viagra nicht für eine Erektion braucht, sondern um aus dem Sessel aufzustehen! All das mag ja in Ordnung sein – aber nicht für mich! Und nicht an *meiner* Seite.

Auf einmal habe ich das dringende Bedürfnis, in einen Spiegel zu sehen. Vielleicht täuscht mich am Ende meine Selbstwahrnehmung, und ich passe auch noch zu dieser Johannes-Heesters-Kopie? Unsinn, Isa, ruhig Blut, sage ich mir. Du bist noch nicht einmal fünfzig, und dieser Dinosaurier da ist bestimmt siebzig! Bei diesem Gedanken entspanne ich mich etwas. Das Ganze ist wahrscheinlich ein Missverständnis.

Richard steht jetzt erstaunlich behände von seinem Sessel auf und streckt mir seine Hand entgegen. »Liebe Isabelle. Sie wissen gar nicht, wie sehr ich mich freue, Sie kennen zu lernen. Und wie bezaubernd Sie heute Abend aussehen. Ich versichere Ihnen, dass wir sehr gerne auf Sie gewartet haben!«

Ich setze mein strahlendstes Lächeln auf und sage:

»Lieber Richard, die Freude ist ganz meinerseits. Ellen hat mir von Ihnen ebenfalls vorgeschwärmt. Sie sollen ja so ein netter Mann sein. Und auch noch so rüstig. Ich bewundere Sie.«

Ellen zuckt zusammen und sagt zu Richard:

»Isabelle hat jeden Tag so viel um die Ohren. Ein Geschäft, zwei Kinder, und *wir sind ja auch nicht mehr die Jüngsten.*«

Mehr als das mit den Kindern ärgert mich die Tatsache, dass sie *wir* gesagt hat. Schließlich ist Ellen drei Jahre älter als ich. Ich lächele meine Freundin kampflustig an und sage: »Wenn ich mich hier umsehe, bin ich sehr wohl die Jüngste!«

Richard, dem der tiefere Sinn unseres weiblichen Geplänkels entgeht, hält immer noch meine Hand fest – und zwar nicht ohne Grund. Offenbar will er jetzt unsere unterbrochene Begrüßung zu Ende bringen und zu einem Handkuss ansetzen. Allein bei der Vorstellung rieselt mir ein Schauder den Rücken herunter: Nicht dass ich die Geste nicht zu schätzen weiß. Hier aber geht es darum, Prinzipien zu verteidigen! Wie gut, dass ich mehrere Selbstverteidigungskurse absolviert habe. Gekonnt und schwungvoll ziehe ich mich daher aus seiner Umklammerung, woraufhin Richard erst sein Gleichgewicht verliert und nach vorne stolpert und dann auch noch seinen albernen Schmatzer in die leere Luft setzt. Ich kann nicht anders, als laut zu kichern, was mir erneut bitterböse Blicke von Ellen einbringt. Pah, denke ich trotzig, schließlich ist sie selbst schuld. Ich habe sie nicht gebeten, mir ihren paläontologischen Bekanntenkreis vorzustellen, geschweige denn, mich mit ihm zu verkuppeln. Sie hat also auch keinen Anspruch darauf, dass ich mich gut benehme.

In diesem Moment reißt mich eine Stimme aus den Gedanken, deren Besitzer eindeutig noch in der ersten Lebenshälfte steht:

»Ich winke Ihnen lieber aus sicherer Entfernung zu. Wenn man Ihnen zu nahe kommt, muss man anscheinend mit allem rechnen.«

Ich blicke mich im Raum um und entdecke etwas – oder besser gesagt: jemanden –, bei dessen Anblick sich meine Laune erheblich verbessert. Am Tisch, halb verdeckt von Ellens Paravent, sitzt ein Mann, der höchstens halb so alt ist wie Richard und der mich jetzt frech und charmant zugleich angrinst. Und der außerdem sehr genau zu spüren scheint, was ich von Richard und Ellens Verkupplungsplänen halte.

»Es ist halt gefährlich, mich zu küssen, ohne vorher zu fragen«, gebe ich lächelnd zurück.

»Ich werde mich daran halten.«

Ich lächele und sage: »Ans Fragen? Oder ans Gefährliche?«

»Je nachdem …«, erwidert er schmunzelnd.

»Dann fragen Sie lieber … ich könnte mir vorstellen, dass Sie eine positive Antwort erhalten.«

In diesem Moment bemerke ich Ellens wütende Blicke. Klar, schließlich ist sie die Gastgeberin und beansprucht daher das Recht, im Mittelpunkt zu stehen, völlig für sich. Aber Ellen ist routiniert genug, um die Situation im Griff zu behalten: Sie packt mich am Arm und schiebt mich zu meinem Platz –

der sich natürlich ganz zufällig genau neben dem von Richard befindet. Der springt mit einer erstaunlich drahtigen Bewegung auf und schiebt galant meinen Stuhl zurecht.

»Sehr freundlich«, sage ich und lächele bemüht.

»Das bin ich wirklich. Ich kann es Ihnen versichern«, erwidert Richard und deutet eine Verbeugung an. Fast tut es mir Leid, dass ich ihn gerade so ruppig behandelt habe.

»Und jetzt will ich dich endlich *meinen anderen* Gästen vorstellen«, sagt Ellen. »Das sind Heimo und Claire Hofstedt, alte Freunde von Holger. Daneben Honorarkonsul Matthies und seine bezaubernde Gattin. Lothar und Isolde von Barhausen, Ehrenvorsitzende von ›Women for Children‹. Und das …«, sagt Ellen und macht eine kunstvolle Pause, während ich Holger und den übrigen Ehepaaren die Hand gebe, »… ist *Max Kästner*. Ihr seid ja gerade schon … intim geworden. Sozusagen.«

Ich strecke ihm meine Hand hin und sage genau das, was ich immer sage:

»Hallo, ich bin Isabelle Bauer.«

Im Raum entsteht ein merkwürdiges Schweigen. Habe ich irgendetwas verpasst? Ich weiß es nicht. Ich bin nur froh, dass mit Max, ich schätze ihn auf Anfang dreißig, ein einziges männliches Wesen im Raum ist, das noch nicht die Senilitätsgrenze überschritten hat.

Ich setze mich hin und sage lachend zu ihm: »Sie sehen aus wie dieser Moderator von Hamburg-LIVE, Sie wissen schon … der komische Typ, der diese unsägliche Sendung macht, ›Hausbesuch‹, die mit den Prominenten …«

Das merkwürdige Schweigen wird zur eisigen Stille. Ich spüre, wie sich Ellens geliftete Gesichtshaut bis zum Zerreißen spannt und Holger ungesunde Schluckbeschwerden bekommt. Bei mir fällt natürlich erst der Groschen, als Max Kästner mich anlacht und sagt:

»Es tut mir Leid, Isabelle, ich *bin* der komische Typ von Hamburg-LIVE. Aber keine Angst, ich finde es sehr angenehm, wenn mich einmal jemand nicht erkennt. Und mir dann auch noch gleich seine wahre Meinung über mich sagt.«

»Ich … also, mein Gott. Ich weiß gar nicht … also, nicht dass Sie das jetzt falsch verstehen … ich meine, ich wollte nicht sagen, dass ich … doch, das wollte ich schon … Aber nicht, dass Sie das jetzt … Also, es war gar nicht so …«

»… so gemeint?«, vervollständigt er meinen Satz und grinst lausbubenhaft. »Schade eigentlich. Und wissen Sie auch, warum? Sie erinnern mich an eine Kollegin von mir, die hat so ein ähnliches Outfit wie Sie, obwohl sie gerade erst zwanzig geworden ist. Die kann mich nämlich auch nicht leiden.«

Zack! Zielsicher hat er meinen wunden Punkt getroffen – die Tatsache, dass ich mich nicht nur benehme wie ein ungezogener Teenager, sondern heute auch noch genauso gekleidet bin. »Das täuscht, wirklich«, sage ich und lächele ihn vorsichtig an. »Das T-Shirt habe ich mir von meiner Tochter geliehen.«

Sofort würde ich mir am liebsten die Zunge abbeißen. Da sitzt zum ersten Mal seit langem ein Mann neben mir am Tisch, dessen Körper frisch und ansehnlich ist, den ich eigentlich sogar nett finde und der vor allem schlagfertig ist. Und was mache ich? Zuerst beleidige ich ihn, und dann erzähle ich ihm auch noch, dass ich eine Tochter habe, die groß genug ist, um mir Kleider auszuleihen. Für einen Mann in seinem Alter kann das nur das klare Signal sein, dass ich in die Schublade zu alt, zu langweilig, zu mütterlich gehöre.

Zu allem Überfluss startet Richard jetzt auch noch den zweiten Rettungsversuch für meine Ehre als Frau: »Es ist wunderbar, dass Sie so große Kinder haben. Nicht nur, weil Sie sich mit ihnen in Sachen Mode austauschen können. Sondern auch, weil die Kleinen aus dem Gröbsten raus sind. Und Sie sich jetzt wieder ganz um sich selbst kümmern können.«

»Danke, Richard. Das haben Sie wirklich ausgesprochen … nett gesagt«, entgegne ich und mache dazu vermutlich eine Miene wie ein Blumenstrauß, der mit Essig gegossen wird. Kein Wunder: Genauso fühle ich mich nämlich auch. Ich habe genau zwei Minuten gebraucht, um mich zu blamieren, um Ellen zur Weißglut zu treiben und um mir die einzige Chance auf einen netten Abend zu verderben. Denke ich. Aber dann feixt dieser Max mich an. Er legt mir die Hand auf den Arm und sagt, leicht den Tonfall von Richard imitierend: »Ach, wissen Sie, gnädige Frau, ich finde, Sie sehen echt klasse aus. Und wenn Sie mir die Chance geben, würde ich Ihnen gerne beweisen, dass ich gar nicht so schlimm bin, wie Sie glauben.«

Juchhu! Das hast du wunderbar gesagt. Und du bist wunderbar. Du bist genau die Sorte Mann, die ich an einem Samstagabend kennen lernen möchte, denke ich. Und am liebsten würde ich dich nehmen und mit dir zusammen von hier verschwinden – irgendwohin, wo wir ganz alleine sind!

Aber das sage ich natürlich nicht. Stattdessen sage ich mit betont cooler Stimme: »Chance gewährt. Aber nur, wenn ich auch versuchen darf, meinen unvorteilhaften ersten Eindruck bei Ihnen wettzumachen.«

Hoffentlich bedeutet dieses Glühen auf meinem Gesicht nicht, dass ich gerade knallrot geworden bin. Oder dass ich vielleicht all das, was ich nur *gedacht* habe, in Wirklichkeit doch leise vor mich hin gemurmelt habe (was mir nämlich ab und zu passiert und was meine Kinder regelmäßig zu der Vermutung führt, dass ich nicht mehr zurechnungsfähig bin).

»Einverstanden«, sagt Max und fügt dann flüsternd hinzu: »Und was den ersten Eindruck angeht, machen Sie sich da mal keine Sorgen. Ich bin fest überzeugt, dass Sie und ich die einzig normalen Menschen hier sind. Auch wenn alle anderen das Gegenteil denken.« Dabei sieht er mich auf eine Art an, dass es mir heiß und kalt den Rücken runterläuft. Was dazu führt, dass meine Phantasien sich innerhalb von Sekundenbruchteilen überschlagen: Ich sehe Max und mich nicht nur an einem einsamen Ort – wir sind dort auch mit allerlei beschäftigt, was Spaß macht …

»Isabelle? Alles in Ordnung bei Ihnen?«

»Was?«

Ich sehe Max irritiert an. Er berührt mich sanft an der Schulter und lächelt mich an.

»Sie wirkten gerade so abwesend. Muss ich mir Sorgen machen?«

Ich schüttele den Kopf – und jetzt werde ich wohl wirklich

rot. »O nein. Es ist alles ... in Ordnung. Ich hatte einfach einen anstrengenden Tag ... und ich habe seit dem Frühstück nichts mehr gegessen«, stammele ich hilflos vor mich hin.

Max sieht mich an, und ich bin mir nicht sicher, ob er nicht Gedanken lesen kann und sich daher über meine reichlich schwache Ausrede amüsiert. Aber selbst wenn, er darf ruhig wissen, was ich von ihm halte. Vielleicht denkt er ja dasselbe.

Gut. Ich nehme an, ich bin Ihnen spätestens jetzt eine Erklärung schuldig. Es ist natürlich genau so, wie Sie schon vermutet haben: Ich denke ständig an Sex. Na und? Wenn ich ein Mann wäre, fänden Sie das doch auch normal. Ich sehe einen Mann, der mir gefällt – und zack: Ich stelle mir vor, wie er nackt aussieht und ob er Dinge kann, die mir Spaß machen würden.

Es ist ausgerechnet Richard, der mich dieses Mal aus meinen Gedanken reißt. Ich bin ihm dafür sogar dankbar. Er sieht mich mit einem charmanten Lächeln an und sagt:

»Dann würde ich mich gerne Herrn Kästner anschließen und Ihren Eindruck von mir, gnädige Frau, ebenfalls in ein günstiges Licht rücken.«

Obwohl ich Richard in diesem Moment sogar sympathisch finde, kann ich nicht anders, als gemein zu ihm zu sein, schließlich soll Max wissen, dass mich nichts, aber auch gar nichts mit diesem älteren Herrn verbindet. Ich setze ein bezauberndes Lächeln auf und sage: »Aber Richard. Das günstige Licht sollten Sie lieber meiden. Ich weiß doch auch so, was ich an Ihnen habe.«

Ellen, die inzwischen ihre Fassung wiedergewonnen hat, verhindert im letzten Moment, dass Richard die Antwort, die ihm auf den Lippen liegt, ausspricht. Sie sagt:

»Nun, meine Lieben. Ich merke, ihr versteht euch blendend. Ich schlage vor, dass wir jetzt mit dem Essen anfangen.«

Habe ich Ihnen schon erzählt, was für mich ein wirklich gelungener Abend ist? Nun, ich erlebe gerade einen. Und ich fühle mich dabei so wohl wie schon lange nicht mehr. Das liegt unter anderem daran, dass mir eine ganze Menge Dinge vollkommen egal sind. Zum Beispiel die Tatsache, dass Ellen für diesen Abend einen Koch gemietet hat. Eigentlich wollte sie das natürlich verheimlichen. Aber plötzlich steht ein asiatisch aussehender Mann in der Tür, der auf dem Kopf eine dieser riesigen weißen Kochmützen trägt. Mit merkwürdigem Akzent fragt er:

»Soll ichi jetzu selvielen die Thunfisch-Avocado-Lollen mit Seetangfüllung, Flau Stlobelt?«

Ellen nickt nur. Sie bringt plötzlich kein Wort mehr heraus, obwohl sie sich vorher endlos über euro-asiatische Fusion-Küche mit Gewürz-Crossover und mediterraner Note verbreitet und dies alles selbstverständlich als Eigenkreationen ausgegeben hat. Als der Asiate wieder in der Küche verschwunden ist, sagt sie hüstelnd:

»Das ist Sato, meine Lieben. Er geht mir in der Küche ein wenig zur Hand. Ein reizender Mensch. Er ist für einige Monate in Deutschland, weil er etwas über die deutsche und die europäische Küche lernen möchte.«

Natürlich, Ellen, denke ich, da kann er von dir bestimmt eine Menge lernen. Aber ich schweige freundschaftlich und beschränke mich auf einen kleinen, hämischen Blick, den Ellen sehr wohl versteht und für den sie sich garantiert bei passender Gelegenheit rächen wird.

Aber das kann, wie gesagt, meine blendende Laune in keiner Weise beeinträchtigen. Ebenso wenig wie die Tatsache, dass Holger, Ellens Mann, und sein toller Geschäftsfreund Heimo ununterbrochen über die Geschichte des Kautschuks und den Einfluss der Biotechnologie auf die Weltmarktpreise sprechen – und zwar *sehr laut*. Einmal versucht sich Heimo, ansonsten vermutlich genauso humorlos wie ein Bankberater oder ein Wohnungsmakler, sogar an einem Witz. Oder was er dafür hält. Holger klopft mit der Gabel gegen sein Glas und verschafft seinem Freund so die nötige Aufmerksamkeit. Der kann sich vor Lachen kaum noch halten, obwohl er mit seinem Witz noch gar nicht angefangen hat. Er wischt sich über die schweißnasse Stirn, sieht mit seinen verträanten Augen von einem zum anderen, nimmt einen tiefen Schluck aus seinem Rotweinglas und sagt: »Treffen sich zwei Gummibäume auf der Plantage. Fragt der eine: Na, wie läuft's? Sagt der andere: Ganz schön zäh.«

Holger prustet los und rutscht dabei fast vom Stuhl, während Heimo dröhnend wiehert und auch noch seinen Wein über seine Hose verschüttet. Claire, Heimos Frau, stößt merkwürdige Kickser aus, während sich Ellen und alle anderen am Tisch krampfhaft Mühe geben, in irgendeiner Form Belustigung auszudrücken. Max und ich sehen uns mit Verschwörermiene an und denken vermutlich beide dasselbe.

Tja, und dann zeigt sich einmal mehr mein einzigartiges Talent, kein Fettnäpfchen in diesem Leben auszulassen. Gummi-Heimo, wie ich ihn inzwischen getauft habe, steht nämlich auf und bemerkt, dass sich seine Kleidung vom Rotwein dunkel gefärbt hat. Woraufhin ich mich zu Max beuge und flüstere: »Schauen Sie mal. Der hat sich vor Lachen in die Hose gemacht.«

Pech gehabt. Denn als ich das sage, sind alle anderen gerade wieder ruhig geworden, es ist mucksmäuschenstill im Raum, weswegen es niemanden in unserer Runde gibt, der meinen kleinen, unverschämten Kommentar *nicht* hört.

Was dann passiert, können Sie sich ja vorstellen. Diesmal bin ich es, die vor Lachen fast auf dem Tisch liegt, während mich die anderen mit verzerrten Gesichtszügen anstarren und peinlich berührt sind. Wenigstens ist auf meinen Verehrer Richard Verlass. Als selbst ich mich wieder beruhigt habe und für einen kurzen Moment eisiges Schweigen am Tisch herrscht, beugt er sich noch einmal zu mir herüber und sagt mit seiner sonoren Stimme:

»Macht sich in die Hose vor Lachen ... einfach köstlich. Sehr köstlich, meine Liebe.«

Glauben Sie, dass es damit vorbei ist? Keineswegs. Gerade haben alle mit ihren Tischnachbarn wieder ein Gespräch aufgenommen, und ich stehe nicht länger im Mittelpunkt. Da bemerken Max und ich, wie Claire vor ihrem Gatten auf die Knie geht, sich über seinen Schoß beugt und ihm stöhnend und fluchend mit ihrer Serviette über die rotweinnasse Hose rubbelt. Das reicht schon, um mir zu einem weiteren multiplen Lachanfall zu verhelfen. Endgültig aus mit mir ist es aber erst, als Claire nach dem Salzstreuer greift, den Verschluss abschraubt und ihrem Mann mehr oder weniger den gesamten Inhalt über den Unterleib schüttet. Woraufhin Max in die gleiche Falle tappt wie ich zuvor. Er beugt sich zu mir und flüstert: »Ob der damit mehr Würze in den Schoß bekommt, bezweifle ich« – was ganz zufällig wieder jeder am Tisch hört. Schön nur, dass diesmal Max das eisige Schweigen der Gäste und Ellens Todesblicke aushalten muss.

Das alles macht mir überhaupt nichts aus. Weil das Einzige, wofür ich Augen und Ohren habe, das gut gewachsene Stück Mann ist, das neben mir sitzt und Max heißt. Während am Tisch über Kautschuk, Aktienkurse und Hausangestellte diskutiert wird, erzählt er mir von seinem Alltag beim Fernsehsender. Er berichtet mir von seinem Aufstieg vom kleinen Außenreporter zum TV-Moderator, über seine Interviews mit allen möglichen Hamburger Prominenten und davon, dass er immer öfter von einem Leben in einem Land träumt, in dem etwas häufiger die Sonne scheint als hier.

»Und Ihre Freundin? Träumt die auch davon?«, frage ich – schließlich muss ich über die wichtigen Dinge informiert sein.

Max macht es mir allerdings nicht leicht. Er zuckt mit den Schultern und sagt: »Keine Ahnung.«

Toll, eine Antwort, die alles und nichts heißen kann. Bevor ich eine Chance habe nachzufragen, fährt er schon fort:

»Sonne war für uns immer ein Streitthema«, sagt er. »Wir konnten uns nicht einmal auf ein Urlaubsziel einigen, weil sie in den kühlen Norden wollte und ich in den Süden. Wir sind dann meistens getrennt gefahren, auch wenn das immer wieder für Spekulationen in der ›Bild‹ gesorgt hat. Und auf solche Schlagzeilen kann ich gerne verzichten.«

»Kann ich gar nicht verstehen«, sage ich lächelnd. »Als ich mich von meinem Mann getrennt habe, hätte ich mich über eine entsprechende Titelseite gefreut: ›Ekelpaket endlich entsorgt‹ oder ›Diktator abgeschoben‹ oder ›Aufatmen – Frau aus zwölfjähriger Ehe befreit‹. So etwas bringt Auflage. Und tut der Seele gut.«

»Klar, wenn Sie sich die Schlagzeile aussuchen können, schon. Aber wenn da steht: ›Moderator geht fremd‹ oder ›Der wilde Max kann es nicht lassen‹, sieht die Sache schon ganz anders aus.«

Meine Mundwinkel sinken unwillkürlich nach unten. »Wieso? Haben Sie Angst davor fremdzugehen?«

Ich höre mich das selber sagen – und kann es gar nicht glauben. Frag ihn doch gleich, ob er mit dir ins Bett gehen will, Isa, denke ich und würde mir am liebsten den Mund zunähen. Aber Max erlöst mich glücklicherweise mit einem Lachen.

»Eigentlich nicht ... ich meine, ich habe keine Angst. Aber ich wollte Ihnen auch nur ein Beispiel geben. Außerdem schreibt die ›Bild‹ so etwas auch, wenn es nicht stimmt.«

Dann können wir doch dafür sorgen, dass es stimmt, denke ich, sage aber stattdessen: »Sie dürfen sich nicht beklagen! Schließlich berichten Sie doch auch über die Schönen und Reichen in der Stadt. Und wenn ich recht informiert bin, gehen Sie dabei ganz schön ins Privatleben.«

Ich bin zufrieden mit meinem kleinen Nadelstich und warte gespannt auf seine Antwort.

»Das stimmt«, sagt Max ungerührt, »aber ich lasse meinen Gästen immer die Wahl, was sie verraten möchten und was nicht ... ich merke übrigens, dass Sie meine Sendung wirklich nicht kennen.«

Ich hebe die Hände wie eine überführte Täterin, die den Schlussfolgerungen des Untersuchungsrichters nichts mehr entgegensetzen kann. »Sie haben Recht. Ich bin schuldig im Sinne der Anklage, Euer Ehren.«

»Dann verurteile ich Sie hiermit zu einer Studiobesichtigung unter meiner fachkundigen Führung. Sie können sich vor Ort ein Bild machen, vielleicht ist es gar nicht so schlimm, wie Sie denken.«

»Abgemacht. Ich freue mich.«

»Ihre Kinder können Sie natürlich gerne mitbringen«, sagt er freundlich.

Toll. Einmal Mutter, immer Mutter. »Ach nein. Dafür sind die beiden wirklich noch zu jung. Die ganze Technik, das würden sie überhaupt nicht verstehen«, sage ich und komme mir ausgesprochen raffiniert vor.

In diesem Augenblick schaltet sich Richard, den ich schon ganz vergessen hatte, in unser Gespräch ein:

»So ein Fernsehstudio würde mich auch brennend interessieren. Vielleicht darf ich mich der Besichtigung einfach anschließen …«

Wir sollten dich lieber an die Herz-Lungen-Maschine anschließen, denke ich böse. Dazu schenke ich Richard einen Blick, der vermutlich selbst einen ausgewachsenen Rottweiler vertreiben würde – ihn allerdings nicht. Nun, in manchen Situationen ist es am besten, sich elegant aus der Affäre zu ziehen. Ich vertraue einfach darauf, dass Max die Situation rettet, rutsche mit meinem Stuhl nach hinten und sage:

»Wenn Sie mich einen Moment entschuldigen würden.«

Kurz darauf sinke ich leise stöhnend auf Ellens marmorierte Gästeklobrille. Ich muss dringend pinkeln, weil ich bisher darauf verzichtet habe, aus lauter Furcht, danach Max in einem Gespräch mit jemand anderem wiederzufinden. So ist es schließlich bei solchen Partys: Wenn man jemanden erst einmal als Gesprächspartner losgeworden ist, kann man sich danach neben ihn stellen und sich erschießen, und er wird vielleicht gerade einmal kurz herübersehen und nicken.

Es gibt aber noch einen zweiten Grund, aus dem ich mich aufs Klo zurückgezogen habe: Ich will durchatmen und zwischendurch kurz über mein Leben nachdenken. Bin ich wieder einmal dabei, mich in eine heillose Lage zu manövrieren? Natürlich bin ich das. Schließlich werfe ich gerade ein Auge auf einen Mann, der halb so alt ist wie ich und für den das Intimste, was er sich mit mir vorstellen kann, vermutlich darin besteht, sich an meiner Schulter auszuweinen. Er bekäme wahrscheinlich Schreikrämpfe, wenn er wüsste, bei wie vielen sexuellen Phantasien er in der letzten halben Stunde die Hauptrolle gespielt hat. Andererseits: So bin ich nun einmal. Und zwar seit siebenundvierzig Jahren. Und alle Hoffnungen, dass ich mich im Laufe der Zeit verändern würde, haben sich als Illusion herausgestellt. Ich werde zwar von Jahr zu Jahr älter. Aber merkwürdigerweise bleibe ich trotzdem immer der gleiche Mensch. Es ist mir ein absolutes Rätsel, warum das bei anderen Frauen anders zu sein scheint, vor allem bei solchen, die sich von jungen, sympathischen, chaotischen, lebenshungrigen *Menschen* in stumpfsinnige, kalte, träge, gesittete *Steine* verwandeln – was übrigens bei Männern nicht anders ist. Spätestens nach ihrem fünfzigsten Geburtstag. Aber das ist ein anderes Thema.

Ich verlasse die Toilette, um zu meinem Platz am Tisch zurückzukehren. Plötzlich schießt Ellen auf mich zu, nimmt mich am Arm und zieht mich in die Küche.

»Ellen, was um Himmels willen ...«

Verwirrt blicke ich erst meine Freundin an, dann Sato, den Mietkoch, der vor mir eine Verbeugung bis auf den Fußboden macht.

»Und?«, Ellen reißt ihre Augen auf Tennisballgröße auf, »wie findest du ihn?«

»Wen?«

»Na Richard. Ist er nicht himmlisch?«

»Ja, natürlich. Er ist ... nett.«

»Nett?«, wiederholt Ellen entgeistert und sieht mich an, als hätte ich ein Dinner mit George Clooney als langweilig bezeichnet oder die neueste Kollektion von Antonio Fusco als gewöhnlich.

»Mein Gott, Ellen. Richard ist charmant. Er sieht gut aus, er ist zuvorkommend. Aber er ist nun einmal eine Mumie. Was bitte soll ich mit ihm? Vielleicht auf einer Parkbank sitzen und Seniorenschach spielen? Oder den Winter auf Mallorca verbringen und mit ihm wetteifern, ob seine Arthrose schlimmer als mein Rheuma ist?«

Ich weiß natürlich, dass ich Ellen damit auf die Palme treibe. Es ist mir egal.

Sie bleibt erstaunlich gelassen und sagt:

»Jetzt übertreib nicht, meine Liebe. Richard ist genauso alt wie Holger. Und ich habe keinen Grund, mich zu beschweren. Und was die Fitness angeht: Die beiden sind letztes Jahr zusammen Stadtmeister im Tennis geworden.«

»Lass mich raten, in der Greisklasse.«

Ellen versucht, ein unwillkürliches Lachen zu unterdrücken. »Du weißt genau, was ich meine.«

»Vermutlich, dass die beiden immer noch ihren Mann stehen können, auf dem Court und anderswo.«

»Du bist geschmacklos«, sagt Ellen, »und ungerecht. Dabei könntest du mir ruhig vertrauen. Als ich damals Holger geheiratet habe, hatte ich ganz ähnliche Bedenken … und keines hat sich bewahrheitet.«

»Ja, Holger ist ja auch ein toller Typ. Er kümmert sich rührend um dich … und er ist reich«, sage ich lakonisch.

»*Das* hat für mich noch nie eine Rolle gespielt!«

Ellen sieht mich voller Empörung an, weil ich in schallendes Gelächter ausbreche. Es tut mir Leid, aber ich kann nicht anders. Ellen beweist einmal mehr, dass Frauen in unserem Alter kaum noch zwischen Tatsachen und dem, was sie dafür halten, unterscheiden können. Was insbesondere dann gilt, wenn sie seit Jahren verheiratet sind.

Sie nimmt es mir nicht übel, sondern rückt ein Stück näher an mich heran und sagt mit Verschwörermiene:

»Außerdem ist Richard auch nicht ohne, finanziell gesehen. Er hat irgendetwas mit Werkzeugmaschinen zu tun. Große Industrie, großes Geld …«

»Toll. Er stellt also Schraubendreher her«, sage ich verächtlich.

»Fast, meine Liebe. Nur dass ihm zufällig mehrere Produktionsstätten gehören, die in die ganze Welt exportieren. Und privat pflegt er auch recht exklusive Hobbys. Er sammelt zum Beispiel alte Sportwagen, von denen jeder einzelne ein Vermögen kostet, und er fährt regelmäßig zu Liebhabertreffen, an denen auch Rainier von Monaco oder Roger Moore teilnehmen.«

»Komisch – aber genau so etwas habe ich mir gedacht«, sage ich in einem Tonfall, der wenig Zweifel daran lässt, was ich von Autos sammelnden Großpapis halte.

Aber Ellen lässt sich von meiner ablehnenden Haltung nicht beeindrucken. Sie legt mir ihre Hand auf den Arm, senkt ihre Stimme noch einmal und sagt:

»Außerdem ist Richard Witwer. Seine Frau ist vor zwei Jahren gestorben. Und ich weiß ganz zufällig, dass er ausgesprochen bindungswillig ist. Und zwar mit allem, was dazugehört: Heirat, Testament und ähnlich angenehmen Dingen.«

»Bitte, Ellen. Lass mich in Ruhe damit. Ich finde Richard reizend, wenn du es unbedingt willst. Mehr aber auch nicht.«

Meine liebe Freundin schüttelt den Kopf, seufzt resigniert und schenkt mir einen Dir-ist-wirklich-nicht-zu-helfen-Blick. Dann geht sie an den Eisschrank, holt eine Flasche Korn heraus und schenkt uns zwei Gläser voll. Wir stoßen an und kippen das Zeug herunter.

»Ich verstehe dich einfach nicht, Isa«, sagt Ellen. »Er ist nett, er ist reich. Und er ist willig. Was, bitte schön, willst du mehr?«

Ich lasse mich auf den Küchenhocker sinken und starre meine Freundin eine Weile gedankenverloren an.

»Jedenfalls mehr als einen Oldtimer, den ich erst stundenlang polieren muss, bis er mir halbwegs gefällt.«

»Mein Gott, jetzt sei doch nicht so anspruchsvoll«, erwidert Ellen ungerührt.

»Doch, bin ich. Weil ich ... alles will, Ellen. Weil ich mich noch nicht alt genug fühle, um bescheiden zu sein.«

»Und was ist das, alles?« Sie spricht es aus, als hätte ich etwas Unappetitliches gesagt.

»Na ja, Liebe zum Beispiel. Oder Leidenschaft. Ein Abenteuer«, sage ich. Es klingt ein wenig verträumt oder sogar müde. Aber ich meine es ernst.

Diesmal ist es Ellen, die lacht. »Liebe, Liebe ... Mensch, Mädchen, du bist fast fünfzig. Du brauchst keine Liebe. Du brauchst einen, der die Einkaufstüten trägt, wenn du das nicht mehr kannst. Der dir deine Venensalbe so einreibt, dass du dich an die heißen Nächte deiner Jugend erinnerst. Und der dir eine gute Alterssicherung hinterlässt, wenn er ein paar Jahre vor dir ins Gras beißt. Darum ist es in unserem Alter viel schlauer, einen agilen Sechzigjährigen zu nehmen statt eines langweiligen Mittvierzigers, der dir noch weitere zwanzig Jahre auf die Nerven geht. So sieht es aus.«

Zur Untermalung ihrer Worte gießt Ellen uns schwungvoll

einen weiteren Schnaps ein. Wir stoßen an und kippen die durchsichtige Flüssigkeit erneut hinunter.

»Gib mir noch ein paar davon, und ich lasse mich wirklich mit Richard ein«, sage ich lachend.

»Kannst du gerne haben. Ich hab's am Anfang mit Holger genauso gemacht.«

Sie hält mir die Flasche hin, aber ich schüttele den Kopf. »Siehst du, Ellen. Vielleicht ist es das: Ich möchte einen Mann haben, der mir auch ohne flüssige Nachhilfe gefällt. Und umgekehrt soll es genauso sein.«

Ellen presst die Lippen zusammen. Sie nickt mir zu, so wie man einem hoffnungslosen Fall zunickt, bei dem es sowieso keinen Sinn hat, etwas zu sagen. »Ach, Süße, weißt du, dass ich dich wirklich liebe? Und zwar auch, weil du einfach nicht wahrhaben willst, dass wir nicht mehr die Jüngsten sind. Ich finde das rührend. Und vielleicht bewundere ich dich auch dafür.«

Ellen sinkt, während sie noch redet, auf den anderen Küchenhocker. Sie lächelt mir zu und sagt: »Ich sehe es langsam ein. Richard ist wirklich nicht der Richtige für dich. Ich weiß nicht, ob es überhaupt den Richtigen für dich gibt. Oder ob du einfach noch ein paar Jahre deinen Gespenstern nachjagen musst, bis du einsiehst, dass ich doch Recht habe ...«

Ich nicke und sage lächelnd:

»Oh, ich finde nicht, dass Max ein Gespenst ist.«

Ellen sieht mich an, stutzt, schüttelt den Kopf und setzt dann die Flasche mit dem Korn direkt an den Mund, um einen tiefen Schluck zu nehmen.

»Ich sag's ja. Du brauchst noch eine Weile, bis du es einsiehst«, sagt sie schließlich.

Ich zucke resigniert mit den Schultern. »Wahrscheinlich hast du Recht. Und das mit Max, das war auch gar nicht ernst gemeint ... war nur so ein Beispiel«, sage ich und hoffe, dass ich nicht schon wieder knallrot werde.

Dann beuge ich mich vor, und Ellen und ich umarmen uns in seltener Intensität. Und wieder einmal spüre ich, dass ich in ihr eine echte Freundin habe.

Es ist fast Mitternacht, als unsere Runde sich auflöst und Ellen sich an der Garderobe zu schaffen macht, um Jacken und Mäntel zu verteilen. Ich stehe erneut im Mittelpunkt, weil ich mich als Einzige in eine Jeansjacke hülle, während alle anderen Kleidungsstücke anlegen, für deren Gegenwert man einen vierwöchigen Luxusurlaub in der Karibik verbringen könnte. Es hält Richard nicht davon ab, mich mit allerlei Komplimenten zu umgarnen und mir das Versprechen für ein Wiedersehen abzuluchsen.

Ich habe den Abend innerlich bereits abgeschlossen, als Max einen kleinen, aber entscheidenden Satz von sich gibt, den er nicht einmal an mich richtet, sondern an Ellen. Er sagt nämlich: »Ellen, ob du mir wohl ein Taxi rufen könntest? Für einen Spaziergang nach Hause ist es mir nun doch zu spät geworden.«

Und ich tue etwas, was bei mir ausgesprochen selten vorkommt: das Richtige. Ich sage: »Ach, kommen Sie, Max. Ich kann Sie doch mitnehmen.«

Ellen, wieder einmal mit dem Gesichtsausdruck eines Raubfisches, entgegnet sofort: »Aber Süße. Max wohnt doch in einer ganz anderen Richtung als du.«

»Das macht nichts. Ich habe heute schon meine Kinder durch die halbe Stadt kutschiert. Da kann ich genauso gut Max eben nach Hause fahren.«

»Finde ich klasse von Ihnen. Vielen Dank«, sagt Max und nickt mir zu.

Und genau im gleichen Augenblick ahne ich es: dass gerade etwas beginnt, das mein ganzes Leben auf den Kopf stellen wird. Es fühlt sich ziemlich unheimlich an. Aber ich habe trotzdem überhaupt nichts dagegen. Ich finde es einfach schön, diesen Tag zusammen mit jemandem ausklingen zu lassen, den ich ausgesprochen nett und ausgesprochen sexy finde.

Max
Ich will so bleiben, wie ich bin

Samstag, 15.41 Uhr

Es gibt verschiedene Orte, die Singles aufsuchen, um einen Partner zu finden, Tanzkurse, Sportvereine, Diskotheken, langweilige Vorträge an der Volkshochschule. Manche Alleinlebende gehen sogar arbeiten, obwohl sie es nicht müssten, nur um einen Mann oder eine Frau kennen zu lernen. Oder sie belegen einen Tauchkurs, obwohl sie nicht einmal schwimmen können, um unter Wasser diese Mund-zu-Mund-Beatmung zu üben. Sie machen Extrem-Rafting im Grand Canyon, um von ihrem künftigen Partner vor dem Ertrinken gerettet zu werden, oder buchen einen Thailand-Urlaub (Männer) beziehungsweise einen Kuba-Urlaub (Frauen), um das Glück in seiner exotischen Variante zu finden.

Wozu die ganzen Umstände? Die erfolgreichste Kontaktbörse für Singles ist nicht nur kostenlos und ungefährlich, sie ist auch ganz in der Nähe: Man muss einfach einen beliebigen Supermarkt kurz vor Geschäftsschluss aufsuchen. Wenn möglich am Samstag. Weswegen Jana mich zwar ständig aufforderte, endlich auch einmal einkaufen zu gehen, niemals aber an einem Samstag. Und schon gar nicht um diese Uhrzeit. Oder wenn, dann nur in ihrer Begleitung.

Aber damit jetzt keine Missverständnisse entstehen: Ich betrete den Supermarkt bei mir um die Ecke ausschließlich in der Absicht, mich mit Lebensmitteln zu versorgen – wozu Frauen nicht zählen. Das Einzige, was mich heute interessiert, liegt in der Gemüseabteilung, steht im Frischeregal oder wartet in den Tiefkühlfächern auf Käufer. Ich bin nicht empfänglich für doppeldeutige Blicke an der Wursttheke, für Diskussionen über Chili-con-Carne-Rezepte vor dem Dosenregal oder für Aufmerksamkeit heischende Hustenanfälle vor der Abteilung mit den Bodylotions. Weil ich mit dem beziehungsbeladenen Teil meines Lebens abgeschlossen habe. Für mich kommt das Leben mit einer Frau nicht mehr in Frage. Ich habe genug davon. Jana hat mich endgültig kuriert.

15.43 Uhr

Nehme mir einen Einkaufswagen und komme mir vor wie ein katholischer Priester, der zum Zwecke der Selbstprüfung in ein Rotlichtviertel geht. Einziger Sinn der Übung ist es, der Versuchung zu widerstehen. Immun gegen sie zu werden. Und mich im Glauben an das Glück des frauenlosen Daseins zu festigen.

15.46 Uhr

Vergleich hinkt, Priester gehen in Rotlichtviertel, um sich hemmungslos auszutoben. Ich dagegen bin eher eine Art Messias – jemand, der andere Männer wachrütteln möchte, damit sie nicht die gleichen Fehler begehen wie ich.

15.48 Uhr

Alles, was ich möchte, ist, meinen armen, gepeinigten, desillusionierten Geschlechtsgenossen wieder einen Sinn im Leben zu geben und sie davon zu überzeugen, dass der schönste Tag in einer Beziehung der ist, an dem man Schluss macht. Da habe ich schließlich Erfahrung!

15.49 Uhr

Stehe vor einem Dosenregal und kann mich nicht für eine Maissorte entscheiden. Nehme Bonduelle, die Jana immer zu teuer fand. Finde ich auch, aber das ist mir meine Freiheit wert.

15.51 Uhr

Glaubte gerade noch, dass ich endgültig alle irdischen Bedürfnisse überwunden hätte. Dass mich Frauen nicht mehr interessieren. Dass ich als Mann nur alleine glücklich werden kann.

Würde eventuell für die Rothaarige mit den Modelmaßen,

die mir von der Wursttheke zum Kaffeeregal folgt, eine Ausnahme machen. Zumal sie jetzt mit mir zwischen Marmelade und Nussaufstrich pendelt.

15.53 Uhr
Bin ein schwacher Charakter und daher als Missionar ungeeignet. Die Rothaarige und ich berühren uns, als wir im selben Augenblick nach dem tiefgefrorenen Blattspinat greifen. Merke zum Glück im letzten Moment, dass sie nicht freundlich lächelt, sondern ziemlich sauer ist. Es geht nicht um Sex. Es war einfach nur die letzte Packung mit dem Blubb.

Betrachte die Sache mit der Rothaarigen als letzte Versuchung. Habe erfolgreich widerstanden – gut so. Fühle mich hervorragend.

15.56 Uhr
Kehre in letzter Zeit ganz eindeutig zu kindlichen Mustern zurück. Mein Einkaufswagen ist bis oben hin mit Kaba, Fruit Loops, bunten Streuseln und Eszet-Schnittchen gefüllt. Dazu Fischstäbchen, Erbsen und Möhren aus dem Glas sowie garantiert ballaststofffreies Toastbrot. Nicht zu vergessen mehrere Packungen Mirácoli. Kann mich vor dem Regal mit der Zahnpasta gerade noch zurückhalten, Blendi zu kaufen.

15.58 Uhr
Servicewüste Deutschland? Von wegen! Von den acht Kassen sind satte zwei besetzt. Und das, obwohl nur noch rund fünfundzwanzig Kunden im Laden sind.

15.59 Uhr
Werde eine Registrierkasse mit Endlosrolle erfinden und dafür das Bundesverdienstkreuz am Bande sowie eine Auszeichnung der Verbraucherschutzministerin erhalten.

16.02 Uhr
Bin einen Meter vom Kassenlaufband entfernt. Die Verkäuferin bittet den Kunden vor mir, das Schild mit der Aufschrift

»Diese Kasse ist geschlossen. Bitte probieren Sie es woanders« aufzustellen.

Sehe die Verkäuferin, die kaum in die schmale Kassenbox passt, ungläubig an. Bevor ich etwas sagen kann, schreit sie: »Ich habe ja schließlich auch ein Recht auf Wochenende, oder? Sie denken wohl, es macht Spaß, hier zu arbeiten?«

Nein, denke ich nicht.

16.25 Uhr

Endlich zu Hause. Verstaue die Einkäufe im Kühlschrank und tausche anschließend Anzug gegen Shorts und T-Shirt aus. Die Wohnung kommt mir merkwürdig ruhig vor – so als wäre ein Geräusch, das ich niemals wahrgenommen habe, auf einmal verschwunden.

Ein Phänomen: Zwei Menschen machen nicht doppelt so viel Lärm wie ein einzelner. Sie machen überhaupt Lärm. Ein einzelner Mensch ist ruhig. Sehr ruhig sogar.

16.30 Uhr

Ich sitze auf dem Küchenhocker und löffele einen Schokopudding. Die Zeit, die gerade noch dahingaloppiert ist, kommt auf einmal nicht mehr von der Stelle. Hatte mich die ganze Zeit auf einen Gammelnachmittag zu Hause gefreut, und jetzt sitze ich hier und muss mit meiner schlechten Laune klarkommen.

16.35 Uhr

Bin ich eigentlich *schon* einunddreißig oder *erst* einunddreißig? Vielleicht sollte ich mir darüber endlich klar werden. Dann fände ich wahrscheinlich auch eine ehrliche Antwort auf die Frage, ob die Trennung von Jana ein Glücksfall war. Oder einfach nur Leichtsinn.

16.40 Uhr

Beschließe, ein wenig in Janas Sachen zu stöbern. Wird sicherlich meine Laune heben. Ich gehe zu ihrem Zimmer, das ich seit ihrem lautstarken Auszug letzte Woche nicht betreten habe. Das meiste hat sie glücklicherweise schon mitgenommen.

Ich öffne die Tür und komme mir vor wie ein Archäologe, der eine antike Ausgrabungsstätte betritt, von der er nicht weiß, zu welcher Kultur und zu welcher Epoche sie gehört. Er weiß nur, dass er es mit dem sagenumwobenen Volk der *Frauen* zu tun hat, über das man so gut wie nichts weiß und dessen mysteriöse Spuren dennoch den gesamten Globus bedecken.

Ich stehe eine Zeit lang gedankenverloren und ratlos zwischen den übrig gebliebenen Kisten herum. Ich betrachte die Regale mit den Büchern, die sie hier gelassen hat. Ich glaube nicht daran, dass man von den Büchern, die jemand besitzt, auf den Charakter dieses Menschen schließen kann. Im Falle von Jana wäre es ohnehin ein Trugschluss – sie hat vor einigen Monaten die komplette Bibliothek ihrer Tante Elfi geerbt, die in ein Seniorenheim gezogen ist. Seitdem besitzt Jana rund zweihundert Bände Reader's Digest, eine Johannes-Mario-Simmel-Werkausgabe sowie Bücher von Selma Lagerlöf, James A. Michener, Eric Malpass und Heinz G. Konsalik – genau die Bücher, die sie mir jetzt freundlicherweise hier gelassen hat. Ich betrachte das Regal, das mich an Janas letzte Worte erinnert: »Die Bücher von Tante Elfi kannst du übrigens behalten.« Klasse, ich habe nämlich von vornherein für einen Altpapiercontainer oder ein Antiquariat plädiert – woraufhin sie fast in Tränen ausgebrochen ist und mir einen langen Vortrag über die Kostbarkeit familiärer Bande gehalten hat.

Irgendwo zwischen den Kartons entdecke ich einen größeren Stapel mit alten Frauenzeitschriften. In mir steigt tatsächlich so etwas wie Wehmut auf. Ich sehe Jana an einem beliebigen Sonntagnachmittag vor mir. Sie liegt mit angezogenen Füßen auf dem Sofa, um die Beine eine Wolldecke gewickelt. Neben ihr auf dem Tisch stehen eine dampfende Tasse Tee, eine Schale mit Süßigkeiten, ihr (nicht weiter beachtetes) Maniküre-Set und das Telefon. Für ungefähr drei Stunden bleibt sie dann vollkommen unansprechbar – für mich. Sie sitzt da und ist bis über beide Ohren in irgendwelche Zeitschriften versunken, studiert interessante Themen wie »Was Männer wirklich fühlen« oder »Die neun aktuellen Strick-Trends im

Januar«. Sie schlürft von ihrem Tee, nascht von ihren Süßigkeiten – und am perfektesten ist das Glück, wenn dann eine ihrer Freundinnen anruft und die beiden den Rest des Tages vertelefonieren, obwohl ihre Freundin nur eine Straße weiter wohnt und sie sich genauso gut treffen könnten.

16.55 Uhr

Wissen Sie, das Schlimme an der Geschichte mit Jana und mir ist die Tatsache, dass eigentlich alles gestimmt hat. Mit der Betonung auf eigentlich. Ich meine, wir waren das, was viele ein perfektes Paar nennen: ein Paar, das einfach füreinander gemacht zu sein schien. Wir sind durch unseren Beruf beide viel unterwegs, trotzdem lieben wir es, zu Hause zu sein, wir mögen Alltag, aber auch spontane Wochenenden in Paris oder Lissabon. Oder Abendessen im Garten bei Kerzenschein und mit Freunden einen ganzen Sonntag verquatschen. Wenn Jana irgendwo einen Dreh hatte, haben wir uns kleine SMS-Botschaften geschrieben – sie wollte meine sogar ausdrucken, um eine Art Poesiealbum daraus zu machen. Das hat natürlich nicht funktioniert.

»Eigentlich« bedeutet, dass sich die Sache für mich ganz anders darstellt – und vor allem anfühlt. Unsere Beziehung hat drei Jahre gedauert. Aber schon nach einem Jahr war alles nur noch Fassade. Eine Art Filmkulisse, die von außen verlockend und wunderbar aussieht, doch sobald man dahinter schaut, blickt man auf eine trostlose, wackelige Metallkonstruktion, die das Ganze notdürftig zusammenhält.

Ich war bereit, das zuzugeben. Jana nicht. Im Gegenteil. Je mehr wir uns voneinander entfernten, desto mehr hat sie geradezu wütend an unserer Beziehung festgehalten. Irgendwann ging es nicht mehr um Liebe, es ging nur noch um Trotz, um Rechthaben, um Durchhalten. Wenn wir beide ehrlicher gewesen wären, wären wir heute vielleicht Freunde. So aber sind wir zwei Menschen, die sich nicht einmal mehr über das Wetter unterhalten können, ohne sich zu streiten. (»Nimm lieber einen Mantel mit, es könnte heute kühl werden.« – »Es sind jetzt schon fast zwanzig Grad.« – »Wieso kannst du nicht ein einziges Mal auf das hören, was ich dir sage?« – »Na gut. Dann gehe ich halt im Juli mit meinem Wintermantel zur Arbeit.«)

Dann kam der Punkt, an dem ich mich abends nicht mehr zu ihr ins Bett gelegt habe und sie sich nicht mehr an mich kuschelte, um in meinen Armen einzuschlafen, so wie wir es zu Beginn unserer Beziehung getan hatten. Stattdessen ging ich ins Wohnzimmer und stellte den Fernseher an. Nicht weil ich unbedingt etwas sehen wollte. Im Gegenteil: Obwohl – oder weil – ich selber beim Fernsehen arbeite, tendiert mein TV-Konsum gegen null. Ich wollte einfach nur die Zeit überbrücken, bis Jana endlich eingeschlafen war. Ich wollte für kurze Zeit die herrliche Ruhe in der Wohnung genießen und für eine Weile einfach der Mensch sein, der ich bin, ohne mir ständige Verbesserungsvorschläge von meiner Freundin anhören zu müssen.

Vielleicht war das das ganze Problem mit Jana: dass sie mich als eine Art Rohmasse betrachtete. Und es war ihre Aufgabe, daraus etwas Ansehnliches zu formen. Ich kann ihr nicht einmal einen Vorwurf daraus machen: Schließlich betrachtete sie mich als Teil ihres Lebens. Deswegen kam es ihr völlig natürlich vor, Dinge an mir zu ändern. Sie legte sich ja auch alle paar Monate eine neue Frisur oder eine neue Haarfarbe zu – für sie war klar, dass sie auch ihren Freund nach Belieben umfrisieren durfte.

17.15 Uhr

Habe es mir im Garten auf meinem Liegestuhl bequem gemacht. Um diese Uhrzeit scheint die Sonne durch ein paar Obstbäume genau auf meinen Lieblingsfleck. Ich schließe die Augen und nehme mir vor, künftig mehr Zeit hier draußen zu verbringen, um Sonne und frische Luft zu genießen. Sollte vielleicht sogar ein Gemüsebeet anlegen, um so zu den einfachen Dingen des Lebens zurückzukehren. Gründe also eine Art Ein-Mann-Kloster.

17.18 Uhr

Auf den Psycho-Seiten in Janas Zeitschriften steht, dass man die kleinen Dinge im Alltag bewusst gestalten und genießen soll, beispielsweise eine Erholungspause im eigenen Garten. Ausnahmsweise könnten sie einmal Recht haben. Grundsätzlich ist natürlich alles Quatsch, was in diesen Blättern steht – ich lese das auch nur, um zu erfahren, wie Frauen gerade glauben, dass Männer sind. Gute Methode, um zu verstehen, warum sie sich so verhalten, wie sie sich verhalten.

17.19 Uhr

Um diese Jahreszeit paddeln gelegentlich Ruderboote und Kanufahrer über den Kanal, der das Grundstück nach hinten begrenzt. Genieße deren neidische Blicke auf mein Leben. Dabei können sie das Beste ja nicht einmal sehen – die Tatsache, dass ich Single bin und selten so glücklich war wie jetzt.

17.20 Uhr

Die Haustürklingel läutet. Da ich niemanden erwarte, besteht auch kein Grund, aufzustehen und aufzumachen. Liebe Mitmenschen, ihr müsst heute leider draußen bleiben.

17.25 Uhr

Raimund, der mitsamt seiner Doktorarbeit oben auf seinem Balkon sitzt, ruft herunter:

»Max, ich glaube, jemand klingelt bei dir, nur für den Fall, dass du es nicht hörst.«

»Danke, Ray. Du bist fast so ein Engel wie Jana.«

Er winkt und lächelt treuherzig:

»Das ist nett, dass du das sagst, Max.«

Da der Frieden jetzt ohnehin unterbrochen ist, kann ich auch aufstehen und aufmachen. Ich schlurfe die drei Stufen zur Veranda hoch und gehe durch meine Wohnung zur Tür.

»Juchhu, Ma-ax! Wir sind es!«, flötet mir eine weibliche Stimme durch die Gegensprechanlage zu.

Eine dunkle und nicht besonders verheißungsvolle Ahnung überkommt mich. Trotzdem drücke ich auf den Summer.

Zehn Sekunden später stehen die beiden in der Tür – Gregor Hamdorf-Bülow und seine frisch angetraute Gattin Konstanze. Sollte wohl eher sagen: die drei. Konstanzes Bauch ist prall wie eine überreife Melone, die jeden Augenblick zu platzen droht. Hoffentlich erklärt mir Gregor jetzt nicht, dass sie gerade auf dem Weg zur Entbindungsklinik waren und es nicht mehr geschafft haben – und dass sie jetzt mein Schlafzimmer zum Kreißsaal umfunktionieren wollen. Ich stelle mich schon einmal auf ein entschiedenes »Nein« ein und mache dazu kein besonders einladendes Gesicht.

Damit Sie mich nicht falsch verstehen: Im Prinzip halte ich Kinder für etwas Wunderbares. Ich kann es auch durchaus verkraften, dass Frauen sich für einige Jahre ihres Lebens von allem verabschieden, was sie für Männer interessant macht. Und dass sie sich ausschließlich in ihre natürliche Rolle als Gebärmutter, Wickelmaschine und Nestputzerin zurückziehen. Konstanzes Schwangerschaft strahlt aber irgendwie etwas Aggressives auf mich aus. Ich könnte auch sagen: etwas Vorwurfsvolles. So als wolle sie mir zeigen, worum ich Jana alles geprellt habe. Und was ich nun auch selber alles verpasse.

Aber das kann mich kaum wundern. Schließlich ist Konstanze eine von Janas besten Freundinnen. Und mehr als einmal musste ich mir von Jana anhören, was für ein tolles Paar Konstanze und Gregor doch seien. Und dass Gregor, anders als ich, offensichtlich keine Angst davor habe, Verantwortung für eine Familie zu übernehmen. Und dass er überhaupt ein unglaublich fürsorglicher, treuer, aufmerksamer Partner sei. Was man allein daran sehe, dass Gregor ohne große Überlegungen einen Doppelnamen angenommen hätte.

Da kann ich ja nur lachen! Jana kann das alles nur sagen, weil sie Gregor noch nicht kannte, bevor er mit Konstanze zusammen war, zu Zeiten also, als er charakterlich ungefähr das Gegenteil von dem war, was er heute ist oder zu sein vorgibt. Sprich: Als Gregor noch ein netter Kerl war und man eine Menge Spaß mit ihm haben konnte – und er sich noch nicht von seiner Frau an der Leine führen ließ.

Ich stehe in der Tür und hänge meinen trüben Gedanken

nach – und vergesse dabei fast, dass mein Besuch ratlos im Hausflur wartet. Was unter anderem dazu führt, dass Konstanze irgendwann lächelnd sagt: »Wir können gerne noch eine weitere halbe Stunde hier im Flur stehen, lieber Max. Aber vielleicht kommst du ja auch auf die Idee, uns hereinzubitten?«

»Nur wenn ich vorher erfahre, was ihr wollt.«

Gregor, braun gebrannt und gut gelaunt, grinst mich an: »Wir wollen nach unserem Herzpatienten sehen! Und dich für ein Weilchen aus deiner neuen Einsamkeit befreien. Dich aufmuntern. Und fragen, wie es weitergehen soll. Und …«

Ich habe genug gehört. Ich unterbreche ihn und sage: »Lieber Gregor, meinem Herzen geht es hervorragend. Ich bin nicht einsam. Ich bin sogar putzmunter, und ich mache mir keinerlei Sorgen darüber, wie es weitergeht.«

»Klar, das sieht man …«

Gregor feixt mich an und imitiert dabei meine nach unten gezogenen Mundwinkel. Zugegeben, meine Laune hat durch den Gedanken an Jana einen Tiefpunkt erreicht. Außerdem bin ich mir nicht sicher, ob die beiden nicht doch so etwas wie Geheimagenten sind, geschickt von Ihrer Majestät Jana und mit der Lizenz zu töten.

Konstanze sieht mich allerdings nicht besonders mordlustig an, sondern eher mitleidig. Auf ihre übliche souveräne Art sagt sie: »Lass die Zugbrücke herunter, Max. Wir sind nicht hier, um dir Vorwürfe zu machen oder um in Janas Auftrag herauszufinden, ob du schon mit einer anderen herumbumst.«

Mit ihrem Lächeln entwaffnet sie mich auf der Stelle. Ich bin wieder gut gelaunt und sage: »Also gut, kommt herein.«

Konstanze strahlt: »Das ist ausgesprochen schatzig von dir, Max. Außerdem muss ich mich jetzt dringend hinsetzen und erholen – schließlich muss ich das ganze Gepäck tragen.« Dabei tätschelt sie ihren Bauch, der aussieht, als bekämen die beiden Achtlinge. Sie schiebt sich an mir vorbei in die Wohnung und drängt mich mit ihrem prallen Bauch glatt zur Seite. Klar, so ein Baby ist eine Waffe, gegen die es keine Verteidigung gibt – selbst, wenn es noch gar nicht auf der Welt ist.

Ich winke Gregor ebenfalls herein und sage: »Wenn ihr schon mal da seid, kann ich uns ja auch einen Kaffee kochen ...«

Gregor zieht missmutig die Augenbrauen hoch: »Aber bitte nicht deine übliche Filterplörre, ein Latte Macchiato darf es ruhig sein.«

»Klar. Und dazu soll ich dir wahrscheinlich auch noch selbst gebackenen Kuchen servieren, was?«

Gregor lacht und zeigt dabei auf die Tüte, die er in der Hand hält: »Nicht nötig. Den Kuchen haben wir selbst mitgebracht.«

Eine Viertelstunde später sitzen wir Kaffee schlürfend am Gartentisch und schweigen. Was allerdings nicht bedeutet, dass wir einfach nur nichts sagen. Die Szene erinnert mehr an Clint Eastwood, Lee van Cleef und Eli Wallach beim großen Show-down von »Zwei glorreiche Halunken«. Die drei stehen irgendwo im Wilden Westen auf einem Friedhof und tarieren mit Blicken aus, wer gleich wen erschießen wird. Genauso beobachten Gregor, Konstanze und ich uns gegenseitig.

Okay, wir haben nicht gerade Revolver aufeinander gerichtet, und auch sonst würden wir uns nicht unbedingt körperlich attackieren. Aber auch Schweigen kann ziemlich bedrohlich sein – insbesondere wenn es mehr ausdrückt, als viele Worte es könnten.

Konstanzes Schweigen zum Beispiel hat etwas ausgesprochen Herausforderndes. Klar, sie hat in den vergangenen sechs Tagen vermutlich im Halbstundentakt mit Jana telefoniert, kennt alle ihre Gedanken und Gefühlsregungen sehr viel besser als ich und vermutlich sogar besser als Jana selbst. Und nun ist sie begierig, ein Statement von der Gegenseite zu hören. Trotzdem hat Konstanze – im Vergleich zu Gregor – etwas geradezu Friedfertiges an sich.

Gregors Laune nämlich hat in der vergangenen Viertelstunde eine merkwürdige Wandlung durchgemacht. Während er zu Beginn noch ganz fröhlich wirkte, taxiert er mich inzwischen wie ein Kommissar seinen Hauptverdächtigen. Offenbar besteht mein Vergehen darin, dass ich mich nach monatelangem Streit von meiner Freundin getrennt habe und nun wieder ein freies und ungebundenes Leben führe. Es muss für Gregor die reinste Folter sein – er fühlt sich vermutlich wie ein Vogel im Käfig, der durch die Gitterstäbe einen frei fliegenden Artgenossen beobachtet.

Wir sitzen also da und schweigen. Eine ganze Weile weigere ich mich, daran etwas zu ändern und den ersten Schritt zu machen. Schließlich sind Gregor und Konstanze zu mir gekommen und nicht umgekehrt. Irgendwann aber siegt meine Höflichkeit. Und meine Neugier. Ich beende die bedrückende Stille und frage: »Und? Irgendwelche Neuigkeiten von Jana? Habt ihr mit ihr gesprochen? Wie geht es ihr? Hat sie schon einen Neuen?«

Konstanze legt ihre Stirn in Falten: »Jana geht's gut. Den Umständen entsprechend. Sie überlegt gerade, ob sie dich erschießen oder ertränken soll …«

»Moment mal«, rufe ich spontan aus. »Immerhin hat *sie* mich verlassen. Und nicht umgekehrt.«

Gregor stößt ein schnaubendes Lachen aus. »Klar, aber *du* hast sie nicht zurückgehalten.«

»Ach! Was hätte ich denn tun sollen? Die Möbelpacker nach Hause schicken und Jana ans Bett ketten?«

»Ja, zum Beispiel«, sagt Gregor und nickt ernsthaft.

Okay, ein Freund weniger, denke ich ohne eine Spur von Bedauern.

»Hättest du sie denn überhaupt zurückhalten wollen?«, fragt Konstanze, die wesentlich friedlicher klingt als ihr toller Ehemann.

Ich mache eine viel sagende Geste mit beiden Händen. »Nein, natürlich nicht. Dass Jana gegangen ist, war das Beste für uns beide. Das weiß ich, das weiß sie – und das wisst ihr auch.«

»Nein, wissen wir nicht«, sagt Gregor.

»Doch, wissen wir wohl«, sagt Konstanze.

Die beiden drehen die Köpfe und blicken sich erstaunt und nicht besonders friedlich an.

»Ich finde, dass du ein Riesenidiot bist, Max. Jana ist eine Spitzenklasse-Frau, und ich weiß nicht, warum du dir nicht etwas mehr Mühe mit ihr gegeben hast.«

Ich traue meinen Ohren nicht, aber Gregor, noch vor etwa einem Jahr der Super-Macho-Single-Guru, hat das tatsächlich gerade gesagt! Und er ist mit seinen Ausführungen noch keineswegs am Ende:

»Ich meine, Max, was bitte erwartest du? Glaubst du, du lernst morgen wieder eine Frau wie Jana kennen? Und dann wird alles anders? Und du kannst noch mal ganz von vorne anfangen? Du bist mittlerweile alt genug, um nicht mehr an solch einen Unsinn zu glauben. Und du bist alt genug, um dich endlich mal auf eine Frau wirklich einzulassen. Du kannst doch nicht bis zur Rente durch die Gegend bumsen!«

»Wieso nur bis zur Rente?«, antworte ich.

»Sei nicht albern, Max. Ich will dir doch nur helfen. Und darum musst du dir das einfach einmal anhören«, beharrt er.

»Was muss ich mir anhören? Dass ich nicht mit meiner Freundin Schluss machen soll, obwohl unsere Beziehung so ausgebrannt ist wie ein Hochofen im Ruhrgebiet?«

»Quatsch«, kontert Gregor. »Du sollst einfach einsehen, dass eine Beziehung zu wertvoll ist, um damit umzugehen wie mit Spielgeld. Man verschleudert sie nicht leichtfertig. Eine feste Beziehung ist das Beste, was einem Mann passieren kann, Max. Ich möchte einfach nicht, dass du das erst erkennst, wenn es zu spät ist. Wenn du in zehn Jahren einsam und verloren dasitzt und dich ärgerst, dass du damals die Beziehung mit Jana einfach weggeworfen hast.«

Ich setze dazu an, Gregor die Meinung zu sagen. Offen und brutal. Vielleicht sollte ich ihn sogar rauswerfen. Schließlich habe ich ihm oft genug von Janas und meinen Problemen erzählt. Er müsste wissen, dass das, was er da sagt, nichts, aber auch gar nichts mit der Wirklichkeit zu tun hat. Bevor ich allerdings etwas sagen kann, ist Gregor schon wieder am Zug – er ist jetzt richtig in Fahrt. Und ich vermute, dass er eigentlich gar nicht mich, sondern sich selber überzeugen will.

»Außerdem wird es Zeit, Max, dass du endlich von deinen spätpubertären Phantasien wegkommst. Glaubst du wirklich, dass da draußen irgendwo eine Märchenprinzessin herumläuft, die genau so ist, wie du dir das vorstellst? Die Traumfrau, bei der alles stimmt? Dann muss ich dich nämlich enttäuschen – so etwas gibt es nicht. Irgendwann wirst du erkennen, dass alle Frauen im Grunde gleich sind. Und dass man sowieso immer dieselben Probleme mit ihnen hat. Darum ist es völlig egal, mit welcher du zusammen bist. Und darum kann ich wirklich nicht verstehen, warum du einfach so Schluss machst mit Jana ...«

Es ist ein großes Glück, dass wir wirklich nicht bewaffnet sind. Nicht etwa meinetwegen. Sondern weil Konstanze ihren Gatten ganz offensichtlich am liebsten folternd einem langsamen und schmerzhaften Tod entgegenführen würde.

»Gregor, Schatz«, sagt sie mit einer Stimme, die wie eine tickende Zeitbombe klingt. »Erinnere mich zu Hause daran, dass ich unseren Trauschein raussuche – vielleicht sind wir noch in der Frist, in der eine Annullierung möglich ist. Wenn nicht, ist es auch nicht schlimm, dann reiche ich einfach die Scheidung ein!«

Wer will es ihr verdenken, bei Gregors abstrusen Theorien! Ihr Gesicht hat im Verlauf der letzten Minuten ein beeindruckendes Farbenschauspiel durchlaufen und ist nun bei einem leuchtenden Purpurrot angelangt.

Und so kommt es, dass Gregor und ich einen unvermuteten Rollentausch vornehmen. Denn eigentlich denkt er ja, dass er meine Beziehung kitten muss. Ich aber spüre deutlich, dass ich *seine* Beziehung vor größerem Ungemach bewahren muss. Ich hole daher tief Luft, sehe Gregor in die Augen und sage: »Weißt du was, Gregor, seit du geheiratet hast, bist du wirklich ein Riesen-Kotzbrocken geworden. Ich will gar nicht wissen, wie du erst wirst, wenn euer Kleines auf der Welt ist und du dann nicht nur *Ehemann*, sondern auch noch *Vater* geworden bist. Aber das macht wahrscheinlich gar keinen Unterschied mehr – weil du jetzt schon unerträglich bist.«

Meine Worte verfehlen ihre Wirkung nicht. Gregor sieht mich hilflos an und macht dabei Mundbewegungen wie ein Fisch, der an Land gespült wurde – offensichtlich weiß er nicht, was er sagen soll. Und das ist auch gut so. Weil ich noch keineswegs fertig bin: »Eigentlich bin ich dir sogar richtig dankbar dafür, Gregor. Weil du mich daran erinnerst, warum ich mich von Jana getrennt habe. Ich habe nämlich nicht vor, ein anderer Mensch zu werden. Jedenfalls nicht, wenn das der Preis für eine Beziehung ist. Ich bin ganz zufrieden mit mir, so wie ich bin. Und ich habe nicht vor, so zu werden, wie Jana mich gerne hätte. Weil das unvereinbar war, haben wir uns getrennt. Das war kein Fehler, sondern das Einzige, was wir tun konnten.«

Konstanze, die inzwischen ihre Fassung wiedergewonnen hat, nickt gedankenverloren. Ich befürchte im ersten Moment, dass sie das tut, weil sie trotz allem ihrem Mann Recht gibt. Dann aber merke ich, dass sie den Kopf bewegt, weil sie durch unseren kleinen Streit eine Erkenntnis gewonnen hat. Sie wendet sich Gregor zu und sieht ihn versonnen an. Dann sagt sie leise: »Ich finde, dass Max Recht hat.«

Mehr sagt sie nicht. Aber das reicht auch schon, um eine ganze Menge auszulösen. Gregor sieht seine Frau an und fragt völlig fassungslos: »Was soll das denn heißen?«

Ich kann mir meinen kleinen Triumph nicht verkneifen. Ich lächele Gregor überlegen an und sage: »Das soll heißen, dass du Unsinn redest. Und dass nicht nur ich, sondern auch deine wunderbare Frau das findet.«

Ich wende mich Beifall heischend zu Konstanze um. Die aber hält uns vermutlich alle beide für unreife Jungs, deren Statements sie nicht weiter zu kommentieren braucht. Sie sieht gedankenverloren zum Wasser rüber und sagt: »Ich glaube, dass es wirklich einen Punkt gibt, an dem es besser ist, Schluss zu machen. Zum Beispiel, wenn man seinen Partner nicht mehr als den Menschen liebt, der er nun mal ist. Sondern nur noch die Hoffnung hat, aus ihm jemand anderen zu machen. Weil das ein Zeichen dafür ist, dass man keinen Respekt mehr voreinander hat. Und Respekt ist in einer Beziehung fast so wichtig wie Liebe.«

»Schön, so etwas mal aus dem Mund einer Frau zu hören«, sage ich.

Konstanze schiebt trotzig die Lippen vor: »Vielleicht liegt es daran, dass Frauen sich überhaupt Gedanken über ihre

Männer machen. Während viele Kerle irgendwann einfach nur noch frustriert in der Kneipe sitzen und sich bei ihren Kumpels ausheulen. So als wäre ihre Beziehung eine Art höhere Gewalt, an der sich sowieso nichts ändern lässt. Und das ist genauso schlimm, wie ständig an seinem Partner herumzudoktern.«

»Ach!«, rufe ich empört aus. »Jetzt ist das wohl geradezu ein Verdienst, wenn ihr Frauen ständig an uns herumnörgelt, um uns ganz nach euren Vorstellungen zurechtzubiegen? Wenn ihr uns zu einer Karriere antreibt, die wir nicht machen wollen, uns Anzüge kauft, die wir nicht tragen wollen, und uns einen Charakter verordnet, den sich irgendeine Redakteurin einer Frauenzeitschrift ausgedacht hat. Das soll also in Ordnung sein?«

Konstanze lässt sich durch meinen Angriff nicht aus der Ruhe bringen. »Du weißt doch, Max: Als Gott den Mann erschuf, hat er nur geübt. Ihr seid nun mal der mängelbehaftete Prototyp. Und wir sind das ausgereifte Nachfolgemodell. Also müssen wir euch gelegentlich ein wenig in Schuss bringen und generalüberholen. Sieh dir Gregor doch an ...«, fügt sie schließlich noch lächelnd hinzu – ihre kleine Rache, die sie sich nicht nehmen lassen will.

»Das ist doch Irrsinn«, rufe ich aus. »Wieso reden Frauen ihren Männern am Anfang immer ein, dass sie sie großartig finden, nur um dann, wenn sie sie haben, ständig an ihnen herumzukritisieren und jemand anderes aus ihnen zu machen? Wir sind doch keine Pullover, die man nach einer Saison aufribbelt, um aus der Wolle was Neues zu stricken!«

Konstanze lächelt mich spöttisch an: »Stimmt, das klingt ziemlich aufwendig. Außerdem ist Strickware total out. Praktischer wäre ein Wendemann. Wenn man den nicht mehr sehen kann, dreht man ihn einfach auf links und freut sich über ihn, als wäre er neu.«

Ich seufze aus tiefstem Herzen und sehe zu Gregor hinüber. Der hat die letzten Minuten mit eingesunkenen Schultern dagesessen und kopfschüttelnd unserer Unterhaltung gelauscht. Meine nächsten Worte werden ihn sicherlich auch nicht gerade begeistern: »Jetzt wisst ihr jedenfalls, warum Jana und ich uns getrennt haben. Weil ich mich mit dem, was du sagst, Konstanze, nicht abfinden möchte. Ich möchte keine Frau haben, die sich nur selbst verwirklichen kann, indem sie mich verwirklicht. Ich möchte auch keine Partnerin, die mein Leben in die Hand nehmen muss, einfach nur, weil sie kein eigenes hat. Und ich möchte erst recht keine Freundin, die mich nicht so akzeptiert, wie ich bin, weil sie in Wirklichkeit einfach nur unzufrieden mit sich selbst ist. Ist das denn wirklich zu viel verlangt?«

Bevor Konstanze etwas sagen kann, kommt Gregor ihr zuvor.

»Ja, ist es«, sagt er mit bitterer Stimme.

»Nein, ist es nicht«, sagt Konstanze. Sie klingt dabei nicht einmal wütend oder angriffslustig. Sondern verträumt.

»Was denn nun?«, frage ich.

»Werd schwul, Max«, sagt Gregor. »Das ist das Einzige, was ich dir raten kann. So eine Frau, wie du sie dir wünschst, gibt es nicht. Jedenfalls nicht bei uns.«

»Klar«, lacht Konstanze. »Wer in der heimischen Liga nicht mehr mithalten kann, der wechselt einfach ins Ausland, was? Ich glaube, ihr Männer seid einfach nur verwöhnt, weil wir Frauen euch die letzten fünfhundert Jahre falsch behandelt haben. Nämlich viel zu gut! Darum seid ihr es nicht gewöhnt, wenn wir mal ein bisschen an euch herumkritisieren. Und darum stimmt ihr direkt ein tiefsinniges Wehklagen über die moderne Frau von heute an. Oder – und das finde ich noch viel schlimmer – sucht euch eben ein pflegeleichtes Modell im Ausland.«

Bevor ich etwas erwidern kann, unterbricht uns mein Nachbar Raimund mit seiner hohen Stimme. »Max«, ruft er vom Balkon herunter. »Max, es tut mir Leid, dass ich euch störe. Aber du wolltest, dass ich dich erinnere: Du bist gleich zum Abendessen eingeladen.«

Ich sehe erst Raimund an, dann Gregor und Konstanze – und schließlich meine Armbanduhr. Es ist schon nach sechs! In weniger als einer Stunde muss ich ordentlich gestylt bei

Holger und Ellen sein. Für einen Moment überlege ich, ob ich bei den beiden anrufe und absage – immerhin bin ich frisch getrennt und hätte damit die beste Begründung, unpässlich zu sein.

Ich beschließe, tapfer zu sein. Schließlich weiß ich, dass Jana genau das von mir erwarten würde: eine Absage. Auch wenn ich nichts mehr mit ihr zu tun habe, will ich ihr dennoch beweisen, dass ich ganz anders bin, als sie denkt.

Ich zucke resigniert mit den Schultern und sage zu Gregor und Konstanze: »Das tut mir wirklich Leid, ihr beiden. Aber ich muss euch rausschmeißen. Nicht, dass ich das nicht ohnehin getan hätte. Aber jetzt habe ich auch noch einen guten Grund dazu. Ich habe gleich eine wirklich wichtige Einladung zum Abendessen.«

18.15 Uhr

Ich bringe meinen Besuch zur Tür. Konstanze wünscht mir viel Glück für mein neues Leben und lächelt dabei tiefsinnig:

»Bestimmte Meinungen sind wie Ausschläge eines Pendels – ziemlich extrem, aber man muss sie haben, um irgendwann wieder in seiner Mitte anzukommen«, sagt sie. Wir nehmen uns zum Abschied in den Arm, und dabei flüstert sie mir ins Ohr: »Gib Jana ein wenig Zeit. Sie ist verletzt und muss erst einmal Wunden lecken.«

»Das muss ich auch«, flüstere ich zurück und denke dabei, dass Gregor diese Frau nicht verdient hat.

Wir geben uns die Hand, und er sagt mit fröhlicher Stimme: »Auf jeden Fall wünsche ich dir viel Spaß mit deiner neuen Freiheit – und viel Erfolg!«

Er zwinkert mir zu, und wir schlagen wie zwei Sportler die Hände zusammen, was Konstanze mit einem ungläubigen Kopfschütteln quittiert.

»Ich möchte einmal im Leben einen Mann kennen lernen, der nicht in Wirklichkeit ein großer Junge ist. Und für den bei der Liebe nicht dieselben Regeln gelten wie damals beim Murmelspielen – wer am meisten reinkriegt, hat gewonnen.«

»Vergiss es«, sagen Gregor und ich wie aus einem Mund.

Wir sehen uns an und brechen in Lachen aus, in das Konstanze schließlich ebenfalls einfällt.

18.20 Uhr

Jana hat meinen Kleiderschrank immer als Spiegel meiner Seele bezeichnet: ziemlich unordentlich, aber erstaunlich vielseitig. Nach kurzer Überlegung entscheide ich mich für meinen beigefarbenen Sommeranzug und leichte Lederschuhe. Das muss für Holger und Ellen reichen – die beiden führen ein großes Haus und legen Wert auf angemessene Kleidung. Trotzdem muss ich es ja nicht gleich übertreiben. Außerdem habe ich die Einladung ohnehin nur Jana zu verdanken, die Ellen bei einem Festbankett für benachteiligte Kinder mit weniger als hundertfünfzig Euro Taschengeld im Monat kennen gelernt hat. Typisch Jana: Sie sitzt jetzt vermutlich heulend bei ihren Eltern auf dem Sofa – und ich darf mich durch einen Abend quälen, der bestimmt langweiliger wird, als ZDF zu gucken.

18.35 Uhr

Beschließe, zu Fuß zu gehen, um mich abzureagieren. Holger und Ellen wohnen nicht allzu weit entfernt. Ein paar Schritte an der Luft werden mir gut tun. Außerdem verschaffe ich mir so ein wenig Zeit, um die Grübeleien über Jana endgültig hinter mir zu lassen.

18.55 Uhr

Meine Gastgeber residieren in einem großzügigen Gründerzeit-Haus mit schmiedeeisernen Balkongeländern, stuckverzierter Fassade und Steinlaternen im Vorgarten. Die Haustür steht offen, und so betrete ich das elegante Treppenhaus mit den Marmorstufen und dem schwarzen Läufer. Steige in den Aufzug und drücke den Knopf für den dritten Stock.

Während der Fahrt fällt mir der einzige Vorteil einer festen Beziehung ein: Man muss nicht alleine auf Partys gehen und hat darum bessere Chancen, nervenaufreibenden Gesprächen mit Leuten, mit denen man nicht reden möchte, zu entgehen. Kann aber auch ein Nachteil sein: Schließlich lernt man auf

Partys auch Leute kennen, bei denen man sich ärgert, dass man eine Beziehung hat.

19.30 Uhr
Meine schlimmsten Befürchtungen werden übertroffen. Muss atemberaubende Gespräche über Kautschuk und den internationalen Rohstoffhandel führen. Und es gibt nicht einmal etwas zu essen, weil irgendeine von Ellens Freundinnen meint, zu spät kommen zu müssen.

19.45 Uhr
Meine Laune hebt sich beträchtlich. Im Wohnzimmer erscheint eine Frau, die zwar in Ellens Alter ist, sich aber in puncto Mode offenbar am Titelbild der »Bravo« orientiert. Womit sie auf diese Dinnerparty ungefähr so gut passt wie ein Dessousmodel auf ein Staatsbegräbnis. Ich nehme es dankbar zur Kenntnis – endlich ein Farbtupfer in diesem grässlichen Schwarzweißfilm.

20.35 Uhr
Bei Ellens Einladung scheint es sich doch um eine Party der Variante zwei zu handeln, also eine, zu der ich viel lieber ohne weibliche Begleitung gehe, da ich die weibliche Begleitung da erst kennen lerne. Die heißt in diesem Fall Isabelle und unterhält sich mit mir, noch bevor wir einander vorgestellt werden, über das Thema Küssen. Ich bin begeistert.

Das einzige Problem ist die Tatsache, dass diese Isabelle nicht gerade meine Altersklasse ist. Ich schätze sie auf Mitte vierzig. Und damit ist sie jenseits dessen, was für einen vergnüglichen Abend zu zweit in Frage kommt. Denn seien wir doch einmal ehrlich: Frauen über vierzig sind irgendwie … also, wenn Sie mich fragen … es sind einfach keine Frauen. Verstehen Sie mich bitte nicht falsch. Das soll nicht heißen, dass sie nicht nett sein können, dass sie nicht – manchmal jedenfalls – gut aussehen oder sogar in einzelnen Fällen ungeheuer anziehend sind. Trotzdem sind sie für mich keine Vetreterinnen des anderen Geschlechts im engeren Sinne, zumindest wenn das eine sexuelle Komponente mit einschließt. Frauen über vierzig sind ganz einfach … Menschen. Sie wissen schon, was ich meine. Wesen, mit denen ich vielleicht arbeite oder mit denen ich befreundet bin. Ich begrüße sie als Studiogast beim Sender, oder ich begegne ihnen in der Rolle als Kollege, Patient oder Kunde. Ich bewundere solche Frauen, wenn sie es beruflich zu etwas gebracht haben oder wenn sie menschliche Qualitäten haben, die Männern in dem Alter abgehen. All das kann sein. Eins aber kann nicht sein: Frauen, die – lassen Sie mich kurz rechnen – vor 1960 geboren sind, gehören definitiv nicht in die Kategorie von Lebewesen, mit denen ich ins Bett gehen möchte.

22.45 Uhr

Tja, das scheint sich gerade zu ändern. Weil Isabelle mir gefällt. Mehr als das: Ich finde sie ausgesprochen attraktiv, schlagfertig und verführerisch. Und das ist eine Mischung, bei der ich die Altersfrage vielleicht einfach einmal außen vorlasse.

Das ist übrigens auch der Grund, warum ich nicht undankbar bin, als mir Isabelle am Ende des Abends anbietet, mich nach Hause zu bringen. Das war schließlich schon immer der beste Auftakt für eine gemeinsame Nacht. Und so kommt es, dass sie und ich gemeinsam die Treppe des alten Gebäudes heruntersteigen, während die anderen Gäste vor dem Fahrstuhl warten. Wobei ich von einem merkwürdigen Gefühl beschlichen werde. Von dem Gefühl, dass die Dinge immer anders kommen, als man denkt. Und dass das überhaupt nicht schlimm ist. Im Gegenteil. Es ist sogar ausgesprochen angenehm.

Isabelle
Einparken und zuhören

Finden Sie, dass Sex eine ernste Sache ist? Sehen Sie, ich auch nicht. Aber erklären Sie das mal einem Mann! In dem Augenblick, in dem eine Frau im Bett auch nur leise kichert, schrumpft das männliche Selbstbewusstsein auf einen Bruchteil seiner ursprünglichen Größe. Und dann ist es erst einmal vorbei mit dem Vergnügen. So sind die Angehörigen des so genannten starken Geschlechts – wenn sie neben dir im Bett liegen, musst du sie behandeln wie rohe Eier. Weil sie an bestimmten Stellen unglaublich empfindlich sind. Früher hatte ich noch die Hoffnung, dass es im Laufe der Zeit besser würde und sie die Sache vielleicht etwas lockerer angehen würden, wenn nicht mehr alles Mögliche das erste Mal für sie wäre. Heute weiß ich, dass diese Hoffnung vergeblich war. Weil es nichts mit dem Alter zu tun hat, dass wir Frauen regelmäßig im Bett liegen, auf den Mann neben uns blicken und uns fragen, wann es denn jetzt endlich losgeht. Während *er* schon vor befriedigter Erschöpfung eingeschlafen ist. Das beste Beispiel dafür ist mein Exmann Bernd. Nicht dass er jemals eine Kanone im Bett gewesen wäre. Das muss er ja auch gar nicht. Trotzdem erinnert mich die Geschichte unserer Ehe ans Römische Reich: Am Anfang war Bernd wild und voller Eroberungsdrang. Und zwar jede Nacht von neuem. Am Schluss glich er eher einem dieser dekadenten Cäsaren, die dick und schwerfällig auf ihrem Thron hocken: Er war zufrieden, wenn wir abends schnell das Licht ausmachten und er seine heiligen acht Stunden Schlaf bekam.

Die Ehe war also eine Lehre für mich, die ich nicht wiederholen möchte. Es ist ganz einfach so: Wenn die Kerle jung sind, glauben sie, es geht im Bett um irgendein Sportabzeichen, das ihnen verliehen wird, wenn die Frau so laut stöhnt, dass sich die Nachbarn beschweren. Wimmert sie nicht vor Lust – oder lacht sie gar –, glauben sie, dass sie irgendetwas falsch machen und am Ende keine Medaille bekommen. Wenn die Männer älter werden, denken sie, dass sie sowieso nicht mehr gewinnen können – also geben sie sich erst recht keine Mühe mehr.

Dabei könnte es so einfach sein. Wenn Männer zum Beispiel einsehen würden, dass wir Frauen nach dem Sex keine kleinen Täfelchen mit Nummern rausholen, mit denen wir dann ihre Leistungen bewerten. Und dass es auch nicht schlimm ist, wenn sie mal wieder als Erste durchs Ziel schießen – immer vorausgesetzt, sie drehen sich danach zur richtigen Seite und benutzen auch mal ihren Kopf und ihre Hände. Aber anscheinend kränkt es Männer in ihrer Heimwerkerehre, wenn sie nach dem Hämmern noch einmal nachbessern sollen.

Und Max? Ich weiß es nicht, schließlich kenne ich ihn erst seit ungefähr drei Stunden. Ich muss allerdings zugeben, dass ich das, was ich bisher gesehen habe, ausgesprochen viel versprechend finde. Weil Max zum Beispiel selbstbewusst ist. Und zwar nicht auf diese Schätzchen-mein-Bizeps-hat-satte-achtunddreißig-Zentimeter-Durchmesser-willst-du-mal-anfassen-Tour (ganz nebenbei: Die kann sehr viel angenehmer sein als die Ich-bin-Kunsthistoriker-mag-Süditalien-und-besitze-drei-original-Picasso-Radierungen-willst-du-mal-gucken-Tour). Nein, Max hat genug Selbstbewusstsein, um über sich selber zu lachen. Und ich glaube, das ist bei einem Mann so selten wie Goldnuggets in der Elbe oder ein weibliches Wesen in einem deutschen Konzernvorstand (Sekretärinnen nicht mitgerechnet).

Das sind so die Gedanken, die ich mir mache, als ich Ellens verschnörkeltes Wohnhaus verlasse und gemeinsam mit Max in eine wunderbar laue Sommernacht hinaustrete. Eine Nacht also, die einfach dazu gemacht ist, mit einem Mann auf einer Veranda zu sitzen, Rotwein zu trinken und zu wissen, dass wir vor dem Morgengrauen kein Auge zumachen werden. Eine Nacht, die bestimmt *nicht* dazu da ist, ins Bett zu gehen. Und schon gar nicht alleine. Und schon überhaupt nicht, um zu schlafen. Ich blicke die Straße hinunter, sehe Max an und sage: »Mein Auto steht da drüben.« Dabei zeige ich zielsicher mit dem Finger in eine Richtung und hoffe, dass der verdammte Wagen wirklich da steht. Tut er natürlich nicht. Was Max nach ungefähr vierhundert Metern zu merken scheint:

»Als Sie sagten, dass Sie mich nach Hause bringen, dachte ich nicht, dass wir zu Fuß gehen.«

»Wieso? Sind Sie etwa schon müde?«, entgegne ich und versuche, meiner Stimme einen enttäuschten Beiklang zu geben. Angriff ist die beste Verteidigung.

»Aber nein. Ein Abendspaziergang ist das Schönste, was ich mir jetzt vorstellen kann. Auch um ein paar Kalorien loszuwerden nach Ellens reichhaltigen Kochkünsten.«

»Finde ich auch. Wir sollten nur aufpassen, dass wir nicht Heimo und Claire begegnen. Oder dem Honorarkonsul und seiner entzückenden Stütze. Sonst wollen die noch einen Schlummertrunk mit uns einnehmen.«

»Und den Schlummertrunk wollen wir, wenn überhaupt, schließlich ganz alleine genießen«, sagt Max daraufhin. Ich wäre am liebsten stehen geblieben und hätte ihm einen Orden für den richtigen Satz zur richtigen Zeit verliehen.

»Was heißt hier, wenn überhaupt? Wenn ich Sie nach Hause bringe, ist ein Abschlussgetränk das Mindeste, was ich erwarte«, sage ich.

»Vielleicht haben wir Ihren Wagen ja bis morgen früh gefunden – dann mache ich uns einen Kaffee«, erwidert Max spöttisch.

Ich lache, obwohl mir gar nicht danach zumute ist. Ich befürchte nämlich, dass unsere romantische Stimmung den Bach hinuntergeht, wenn wir die blöde Karre nicht bald finden.

»Wieso könnt ihr Männer nicht einmal ein Auto erfinden, das seiner Besitzerin sagt, wo es parkt. Das wäre bei Frauen bestimmt der Hit«, sage ich empört.

»Wie wäre es mit einem Kombigerät, das auch gleich weiß, wo der Haustürschlüssel, das Portemonnaie und der neue Mascara von Ellen Betrix ist?«

»Hervorragende Idee, Max. Und vielleicht kann es auch piepen, wenn eine Frau den richtigen Mann findet. Meinen Sie, das wäre möglich?«

»Ich glaube nicht, dass das eine technische Frage ist. Könnte also schwierig werden«, sagt Max. Es klingt ein wenig melancholisch, was mir seine Andeutung über seine Freundin in Erinnerung ruft. Ich sollte dieses Minenfeld also lieber schleunigst wieder verlassen.

»Sie haben Recht. Außerdem geht nichts über die menschliche Intuition. Und die sagt mir gerade, dass wir beide auf dem richtigen Weg sind.«

Max sieht mich lächelnd an. Er wirkt nicht so, als wenn er gegen meine Doppeldeutigkeiten Protest einlegen würde. Trotzdem gehe ich auf Nummer Sicher: »Ich meine natürlich, auf dem richtigen Weg zum Wagen.«

»Klar. Solange Sie dabei keine Angst haben, dass Sie abgeschleppt worden sind.«

»Och, so schlimm wäre das nicht«, entgegne ich schlagfertig. »Ich meine ... dann können wir immer noch ein Taxi nehmen.«

Auf Max' Gesicht erscheint ein viel sagendes Lächeln. Zum Glück erreichen wir genau in diesem Moment unser Ziel. Ich zupfe ihn am Ärmel und sage: »Schauen Sie mal, da steht er schon!«

Tatsächlich sehe ich an der nächsten Ecke mein gutes altes Auto. Auch wenn ich zugeben muss, dass ich keine Ahnung habe, wie es dahin gekommen ist. Ich könnte schwören, dass ich den Wagen dort nicht abgestellt habe und dass ich auch noch nie in dieser Straße war. Aber das Gefühl habe ich schließlich immer, wenn ich zum geparkten Auto zurückkomme.

Ich schließe die Wagentür auf, was bei meinem Modell leider noch nicht heißt, dass man einsteigen kann. Das Blech der Karosserie hat dank meiner Fahrkünste in den letzten Jahren eine recht eigenwillige Form angenommen. Deswegen sind einige gekonnte Kniffe vonnöten, um die Türen zu öffnen – von der Kofferraumhaube gar nicht zu reden. Max starrt mich mit offenem Mund an, während ich mein Knie gegen die Tür ramme, die sich schließlich mit einem knarzenden Geräusch öffnet.

»Und Sie sind sich ganz sicher, dass das Ihr Wagen ist?«, fragt er schmunzelnd.

Da ich bei meinem Verhältnis zu Autos nichts für unmöglich halte, trete ich lieber noch einmal zurück und mustere den Wagen kritisch. Aber der ist eigentlich gar nicht zu verwechseln. Erstens hat er, wie gesagt, eine recht individuelle Form – die sich allerdings besonders beim Einparken immer mal wieder verändert. Vor allem aber klebt auf der Heckscheibe der große Aufkleber vom Geschäft, schließlich ist er gleichzeitig unser Lieferwagen für den Laden.

»Keine Sorge. Er ist es«, sage ich. »Oder hatten Sie schon Angst, mit einer Autodiebin unterwegs zu sein?«

»Angst ist das falsche Wort – schließlich ist das eine romantische Vorstellung. Früher hätten wir zusammen Pferde gestohlen. Heute sind es halt Autos.«

Ach, Max, das hast du wunderbar gesagt. Pferde stehlen! »Vielleicht sollten wir einfach ein anderes Auto nehmen«, sage ich. »Zum Beispiel den Mercedes da vorne. Den kriege ich bestimmt auch auf.«

Max überlegt kurz und schüttelt dann den Kopf.

»Lieber nicht. Am Ende haben wir Pech und werden verhaftet – und dann ist im Gefängnis keine Doppelzelle mehr frei.«

Das wäre wirklich eine Katastrophe, besonders wenn wir lebenslänglich kriegen, denke ich sofort. »Sie haben vollkommen Recht. Außerdem ist mein Wagen gar nicht so übel. Kommen Sie, steigen Sie ein. Und wundern Sie sich bitte nicht!«, sage ich.

Max sieht mich misstrauisch an. »Worüber? Dass Ihr Auto aussieht wie ein fahrbares Gartencenter?«

Er hat, trotz der Dunkelheit, den Nagel auf den Kopf getroffen. Im hinteren Teil des Wagens stapelt sich mein komplettes Berufs-Equipment: Scheren, Schaufeln, Drahtrollen, Dünger, Pflanzenreste, Bastschnüre, Einwickelfolie, Blumenkästen, Handschuhe und sogar einige Stauden, Setzlinge und

Ableger. Von der Blumenerde im Kofferraum des Kombis gar nicht zu reden. Ich bin irgendwann zu der Überzeugung gekommen, dass es gar nicht unpraktisch ist, eine Art mobiles Blumenbeet zu haben. Zumal wir regelmäßig Pflanzen transportieren, die wir einfach hinten in die Erde stecken können, um sie bei Bedarf dort sogar zu gießen. Klar, nicht alle sind mit dieser Erfindung einverstanden. Zu meinen schärfsten Kritikern zählt mein Sohn Florian, der mir regelmäßig droht, deswegen zu seinem Vater zu ziehen. (»Mein Erzeuger hört zwar Musik von den Bee Gees, aber er hat wenigstens einen ganz normalen VW Golf. Und nicht so einen fahrbaren Komposthaufen wie wir.«)

Das Chaos im Wagen hat einen weiteren Vorteil: Wenn man einsteigt, wird man von einer wunderbaren Welle aus Blütenduft und Pflanzenfrische empfangen, besser als jedes so genannte Raumparfüm und fast genauso gut wie ein Waldspaziergang.

»Ich bin nun mal Blumenhändlerin. Und das ist mein Lieferfahrzeug«, erkläre ich schulterzuckend – und hoffe, dass Max seine Gelassenheit beibehält, auch nachdem er eingestiegen ist. Er lässt sich auf den Beifahrersitz sinken und schließt mit einem genießerischen Seufzen die Augen.

Wenn sich Männer im Bett so geschickt anstellen würden wie beim Einparken, wäre manches auf der Welt anders. Wir erreichen die Straße, in der Max wohnt, und er zeigt mit unschuldiger Miene auf eine Parklücke, in die vielleicht eine Isetta passen würde, nie im Leben aber mein ausgewachsenes Auto. Andererseits, wenn wir jetzt die für Hamburg üblichen anderthalb Stunden nach einer anderen Parklücke suchen, wird von unserer romantischen Stimmung nicht mehr viel übrig sein. Kurz entschlossen nehme ich deshalb die Aufgabe in Angriff und bugsiere den Wagen mustergültig zwischen einen Mercedes-Transporter und einen der unzähligen Audi TTs, die man in dieser Gegend anscheinend besonders häufig fährt. »Nicht schlecht, oder?«, frage ich selbstbewusst.

Statt einer Antwort hebt Max verächtlich die Augenbrauen.

Typisch Mann, denke ich enttäuscht. Selbst wenn eine Frau einmal die Formel-eins-Weltmeisterschaft gewinnt, wird Max vermutlich – genau wie alle anderen Männer – irgendetwas von Glück und Rückenwind murmeln. Aber ich habe keine Lust, mich mit ihm zu streiten. Ich tue lieber das, was Frauen immer tun, wenn ihnen mehr am Frieden als an der Wahrheit gelegen ist: Ich gebe ihm Recht.

»Na ja, eigentlich kann ich das auch besser«, sage ich daher kleinlaut. »Ich bin bloß ein wenig unkonzentriert.«

»Ach ja? Warum das denn?«, fragt Max. Er sieht mich dabei ziemlich frech an. Klar, er weiß genau, dass es nur einen Grund gibt, aus dem ich unkonzentriert sein könnte. Und er findet vermutlich genau wie ich, dass es an der Zeit ist, die Dinge auf den Tisch zu bringen.

»Willst du das wirklich wissen?«, frage ich daher. Er nickt aufmunternd. Also nehme ich ihn kurz entschlossen am Kragen und ziehe ihn so weit zu mir herüber, dass sich unsere Lippen berühren. Schnell wird aus der vorsichtigen Berührung unserer Lippen ein richtiger Kuss.

»Und? Weißt du jetzt, warum ich unkonzentriert bin?«, frage ich bei der ersten Atempause.

»Nein. Ich glaube, du musst es mir noch einmal erklären«, sagt er selbstbewusst.

Na bitte. Endlich einmal ein Mann, der seinen Sinn für Romantik nicht nach der ersten Berührung verliert.

Wir sind inzwischen ausgestiegen und sehen uns über das Autodach hinweg an.

»Okay. Aber dann muss ich mir mit meiner Erklärung wohl etwas mehr Zeit lassen«, sage ich.

»Ich habe nichts dagegen«, antwortet er, geht um das Auto herum und zieht mich an sich. Während in meinem Hormonhaushalt ein Feuerwerk angezündet wird, kann ich doch nicht aufhören nachzudenken: Soll ich mit diesem wunderbaren Vorgeschmack nach Hause fahren? Oder das Risiko eingehen, auch noch den Hauptgang zu probieren? Nur damit Sie keinen falschen Eindruck bekommen: Ich stehe zwar gerade mitten in der Nacht auf einer Straße in Hamburg und küsse einen Mann, der praktisch mein Sohn sein könnte – na ja, fast jedenfalls. Aber ich bin alles andere als cool, gelassen oder auch nur halbwegs entspannt dabei. Wie sollte ich auch? Ich bin mir ja nicht mal sicher, ob ich wirklich gerade ein romantisches Mitternachtserlebnis habe oder ob ich mir nicht einfach nur einen Berg voller Schwierigkeiten auflade. Ganz abgesehen davon: Würden Sie sich mit einem Kerl einlassen, der erst knapp über dreißig ist und der vielleicht nur austesten möchte, ob Frauen in meinem Alter überhaupt noch sexuell stimulierbar sind? Ein Kerl, der mich spätestens, wenn wir in seinem Schlafzimmer sind, herzhaft auslachen wird? Und der mich dann fragt, ob ich ernsthaft glaube, dass er irgendein Interesse an einer Frau haben könnte, deren vierzigster Geburtstag schon fast so weit zurückliegt wie die letzte Wiederwahl Helmut Kohls zum Bundeskanzler? Eben.

Isabelle!, ermahne ich mich mit aller nötigen Strenge. Seit wann bist du so zögerlich? Es geht hier nicht um ihn, sondern um dich. Wenn du ein Mann wärest, würdest du dir schließlich auch nicht solche Gedanken machen – auch nicht, wenn das Küken an deiner Seite noch nicht einmal volljährig wäre. Also, reiß dich zusammen! Und nimm dir gefälligst, was du haben möchtest!

»Was hast du gesagt?«, fragt Max in diesem Augenblick. Er rückt ein wenig von mir ab und sieht mich belustigt an.

»Oh … nichts. Ich habe nur überlegt, ob ich … also … ich habe darüber nachgedacht, dass …«, stammele ich hilflos herum. Und laufe dabei vermutlich so rot an wie die Ampeln, die ich vorhin überfahren habe.

»Ich finde, du denkst ganz schön viel nach beim Küssen«, sagt er.

»Na ja, wenn ich das hier als Einladung betrachte, muss ich ja schließlich überlegen, ob ich sie annehme«, sage ich und finde, dass das schon fast so selbstbewusst klingt, wie ich es mir wünsche.

Max sieht mich neugierig an.

»Und? Wie lautet das Ergebnis deiner Überlegungen?«

»War es denn eine Einladung?«, frage ich zurück.

»Ja.«

»Ja«, sage ich ebenfalls.

Max' Wohnung sieht so aus, wie Wohnungen von jungen, allein stehenden Männern nun einmal aussehen: wie eine Müllkippe. Überall liegen Socken und T-Shirts herum. Einige wenige Zimmerpflanzen dämmern dem Vertrocknungstod entgegen (ich kann ihre Schreie förmlich hören). Auf jeder erdenklichen waagerechten Fläche stapeln sich Getränkedosen und rotweiße Pizzakartons, die nach Käse, Pilzen und Sardellen riechen. Ungewöhnlich ist einzig die Tatsache, dass zwischen den Pizzakartons auch einmal eine halb geleerte, durchsichtige Salatschüssel aus Plastik steht. Normalerweise verweigern allein lebende Männer ja jegliche Aufnahme von Gemüse, Obst und anderen gesunden Lebensmitteln.

Es kostet mich jedenfalls eine ziemliche Anstrengung, meine Aufheb-, Wegschmeiß- und Dekorationsinstinkte unter Kontrolle zu halten. Aber schließlich will ich auf keinen Fall spießig erscheinen. Ich gehe daher lässig durch den Flur ins Wohnzimmer und sage:

»Es ist schön bei dir. Und im Vergleich zum Zimmer meines Sohnes ist es geradezu ordentlich.«

Verdammt! Jetzt ist mir schon wieder so ein alt machender Unsinn rausgerutscht. Während ich mich nach einem Messer umsehe, um mir die Zunge abzuschneiden, sieht Max mich keineswegs erschrocken an. Er scheint eher … amüsiert. Und dazu macht er eine Geste, die so ziemlich alles von »Morgen räume ich auf« bis »Ist es nicht völlig egal, wie es hier aussieht« ausdrückt. Ich nehme es dankbar zur Kenntnis. Vor allem weil er mich jetzt an der Hand nimmt und an sich zieht.

»Mir ist im Moment völlig egal, wie es hier aussieht. Weil ich nur Augen für dich habe …«

Spätestens in diesem Augenblick wäre es mir sogar egal, wenn Max tatsächlich in einem Zelt auf einer Müllkippe wohnen würde. Ich will ihn einfach haben. Und zwar ganz egal, wo und unter welchen hygienischen Bedingungen.

Max scheint es ähnlich zu gehen. Er bringt mich in einen

Raum, der unschwer als sein Schlafzimmer zu erkennen ist. Anders als in den übrigen Räumen ist hier das entscheidende Möbelstück erhalten geblieben: ein Bett. Ansonsten ist in dem Raum nichts – keine Wäsche, kein Müll, keine herumliegenden Zeitschriften.

Ich bin inzwischen so aufgeregt wie eine katholische Klosterschülerin, die zum ersten Mal mit einem Jungen auf derselben Straßenseite geht. Auf gewisse Art bleibt man in der Liebe einfach immer Anfängerin. Und das ist gar nicht einmal schlimm. Das ist sogar wunderbar. Weil es einfach heißt, dass das Feuerwerk der Verliebtheit immer gleich hell brennt. Ganz egal, wie alt, wie verknöchert, wie verlebt man ist. Hauptsache, man ist offen dafür. Und das bin ich. Ein bisschen ängstlich bin ich auch. Was ist, wenn Max meinen Hals zu runzelig findet, meinen Hintern nicht stramm genug oder sogar meine ... na ja, Sie wissen schon, ich habe immerhin zwei Kinder bekommen, und ich glaube nicht, dass Max Erfahrung mit Frauen hat, aus denen schon einmal etwas herausgekommen ist, das fünfzehn Jahre später Leute um Geld anbettelt und zu Hip-Hop-Konzerten gefahren werden will.

»Isa? Alles in Ordnung bei dir?«, fragt Max in diesem Moment. Er steht hinter mir und legt mir die Arme um den Körper. Mir rieselt es heiß und kalt den Rücken hinunter.

»Ich ... ich habe nur darüber nachgedacht, ob du das letzte Mal mit deiner ... in der gleichen Bettwäsche ...«, sage ich. Keine besonders gelungene Ausrede. Wieso muss ich ausgerechnet jetzt von seiner Exfreundin anfangen?

Max reagiert auf eine Art, für die ich mich gleich noch mal in ihn verliebe. Weil er das einzig Richtige macht: Seine Hand gleitet an mir hoch, und sanft hält er mir mit Daumen und Zeigefinger den Mund zu.

»Schsch... Ich weiß nicht, wovon du redest«, flüstert er und schüttelt sanft den Kopf.

Ich muss zugeben, dass er weise ist – weiser als ich in diesem Moment. Wir wissen schließlich beide, dass das Leben nicht so unkompliziert ist, wie wir es uns als Teenager vorgestellt haben. Wir tragen eine Geschichte mit uns herum, in der eine

Menge anderer Menschen vorkommen. Aber wir wollen trotzdem zusammen ins Bett. Warum also drüber reden?

Vorsichtig zieht er mir mein T-Shirt über den Kopf. Ich drehe mich um und mache dasselbe mit ihm. Im Zimmer ist nur eine kleine Stehlampe an, die ihr schwaches Licht über den Fußboden wirft. Ich habe nichts dagegen. Schließlich muss er mich nicht unbedingt allzu genau sehen. Jedenfalls nicht gleich am Anfang. Und ich selber habe eine gute Ausrede, um sehr dicht an ihm dranzubleiben. Und ihm dabei zu helfen, seine übrigen Klamotten auszuziehen. Ich will ihn aufs Bett ziehen. Aber Max schüttelt den Kopf.

»Warte. Nicht so schnell«, sagt er. »Wollten wir nicht einen Schlummertrunk zu uns nehmen?«

»Doch, wollten wir«, sage ich. »Aber ich würde ihn lieber später trinken. Nachher sind wir bestimmt durstiger als im Moment.«

»Einverstanden«, sagt Max. Und dann sorgt er dafür, dass ich sehr bald genauso wenig anhabe wie er. Und wir gemeinsam da hinkommen, wo ich seit Stunden mit ihm landen will: im Bett.

Ich weiß nicht, wie spät es ist. Es ist mir auch vollkommen egal. Ich bin zufrieden, denke ich – und ich gebe mir Mühe, nicht das Wort glücklich zu benutzen. Weil Glück zu schwer ist für diesen leichten Moment. Und weil dieses Wort für Beziehungen reserviert ist, die mit Gefühlen zu tun haben. Das hier mit Max, das ist die Verliebtheit einer einzigen Nacht. Nicht mehr. Und alles andere wäre nur eine Lüge – das darf ich nicht vergessen!

Max liegt neben mir und schläft. Sein Mund steht dabei leicht offen, seine Haare sind zerwühlt und stehen in alle Richtungen von seinem Kopf ab. Er ist nur halb mit dem Laken zugedeckt, und so kann ich ihn mir genüsslich ansehen. So genüsslich, dass ich ihn am liebsten wecken möchte.

Aber ich tue es nicht. Weil es genauso schön ist, einfach hier zu liegen. Neben Max. Und ihn anzusehen und mir vorzustellen, dass das, was zwischen uns geschehen ist, mehr wäre als nur eine einzige Nacht. Ich erlaube mir diese Vorstellung, auch wenn ich weiß, dass sie einen hohen Preis hat. Sie macht die Einsamkeit am nächsten Tag bitterer.

Warum habe ich mit tollen Männern nur Affären und mit Langweilern Beziehungen? Und warum musste ich den größten Idioten sogar heiraten? Ich weiß es nicht. Ich weiß nur, dass meine Laune in dieser Nacht nicht mehr über die Gefriergrenze steigen wird. Es ist also höchste Zeit zu gehen. Bevor Max aufwacht und mich fragt, was los ist. Weil ich es ihm nicht erklären könnte. Oder kann man einem Mann erklären, dass eine Frau gleichzeitig glücklich und traurig sein kann, gleichzeitig befriedigt und hungrig vor Lust, gleichzeitig verliebt und ernüchtert?

Man kann es nicht. Ich stehe leise auf und suche meine Klamotten zusammen. Was heißt hier meine Klamotten? Es ist Nessis T-Shirt, ihre Jacke. Wer weiß? Vielleicht verdanke ich es zum Teil auch diesem Outfit, dass der Abend so geworden ist, wie er geworden ist. Ich schulde Nessi dafür einen Gefallen, denke ich, während ich mich anziehe.

Ich drehe mich noch einmal um, sehe Max friedlich schlafend im Bett liegen. Draußen wird es allmählich hell. Durchs Fenster kann ich jetzt in den Garten sehen. Vorne stehen hohe, dicht gewachsene Bäume. Hinten schimmert das Wasser im Frühlicht. Auf der Wiese, direkt am Ufer, sehe ich zwei dunkle Kreise, wie kleine, eingerollte Katzen. Dann erkenne ich, dass es zwei Enten sind, die dort schlafen.

Ich beuge mich ein letztes Mal über Max. Er liegt immer noch mit leicht geöffnetem Mund da. Ich berühre mit der Hand sein Gesicht. Dann stehe ich leise auf, verlasse das Zimmer, verlasse die Wohnung. Ich kehre in mein eigenes Leben zurück. Und das hat nichts mit dem Leben von Max zu tun. Gar nichts.

Max
Vierer ohne

Mein Freund Joachim ist die Sorte Mann, dessen Leben sich nach menschlichem Ermessen bis zu seinem fünfundsechzigsten Geburtstag nicht mehr ändern wird. Joachim, der jetzt gerade einmal Mitte dreißig ist, findet das ausgesprochen beruhigend, weil er von allem, was irgendwie ungewöhnlich ist, Sodbrennen und Hautausschlag auf Kinn und Nase bekommt. Seine ganze Existenz ist daher so aufregend wie eine ZDF-Serie mit Robert Atzorn – und auch sonst ähnelt Joachim insofern Dr. Specht, als er ebenfalls Lehrer ist. Er unterrichtet Chemie und Mathematik und findet, dass beides ausgesprochen interessante und vielseitige Schulfächer sind. Ich kann mir gut vorstellen, wie er vor seinen gelangweilten Schülern steht und angesichts des Bohr'schen Atommodells oder einer algorithmischen Mengengleichung regelrecht ins Schwärmen gerät.

Außerdem ist Joachim seit seiner Studienzeit verheiratet, er hat zwei Kinder, und er hält es für eine fast schon perverse Ausschweifung, wenn er mit seiner Frau Saskia zwei Mal statt wie üblich ein Mal pro Woche schläft. Kein Wunder, dass Joachim mich jetzt aus geweiteten Augen ansieht und dazu ausgesprochen schnell und geräuschvoll atmet. Er schwankt vermutlich zwischen Staunen und Unglauben, stößt immer wieder kicksende Lacher aus, die mich an Sissy Perlinger erinnern, und sagt, nachdem er sich und seine Stimme halbwegs unter Kontrolle gebracht hat:

»Also Max … du hast wirklich … du hast sie, also diese … diese Frau … ihr wart zusammen … und ihr habt … ohne Jux jetzt? … du und sie? Eine ganze Nacht lang … ihr hattet … Sex?«

Joachim wiederholt seine Frage immer wieder und in immer

neuen Formulierungen, sofern seine hysterischen Zuckungen es erlauben.

Dabei habe ich meinen Bericht über die vergangene Nacht bisher weitgehend auf Andeutungen reduziert. Vielleicht hat gerade das seine Neugier überstrapaziert. Jedenfalls ist es höchste Zeit, die Fakten offen und ehrlich auf den Tisch zu bringen. Ich sage daher mit entschlossener Stimme:

»Verdammt noch mal: ja. Ich war im Bett mit ihr. Und es war nicht einmal schlecht. Hat mich ja selber überrascht.«

Sehr viel mehr als Joachims fast schon epileptische Anfälle stört mich die Reaktion von Marc und Werner. Die beiden gehören ebenfalls zum Quartett meiner allsonntäglichen Ruderrunde. Sie starren mich wortlos und mit seltsam versteinerten Gesichtern an, ungefähr so, wie Ärzte in einer forensischen Psychiatrie, die einen neu eingelieferten Fall begutachten. Einen Fall, dessen Taten selbst ihre vielfach erprobte Phantasie übersteigen.

»Du hast es also wirklich getan …«, stellt Marc fest. Immerhin ringt er sich dann ein anerkennendes Lächeln ab und sagt:

»Hut ab. Ich muss schon sagen, nicht schlecht. Ich wusste zwar nicht, dass Frauen in der Altersklasse überhaupt noch sexuell aktiv sind. Aber anscheinend bist du ja auf deine Kosten gekommen. Und sie auch …«, er macht eine Pause, grinst mich anerkennend an und wiederholt dann noch einmal: »Wirklich nicht schlecht, Max. Vor allem nach deinen monogamen Jahren mit Jana.«

Marc sagt das ungefähr so, wie ein Großwildjäger in Afrika seinem Kollegen attestiert, ein beeindruckendes Nashorn oder einen kapitalen Elefantenbullen geschossen zu haben. Was übrigens Marcs Einstellung zu Sex und Frauen ziemlich genau entspricht: Obwohl er inzwischen ebenfalls über dreißig ist, dient ihm Sex in erster Linie dazu, Trophäen zu sammeln. Es würde mich nicht wundern, wenn Marc, ähnlich wie eine Karl-May-Figur es mit seiner Büchse handhabt, nach jeder erlegten Frau eine Kerbe in sein Bett machte.

Ich hätte mir denken können, dass ausgerechnet von Werner die härteste Kritik kommt. Werner ist dieses Jahr fünfzig geworden, arbeitet als Chefarzt an einer renommierten Klinik, fährt Porsche und weiß, dass das Leben zu kurz ist, um die spaßigen Seiten daran nicht ausgiebig zu genießen.

Er sieht mich erbarmungslos an – kein Wunder, dass er an seinem Krankenhaus auch für Personalfragen zuständig ist – und sagt:

»Und, Max? Bist du wirklich stolz drauf? Ich kann es mir nicht vorstellen. Die Stadt ist voller junger, hübscher, gerade reif gewordener Mädchen, und du hüpfst mit einer Scheintoten ins Bett? Wie alt, sagtest du noch, ist sie?«

Bevor ich auf Werners Anfeindungen reagiere, sollte ich Ihnen vielleicht ein paar Informationen zu unserer Männerrunde geben: Joachim, Marc, Werner und ich sind so unterschiedlich, wie es unser gemeinsames menschliches Genom überhaupt nur zulässt. Unter normalen Umständen wären wir daher auch sicherlich nicht befreundet – zu gegensätzlich sind unsere Berufe, unsere sonstigen Freunde, unsere sexuellen Vorlieben und unsere Einkommensklassen. (Hier führt Werner deutlich mit seinem Chefarztgehalt und seinen regelmäßigen Sondergratifikationen, die er in erster Linie seiner umsichtigen Stellenabbaupolitik verdankt. Ich folge als gut verdienender Fernsehreporter auf Platz zwei, gefolgt von Joachim mit seinem Lehrergehalt und der Erbschaft von seinen Schwiegereltern. Ganz unten auf der Skala steht Marc, der immer noch studiert und in einer Kneipe kellnert – was übrigens ein Beweis dafür ist, dass Frauen keineswegs nur auf Geld stehen, sondern mindestens genauso auf gutes Aussehen.) Trotz dieser ganzen Unterschiede verbindet uns ein recht exklusives Detail in unserem Leben: Wir sind alle Mitglieder in einem Ruderclub an der Alster. Und in dieser Eigenschaft treffen wir uns seit Jahren sonntagnachmittags, um in einem »Vierer ohne« unsere Bahnen über Europas größtes innerstädtisches Fließgewässer zu ziehen. Im Laufe der Zeit ist aus uns vieren noch etwas ganz anderes geworden als ein zufälliger Zusammenschluss von Sportbegeisterten: Wir sind, ich kann es nicht anders sagen, eine Art Männergruppe – auch wenn wir das Wort niemals in den Mund nehmen würden. Und in dieser Eigenschaft sprechen wir über alles, was unsere Männerherzen bewegt, vom Vergleich der Motorvarianten beim neuen VW Touareg über die Möglichkeiten der Früherkennung von Prostataproblemen bis hin zu den Vorzügen verschiedener Sexstellungen. Der Grund, warum wir so offen und tabulos über alles in unserem Leben reden (etwas, was Frauen immer tun, Männer aber eigentlich nie), ist wahrscheinlich der: Joachim, Marc, Werner und ich haben im sonstigen privaten oder beruflichen Leben nichts miteinander zu tun. Wir sind keine Konkurrenten und wildern nicht im selben Revier. Es gibt also auch keinen Grund dafür, die üblichen Gefechte um die Rangordnung auszutragen. Wir treffen uns im Ruderclub sozusagen auf neutralem Boden, und es würde mich nicht einmal wundern, wenn einer der Jungs in Wirklichkeit gar nicht so hieße, wie wir ihn nennen, oder wenn er einem ganz anderen Beruf nachginge, als er behauptet. Unsere Gemeinschaft kennt nur ein Grundgesetz, auch wenn wir es niemals ausgesprochen haben: die absolute Verschwiegenheit (auch das unterscheidet uns fundamental von vergleichbaren Frauenrunden).

Bestes Beispiel für die Art unserer Treffen ist der heutige Tag: Wir haben uns gegen drei Uhr nachmittags getroffen. Inzwischen ist es fast fünf, und wir sitzen immer noch auf der Terrasse des Clubhauses und diskutieren über alles Mögliche, nur nicht über Regatten, Bootstypen oder Schlagtechniken. Sondern mal wieder über Frauen, Sex und andere bedeutsame Ereignisse. Und das ist auch der Grund dafür, dass ich den Jungs in einem Anfall übertriebener Offenheit von der vergangenen Nacht und meinen Erlebnissen mit Isabelle erzählt habe.

Leider muss ich feststellen, dass die Toleranz meiner Ruderfreunde Grenzen kennt. Das gilt jedenfalls für Werner, wie er mir ja gerade recht eindrücklich bewiesen hat, indem er Isabelle als Scheintote bezeichnet hat. Ich lasse das natürlich nicht auf mir sitzen – schließlich geht es gar nicht um Isabelle, sondern um meine Ehre als Mann:

»Ich sagte, dass ich nicht genau weiß, wie alt sie ist. Und dass es mich auch nicht interessiert. Ich hatte eine nette Nacht mit ihr. Und es war eine interessante Erfahrung – mehr wollte ich auch nicht. Außerdem …«, ich verschärfe meinen Tonfall um einige Nuancen und fixiere Werner mit einem feindseligen Blick, »ist Isabelle sicherlich nicht so alt wie du.«

Werners Aggressionen kommen nicht von ungefähr. Er ist seit Jahren damit beschäftigt, sich bei der Auswahl seiner Lebensgefährtinnen in Richtung Teenager herunterzuarbeiten. Ulli, seine aktuelle Freundin, ist vor kurzem achtundzwanzig geworden. Was uns zu der Prognose führt, dass die Beziehung noch maximal zwei Jahre halten kann – weil Ulli dann dreißig wird und Werner zweiundfünfzig. Und er ist sicherlich nicht willens, sein jugendliches Leben mit einer derart überalterten Frau zu teilen.

Werner hat meinen Gegenangriff sehr wohl verstanden. Seine Miene pendelt irgendwo zwischen Beleidigtsein und Angriffslust. Mit beißender Stimme sagt er:

»Ich glaube, seit deiner Trennung von Jana bist du etwas verwirrt, was Frauen angeht, lieber Max. Anders kann ich mir diesen merkwürdigen Vergleich nicht erklären. Wäre ja auch noch schöner.«

»Welcher Vergleich?«, fragt Joachim unschuldig dazwischen – am liebsten hätte ich ihm für seine Naivität einen Kuss auf die Wange gedrückt.

Sogleich ergreift Marc das Wort:

»Ich glaube, Max wollte ausdrücken, dass der Altersunterschied zwischen Werner und Ulli ungefähr so groß ist wie der zwischen ihm und seiner neuesten Eroberung.«

Ich stöhne auf. Offensichtlich habe ich auch Marc gegen mich. »Verdammt. Sie ist nicht meine neueste Eroberung. Sie war einfach nur eine Ablenkung für eine Nacht. *Du* müsstest doch wissen, was damit gemeint ist.«

»Klar«, entgegnet er sofort. »Allerdings lenke *ich* mich mit Frauen ab, die am nächsten Morgen immer noch knitterfrei sind. Aber zugegeben, das ist reine Geschmackssache.«

Ich beginne zu ahnen, dass es ein Fehler war, den Jungs von der Sache zu erzählen. Andererseits darf ich mich nicht beklagen: Wir gehen nun einmal nicht zimperlich miteinander um.

Heute bin eben ich an der Reihe, im Mittelpunkt zu stehen und die Schläge abzubekommen. Aber das bedeutet ja nicht, dass ich mich nicht wehren darf.

»Eben! Es ist Geschmackssache«, sage ich mit Nachdruck, »und da lasse ich mir nichts vorwerfen. Ich bin mir ganz sicher, dass ich nicht der Einzige bin, der Isa nicht von der Bettkante gestoßen hätte ...«

»In dem Alter wäre das auch rücksichtslos, die bricht sich glatt was dabei«, gibt Marc grinsend zurück.

Ich überhöre es und fahre fort: »Und zwar deshalb, weil sie eine Klasse-Frau ist. Jetzt rein äußerlich gesehen. Sie geht glatt für Ende dreißig durch.«

»Da haben wir gerade noch mal Glück gehabt, was, Max?«, gurgelt Marc zwischen zwei Lachern hervor. »Denn mal ganz ehrlich: vierzig oder Altersheim – wo ist der Unterschied?«

Marc und Werner sehen sich an und brechen in ein pubertäres Gekicher aus.

Joachim sieht die beiden verständnislos an und fragt: »Aber wieso vierzig? Ich dachte, sie ist so alt wie Werner?«

»Nicht ganz«, erwidere ich mit beißender Ironie in der Stimme. »Sie hat nur das Pech, eine Frau zu sein. Und damit gehört sie für Werner in den sexuellen Ruhestand. Klar, sonst würde er ja glatt noch merken, dass er selber nicht mehr der Jüngste ist. Und dass sein bestes Stück immer mehr seinem Gesamteindruck gleicht: klein und runzelig.«

Der Schlag sitzt. Werner wischt sich die tränennassen Augen ab, fixiert mich und sagt: »Was zählt, ist das gefühlte Alter, Max. Nichts anderes.«

»Ich glaube, dann würde Isabelle wieder zur Schule gehen. Manchmal jedenfalls«, werfe ich ein.

Werner schüttelt mitleidslos den Kopf und fährt fort. »Das gilt nur für Männer! Bei Frauen zählt ausschließlich das angefühlte Alter. Die Püppchen müssen nun mal jung und elastisch in der Hand liegen. Und nicht wie ein Boskop vom letzten Jahr – wenn du weißt, was ich meine.«

»Zwei Boskops«, ergänzt Marc lachend und formt dazu beide Hände in eine recht eindeutige Position.

Natürlich weiß ich, was Werner meint. Er hat ja nicht einmal Unrecht. Aber soll ich mich jetzt wirklich dazu herablassen, den Jungs von Isabelles körperlichen Vorzügen zu berichten?

Bevor ich etwas sagen kann, schaltet sich Joachim wieder ins Gespräch ein. Er sieht ratlos von einem zum anderen und sagt mit leiser Stimme:

»Also, das mit dem Obst verstehe ich jetzt nicht. Ich dachte, es geht um Frauen? Oder meint ihr, weil sie so gut duften?«

»Mein Gott, Jo«, stöhnt Marc auf und grinst unseren unschuldigen Lehrer an, »ist dir noch nie aufgefallen, dass an deiner Frau etwas dran ist, was du gerne pflücken möchtest?«

Joachim legt die Stirn in Falten, hat dann aber einen sichtbaren Geistesblitz: »Ach so! Du meinst wegen der Orangenhaut. Klar, ist mir schon aufgefallen. Fasse ich aber nicht so gerne an, wenn ich ehrlich bin. Saskia ist da immer so empfindlich. Besonders, wenn sie ihre Creme drauf hat.« Joachim bekommt, während er redet, eine gesunde Gesichtsfarbe. Wahrscheinlich hat ihm seine Frau eingeschärft, niemals über ihre Problemzonen zu plaudern, und er hat es jetzt doch getan.

Werner winkt ab. »Wahrscheinlich kapiert Joachim es nicht, weil wir über Äpfel reden. Wenn ich deine Beschreibung von Saskia richtig in Erinnerung habe, lieber Joachim, solltest du vielleicht lieber an Kirschen denken.«

Das war unfair, denke ich sofort und überlege mir, wie ich Joachim verteidigen könnte. Völlig überflüssig, denn der weiß sich sehr gut selber zu helfen. Er beugt sich nach vorne, starrt Werner zornig ins Gesicht und verabreicht ihm genau das, was der verdient: eine Tracht verbaler Prügel.

»Du … du bist so etwas von tittengeil …«, ruft Joachim voller Empörung, »meinst du etwa, ich verstehe nicht, wovon du redest? Du beleidigst meine Frau, nur weil sie vielleicht kleinere Brüste hat als deine Ulli. Aber auch nur, weil du deinem Betthäschen die Operation bezahlt oder auch gleich selber vorgenommen hast. Eines kann ich dir versichern: Ich mag Kirschen mit Naturgeschmack immer noch lieber als Melonen mit Plastikfüllung. Außerdem solltest du dir beim nächsten Mal das Silikon in den Kopf einsetzen lassen, das würde deinen IQ jedenfalls deutlich heben.«

Ich bin froh, dass ich nicht länger in der Schusslinie stehe. Trotzdem ahne ich, dass der heutige Tag noch zu einer ernsten Katastrophe führen wird, wenn ich nicht augenblicklich eingreife.

»He, Jungs. Es ist höchste Zeit für ein paar ordentliche Züge auf dem Wasser, meint ihr nicht? Schließlich wollen wir uns von einem so hässlichen Thema wie Frauen nicht die Laune verderben lassen«, verkünde ich freudestrahlend.

Werner, der sich gerade dazu anschickte, Joachim eine saftige Erwiderung zu geben, sieht mich irritiert an. Sein mächtig aufgeblähter Oberkörper verliert auf einmal die Spannung wie ein Ballon, aus dem die Luft gelassen wird. Er nickt, genau wie Marc und Joachim, und sagt:

»Du hast vollkommen Recht, Max. Schließlich sind wir hier, um Sport zu machen. Und nicht, um uns wegen ein paar Titten in die Haare zu kriegen.«

Wir bezahlen unsere Zeche bei der Clubwirtin und gehen gemeinsam hinüber zum Bootsschuppen. Dort tritt das einzige Wunder ein, auf das wirklich Verlass ist: die befriedende Kraft einer Bootshalle. Egal, worüber ich gerade noch diskutiert oder sogar gestritten habe, egal, was mir private oder berufliche Probleme bereitet, egal, welche Frau mir gerade einmal wieder den letzten Nerv raubt – sobald ich in das Halbdunkel der Bootshalle eintrete, fallen sämtliche Mühseligkeiten auf der Stelle von mir ab. Auf einmal gibt es nichts anderes mehr als den durchdringenden Geruch von altem Holz, von Bootswachs und Feuchtigkeit. Ich werde eingehüllt von der andächtigen Stille, die nur vom Klacken der gestapelten Riemen unterbrochen wird, und von dem gummigedämpften Reiben, wenn eines der Boote aus der Halterung gehoben wird. Es ist fast wie in einer Kathedrale – mit dem einzigen Unterschied, dass hier nicht die Männer, sondern die Boote an den Wänden hängen.

Unser Team besteht übrigens lange genug, um keine großen

Absprachen zu brauchen. Während Joachim die nötigen Riemen zusammensucht, schultern wir anderen drei das Boot und tragen es hinaus zum Anleger. Wir nehmen auf dem schwankenden Holzponton Aufstellung, steigen mit geschmeidiger Routine ins Boot und stoßen uns schwungvoll ab. Was so einfach aussieht, erfordert in Wirklichkeit ein hohes Maß an Koordination und Eingespieltheit, was man vor allem daran ablesen kann, dass Anfänger in den ersten Monaten regelmäßig nicht im Boot, sondern im Wasser landen. Etwas, was uns schon seit Jahren nicht mehr passiert ist.

»Alles klar, Männer?«, fragt Werner im Befehlston – ihm als Ältesten steht die Ehre zu, das erste Kommando zu geben.

»Alles klar«, antworten wir anderen wie ein gut erzogener Schulchor.

»Denn man los.«

Unsere Riemen tauchen zum ersten Schlag ins grünbraune Wasser der Alster. Schnell nimmt unser Boot Fahrt auf und schneidet durch die sanften Wellen des großen Sees, von dessen Mitte aus man wie nirgends sonst einen ungestörten Blick auf die Behausungen der Reichen und Schönen genießen kann. Da ich das aber oft genug beruflich tun muss, habe ich jetzt ausschließlich Augen fürs Wasser, für die Bäume am Ufer und die Wolken am Himmel. Ich genieße dabei jeden Zug mit den Riemen, jede Anspannung der Arme und des Rückens, jede Streckung der Beine auf dem schmalen Rollsitz. Ich fühle mich einfach großartig, und das, obwohl die letzte Nacht nicht besonders lang war.

Tatsächlich war nach Isabelles stummem Abschied an Schlaf nicht zu denken. Ich lag aufgewühlt im Bett und musste an all das denken, was wir in den Stunden zuvor getan hatten. Und was zum ersten Mal seit Tagen jeden Gedanken an Jana aus meinem Kopf getilgt hatte. Aber genau das war ja schließlich auch der Sinn der ganzen Übung mit Isabelle gewesen – ein Erfolg also. Vielleicht aber auch ein bisschen mehr.

Es hatte schon angefangen, als wir gemeinsam Ellens nervenaufreibende Dinnerparty verließen und wenig später mit überhöhter Geschwindigkeit durch die laue Sommernacht fuhren. Romantisch war es allerdings nicht gerade. Und das lag in erster Linie an Isabelle. Sie stellte ziemlich viele Fragen, und die meisten gingen ungefähr so:

»War die Ampel gerade rot?«

»Ja, sie war rot.«

Oder auch: »Warum hupt der Mercedes denn so? Hatte der etwa Vorfahrt?«

»Ja, er hatte Vorfahrt, und er ist bestimmt nicht begeistert, Ihretwegen in einen Haufen Mülltonnen gefahren zu sein.«

»Meinetwegen? Aber was kann ich denn dafür, wenn der nicht Auto fahren kann? Der soll seine Augen aufmachen. «

»Isabelle, ich wollte noch ein wenig älter werden, wenn Sie nichts dagegen haben«, sagte ich zu ihr.

»Doch habe ich. Ältere habe ich nämlich schon genug gehabt. Sie sollen genauso bleiben, wie Sie sind. Verstanden?«

»Verstanden«, sagte ich und nickte amüsiert. »Ich meinte damit auch nur, dass ich unsere gemeinsame Autofahrt gerne überleben würde.«

»Ach, machen Sie sich keine Sorgen. Ich bin schon immer so gefahren. Und bis jetzt ist nie etwas passiert.«

So redete sie und lachte und schrie auch schon mal, wenn sie, ohne zu blinken, die Spur wechselte und irgendjemand es wagte, sie anzuhupen.

Sie gefiel mir. Mehr als das, ich war scharf auf sie, und zwar so sehr, wie ich es lange nicht mehr erlebt hatte. Und es störte mich dabei nicht im Geringsten, dass sie älter war als ich.

Als wir schließlich vor meiner Wohnung hielten, wurde ich Zeuge eines beeindruckenden Schauspiels: Isabelle versuchte, den Wagen in eine Parklücke zu bugsieren, die ungefähr so groß war wie der Rote Platz in Moskau. Sie tat allerdings so, als müsste sie einen Öltanker in den Yachthafen von Husum einfahren. Mit dem Ergebnis, dass das Auto mehr oder weniger quer zum Straßenrand stand, ungefähr Platz für drei Pkws in Anspruch nahm und zusätzlich ein Stück vom Gehsteig blockierte.

»Nicht schlecht, oder?«, fragte sie dann auch noch und sah mich Beifall heischend an.

Ich brach in schallendes Gelächter aus. Auch wenn es mir Leid tat. Aber es ging nun einmal nicht anders.

Isabelle war einsichtig. »Na ja, eigentlich kann ich das auch besser. Ich bin bloß ein wenig unkonzentriert.«

»Ach ja? Warum das denn?«

»Willst du das wirklich wissen?«

Ich nickte. Sie nahm mich am Kragen und zog meine Lippen an ihre.

Küssen ist eine großartige Sache. Schließlich kann man durch einen Kuss fast alles über eine Frau erfahren. Über ihren Charakter. Und auch darüber, wie sie im Bett ist. (Ich vermute, dass das bei Männern auch so ist, aber von denen habe ich erst wenige geküsst, und dabei war ich stets so betrunken, dass ich mich hinterher an keine Einzelheiten erinnern konnte. Vor allem konnte ich nicht im Bett überprüfen, ob sie so waren, wie sie küssten.)

Was Isabelle und ich machten, war also so etwas wie ein gegenseitiges Kennenlernen. Eine Art Gespräch – und der Versuch herauszufinden, ob wir bei bestimmten Dingen auf einer Wellenlänge lagen.

Das taten wir, so viel war schnell klar. Außerdem war ich eine Befürchtung losgeworden. Nämlich die, dass Isa durch ihr Alter vielleicht zerbrechlich sein könnte. Das war sie ganz bestimmt nicht, so wie sie ranging.

Ich habe keine Ahnung, was Isabelle über meine Wohnung dachte. Es sah ziemlich chaotisch aus. Ich lotste sie also lieber schnell ins Schlafzimmer. Es war der einzige Fleck, an dem ich Ordnung geschaffen hatte. Wir kamen ziemlich schnell zur Sache: Isabelle zupfte an meinem Hemd und begann damit, mich auszuziehen. Ich tat dasselbe mit ihr. Es dauerte keine fünf Minuten, und wir lagen ineinander verknäult auf meinem Bett.

Alles war also wunderbar und genau so, wie ich es mochte. Bis auf die Tatsache, dass ich die meiste Zeit an Jana denken musste. Natürlich: Ich hatte seit dem letzten Mal mit ihr nicht einmal die Laken gewechselt, und so hatte ich ihren Duft immer noch in der Nase. Es verwirrte mich. Ich lag mit Isabelle im Bett, und wir taten Dinge, die mich eigentlich ziemlich in Fahrt bringen sollten. Innerlich aber blieb ich kühl: mechanischer Sex, nicht mehr. Es erschreckte mich. Es machte mir klar, wie verlogen Menschen sein können – in dem Falle war ich es, der log. Und ich war mir sicher, dass Isabelle nichts davon merkte.

Umso besser. Schließlich war ich mit ihr aus ... medizinischen Gründen im Bett gelandet. Es ging einzig und allein darum, Jana zu vergessen. Und so ist es nun einmal: Es gibt keine bessere Methode, über eine Frau hinwegzukommen, als mit einer anderen ins Bett zu gehen. Wenn diese Isabelle dabei auch noch ein bisschen Spaß hatte, gab es keinen Grund für sie, sich zu beschweren.

Zugegeben: Die Sache war mir noch aus einem anderen Grund nicht geheuer. Isabelle war in Sachen Alter eine echte Expedition ins Ungewisse für mich. Es ist nicht so, dass ich nicht schon mit älteren Frauen im Bett gewesen wäre. Allerdings hatte »älter« bisher maximal fünf Jahre bedeutet.

Bei Isabelle aber hatte die Angelegenheit eine andere Dimension. Ich musste daran denken, dass sie bereits so etwas wie ein erwachsener Mensch gewesen war, als ich geboren wurde. Nicht, dass das wirklich ein Problem für mich gewesen wäre. Aber was war mit ihr? Immerhin hatte sie einige Jahre – und damit einige Sexualpartner – Vorsprung. Sie konnte also vergleichen. Und die Latte ihrer Erwartungen lag vermutlich ziemlich hoch. Außerdem war ich mir nicht sicher, ob sie nicht inzwischen ein Alter erreicht hatte, in dem ihre Nervenimpulse nur noch mit halber Leistung arbeiteten und ich mich dementsprechend doppelt anstrengen musste, damit sie überhaupt etwas merkte.

Andererseits: Warum zerbrach ich mir eigentlich ihren Kopf? Isabelle wirkte schließlich durchaus wie eine Frau, die sich nahm, was sie haben wollte. Es war also viel sinnvoller, dass ich mir ein paar Gedanken über meinen eigenen Zustand machte. Ich konnte es nämlich nicht länger ableugnen, ich war nervös. Und das nur, weil ich mit einer Frau im Bett war, die schon ein paar Tage länger auf dieser Welt herumlief. Aber ich wusste auch, dass es jetzt kein Zurück mehr gab. Und ich hatte keine Ahnung, ob meine Lust noch mitspielen würde, wenn ich es tatsächlich mit angerunzelten Boskops statt mit glatten Nektarinen zu tun bekam. Und was war mit dem Rest? Was war zum Beispiel mit ihrem Hintern? Könnte ich damit umgehen, wenn ich ihr eine Hand auf den Wertesten legte und dabei das Gefühl hätte, einen chinesischen Faltenhund zu streicheln? Oder wenn sie nach der ersten Runde asthmatische Anfälle bekam?

Verdammt, Max, reiß dich zusammen. Und übertreib nicht so maßlos, ermahnte ich mich selbst. Schließlich ist sie Mitte vierzig – und nicht sechzig. An vorzeitiger Vergreisung leidet sie ganz offensichtlich auch nicht. Im Gegenteil.

Ein paar Stunden später wusste ich, dass meine Befürchtungen vollkommen überflüssig gewesen waren. Das lag nicht nur daran, dass Isabelle sich in Sachen Sex als ausgesprochen flexibel erwiesen hatte. Ich kam mir im Vergleich zu ihr wie ein verknöcherter alter Mann vor. Es lag auch daran, dass ihre Kondition locker mit meiner mithalten konnte, von ihrem Appetit gar nicht zu sprechen. Ganz abgesehen davon, dass sie sich nicht im Geringsten darum scherte, was im Bett als anständig gilt und was nicht. Und dass sie alles andere als bescheiden war, wenn es darum ging, selber ein Stück vom Lustkuchen abzubekommen.

Was ich mit Isabelle erlebte, war also die Sorte Nacht, die bei einem Mann diese wissenden Fältchen um die Augen hinterlässt, sodass er notfalls sein Geld als Model für die Davidoff-Werbung verdienen könnte (»The more you know …«). Weil er erlebt hat, dass Dinge möglich sind, die er eigentlich für unmöglich gehalten hat. Zum Beispiel, dass es Frauen gibt, mit denen man sich nicht nur im Bett versteht, sondern mit denen man sich danach und zwischendurch auch noch gut unterhalten kann. Bei denen man nicht das Gefühl hat, dass sie einem bereits in der postkoitalen Phase Handschellen anlegen und in ein Verlies aus Verbindlichkeit, Treueschwüren und Bitte-verlass-mich-nicht sperren. Frauen, mit denen man sich wohl fühlt und bei denen man vergeblich nach dem Haken an der Sache sucht. Frauen, mit denen man zusammen sein möchte, obwohl man doch eigentlich überhaupt nicht zusammenpasst. Und das war, jedenfalls bei Isabelle und mir, doch offensichtlich. Um es kurz zu machen: Die Nacht war nicht nur lustig, wild und leidenschaftlich. Sie machte mich nachdenklich. Das wurde mir klar, als das erste graue Morgenlicht durchs Fenster fiel. In meinem Kopf purzelten alle möglichen Gedanken durcheinander. Ich fragte mich, ob Isabelle solche Nächte öfter erlebte, ob sie ähnliche Empfindungen hatte wie ich, ob wir am Morgen aufwachen und uns kalt und fremd gegenüberstehen würden. Schließlich war das nach solchen Abenteuern üblich.

Isabelle schlief übrigens genauso wenig wie ich. Sie wurde unruhig, und irgendwann stand sie auf und suchte ihre Kleider zusammen. Sie sah zum Fenster hinaus, und aus den Augenwinkeln bemerkte ich, wie sie sich die Haare aus dem Gesicht strich und lächelte. Am liebsten hätte ich sie an der Hand genommen und wieder ins Bett gezogen.

Ich tat es nicht. Ich blieb regungslos liegen und beobachtete sie, ohne dass sie es merkte. Warum die Dinge unnötig kompliziert machen? Warum den Abschied, der das Wort nicht einmal verdiente, um weitere Stunden hinausschieben? Es war das Beste, wenn sie ging und uns damit einen schalen Morgen ersparte, an dem wir uns schweigend gegenübersitzen und uns fragen würden, wo die intensiven Gefühle der Nacht geblieben waren.

Bevor sie ging, setzte sie sich noch einmal zu mir ans Bett. Ihr Duft überwältigte mich, und mein Körper reagierte auf sie, ohne dass ich es verhindern konnte. Sie merkte es nicht. Sie berührte mein Gesicht, überzeugt davon, dass ich tief und fest schlief. Dann stand sie auf und verließ das Zimmer. Kurz darauf hörte ich, wie sie die Wohnungstür ins Schloss zog. Ich blieb zurück in der Stille. Ich lag im Bett und starrte an die Decke, ohne noch einmal einzuschlafen.

Das war auch der Augenblick, in dem ich zum ersten Mal den Verdacht hatte, dass meine »Therapie« schief gegangen sein könnte. Natürlich war es eine wunderbare Idee, eine Frau zu vergessen, indem man sich einfach auf eine andere einließ. Aber was sollte man tun, wenn sich das Gedankenkarussell, das sich zuvor unaufhörlich um die erste Frau gedreht hatte, jetzt nahtlos mit der zweiten Frau beschäftigte?

»Max?«

Werner reißt mich aus meinen Gedanken, indem er mich ziemlich unsanft mit der Fußspitze in die Seite tritt und ohne weitere Vorwarnungen losmotzt:

»Was ist los mit dir, Max? Hat dich die letzte Nacht so viel Kraft gekostet, dass du nicht mehr rudern kannst? Vielleicht solltest du lieber auf einem Ausflugsdampfer fahren, dann müssen wir dich wenigstens nicht durch die Gegend befördern!«

Tatsache, meine Riemen sehen nicht so aus, als hätten sie in den vergangenen Minuten Kontakt mit dem Wasser gehabt. »Musste nur mal kurz ausruhen. Geht schon wieder«, bringe ich ziemlich kleinlaut vor. Die letzte Nacht beschäftigt mich in der Tat noch, aber ich denke gar nicht daran, das zuzugeben. Und zwar weder vor den Jungs noch vor mir selbst.

Wir ziehen ein paar Mal schweigend die Riemen durch, dann geht es von vorne los. Wieder ist es Werner, der mich aufs Korn nimmt:

»Glaub es mir, Max, so eine Alte saugt dir nur die Energie aus dem Körper. Darum stehen solche Frauen auf Frischfleisch, aus keinem anderen Grund. Lass also lieber die Finger davon.«

»Kann schon sein«, antworte ich lakonisch. »Aber sie saugt ausgesprochen gekonnt. Wenn mich das am nächsten Morgen schlapp macht, will ich mich nicht beschweren.«

»Mensch, Max«, stöhnt Werner auf, »wenn ich es nicht besser wüsste, würde ich sagen: Dich hat es erwischt. Aber richtig.«

Marc schnalzt verächtlich mit der Zunge. »Ach kommt,

Leute. Alles halb so wild. Worüber wundert ihr euch überhaupt? Jana ist weg, und Max ist wieder ganz der Alte. Wahrscheinlich würde er sogar einen Alsterschwan vögeln, wenn der nicht schnell genug abtaucht ...«

Werner stößt ein paar undefinierbare Laute aus. »Dagegen ist ja auch nichts einzuwenden. Sex mit Tieren – bitte, jeder nach seinem Geschmack. Aber eine Frau, die fast fünfzig ist – das geht ja wohl eindeutig zu weit.«

Ich will gerade zu einer saftigen Erwiderung ansetzen, als mir ausgerechnet Joachim zuvorkommt, um meine Ehre zu verteidigen.

»Weißt du, was ich glaube, Werner? Ich glaube, dass du es bist, der hier Probleme mit dem Alter hat. Weil du zwar beim Rudern noch eine stramme Figur machst, dir aber vermutlich nachts mit Ulli die Puste ausgeht. Und das lässt du jetzt alles am armen Max aus.«

Werner ist nicht im mindesten zu beeindrucken. »Klar, Joachim, du weißt ja auch genau, wovon du da redest. Saskia hat sich meines Wissens noch nicht über sexuelle Überbeanspruchung beschwert«, keift er zurück. »Aber eines kann ich dir versichern. Wenn ich im Bett schlapp mache, dann liegt Ulli schon längst besinnungslos in den Laken.«

»Klar, weil sie dich bei einer anstrengenden Mund-zu-Mund-Beatmung reanimieren musste!«, wirft Marc von ganz hinten ein und bricht in fröhliches Gelächter aus. Ich überlege kurz, ob ich die Diskussion durch den Einsatz einer so genannten Eskimorolle beenden soll. Aber die ist schließlich nur für Einerkajaks vorgesehen und nicht für offene Vierer. Ein kühles Bad in der Alster wäre zwar ausgesprochen erfrischend, ich bezweifele aber, dass die Jungs meine Meinung in dieser Sache teilen.

Ich beschließe, gar nichts zu sagen. Eigentlich habe ich auch gar keinen Grund, mich zu beschweren, immerhin stehe ich nicht länger im Mittelpunkt der Diskussion. Und wenn die anderen drei meinen, sich auf dem Niveau von Dreizehnjährigen über ihre sexuelle Potenz streiten zu müssen, dann bin ich der Letzte, der sie daran hindert. Schließlich sind Gespräche wie dieses einer der Gründe, weshalb ich die Jungs wirklich liebe und niemals auf unsere regelmäßigen Rudernachmittage verzichten möchte.

Eine Stunde später verlasse ich frisch geduscht und fröhlich pfeifend gemeinsam mit den anderen dreien den Ruderclub. Ich winke den Jungs zu, die in ihre nebeneinander stehenden Autos einsteigen: Werner in seinen Porsche, Marc in seinen Peugeot 206 CC und Joachim in seinen Renault Kangoo. Sie hupen mir nacheinander zu und brausen dann davon, um in ihre eigenen, so unterschiedlichen Welten zurückzukehren. Ich bleibe mit meinem im Moment ziemlich chaotischen Leben zurück und sehe ihnen hinterher. Ich weiß, dass ich zurzeit alles andere als eine einfache Phase durchlebe. Erst trenne ich mich von meiner Freundin. Und dann verbringe ich eine Nacht mit einer Frau, die mir eigentlich keinen zweiten Gedanken wert sein müsste – und trotzdem kriege ich diese Frau nicht aus dem Kopf. Beruhigend ist allerdings der Gedanke, dass ich mit keinem von den dreien tauschen möchte. Das ist doch schon mal etwas.

Ich setze mich in meinen Wagen und fahre durch den gemütlichen Sonntagabendverkehr stadtauswärts. Nach ein paar Kilometern erreiche ich eine Gegend, in der es noch die seltenen Reste einer versunkenen Welt gibt: Häuser, in denen Familien wohnen, die aus mehr als einer Person bestehen. Bürgersteige, die die Menschen nicht zum Hundehaufenslalom zwingen. Männer, die im Vorgarten stehen und ihre Autos polieren. Frauen, die vor der Haustür fegen und sich dabei mit der Nachbarin unterhalten. Ich weiß, dass ich mit dieser Welt nicht das Geringste zu tun habe. Trotzdem liebe ich es immer wieder, hierher zu kommen.

Ich parke den Wagen in der mir wohl vertrauten Straße, durch die ein sanfter Geruch nach gemähtem Gras und gegrillten Würstchen zieht. In den rot verklinkerten Häusern, die alle gleich aussehen, wohnen Menschen, die von Beruf Installationstechniker, Außenhandelskaufmann oder Versicherungsangestellter sind. Ganz normale Menschen, die hier ihr ganz normales Leben leben. Menschen, die stolz sind auf das, was sie erreicht haben, und ansonsten hoffen, dass sie ihr Schiff ohne allzu hohen Seegang friedlich in den Hafen der Rente schippern können.

Einer dieser Menschen ist mein Bruder Sven. Er arbeitet in einer Firma, die tiefgefrorene Lebensmittel aus Asien importiert. Und auch sonst unterscheidet er sich vermutlich wenig von seinen Nachbarn: Er ist verheiratet, und zwar schon solange ich denken kann. Er hat zwei Kinder, und er macht einmal im Jahr irgendwo Urlaub, wo die Sonne scheint und wo ansonsten alles genauso ist wie zu Hause. Das mag jetzt so klingen, als würde ich darüber die Nase rümpfen. Aber so ist es nicht: Sven und ich sind einfach an irgendeiner frühen Kreuzung unserer Entwicklung in unterschiedliche Richtungen abgebogen. Wenn wir uns alle paar Wochen sehen, freuen wir uns beide, tauschen Neuigkeiten aus und halten uns auf dem Laufenden. Ohne dass wir es zugeben, bewundern wir uns gegenseitig, weil der eine etwas hat, was für den anderen unerreichbar ist. Mein Bruder zum Beispiel hat eine intakte Ehe und zwei Kinder, eine Lebensversicherung und einen Job, der ihm zwar keinen Spaß macht, ihn aber dennoch befriedigt. Mit einer rührenden Naivität ist er davon überzeugt, dass ich früher oder später in seine Fußspuren treten und ebenfalls Frau, Kinder und ein Haus großziehen werde. Bisher habe ich es nicht übers Herz gebracht, ihn davon zu überzeugen, dass ich als Familienvater ungefähr so geeignet bin wie Reinhold Beckmann als Talkmaster. Ich weiß nicht, ob ihn die Trennung von Jana endlich überzeugt hat, dass ich in diesem Leben die Kurve zu einem normalen Familienleben wahrscheinlich nicht mehr kriegen werde. Vermutlich wird genau diese Frage einen Großteil der abendlichen Konversation ausmachen.

Mein Bruder ist einer der wenigen Menschen, mit denen ich solche Fragen überhaupt erörtere, einmal von den Ruderjungs abgesehen. Vielleicht liegt es daran, dass Sven zwar prinzipiell über die gesamte Palette der menschlichen Emotionen verfügt, das Kästchen, in dem der Neid aufbewahrt wird und das bei anderen Menschen ziemlich groß ist, bei ihm aber nicht vorhanden ist. Er ruht zu sehr in sich und seiner Familie, um meine Art zu leben – Stadtwohnung, Fernsehjob und mehr Beziehungsversuche als Robbie Williams – in irgendeiner Form erstrebenswert zu finden.

»Onkel Pfau, Onkel Pfau, hast du uns etwas mitgebracht?«

Meine beiden Neffen stürmen auf mich zu und mustern mich aus gierigen Augen. Sie benehmen sich dabei wie die frei herumlaufenden Äffchen in einem Safaripark: Vor denen ist auch nichts sicher, sie klettern an einem hoch, reißen einem alles aus der Hand und die Kleider in Stücke, nur um zu sehen, ob man irgendetwas Verwertbares bei sich hat. Ich habe vorgesorgt: Nach und nach ziehen die beiden Kleinen mehrere Schokoriegel aus meinen Taschen (eine ernsthafte Diskussion mit meiner Schwägerin ist damit vorprogrammiert) und stoßen schließlich auf die Modellautos, die ich für sie besorgt habe.

Da Kai und Benni zwei prächtige, normal entwickelte Kinder sind, ziehen sie sofort mit ihrer Beute davon, natürlich ohne sich zu bedanken oder mich überhaupt noch weiter zu beachten. In diesem Augenblick taucht Sven im Vorgarten auf. Er lächelt mir gutmütig zu und gibt dann seinen Söhnen eine Nachhilfestunde in Sachen gutes Benehmen:

»Was sagt man in so einem Fall?«

»Nicht mal ferngesteuert«, mault Kai, der Ältere.

»Kai hat die ganzen Bountys. Das ist unfair«, fügt Benni mit seiner hohen Babystimme hinzu.

»Seht ihr, geht doch«, strahlt mein Bruder und tätschelt seinen Söhnen den Kopf. Dann sieht er mich an und zuckt entschuldigend mit den Schultern.

»Sie bedanken sich nicht, weil sie wissen, dass ihre Mutter ihnen das ganze Zeug sowieso gleich wieder wegnimmt. Aber guter Versuch.«

»Ich habe den beiden gesagt, dass sie es möglichst schnell verstecken sollen.«

»Pädagogisch wertvoll, so ein Tipp. Sylvia wird dich dafür lieben.«

»Ich bin halt der Pfau«, sage ich entschuldigend. Ein Argument, gegen das sich mein Bruder kaum wehren kann, schließlich hat er mir diesen Namen verpasst. Er ist ein Relikt aus der Zeit, als ich anfing, beim Fernsehen zu arbeiten. Sven nannte mich damals nur noch T-Pfau, was wohl ausdrücken sollte, dass ich für ihn endgültig ein seltsamer Vogel geworden war. Außerdem sind Pfauen bekanntlich Tiere, die ein Rad schlagen und damit vorgeben, mehr zu sein, als sie wirklich sind. Das hätten sie mit Fernsehjournalisten gemeinsam, meinte Sven. Für meine Neffen war ich nach kurzer Zeit Onkel Pfau, und dabei ist es geblieben.

»Willst du ein Bier? Der Grill muss noch durchglühen, dann geht es los. Sylvia macht Salat, und die Kinder haben vorgeschlagen, die Katze der Nachbarn auf den Rost zu legen.«

»Nett, aber werden wir davon satt?«

»Mit den Steaks für uns dürfte es reichen«, sagt Sven.

Er bleibt stehen und mustert mich. Er kann das wie niemand sonst. Steht da, die Hände in die fülligen Hüften gestemmt, und sieht mir direkt ins Gesicht. Dabei kneift er die Augen zusammen wie ein Forscher, der ein seltsames und schwer zu deutendes Höhlengemälde begutachtet. Trotzdem komme ich mir nicht vor wie im Verhörzimmer. Mein Bruder nimmt Anteil. Ich fühle mich unter seinen Blicken fast so, als würde er mich in den Arm nehmen.

»Sie ist also ausgezogen«, sagt er dann. Kurz und knapp. Weder mit Bedauern noch vorwurfsvoll. Das Leben schafft Tatsachen – alles, was ein Mann machen kann, ist, irgendwie mit diesen Tatsachen klarzukommen.

»Es war ihre Entscheidung«, sage ich.

»Ach ja?«

»Mein Gott, Sven. Es ist das Beste so. Jana und ich waren fertig miteinander. Zum Schluss haben wir uns nicht einmal mehr gestritten. Es hat nicht funktioniert. Wir brauchen nicht drüber zu reden.«

»Stimmt. Haben wir nämlich schon. Ich erinnere mich genau daran: Bei Sonja haben wir drüber geredet, bei dieser kleinen Italienerin, bei Meike, bei Iris, bei Natalie. Bei allen Mädchen, von denen ich schon nicht einmal mehr weiß, wie sie eigentlich hießen. Same procedure as every year. Irgendwann bist du hier aufgekreuzt und hast mir erzählt, dass es vorbei ist.«

Ich kann mir ein Grinsen nicht verkneifen. »Ich bin eben ein Feinschmecker. Ich muss erst einiges ausprobieren, bevor ich mich für ein Gericht entscheide.«

»Irrtum«, sagt Sven. »Der gute Geschmack entwickelt sich erst im Lauf der Jahre. Das gilt besonders für Frauen. Was man also braucht, ist Geduld.«

Ich zucke resigniert mit den Schultern. »War noch nie meine Stärke.«

»Die Verrückten vom Fernsehen haben dich angesteckt. Wie soll jemand zu Hause treu sein, wenn er beruflich jeden Tag anschaffen geht.«

Ich kenne seine Meinung über die Branche und verspüre wenig Lust, die Dinge erneut zu diskutieren. Zumal die Gefahr besteht, dass ich dabei meine Meinung über Svens Job ausplaudere. Und die ist bei jemandem, der gefrorenen Fisch aus China und Mungobohnen aus Thailand importiert, eindeutig. »Es hat nicht hingehauen, Sven. Akzeptiere es einfach«, sage ich daher versöhnlich.

Er hebt abwehrend die Hände. »Das tue ich, Pfau. Aber ich darf mir trotzdem Gedanken über meinen kleinen Bruder machen, oder?«

»Klar. Und was sind das für Gedanken?«

»Ich denke zum Beispiel, dass du nicht mehr der Jüngste bist.«

»Ich bin einunddreißig. Übertreib nicht.«

»In dem Alter haben Sylvia und ich zehnjährigen Hochzeitstag gefeiert – jedenfalls fast.«

»Du bist der Freak, Sven. Nicht ich. Oder soll ich dir die Ehestatistik vorlesen?«

Er nickt. »Kann schon sein. Aber ein glücklicher Freak. Darauf kommt es an. Du solltest dir also überlegen, ob du zur Abwechslung nicht mal am Ball bleibst … an den Bällen, du weißt schon. Statt immer nur wegzurennen.«

Gemeinsam schlendern wir um das Haus herum zum Garten. Aus dem Grill steigen ein paar Rauchwolken empor. Kai und Benni haben sich in ihr Baumhaus verkrochen und beobachten uns von oben. Irgendwo in der Ferne summt ein Sportflugzeug am Himmel. Sven ist der einzige Mensch, der von Glück reden darf und bei dem ich das Gefühl habe, dass er ahnt, worum es dabei gehen könnte.

Sylvia kommt mit einer überdimensionalen Salatschüssel aus dem Haus. Wir nehmen uns in den Arm, und sie sieht mich mit gespielter Vorwurfsmiene an.

»Danke, dass du meine Kinder mit Süßigkeiten vergiftest. Ich werde dir die Rechnung vom Zahnarzt zukommen lassen.«

Ich hebe abwehrend die Hände. »Bring ihnen bei, nicht in fremder Leuts Taschen zu wühlen. Deine kleinen Verbrecher haben mich ausgeraubt – das ist die Wahrheit. Frag sie.«

»Verbrecher sagen selten die Wahrheit.«

»Darum sollten wir sie mit ein paar süßen Aufmerksamkeiten auf den Pfad der Rechtschaffenheit zurückführen.«

»Klar, den kennst du ja genau«, sagt Sylvia lachend. Sie drückt mir einen Kuss auf die Wange. »Sie haben sich wirklich gefreut. Von daher: danke«, sagt sie und seufzt resigniert. »Wenn sie es schon nicht selber sagen, muss ich es eben tun.«

Sven reicht mir ein Bier und prostet mir zu. Er hat sich inzwischen eine Schürze umgebunden und macht sich am Grill zu schaffen. Sylvia hakt sich bei mir ein. Zu zweit spazieren wir in den hinteren Teil des Gartens.

»Seid ihr euch sicher, dass ihr Brüder seid, du und Sven? Ich frage mich das jedes Mal, wenn du hier bist. Ihr seid euch nicht besonders ähnlich.«

»Du meinst, weil ich das ganze gute Aussehen geerbt habe? Und Sven …«

»… die Treue. Die Fähigkeit, vor einer Frau nicht davonzulaufen«, vervollständigt sie meinen Satz.

»Ich war einfach schon immer der Ängstlichere von uns beiden«, gebe ich zurück.

»Oder der Leichtsinnigere. Du verspielst deine Chancen, bis du keine mehr hast«, sagt Sylvia. Sie meint es nicht böse. Während sie spricht, drückt sie meinen Arm und bittet so stumm um Verzeihung für ihre harten Worte.

»Es hat eben nicht jeder Mann so viel Glück und findet ein Prachtstück wie dich«, sage ich. »Und mit weniger will ich mich nicht zufrieden geben.«

Sie hebt mahnend einen Finger, so wie sie es bei Kai und Benni macht, wenn die etwas ausgefressen haben. »Du willst doch wohl nicht mit deiner Schwägerin flirten, Max! Am Ende bin ich schuld, wenn du und Sven euch duelliert.«

»Keine Sorge. Ich würde ihm vorschlagen, brüderlich zu teilen.«

»Ach wie nett. Und ich werde in der Hälfte durchgeschnitten, oder wie stellst du dir das vor?«

»Ich dachte mehr daran, dass wir uns abwechseln. Einen Tag er, einen Tag ich. Obwohl, wenn du auf den Geschmack kommst, willst du gar nicht mehr zu ihm zurück.«

»Du bist ein Angeber, Pfau. Außerdem bin ich mit Sven sehr zufrieden, was«, sie macht eine viel sagende Geste, »das Wichtige angeht.«

Ich kann verstehen, dass Sven diese Frau liebt. Die beiden haben die einzige intakte Beziehung, die ich kenne. Trotz diverser Krisen. Sylvia war nach beiden Geburten depressiv. Sven hat auf einer Geschäftsreise mit einer Kollegin Unsinn gemacht und glaubte, dass es mehr sei als das. Die beiden stehen solche Phasen durch, und dafür werden sie belohnt. Vielleicht hat Sven Recht, und ich gebe wirklich zu früh auf.

»Hast du mit Jana gesprochen?«, frage ich Sylvia. Sie und Jana haben sich nicht besonders gemocht. Dennoch sind sie sich im Laufe der Zeit näher gekommen, und ich weiß, dass Sylvia manches Mal die Botschafterin gespielt hat, wenn zwischen Jana und mir kalter Krieg herrschte.

Sie schüttelt den Kopf. »Jana hat sich zum Wundenlecken zurückgezogen. Es wird dauern, bis sie sich meldet. Das machen Frauen so. Ich kann sie verstehen.«

Ich zucke mit den Schultern – anscheinend muss man sich an die Rolle halten, die für einen vorgesehen ist. »Und was machen Männer?«, frage ich.

»Sich betrinken. Mit ihrer Urhorde herumziehen und den starken, unverwundbaren Typen markieren. Am schlimmsten sind diejenigen, die mit der Nächstbesten ins Bett hüpfen, um sich zu beweisen, dass die Frau, die sie verloren haben, nicht so wichtig war. Weil sie ja jede andere haben können.«

»Ich kenne Frauen, die machen das genauso.«

»Klar, nur dass die sich am nächsten Tag nicht cool und befriedigt fühlen. Sondern höchstwahrscheinlich noch unglücklicher als vorher.«

»Also, ich glaube nicht, dass ich *jede* andere Frau haben könnte. Die meisten, okay. Aber an dir zum Beispiel würde ich mir die Zähne ausbeißen, oder?«

Sylvia sieht mich an und lacht: »Genau das meine ich. Ihr Typen macht auf Superman – ein Herz aus Eisen und eine Seele aus Stahl. Dabei ist das Leben viel zu schön, um nicht auch einmal zu leiden.«

»Du bist eine Heilige, Sylvia. Davon war ich schon immer überzeugt.«

»Bin ich nicht. Aber ich bin verheiratet und Mutter. Ich kenne mich also aus. Mit den Dingen, die klappen, und mit den Dingen, die nicht klappen.«

»Ich weiß bisher nur, was nicht klappt«, sage ich. Aber anscheinend bin ich nicht besonders überzeugend. Sylvia mustert mich, und ein wissendes Lächeln spielt um ihre Lippen.

»Gibt es jemanden, Max? Ist das der Grund, warum es mit Jana und dir vorbei ist?«

»Ich weiß es nicht. Vielleicht hat sie jemanden. Frag sie selbst.«

Sie knufft mir in die Seite. »Du weißt genau, dass ich von dir rede, Max.«

»Von mir?«, frage ich mit der ganzen Unschuld, die ein auf frischer Tat ertappter Täter aufbringen kann.

»Also gibt es jemanden«, stellt Sylvia mit wissender Miene fest.

»Nein.«

Sie sieht mich forschend an: »Wie war das vorhin? Verbrecher sagen selten die Wahrheit?«

Ich löse mich von ihrer Seite. Sie merkt, dass ich wütend bin, und das ärgert mich noch mehr. »Wieso kann niemand akzeptieren, dass es zwischen Jana und mir einfach nicht funktioniert hat? Wieso muss ich mich rechtfertigen? Wieso muss eine andere Frau im Spiel sein? Und wieso erscheint sie als das arme Opfer und ich als der verantwortungslose Macho, der mal wieder eine treue Seele im Stich gelassen hat?«

»Weil wir dich kennen, Max«, sagt Sylvia. »Es ist nicht das erste Mal. Alles, was passiert, kommt uns bekannt vor. Darum liegt der Gedanke auf der Hand, findest du nicht?«

»Und wenn ihr euch täuscht?«

»Sag du es mir.«

Ich hebe abwehrend die Hände. »Soll ich dir in drei Sätzen erklären, warum eine dreijährige Beziehung am Ende nicht mehr funktioniert hat?«

»Genau das sollst du.«

»Verdammt. Es hat nicht gepasst, reicht das nicht? Jana und ich hätten uns schon vor einem Jahr trennen können. Wir hätten auch noch drei Jahre so weitermachen können. Das ist nicht das, was ich mir unter Beziehung vorstelle. Ich meine, am Anfang haben wir uns gut verstanden und ab und zu gestritten. Am Ende haben wir uns gestritten und ab und zu gut verstanden. Aber selbst das ist übertrieben. Du weißt es, Sylvia. Sven weiß es. Jana und ich waren ausgebrannt. Beziehungsmüll. Es war einfach Zeit, mit den Lügen aufzuhören.«

Sylvia kommt wieder an meine Seite, und wir nehmen unseren Rundgang um den einsamen Apfelbaum im Garten wieder auf.

Mein Bruder ruft von der Terrasse herüber:

»Schön, dass ihr euch versteht. Aber was haltet ihr von Abendessen?«

»Nichts. Ich versuche deine Frau davon zu überzeugen, dich zu verlassen und stattdessen mich zu heiraten«, antworte ich und ernte dafür ungläubige Blicke von Sylvia.

»Oh«, ruft Sven überrascht zurück. »Würdest du das wirklich für mich tun, Pfau? Ich wäre dir zu ewigem Dank verpflichtet. Ich überlege schon seit längerem, wie ich sie loswerde.«

»Hervorragend«, schaltet sich Sylvia in gespieltem Zorn ein. »Aber falls ihr es noch nicht wisst: Die Tage des Frauenhandels sind vorbei, meine Lieben. Wenn ihr so weitermacht, verlasse ich euch alle beide.«

Sven macht eine wegwerfende Handbewegung. »Außerdem würde ich meinem Bruder niemals so eine Mogelpackung anbieten. Glaub mir, Max, auf den ersten Blick wirkt Sylvia gutmütig und praktisch, aber eigentlich hat man nur Scherereien mit ihr. Wenn du nichts dagegen hast, behalte ich sie noch eine Weile.«

»Abgemacht«, gebe ich lächelnd zurück. Ich führe Sylvia, die ich immer noch im Arm halte, zum Tisch. Sie fühlt sich geschmeichelt, und damit hat sie vollkommen Recht.

Sven lädt uns Berge von Würstchen, Koteletts, Steaks und Folienkartoffeln auf die Teller. Sylvia diskutiert mit den Kleinen über das Verhältnis von Eiweiß, Fett und Kohlehydraten. Ich bin es, der Kai und Benni mit einem Wettessen für das gegrillte Gemüse begeistert. Wir essen und lachen dabei, und besser als das Essen schmeckt mir die heile Welt an diesem Tag.

»Pfau sollte selber Kinder haben«, sagt Sylvia, die mich mit Kai und Benni beobachtet. »Vielleicht klappt es mit dem neuen Mädchen, das er hat.«

Sie sagt das beiläufig, aber wohl durchdacht. Mein Bruder starrt mich kauend an. Ich konzentriere mich auf den Senf an seinen Lippen und denke nicht daran, etwas zu sagen. Sven denkt nicht daran, mich zu drängen. Er nimmt sich ein Stück Fleisch, und ich hoffe, dass das Thema vergessen ist. Natürlich ist das eine unsinnige Hoffnung.

»Wie lange schon?«, fragt Sven irgendwann.

»Ich weiß nicht, wovon du redest.«

»Und ob du das weißt«, entgegnet er kühl.

»Klingt nacht Verhör«, sage ich – wir gehen auf einem schmalen Grat zwischen Spaß und Ernst.

»Das *ist* ein Verhör«, gibt Sven trocken zurück.

»Dann will ich mit meinem Anwalt telefonieren.«

»Schlechtes Gewissen?«

Kai und Benni kichern, verstummen aber abrupt, als sie Svens ernstes Gesicht sehen.

»Also?«, fragt er mitleidslos.

Ich gebe auf und hebe resigniert die Hände.

»Es hat nichts mit Jana zu tun. Es hat nichts zu bedeuten. Die Geschichte ist vollkommen unwichtig«, sage ich. »Wir brauchen nicht darüber zu reden. Ich *möchte* nicht darüber reden.«

»Es ist nicht unwichtig«, gibt Sven zurück. Ich hasse es, wenn er mit mir redet, als wäre er mein Vater, aber ich weiß, dass ich ihm das nie abgewöhnen werde.

»Du und deine Freundin habt euch vor einer Woche getrennt, und wenn du jetzt mit einer anderen ins Bett gehst, ist das alles Mögliche. Aber es ist nicht unwichtig«, sagt er kauend. Immerhin ist seine Stimme jetzt versöhnlicher.

»Mein Gott, Sven. Du brauchst selber wieder eine Affäre, um deine Erinnerung aufzufrischen. Wenn du es genau wissen willst: Wir waren miteinander im Bett, und zum Abschied haben wir uns nicht einmal die Hand gegeben, weil ich geschlafen habe. Ich weiß nicht, wo sie wohnt. Ich habe ihre Telefonnummer nicht. Zufrieden?«

»Bist du zufrieden?«

»Ich habe kein neues Mädchen, das ist der Punkt. Ich hatte ein Abenteuer, und dieses Abenteuer ist vorbei.«

Mein Bruder durchschaut mich. Ich komme mir vor, als wäre mein Kopf aus Glas, und meine Gedanken wären in Leuchtschrift darin zu lesen. Er grinst und richtet seine Gabel auf mich.

»Lange Rede für ein unwichtiges Abenteuer.«

»Okay, dann sage ich gar nichts mehr.«

»Wieso? Ich denke, es hat nichts zu bedeuten?«

»Stimmt.«

»Dann kannst du doch darüber reden. Müsste doch kein Problem sein.«

»Verdammt, Sven, gib mir eine Chance«, sage ich.

Kai und Benni kichern wieder. Sven konzentriert sich auf seinen Teller und sagt: »Die Chance kannst du dir nur selber geben.«

Es ist aussichtslos. Ich muss akzeptieren, dass ich meinem Bruder in einigen Dingen einfach unterlegen bin. Dieses Gespräch ist das beste Beispiel. Ich weiß, dass er neugierig ist. Genau wie Sylvia. Und ich weiß, dass die beiden keine Ruhe geben werden. Ich gebe ihnen also eine Kurzfassung des letzten Abends, wobei ich einige Einzelheiten über Isabelle und auch über unsere gemeinsamen Erlebnisse in meinem Schlafzimmer weglasse. Sven und Sylvia hören mir zu und wechseln gelegentlich viel sagende Blicke.

»Nur damit ich es verstehe, Max. Du bist mit diesem Mädchen ins Bett gegangen, um Jana schneller zu vergessen. Richtig?«

»Richtig.«

»Hat es geklappt?«

Ich nicke.

»Gute Methode, also?«, fragt er mit scheinbar beiläufigem Interesse.

»Ausgesprochen gut«, bestätige ich.

»Wenn ich also, nur mal als Beispiel, Sylvia vergessen möchte, muss ich einfach nur mit … sagen wir, Kyara von nebenan ins Bett?«

»He, Moment mal«, ruft Sylvia empört aus. »So habe ich mir dieses Gespräch nicht vorgestellt, meine Herren.«

Sven schürzt die Lippen und lächelt sie entschuldigend an. »Ich bin einfach nur neugierig, Sylvie. Mehr nicht. Rein wissenschaftlich, sozusagen.«

»Ich weiß. Machologie nennt man die Disziplin.«

»Außerdem bin ich mir sicher, dass Max' Methode auch umgekehrt funktioniert«, sagt Sven. »Ich bin das beste Beispiel dafür: Jedes Mal, wenn ich mit dir im Bett liege, weiß ich, dass ich dich liebe. Dagegen wirst du nichts einzuwenden haben, oder?«

Sylvia weiß sein Kompliment zu würdigen. Sie steht auf, geht um den Tisch herum und drückt Sven einen Kuss auf seine mit Senf und Bratensaft verschmierten Lippen. »Du bist das Beste, was ich habe. Abgesehen von Kai und Benni natürlich«, flüstert sie.

»Du! Du bist die Beste«, sagt Sven.

Er sieht wieder zu mir. Sein Blick ist neugierig. »Eines will ich noch wissen, Max: Du weißt wirklich nicht, wo sie wohnt? Oder wie du sie erreichen kannst? Ich meine, was ist, wenn du dich in diese Frau verliebt hast?«

»Habe ich nicht.«

Er wedelt meine Bemerkung mit einer Handbewegung weg. »Nur mal angenommen. Stell dir vor, du willst dem Mädchen doch noch etwas sagen. Wie machst du es, wenn du ihre Nummer nicht hast, ihre Adresse?«

»Ich will ihr nichts sagen.«

Sven wendet sich an Sylvia: »Hast du gehört: Er will ihr nichts sagen. Er hat sie fast schon wieder vergessen.«

»Außerdem ist sie kein Mädchen«, füge ich hinzu.

Jetzt ist mir die Aufmerksamkeit der beiden sicher. Ihre Blicke verraten, was sie denken: Meine Frauengeschichten klappen nicht, weil ich in Wirklichkeit schwul bin. Jetzt endlich erfolgt mein Coming-out. Ich erlöse die beiden:

»Sie ist kein Mädchen, weil sie eine Frau ist.«

»Wo ist der Unterschied? Jede Frau ist auch ein Mädchen«, sagt Sven ernsthaft.

»Das stimmt nur, bis sie … sagen wir, vierzig sind.«

Sylvia hat wieder ihr wissendes Lächeln aufgesetzt: »Das denkst du vielleicht, aber du täuschst dich. Es kommt darauf an, was da drin ist«, sagt sie und tippt sich mit dem Zeigefinger an die Brust.

Es berührt mich, dass sie das sagt. In meiner Erinnerung sehe ich Isabelle, wie sie aus dem Schlafzimmer geht und sich ein letztes Mal zu mir umdreht. Ich war davon ausgegangen, dass ich sie nicht verletzen könnte. Ganz einfach, weil sie älter ist als ich. Weil sie genug Erfahrung besitzen müsste, um mit einer solchen Nacht umgehen zu können. Und jetzt sagt mir Sylvia, dass das Unsinn ist.

Vielleicht sehen die beiden mir an, dass ich nachdenklich geworden bin. Wir lassen das Thema ausklingen. Sylvia verschwindet im Haus, um die Kinder ins Bett zu bringen. Ich bleibe mit Sven am Tisch sitzen. Wir plaudern über Belanglosigkeiten, Fußball, Arbeit, Autos.

»Deine Ferrari-Sache – große Klasse«, sagt Sven.

»Du hast es gesehen?«

»Ich versuche, alles zu sehen, was du machst.«

»Es war Routine. Nichts Besonderes«, erkläre ich ihm.

Er winkt ab. »Es war große Klasse. Hilf mir mal, den Grill nach hinten zu tragen«, sagt er und steht auf.

Gemeinsam tragen wir den Rost und das Kohlebecken in den hinteren Teil des Gartens, wo ein kleiner Geräteschuppen für Grill, Rasenmäher und Gartenwerkzeug steht.

»Es ist schön geworden. Das Haus, der Garten. Ich beneide euch«, sage ich.

Sven winkt ab: »Jeder ist neidisch auf das, was er gerade nicht hat. Aber alles hat Vor- und Nachteile. Glaub es mir …«

Ich weiß, dass er das nicht wirklich meint. Es ist ein Friedensangebot, das ich gerne annehme. Er legt mir die Hand auf die Schulter und nickt mir wohlwollend zu.

»Ich bring dich zum Wagen.«

Wir gehen um das Haus herum, und ich trete durch die kleine Gartenpforte auf die Straße heraus.

»Was dieses Frauenmädchen angeht«, sagt Sven grinsend, »ich glaube dir kein Wort von dem, was du sagst.«

»Kein Problem.«

»Ach ja?«

»Ja.«

»Stell dir vor, du stehst an der Lotteriebude, Max. Du hast zehn Lose, und neunmal liest du ›Leider verloren‹. Das zehnte Los wirfst du schon automatisch auf den Boden, ohne genau hinzugucken, was eigentlich draufsteht. Das könnte ein Fehler sein. Heb es also auf und guck noch mal genau hin.«

Ich will etwas erwidern, überlege es mir dann aber anders. Es gibt nichts mehr dazu zu sagen. Ich winke Sven noch einmal zu, steige ins Auto und kehre in meine laute, chaotische Welt zurück. Ich fühle mich nicht einmal unwohl dabei. Die Familie meines Bruders erinnert mich an die »Waltons«. Ich sehe das gerne. Aber nach einem ganzen Abend erscheint es mir doch etwas langweilig.

Es ist fast Mitternacht, als ich in meine Wohnung zurückkehre – und die ist alles andere als laut und chaotisch. Im Gegenteil: Es ist ziemlich leise und einsam. Ich ziehe mich aus und werfe meine Kleider einfach auf den Boden. Ich öffne die Verandatür und stehe nackt in der leichten Brise, die vom Garten her ins Haus zieht. Ich bin vollkommen übermüdet. Aber ich weiß auch, dass ich kein Auge zumachen werde. Der Tag war wie ein zu reichhaltiges Essen. Die Gedanken liegen schwer in meinem Kopf, und es wird noch eine ganze Weile dauern, bis ich alles verdaut habe.

Mein Bett kommt mir groß vor, zu groß für einen alleine. Ich stelle mir abwechselnd vor, dass Jana und dass Isabelle neben mir liegt. Beides ergibt keinen Sinn, und beides führt dazu, dass jede Menge Gedanken und Gefühle immer chaotischer durch mich hindurchpurzeln. Nach Janas Auszug war ich mir sicher, dass ich mein Leben zu einer gewissen Schlichtheit bringen könnte. Und jetzt stelle ich fest, dass genau das Gegenteil eingetreten ist. Ich weiß, dass Jana nicht zu mir passt und dass Isabelle zu alt für mich ist, aber beide Erkenntnisse bringen mich kein Stück weiter.

Dankbar spüre ich, wie die Müdigkeit allmählich meinen Kopf erobert. Ich schlafe ein und träume ziemlich wirres Zeug. Mitten in der Nacht wache ich auf. Ich bin verschwitzt. Es ist stockdunkel, und das Zimmer ist erfüllt vom Duft zweier Frauen, die beide nicht da sind. Niemand hat jemals behauptet, dass es einfach sei, ein Mann zu sein. Allerdings hat mich auch niemand gewarnt und mir gesagt, dass es so schwer sein würde.

Isabelle
Schluss mit lustig

»Joachim ist wirklich süß, und ich liebe ihn ja auch«, sagt Saskia mit gedankenschwerer Stimme. »Aber süß reicht auf Dauer einfach nicht. Ich meine, ich will kein Hündchen als Partner, das immer schmusig ist und Pfötchen gibt, wenn ich es ihm sage. Ich will einen richtigen *Mann.*«

Saskia lässt ihren Blick in die Runde schweifen. Ihr Gesicht hat einen entschlossenen Ausdruck angenommen, und eine kleine Schweißperle rinnt über ihre Stirn. Es kommt selten genug vor, dass sie überhaupt etwas von sich preisgibt, und das, was sie jetzt gerade gesagt hat, ist eine regelrechte Revolution. Schließlich hatten wir bisher das Gefühl, dass Saskia mit ihrem Schoßhündchen Joachim die glücklichste Frau der Welt ist. Und das nicht zu Unrecht: Joachim ist nicht nur ein fürsorglicher Vater für ihre beiden Kinder. Er ist auch ein sicherer Versorger (immerhin verbeamteter Lehrer), und er ist außerdem treu wie eine Zimmerpflanze. Was selten genug vorkommt.

»Du hast völlig Recht«, greift Lydia Sassis Gedanken auf. »Süß ist bei einem Mann schön und gut. Aber es darf auch mal scharf gewürzt sein. Besonders im Bett.«

»Oder auch exotisch«, sagt Ellen und hebt viel sagend die Augenbrauen.

»Oder roh und direkt, wie Tatar«, fährt Lydia fort, was Ellen natürlich erneut toppen muss:

»Am besten sind Männer wie Brathähnchen, außen knusprig, innen zart.«

»Und zwar komplett, mit Schwanz und strammen Schenkeln«, mische ich mich in das Gespräch ein.

»Ganz genau, das Rupfen übernehmen wir nämlich selber. In den Federn«, gibt Lydia prustend zurück – und wir alle stimmen in ihr Gelächter mit ein.

Ich und meine Freundinnen, also Ellen, Lydia, Saskia und Marie, sind gerade da, wo wir uns an gewöhnlichen Wochentagen meistens aufhalten: in Flowers, meinem Kaffee ausschenkenden Blumengeschäft in der Hamburger City. Und wir tun genau das, was unsere Männer – sofern wir welche haben – denken, das wir tun: Wir tauschen Kochrezepte aus.

Sassi, die Lydia und Ellens Wettstreit um das feurigste Gericht kopfschüttelnd mit angehört hat, sagt mit ihrer leisen Stimme: »Ich bin eigentlich mit Hausmannskost ganz zufrieden. Ihr wisst schon, ein Typ wie Joachim eben. Alles, was ich möchte, ist etwas mehr Abwechslung. Ein bisschen mehr Prickeln auf der Zunge.«

»Aber das ist doch genau das Problem«, erwidert Marie sofort – sie ist meine Geschäftspartnerin und unter anderem für die Bewirtung der Gäste zuständig. »Männer lassen sich einfach nicht nachwürzen. Wenn du dich einmal für eine Geschmacksrichtung entschieden hast, musst du mit dem zufrieden sein, was du bestellt hast.«

»Oder du wechselst das Lokal«, sagt Ellen und kann sich einen vieldeutigen Seitenblick auf mich nicht verkneifen.

»Jedenfalls ist es einfacher, aus einem Hühnerfrikassee einen Toast Hawaii zu machen als aus einem langweiligen Mann einen feurigen Lover«, sagt Lydia resigniert.

Während die vier um einen unserer Cafétische sitzen, stehe ich am Bindetisch und arrangiere ein Blumengesteck für eine Stammkundin. Eine Aufgabe, die eigentlich Marie erledigen müsste. Aber die ist gerade viel zu sehr in die Intimprobleme von Saskia und Joachim vertieft. Ich nehme es ihr nicht übel. Schließlich beschwert Marie sich auch nicht, wenn ich mir mal zwischendurch eine Auszeit genehmige.

»Wahrscheinlich habt ihr Recht, und ich sollte mich einfach damit abfinden«, sagt Saskia resigniert. »Aber es fällt mir im Moment ganz schön schwer. Joachim ist so ... einfühlsam, lieb und zärtlich. Alles, was ich mir von einem Mann wünsche. Trotzdem fehlt mir bei ihm die andere Seite, das Gegengewicht, wenn ihr wisst, was ich meine.«

»Klar«, sagt Lydia lächelnd. »Lieb soll er sein, aber erst,

wenn er dich mit Handschellen ans Bett gefesselt hat. Und zärtlich darf er auch sein, aber er soll nicht vergessen, dass du eine Löwin bist, die ab und zu ihre Krallen wetzen muss …«

»… und keine Porzellankatze, die bei einer unvorsichtigen Berührung in Stücke bricht. So ein Typ ist Joachim doch?«, fragt Marie neugierig.

Saskia sieht uns unsicher an, bevor sie zögernd fortfährt:

»Das Problem ist … glaube ich jedenfalls … also, die Schwierigkeit besteht darin, dass …«

»Ja?«, fragen die anderen und sehen Saskia mit ausgehungerten, detailgierigen Blicken an. Nicht, dass Saskia jetzt auf die Idee käme, vor lauter Scham irgendwelche wichtigen Einzelheiten einfach wegzulassen.

»… dass ich für Joachim die erste Frau gewesen bin«, fährt Saskia fort. »Ich meine damit: die einzige Frau. Als wir uns kennen lernten, war er noch Jungfrau – ihr wisst schon. Und ich bin mir ganz sicher, dass er seitdem niemals mit einer anderen …«

Im Laden hebt ein wildes Raunen und Flüstern an, und ich höre Kommentare wie: »Der arme Kerl« oder: »Unglaublich, dass es so etwas noch gibt« oder: »Ist das nicht rührend, eine einzige Frau, und das in dem Alter?«

Saskia ignoriert es einfach und sagt: »Versteht mich nicht falsch. Joachim und ich harmonieren wirklich gut im Bett. Er gibt sich große Mühe, da kann ich mich nicht beklagen. Es geht auch nicht um zu viel oder zu wenig Sex. Es ist nur so, dass ich einfach auch mal etwas anderes möchte.«

»Etwas *anderes*?«, fragt Marie und gibt ihrer Stimme einen unüberhörbar anzüglichen Klang.

Saskia bleibt für ihre Verhältnisse erstaunlich gelassen: »Joachim befriedigt mich, das ist nicht das Problem. Ich komme sozusagen ans Ziel. Ich denke einfach nur, dass ich gerne mal einen anderen Weg dahin ausprobieren würde.«

Etwas gröber als geplant ramme ich einen blühenden Jasminzweig in die Vase. Dann schalte ich mich ebenfalls ins Gespräch ein und sage: »Sag es deinem Joachim doch einfach. Setz du dich ans Steuer, um im Bild zu bleiben, und übernimm die

Routenplanung. Erzähl ihm davon, dass du neue Landschaften entdecken und unbefahrene Straßen benutzen möchtest.«

Die übrigen Mädels greifen die Anregung begeistert auf, wobei Marie und Lydia die Sache etwas zu direkt verstehen und über Sex im Auto sprechen. Erst nach einer ganzen Weile laufen die Gesprächsfäden wieder zusammen. Marie nickt mir zu und sagt:

»Isa hat völlig Recht. Männer sind wie Zirkuspferde, man muss sie gut dressieren, bevor man Freude an ihnen hat. Das hat Sassi versäumt.«

»Dressur? Unsinn«, antwortet Ellen sofort. »Bei meinem Holger genieße ich die ungetrübte Kraft der Natur. Den muss ich gar nicht dressieren. Weil er ein geborenes Talent ist.«

Ich unterdrücke mit Mühe ein lautes Lachen.

»Natur, was heißt schon Natur«, sagt Lydia verächtlich. »Männer sind von Natur aus nur eines: träge und faul. Am liebsten bumsen sie fünf Minuten lang, und dann drehen sie sich um und schlafen auf der Stelle ein. Isa und Marie haben Recht: Wir müssen sie erziehen. Notfalls durch gezielte Verweigerung.«

»Das machst du ja schon seit Jahren, nicht wahr, meine liebe Lydia?«, sagt Ellen giftig. Offenbar fühlt sie sich durch Lydias Statement angegriffen – und dann kennt sie keine Rücksicht. Trotzdem war das ausgesprochen gemein von ihr. Lydia ist seit über zwei Jahren solo und klagt, zumindest unter vier Augen, über einen existenziellen Mangel an Streicheleinheiten, von echtem Sex gar nicht zu sprechen.

Während Lydia und Ellen lautstark damit beschäftigt sind, die Sexqualitäten von Männern durchzusprechen, erzähle ich Ihnen lieber noch ein wenig über das Flowers. Falls Sie nämlich den Eindruck haben sollten, bei unserem Laden handele es sich um ein Therapiezentrum für hysterische Frauen mit Sexualproblemen – also für ganz normale Frauen mit ganz normalen Problemen –, kann ich Ihnen nur zum Teil Recht geben. Eigentlich bin ich nämlich Floristin. Und hier im Geschäft verkaufe ich schlicht und einfach Blumen. Aber das Flowers hat in den letzten zwei Jahren eine bemerkenswerte Wandlung durchgemacht. Die wurde dadurch eingeleitet, dass Marie eines Tages mit einer riesigen Cappuccino-Maschine ins Geschäft kam. Sie ist Französin und meinte, dass sie ohne einen vernünftigen Kaffee nicht arbeiten könnte. Ich war der gleichen Meinung. Und zahlreiche unserer Kundinnen, Freundinnen, Nachbarinnen sind ebenfalls auf den Geschmack gekommen. Der Laden hat sich daher im Laufe der Monate von einem Blumenladen mit Kaffeeausschank in ein Café mit Blumenverkauf verwandelt. Eine ausgesprochen glückliche Entwicklung, denn inzwischen verdienen wir mit den Getränken mehr als mit den Pflanzen – was es uns ermöglicht, halbwegs pünktlich die Miete zu bezahlen. Es war also nur konsequent, dass wir vor einiger Zeit umdekoriert und einen Teil der Ladenfläche mit Tischen und Stühlen ausgestattet haben. Während ich mich seitdem vorwiegend um die Blumen kümmere, bewirtet Marie unsere Kundinnen mit Café au lait oder auch einem Stück Kuchen – ich sage *Kundinnen*, weil sich nur selten Männer zu uns trauen. Wir haben den Ruf weg, Fleisch fressende Pflanzen zu beherbergen, die ausschließlich Männer verzehren. Diese Pflanzen heißen zum Beispiel Lydia oder Ellen, und wenn ich ein Kerl wäre, würde ich ihnen an einem Tag wie diesem auch nicht in die Fänge geraten wollen.

Nachdem sich die beiden wieder versöhnt haben und alle einträchtig ihren Kaffee schlürfen, verschafft sich Saskia mit einem Hüsteln wieder die allgemeine Aufmerksamkeit.

»Ihr habt leicht reden, Mädels. Ihr wisst nicht, wie empfindlich Joachim ist. Er ist davon überzeugt, dass Sex so ähnlich ist wie Golf spielen – man macht immer die exakt gleiche Bewegung, und wenn der Ball dann ins Loch fliegt, hat man gewonnen. Wenn ich ihm jetzt sage, dass wir mal etwas anderes ausprobieren könnten, dann wird er glauben, dass er die letzten Jahre versagt hat. Joachim ist so sensibel. Darum dachte ich, dass ich einfach selber …«

Saskia verlässt der Mut. Wir sehen sie neugierig an, und es ist Ellen, die es schließlich ausspricht:

»Verstehe ich dich richtig, Schätzchen? Du willst fremdgehen? Dir die Abwechslung einfach woanders suchen?«

Saskia schüttelt zornig den Kopf. »Spinnt ihr? Nein, das würde ich Joachim nie antun. Wirklich nicht. Also das kommt gar nicht in Frage.«

»Und was, bitte schön, kommt in Frage?«, bohrt Ellen nach.

Sassi senkt den Blick und scharrt mit ihren Pumps auf dem Fliesenboden herum. »Ich dachte mehr, dass ... Also nicht ich. Sondern ... Joachim. Er ist es, der Erfahrungen sammeln muss. Und da dachte ich, wenn er vielleicht mal mit einer anderen ... dass er neue Ideen bekommt. Vielleicht mutiger wird ... Ihr wisst schon ... Dass eine andere Frau den Tiger in ihm weckt.«

Im Laden ist es mucksmäuschenstill. Wir haben mit allem Möglichen gerechnet – damit nicht. Zumal Saskia und Joachim uns immer wie das Abziehbild der intakten, monogamen, selbstzufriedenen und wahrscheinlich sogar glücklichen Ehe vorgekommen sind. Und jetzt das!

Nach und nach erholen wir uns von unserem Schock. Da keine von uns wirklich überzeugt von Saskias Idee ist, beschränken wir uns zunächst auf Alternativvorschläge:

»Willst du es nicht erst einmal mit Filmen probieren? So ein kleiner intimer Videoabend mit Joachim – und dann schnurstracks ins Schlafzimmer?«, fragt Marie sie.

Ellen nickt zustimmend. »Kauf ihm doch einfach ein paar Hefte. Ich würde dir auch beim Aussuchen helfen.«

»Ach, Unsinn«, sage ich. »Saskia muss die Sache selber in die Hand nehmen. Wie wär's, wenn wir dir etwas Schickes für untendrunter kaufen, etwas, das Joachim richtig in Wallung bringt. Dazu noch ein paar Spielzeuge, und ich verspreche dir, dass du ihn nicht wiedererkennst.«

Saskia winkt seufzend ab: »Ihr wisst doch, wie er ist. Das würde er nie machen. Er findet so etwas pervers. Das ist ja das Problem. Joachim ist nun einmal der Licht-aus-und-nur-unter-der-Decke-Typ. Ich fand's bisher ja auch gar nicht so schlecht ...«

»Aber jetzt soll er doch der leidenschaftliche Casanova werden. Liebe Saskia, das dürfte in der Tat schwierig werden«, murmelt Marie. Saskia nickt dazu traurig.

»Eins würde mich noch interessieren, Sassi«, hakt Ellen nach.

»Was macht dich eigentlich so sicher, dass er sich jemals mit einer anderen einlassen würde? Ausgerechnet dein Mann, der nicht mal irgendwo im Keller oder im Schreibtisch ein paar Tittenhefte hat? Und der bei Betrug höchstens an gefälschte Schecks denkt? Ausgerechnet der soll sich mit einer anderen ...?«

»Na ja, darum dachte ich ja ... Also, ich erzähle euch das doch, weil ich ...« Saskia verstummt. Offensichtlich sind ihr Mut und ihre Offenheit jetzt endgültig versiegt. Wir starren sie an und fragen uns, was sie um Himmels willen meinen könnte.

Bis auf Lydia. Die hat Saskia durchschaut. »Also ... ich würd's machen. Ich finde Joachim niedlich. Ich verbringe eine Nacht mit ihm, falls du das willst. Und du kannst mir vorher gerne sagen, auf welche Ideen ich ihn bringen soll.«

Marie, Ellen und ich sind vollkommen verblüfft – und ungläubig.

Marie gewinnt als Erste ihre Fassung wieder. »Ich finde, das ist eine hervorragende Idee«, sagt sie strahlend. »So erhält Joachim seine fehlende Erfahrung. Und Saskia muss sich keine Sorgen machen, dass er auf dumme Gedanken kommt.«

»Genau«, stimmt Ellen ihr zu, »und unsere arme Lydia kann ihren Nachholbedarf in Sachen Sex endlich stillen. Wir schlagen sozusagen zwei Fliegen mit einer Klappe.«

»Halt du lieber die Klappe«, faucht Lydia sofort. »Ich mache das aus reiner Freundschaft zu Saskia. Glaub nur nicht, dass es um mein Vergnügen geht.«

Ich denke, es wird Zeit, mich in die Diskussion einzuschalten: »Also, um ehrlich zu sein, halte ich das für eine ziemlich dumme Idee. Erstens missachten wir Joachim, auch wenn er nur ein Mann ist. Und zweitens glaube ich nicht, dass das die richtige Lösung für die Probleme der beiden ist. Wenn ihr mich fragt: Ich würde es nicht tun.«

Saskia, Lydia und Marie sehen mich erst verdutzt an – und brechen dann in schallendes Gelächter aus. Wahrscheinlich, weil sie finden, dass ich absolut Recht habe und das Ganze ohnehin nur die Schnapsidee eines sommerlichen Montagvormittags ist.

Nur Ellen schüttelt den Kopf und sagt dann mit ihrer spitzen, etwas näselnden Stimme:

»Oh, Madame macht heute ganz auf keusch. Klar, dass du wenig Verständnis für Saskias sexuelle Defizite hast. Schließlich bist du ja am Wochenende voll auf deine Kosten gekommen.«

Typisch. Ich habe mich schon den ganzen Morgen gefragt, wann sie mit den ersten Andeutungen anfängt. Jetzt ist es also so weit. Toll, Ellen. Vielen Dank auch.

Natürlich bleibt ihre Bemerkung nicht ohne Wirkung. Die anderen sehen mich neugierig und beleidigt zugleich an. Nach dem Motto: Wie kann ich es wagen, eine so essenzielle Information nicht öffentlich zu machen? Ich beschließe kurzerhand, meine Freundinnen schmoren zu lassen. Schließlich gehen sie meine Abenteuer mit Max überhaupt nichts an. Mal ganz abgesehen davon, dass ich sowieso nicht weiß, was die Geschichte zu bedeuten hat.

Ich konzentriere mich auf mein Blumengesteck und tue mehr oder weniger so, als wäre ich ganz alleine im Raum. Im Laden ist es totenstill. Stört mich nicht im Geringsten. Ich bin meinen Freundinnen schließlich keine Rechenschaft schuldig.

Es ist Marie, die mich nach ein paar anstrengenden Minuten aus der Reserve lockt. Sie fängt an zu kichern und fragt:

»Bist du dir ganz sicher, dass Frau Domiak mit dem Gesteck zufrieden sein wird? Wie nennen wir denn die neue Kreation? Alchemilla mit Kugelschreiber?«

Tatsache! Ohne es zu merken, habe ich statt des vorbereiteten Kiefernzweiges einfach meinen Kugelschreiber von der Stadtsparkasse in die Blumenvase gesteckt. Eigentlich sieht es gar nicht so schlecht aus. Irgendwie modern. Aber meine Unaufmerksamkeit macht mir auf erschreckende Art klar, dass die geringste Erwähnung des vergangenen Wochenendes mich völlig aus dem Konzept bringt. Ich hebe also resigniert die Hände und ergebe mich der geballten Neugier meiner Freundinnen.

»Also gut, was wollt ihr wissen?«

»Blöde Frage, alles natürlich!«, antwortet Marie, wie aus der Pistole geschossen.

Eine halbe Stunde später herrscht andächtige Stille im Laden. Es ist fast wie in einer Kirche. Meine Freundinnen bedenken mich mit erfurchtsvollen, bewundernden Blicken, als sei ich eine Art Hohepriesterin. Sie sagen kein Wort.

Lydia findet als Erste ihre Stimme wieder: »Wie sagtest du gleich heißt der Junge?«

»Max. Max Kästner. Ihr wisst schon. Der vom Fernsehen.«

Lydia schüttelt ungläubig den Kopf und seufzt aus tiefstem Herzen. »Ach, Isa. Du bist einfach großartig. Max Kästner vom Fernsehen. Und du hast ihn vernascht wie eine Packung Pralinen.«

»Und wie alt sagtest du noch, ist er, dein kleiner Max?«, fragt Marie mit ihrem wundervollen französischen Akzent.

Ich zucke mit den Schultern. »Ich weiß nicht. Dreißig? Einunddreißig?«

»Ist ja auch egal«, fällt sie mir ins Wort. »Auf jeden Fall ein junger Hund. Ein *sehr* junger Hund. Und das ist schließlich alles, worauf es ankommt. Das ist so mutig von dir.«

»Finde ich auch«, sage ich stolz, habe aber keine Zeit, mich weiter zu äußern. Denn diesmal ist es Lydia, die mir voller Überschwang gratuliert. »Ach, Isabelle, ich finde es so toll, dass du das gemacht hast«, sagt sie mit schwärmerischer Stimme. »Schließlich steht nirgendwo geschrieben, dass wir uns mit den alten Säcken zufrieden geben müssen, nur weil wir selbst nicht mehr taufrisch sind.«

Sie sagt es und schlägt krachend auf den Tisch, sodass die Kaffeetassen bedenklich zu klirren beginnen.

»Eben. Und diese jungen Kerle machen sich ausgesprochen gut im Bett – so viel kann ich euch verraten«, sage ich selbstbewusst.

»Aber was machst du, wenn er sich in dich verliebt hat?«, fragt Saskia vorsichtig.

Marie nickt zustimmend: »Genau. Diese jungen Kerle sind nämlich ausgesprochen anhänglich. Damit musst du rechnen.«

Nur Ellen scheint gegen die allgemeine Euphorie immun zu sein.

»Ach Kinder, was redet ihr da nur?«, fragt sie gestelzt. »Solche Lover wie diesen Max sollte man grundsätzlich nicht wieder sehen. Ein einziges Mal – und Schluss! Schließlich wisst ihr genauso gut wie ich, was sonst passiert: Spätestens beim zweiten Mal würde er anfangen, sich über Isas Falten zu beschweren. Er würde ihr durch die Haare streichen und sich über ihre silbernen Natursträhnchen lustig machen. Und beim dritten Mal würde er sie fragen, warum sie eigentlich nie ihre Tage hat. Und das muss doch nun wirklich nicht sein.«

Mal wieder typisch Ellen. Ich sehe mich um, ob ich nicht irgendein Gewächs mit Dornen oder Stacheln zu fassen kriege, das ich ihr an den Kopf werfen könnte. Zum Glück sind nicht alle meine Freundinnen so. Marie zum Beispiel sieht Ellen mit blitzenden Augen an und sagt:

»Vielleicht hast du sogar Recht mit dem, was du sagst. Aber soll Isa deswegen dieselbe Lösung wählen wie du und einen Greis heiraten, der sich nur deshalb nicht über silberne Haare beschwert, weil er selbst seit Jahren kahlköpfig ist? Und der unter Sex versteht, sich gemeinsam seine Kontoauszüge anzugucken? Ich finde, dass wir Isabelle ruhig dazu raten können, ihren jungen Max so lange zu genießen, wie er frisch bleibt. Und solange er bereit ist, sich mit ihr einzulassen.«

Schade, gerade wollte ich mich über Maries wunderschöne Parade gegen Ellen freuen. Aber mit ihrem letzten Satz hat sie alles zunichte gemacht. Als ob Max mir einen Gefallen getan hätte, als er mit mir ins Bett ging! Ich habe unsere Nacht anders in Erinnerung – er hatte mindestens so viel Spaß wie ich.

Jedenfalls fällt unser Gespräch wieder einmal eindeutig in die Kategorie »typisch Frau«. Bewunderung und Neid, Zuspruch und unterschwellige Gehässigkeit gehören einfach untrennbar zusammen.

Bevor die Mädels weiter mit meinen Nerven Gummitwist spielen können, beschließe ich, das Thema ein für alle Mal zu beenden: »Wisst ihr was, meine Lieben? Ihr müsst euch überhaupt nicht den Kopf darüber zerbrechen, ob ich Max wieder sehen werde oder nicht. Ich bin mit ihm ins Bett gegangen, weil ich Lust dazu hatte. Mehr nicht. Es war ein Abenteuer, und zwar ein sehr schönes. Das weiß ich, und das weiß er auch. Mehr gibt es dazu nicht zu sagen. Weder für mich noch für euch.«

Max
Ein Schlag ins Wasser

Die Sache mit Isabelle ist erledigt. Und zwar ein für alle Mal. Sie ist abgehakt, vorbei, von gestern – wie es sich gehört für eine Geschichte, die auf eine Nacht angelegt ist. Und auf sonst nichts.

Natürlich könnte es mir zu denken geben, dass meine Nächte in letzter Zeit ziemlich kurz ausfallen. Nicht weil ich mich in irgendwelchen Kneipen oder Diskotheken herumtreibe. Sondern weil ich nicht schlafen kann. Ich gehe um Mitternacht oder auch später ins Bett, und spätestens um drei liege ich mit geöffneten Augen da und starre an die Decke. Warum? Ich habe nicht die geringste Ahnung. Ich leide schließlich nie unter Schlaflosigkeit. Und wenn doch, hat sie einfache Gründe: zu viel Alkohol, ein Jetlag oder auch Lust auf weiteren Sex, weil eine Frau neben mir liegt, die mir gefällt.

Aber nichts davon ist der Fall. Ich bin einfach wach und weiß nicht, warum. Irgendetwas tief in mir drin sagt mir in diesen Momenten, dass es mit Isabelle zu tun hat. Aber ich denke gar nicht daran, diesem Etwas zuzuhören. Warum auch? Isabelle war nichts als ein Abenteuer. Und eigentlich war sie nicht einmal das. Sie war ein Mittel, zu dem ich gegriffen habe, um Jana zu vergessen. Und das ist mir schließlich auch gelungen.

So vergeht ungefähr eine Woche. Mein Zustand wird nicht gerade besser. Ich kann nämlich nicht nur nicht schlafen. Ich habe außerdem schlechte Laune. *Sehr* schlechte Laune. Und das eigentlich die ganze Zeit. Außerdem leide ich an sonderbaren melancholischen Anfällen, die mich ganz plötzlich überkommen und in denen ich beginne, über mich und mein Leben nachzudenken. So etwas ist einfach nicht normal. Aber muss es deshalb mit einer Frau zu tun haben, die ihre letzten verliebten Augenblicke vermutlich vor zwanzig Jahren hatte? Eben.

Die Erklärung ist wahrscheinlich sehr viel einfacher. Ich bin in einer schlechten Phase. Jeder Mann hat so etwas von Zeit zu Zeit. Kein Problem. Es wird schon vorübergehen. Es gibt keinen Grund, sich Sorgen zu machen.

Sie merken es schon: Ich gebe mir alle Mühe, nicht an Isabelle zu denken. Es gelingt mir sogar ganz gut. Wenn ich einmal von den beschriebenen Nebenwirkungen absehe. Aber die werden vergehen, da bin ich mir ganz sicher.

Und dann, an einem ganz normalen Dienstagvormittag, sehe ich sie. Reiner Zufall. Ich bin mit dem Wagen auf dem Weg zum Sender – und da steht sie, Isabelle, mit einer Tasche in der Hand an einer Ampel.

Jetzt denken Sie bestimmt, das ist Schicksal oder so etwas. Von wegen. Sie bemerkt mich nämlich gar nicht. Obwohl ich nur wenige Meter von ihr entfernt bin. So viel zum Thema Schicksal.

Dafür bemerke ich aber etwas. Nämlich dass ich auf einmal vor einer Entscheidung stehe: Soll ich anhalten und mich bemerkbar machen und mir einen Haufen Probleme einhandeln? Oder soll ich weiterfahren und mehr oder weniger zufrieden so weitermachen wie bisher? Also im Klartext: weniger zufrieden. Was soll ich tun? Ich weiß es nicht. Die Fußgängerampel schaltet auf Grün, und Isabelle geht genau vor meiner Kühlerhaube entlang. Ohne nach rechts und links zu sehen. Es liegt also vollkommen in meiner Hand. Und ich weiß genau, dass, egal, was ich jetzt tue, es auf jeden Fall mein Leben beeinflussen wird. So oder so.

Allerdings führt diese Erkenntnis nicht dazu, dass ich in der Lage bin, eine Entscheidung zu treffen. Ich sitze bewegungslos hinter dem Steuer und starre sie an – vermutlich wie ein Fisch einen höchst attraktiven Wurm anstarrt, von dem er sich nicht ganz sicher ist, ob sich nicht ein Haken darin verbirgt.

Isabelle trägt eine Sonnenbrille. Sie hat die Haare hochgesteckt und sieht unglaublich gut aus. Ein bisschen blass vielleicht. Und genauso schlecht gelaunt wie ich selber. Wenigstens etwas, das uns verbindet. Sie erreicht die andere Straßenseite, und es wird noch genau eine Sekunde dauern, bis sie zwischen den anderen Passanten verschwunden ist. Ich muss mich also entscheiden. Und zwar *jetzt*.

»Isabelle.«

Ich rufe aus dem Auto heraus, ohne die geringste Ahnung zu haben, was als Nächstes passieren wird. Und sie? Sie sieht mich – und sie strahlt. Das ist das Beste, vielleicht sogar das Einzige, was sie tun konnte, um mich davon zu überzeugen, dass ich mich richtig entschieden habe.

Eine Sekunde später allerdings wird mir klar: Zu früh gefreut! Isabelles Lächeln verschwindet nämlich genauso schnell wie eine Sternschnuppe. Ihr Gesicht wird ausdruckslos. Sie sieht mich an, und ich habe nur eine vage Ahnung davon, was in diesem Augenblick in ihr vorgeht. Wahrscheinlich ist es so ähnlich wie bei mir: Sie freut sich, dass wir uns wieder sehen. Und sie hat gleichzeitig das Gefühl, dass wir jetzt endgültig dabei sind, etwas Verbotenes, Falsches und vor allem komplett Unsinniges zu tun.

Sie stockt noch einen Moment und kommt dann zum Wagen. Sie stützt sich auf die Tür und sieht mich immer noch unschlüssig an. »Max – was für ein lustiger Zufall! Ich weiß nicht … also, es ist schön, dich wieder zu sehen … ich meine natürlich, es ist überhaupt nicht schön … also, ich bin so überrascht. Ich meine, versteh das nicht falsch. Das heißt, doch, ja, versteh das bitte falsch. Ich weiß gar nicht … Bist du überhaupt Max?«, sie sieht mich halb erschrocken und halb verunsichert an und wartet vielleicht darauf, dass ich etwas sage. Aber das tue ich natürlich nicht, denn ihre Aufführung ist viel zu schön, um sie zu stören. Zum Glück fährt sie auch sogleich fort:

»Also gut, du bist es. Natürlich bist du es. Ich wollte auch nur sagen, dass ich … also … ich … was ich sagen wollte: Ich habe überhaupt nicht an dich gedacht. Und zwar die ganze Zeit nicht …«

»Dann haben wir ja etwas gemeinsam …«

»Nein, haben wir nicht. Wir haben überhaupt nichts gemeinsam. Auf gar keinen Fall. Nicht das Geringste.«

»Also gut, dann haben wir nichts gemeinsam«, gebe ich zurück.

»Das ist toll, dass du das sagst. Du bist überhaupt toll ... ich meine natürlich, du bist überhaupt nicht toll ... nein, ich will sagen ... ich weiß gar nicht, wie du bist ...«

Sie plappert einfach so weiter und sieht mich dabei ziemlich ratlos an, was dazu führt, dass ich immer breiter zu lächeln beginne, während sich ihre Miene immer mehr verfinstert. Der endgültige Beweis dafür, dass wir wie Tag und Nacht sind. Was ich natürlich schon vorher wusste.

Schließlich scheint auch Isabelle einen Entschluss zu fassen. Sie sieht mich mit einer verkrampften Entschlossenheit an und sagt: »Ich ... wie gesagt ... es war schön, dich wieder zu sehen. Aber ich habe wirklich überhaupt keine Zeit, Max. Gar nicht. Ich muss auf der Stelle weg, weil ich furchtbar in Eile bin. Also, du weißt schon, ich habe keinen Termin oder so ... doch, nein, ja ... ich will natürlich sagen: Ich habe einen Termin. Einen ganz wichtigen sogar. Darum muss ich jetzt wirklich los, ganz schnell los ...«

Sie hat immer noch die Hände an meiner Autotür, als wollte sie sich daran festhalten – weil ihre Beine ja auf die Idee kommen könnten, sie fortzutragen. Und genau wie ich stört sie sich nicht im Geringsten daran, dass hinter uns immer mehr Autofahrer ein wildes Hupkonzert anstimmen und dann verärgert an uns vorbeibrausen.

Isabelles Gesicht erinnert mich an einen kaputten Fernseher, der permanent die Programme wechselt und zwischen einer Komödie und einer Tragödie hin und her switcht. Bei mir ist es vermutlich nicht anders.

Sehen Sie, in diesem Augenblick spüre ich in mir eigentlich nur ein einziges Gefühl: Trotz. Ich weiß natürlich, dass unsere Begegnung eines dieser typischen Wiedersehen nach einem mehr oder weniger zufrieden stellenden One-Night-Stand ist: Man sieht sich, wechselt ein paar Worte, findet sich vielleicht sogar ganz nett. Aber eigentlich möchte man dem anderen einfach nur möglichst schnell entkommen und ihm nie wieder begegnen. Weil die Sache, die man miteinander erlebt hat, nichts bedeutet. Und weil alles, was folgt, eigentlich nur peinlich werden kann.

Aber dann gibt es auch noch diese andere Art von Wiedersehen – die, bei der man ahnt, dass die eine Nacht vielleicht nur der Anfang von etwas anderem war. Natürlich weiß man es nicht so genau, es ist nur ein ziemlich undeutliches Gefühl. Aber eines, das stark genug ist, um einen zweifeln zu lassen. Ein Gefühl, das in Momenten wie diesem SOS funkt – weil es gerettet werden will, bevor es im Strudel der Zeit ertrinkt. Und dabei hilft mir mein Trotz – ich will nicht einfach fortwerfen, was da möglicherweise zwischen uns ist. Auch wenn ich weiß, dass es vollkommen verrückt ist. Aber ich bin nun einmal neugierig.

Ich denke all dies natürlich nicht wirklich. Ich ahne es nur. Aber das reicht, damit mir eines klar wird: Wenn ich Gewissheit erlangen möchte, muss ich mich der Sache stellen. Ich muss ihr ins Auge sehen, vor allem, weil es sehr schöne Augen sind. Und genau darum mache ich etwas, von dem ich nicht weiß, ob es richtig oder falsch oder normal oder idiotisch oder was auch immer ist.

Ich steige aus dem Wagen und sage: »Ich habe gerade beschlossen, dich zu entführen, Isabelle. Und zwar auf der Stelle. Du darfst dich nicht wehren. Weil ich dich sonst fesseln muss.«

Sie braucht einen Moment, um ihre Überraschung zu überwinden. Dann erscheint ein kleines Lächeln auf ihren Lippen, eines, das fast so etwas wie Ja heißen könnte. Was sie allerdings nicht sagt. Stattdessen sagt sie:

»Ach ja? Und wohin willst du mich entführen?«

»Muss ich mir noch überlegen.«

»Warum fragst du mich nicht einfach, ob ich mit dir komme?«

»Okay. Also: Kommst du mit?«

»Nein.«

»Siehst du. Darum frage ich nicht. Komm rüber, setz dich ins Auto. Das ist ein Befehl.«

Isabelle überquert die Straße. Ich steige wieder ein und setze den Wagen in eine Einfahrt.

Und dann stehen wir voreinander und grinsen unsicher, so, als wären wir betrunken oder bescheuert. Oder fünfzehn Jahre alt und verliebt.

»Was hast du vor, Max? Was soll das heißen, du entführst mich?«, fragt sie, halb neugierig und halb abweisend. Ich merke, dass die Zeit gegen mich arbeitet, gegen uns beide. Je mehr wir nachdenken können, desto mehr bemerken wir beide, dass es unsinnig ist, was wir gerade machen.

»Ich will dich mitnehmen. Einstecken sozusagen. Um mir zu überlegen, ob ich dich behalte.«

»Ich entscheide gerne selbst, ob mich jemand behalten darf. Außerdem bin ich verabredet.«

»Mit einem Mann?«

»Vielleicht.«

»Sag ab.«

»Das geht nicht.«

»Sag einfach, dass du krank bist.«

»Weil du mich krank machst?«

Das darf nicht wahr sein! Ich schüttele vehement den Kopf. »Im Gegenteil. Wenn überhaupt, dann will ich dich kurieren. Wenn du es gestattest.«

Isabelle zieht eine Schnute. Sie legt den Kopf schief und sieht mich durchdringend an. Ich kann förmlich hören, wie es in ihr arbeitet.

»Aber ich will nicht«, sagt sie schließlich.

»Ich will auch nicht.«

»Und was soll das Ganze dann?«

»Ich dachte, dass wir etwas Zeit miteinander verbringen sollten. Um herauszufinden … warum wir nicht wollen.«

Wieder erscheint ein kleines Lächeln auf ihren Lippen. Noch einmal überlegt sie und ringt sich offenbar zu einem Entschluss durch.

»Komisches Motiv für eine Entführung, oder?«

Ich zucke mit den Schultern. »Vielleicht. Ich habe wenig Übung mit so etwas.«

»Also gut. Dann gebe ich dir hiermit Zeit zu üben. Aber nur eine halbe Stunde.«

»Einverstanden.«

Ich öffne die Beifahrertür, verbeuge mich galant und sage:

»Wenn ich bitten darf.«

»Du darfst«, sagt Isabelle, lächelt und steigt in den Wagen.

Ich fädele mich in den schnellen Verkehr auf der Ausfallstraße ein. Isabelle zieht sich ihr Tuch über den Kopf und setzt ihre Sonnenbrille auf. Sie sieht aus wie Bridget Jones, die sich vorkommt wie Grace Kelly. Sie räkelt sich, jauchzt zufrieden und sieht mich dann lange an. Schließlich sagt sie:

»Es wäre so schön, wenn wir wirklich mehr Zeit hätten. Wenn wir zum Beispiel einen richtigen Ausflug machen könnten. Irgendwohin. Wo es nichts gibt außer uns beiden ... und niemanden sonst. Keine Probleme. Keine Gründe, warum ein Mann und eine Frau nicht ...«

Das klingt schon ganz anders als ihre Tiefkühlstimme von vorhin! Allerdings führt es nicht gerade dazu, dass ich innerlich ruhiger werde. Im Gegenteil. Ich muss mir alle Mühe geben, um das Gefühl zu unterdrücken, das mich wie eine Flutwelle überkommt: dass es vollkommen aberwitzig ist, was ich hier gerade mache. Weil die Frau neben mir den besten Teil ihres Lebens vermutlich hinter sich hat. Und ich habe ihn noch vor mir. Aber dennoch gefällt es mir, dass es so gekommen ist. Auch wenn ich nicht die geringste Ahnung habe, was am Ende dabei herauskommt.

Wir fahren aus der Stadt heraus. Isabelle sieht sich immer öfter um, und irgendwann fragt sie misstrauisch:

»Sag mal, Max, bist du dir sicher, dass wir in einer halben Stunde wieder zurück sind?«

»Ganz sicher.«

»Ist das auch der Grund, aus dem wir die Autobahn nehmen?«

»Ich habe es dir doch gesagt: Ich entführe dich.«

»Du gemeiner Lügner. Was soll ich denn jetzt sagen? Mein Date ... das heißt, wenn ich ehrlich bin, meine Kollegin, wird tödlich beleidigt sein, wenn ich nicht pünktlich im Laden bin!«

»Okay. Aber wenn wir jetzt umdrehen, wäre *ich* tödlich beleidigt. Was ist dir lieber?«

»Ich finde das gar nicht lustig, du hinterhältiger Kerl. Halt gefälligst sofort an.«

Isabelles Stimme klingt viel weniger wütend als die Worte, die sie benutzt. Ich weiß natürlich, dass das, was wir miteinander machen, eine Art Pokerspiel ist. Aber ich habe keine Ahnung, ob sie mich aufs Kreuz legen will oder ob sie Herz in der Hinterhand hält. Ich will sichergehen. Ich ziehe den Wagen in voller Fahrt auf den Seitenstreifen und bringe ihn mit quietschenden Bremsen zum Stehen.

Eine Zeit lang passiert nichts. Der Motor kühlt genauso ab wie Isabelles Wut. Irgendwann sage ich:

»Ich dachte, dass wir uns eine Chance geben. Mit diesem einen Tag. Ich dachte, wir nehmen ihn uns einfach. Ohne zu fragen. Ohne uns bei jemandem zu entschuldigen. Einen einzigen Tag, nur für dich und mich.« Und mit leiser Stimme füge ich hinzu: »Ich habe das nicht geplant, Isabelle. Im Gegenteil. Aber … als ich dich vorhin gesehen habe, wusste ich, dass wir … dass wir es uns schuldig sind. Und was die tödlich beleidigten Kollegen angeht: Davon dürfte ich jetzt auch einige haben. Ganz abgesehen von dem noch viel beleidigteren Chefredakteur, der sich vermutlich furchtbar dafür rächen wird, dass ich einfach nicht im Studio erscheine, obwohl ich in einer halben Stunde auf Sendung gehen muss …«

Ich beobachte sie. Und ich bin enttäuscht. Isabelle freut sich nicht. Sie sieht mich unerbittlich an.

»Ach Max … das ist lieb von dir. Aber warum tust du das? Warum machst du es schwerer, als es ohnehin schon ist?«

»Was ist so schwer? Überhaupt nichts.«

Sie schüttelt den Kopf. »Du sagst, dass du uns eine Chance geben willst. Aber wir haben keine Chance. Das weißt du so gut wie ich. Warum machen wir die Dinge also unnötig kompliziert?«

Ich bin nicht der Auffassung, dass Frauen immer das eine sagen und das andere meinen. Auch wenn man gelegentlich den Eindruck bekommen könnte. Es ist viel schlimmer: Oft sagen sie etwas und wissen überhaupt nicht, was sie eigentlich meinen. Und ich bin mir ganz sicher, dass das bei Isabelle gerade der Fall ist. Und bei mir ist es nicht viel anders. Aber wie gesagt: In mir ist purer Trotz. Darum sehe ich gar nicht ein, ihre Worte einfach hinzunehmen, auch wenn sie vermutlich Recht hat.

»Die Dinge sind nicht kompliziert, Isabelle. Sie sind sogar ganz einfach. Es gibt dich und mich und diesen einen Tag. Um mehr bitte ich dich nicht.«

»Ich habe aber keine Zeit. Auch nicht einen Tag. Weil es ein Tag zu viel wäre«, sagt sie, und ihre Stimme klingt wie die einer Achtjährigen, die heulend einsehen muss, dass sie für ihre zehn Cent an der Kasse keine Süßigkeiten bekommt.

»Isabelle, bitte. Der Tag ist viel zu schön, um sich zu streiten.«

»Ich streite mich aber gerne. Außerdem bin ich ein Entführungsopfer. Die haben ein Recht darauf, sich zu streiten!«

Es ist wunderschön: In ihrer ganzen Feindseligkeit blühen ein paar freundliche Blumen, ein kleines Lächeln auf ihren Lippen. Ich weiß, dass ich gewonnen habe. Weil sie dasselbe fühlt wie ich.

Noch allerdings ist sie nicht bereit, das zuzugeben. Sie sieht mich an, als würde sie mich am liebsten vor einen der LKW stoßen, die regelmäßig an uns vorbeidonnern. Kein Wunder, schließlich stehen wir auf dem Seitenstreifen einer Autobahn.

Mir wird klar, dass ich Isabelle behandeln muss wie ein Tiefkühlgericht. Ich muss sie erst einmal auftauen, bevor sie genießbar wird. »Ich mache das nicht einfach so, Isabelle. Es ist, weil es … schön war mit dir … neulich«, sage ich.

Glauben Sie, es freut sie, dass ich das sage? Von wegen. Isabelles Mundwinkel sehen aus, als würden Zehnkilogewichte dranhängen.

»Einfach nur schön?«, fragt sie enttäuscht. Ganz hinten, in den Winkeln ihrer Augen, glitzert etwas Wildes, Wunderbares – etwas, in das ich mich auf der Stelle verlieben könnte. Was ich natürlich nicht mache. Ich denke ja gar nicht dran.

»*Sehr* schön«, sage ich stattdessen.

Es reicht noch nicht. Irgendwer reduziert die Gewichte zwar auf die Hälfte, aber ein Lächeln ist das noch nicht.

»Nur sehr schön?«, fragt sie und sieht aus, als hätte ich sie gerade beleidigt und beschimpft.

»Es war *wunderwunderwunderschön*«, sage ich – ich schreie es, brülle es – laut genug, dass mir einer der vorbeirauschenden Brummifahrer (er heißt Rolf, wie ich einer Leuchtschrift in seiner Kabine entnehmen kann) einen Vogel zeigt. Aber das ist mir egal. Das Einzige, was zählt, ist die Tatsache, dass ich es geschafft habe, wieder ein Lächeln in Isabelles Gesicht zu zaubern.

»Also gut«, sagt sie. »Ein einziger Tag. Und du musst mir versprechen, dich nicht zu beschweren, egal, wie er endet.«

Ich hebe die Hand, als würde ich vor Gericht vereidigt. »Ich gelobe es feierlich.«

»Akzeptiert. Und jetzt entführ mich bitte ordentlich. Wie man das halt so macht. Bring mich irgendwohin, wo es einsam und verlassen ist und wo ich laut rufen könnte und mich trotzdem niemand hört …«

In Isabelles Augen blitzt jetzt die Frechheit auf, die ich schon an dem Abend bei Ellen bemerkt habe und die sie einfach umwerfend und attraktiv und einzigartig macht – völlig unabhängig davon, wie alt sie ist. Und völlig unabhängig davon, was mich sonst noch an ihr stören könnte.

»Also gut. Du hast es so gewollt«, sage ich.

Sie nickt: »Genau. Das habe ich.«

Die Autobahn führt nach Osten und bringt uns schnell aus dem Häusermeer heraus. Wir nehmen eine namenlose Ausfahrt und fahren auf einer Landstraße weiter. Bis auf ein paar Ausflügler und ein paar Mecklenburg-Vorpommer, die ihre täglichen zweihundert Kilometer zur Arbeit in Hamburg zurücklegen, herrscht kaum Verkehr. Isabelle lächelt mich an. »Ich dachte immer, es sei ganz schrecklich, entführt zu werden. Aber das ist es gar nicht. Im Gegenteil.«

»Noch kennst du meine Lösegeldforderung nicht«, wende ich ein.

Sie wedelt lässig mit der Hand. »Oh, ich glaube, dass wir das anders machen: Das Opfer darf sagen, was es haben will ...«

»Und was willst du haben?«

Sie entgegnet selbstsicher: »Das wirst du noch früh genug erfahren.«

Wir fahren schnell und übermütig durch die sanft geschwungenen Kurven der Landstraße, die durch eine grüne, saftige Hügellandschaft führt. Wir atmen die frische Landluft ein. Gerüche nach Getreide, nach Stroh und Tieren, nach Wildblumen und den Autos vor uns kitzeln unsere Nasen. Isabelle greift in meine Hemdtasche und zieht die Zigaretten heraus. Dann dreht sie das Radio leiser.

»Habe ich dich richtig verstanden? Wir haben einen Tag, um herauszufinden, warum wir nichts voneinander wollen? Und warum die eine Nacht die einzige Nacht bleiben soll?«, fragt sie mit feierlicher Stimme.

»Genau. Wir haben einen Tag, um uns furchtbar zu finden.«

»Das ist herrlich. Aber nicht gerade einfach. Also erzähl mir jetzt bitte, was ich alles an dir nicht leiden können sollte, einmal abgesehen davon, dass du viel zu jung für mich bist.«

Ich muss lächeln, als sie das sagt. Weil sie mir in diesem Augenblick noch viel jünger als ich selber vorkommt. »Nichts leichter als das: Ich bin faul, überheblich und gedankenlos.«

»Das sind alle Männer. Das zählt nicht. Lass dir mehr einfallen.«

»Ich habe ja gerade erst angefangen«, verteidige ich mich. »Aber danke, jetzt weiß ich immerhin, dass du ungeduldig bist.«

»Ach ja? Dann bist du kleinlich«, antwortet sie trotzig.

»Und du bist nachtragend.«

»Bin ich nicht.«

»Siehst du: Du verträgst keine Kritik.«

»Und du bist rechthaberisch.«

»Unsinn. Ich habe einfach Recht.«

»Ich sage es ja.«

»Also gut«, sage ich, »wir treffen eine Vereinbarung: Ich bin rechthaberisch, und dafür bist du besserwisserisch.«

»Du willst mich übervorteilen. Das ist unfair.«

»Ich bin unfair«, sage ich. »Und dazu gemein, hinterhältig und verlogen.«

»Aber ich mag dich trotzdem«, sagt Isabelle und sieht mich erschrocken an. »Ich meine natürlich ... also ... ich kann dich überhaupt nicht leiden. Ich finde dich grässlich.«

Ich seufze erleichtert. »Dann ist ja gut, ich dachte schon, du willst etwas Nettes zu mir sagen.«

»Keine Sorge, das würde mir nicht einfallen. Schließlich habe ich auch nicht den geringsten Grund dazu.«

Wir sehen uns an, und es ist wie früher, als wir Kinder waren: Wir müssen uns gegenseitig in die Augen sehen, und wer zuerst anfängt zu lachen, hat verloren. Isabelle sieht genau, wie es um meinen Mund zuckt. Ich sehe, wie die tausend Fältchen um ihre Augen immer tiefer werden, und dann benehmen wir uns wie eine Flasche Sekt, die lang genug geschüttelt worden ist: Der Korken fliegt raus, und wir schütten uns aus vor Lachen.

Später sagt Isabelle mit einer Stimme, die mit aller Macht ernst klingen soll:

»Du bist gemein, Max. Du hast mir versprochen, dass wir uns grässlich finden werden. Und jetzt bringst du mich zum Lachen. Und ich finde dich toll. Das ist gegen die Spielregeln.«

Ich zucke resigniert mit den Schultern. »Mir geht es genauso. Ich meine, du bist großartig. Also haben wir beide ein Foul begangen. Das gleicht sich aus.«

»Einverstanden. Und ab jetzt ist Schluss mit den Nettigkeiten.«

»Nur noch Gemeinheiten. Obwohl es mir schwer fällt. Ich würde dir lieber Komplimente machen.«

»Untersteh dich!« Sie hebt drohend den Finger.

Unsere Blicke begegnen sich, und wir spüren beide, wie gefährlich das Spiel ist, das wir miteinander treiben.

Es ist, als hätten wir Raum und Zeit hinter uns gelassen. Wir entfernen uns von der Stadt und fahren in ein Nirgendwo hinein, das uns leicht und unbeschwert macht und das uns vergessen lässt, dass wir irgendwann in die Wirklichkeit zurückkehren müssen. Wir stellen den Wagen auf einem Waldparkplatz ab und entscheiden uns für die Richtung, die zum See führt.

»Es gefällt mir hier. Wenn die Mücken nicht wären, würde ich sofort einziehen«, sagt Isabelle.

»In den Wald?«

»Warum nicht?«

»Wie wäre es wenigstens mit einem Baumhaus?«

»Ja, vielleicht. Oder eine Höhle. Das ist mir ganz egal. Und ein Mann, der mir jeden Abend einen Bären fängt.«

»Ich wusste, dass du in Wirklichkeit ein Naturmädchen bist. Alles was fehlt, sind die Blumen im Haar und der Dreck unter den Fingernägeln.«

Isabelle sieht enttäuscht auf ihre Hände. »Gefallen sie dir etwa nicht?«

»Ich finde sie wunderbar. Außerdem könntest du hier draußen vom Jagen und Fischen nach Komplimenten überleben.«

»O ja, das könnte ich«, sagt Isabelle trotzig. »Mit dreizehn oder vierzehn war ich im Pfadfinder-Zeltlager. Ich habe alles gelernt. Glaubst du mir nicht?«

Ich bin beeindruckt. »Natürlich nicht. Ich weiß ja, dass du verlogen bist.«

»Genau. Bin ich«, sagt sie stolz. »Und du bist grob und gemein.«

»Einverstanden.«

»Und jetzt will ich wissen, was du gemacht hast, als du ein Junge warst«, sagt sie.

»Ich bin immer noch ein Junge.«

»Aber ein großer. Was hast du gemacht, als du ein kleiner Junge warst?«

Ich mag es, wie sie fragt. »Ich habe heimlich geraucht, Mofas frisiert und die Schule geschwänzt. Außerdem habe ich Löcher in die Mädchenumkleide der Schulturnhalle gebohrt und die Plätze in der Pause vermietet. Es war ziemlich einträglich.«

»Und jetzt bist du beim Fernsehen. Das ist ungefähr dasselbe.«

Unser Geplänkel geht weiter, bis ich irgendwann den Kopf schüttele. »Es tut mir Leid«, sage ich mit übertriebenem Bedauern in der Stimme.

»Was tut dir Leid? Dass du doch etwas Nettes gesagt hast?«

»Ja. Vielleicht denkst du jetzt, ich mag dich wirklich.«

Für eine Sekunde fällt sie darauf herein und sieht mich empört an. Dann erobert das Lächeln ihr Gesicht zurück. »Keine Sorge. Es ist mir völlig egal, ob du mich magst oder nicht. Weil: Ich mag ja dich. Das reicht vollkommen. Und das ist das Schöne mit uns beiden.«

»Du hast Recht. Wir schulden uns nichts. Nicht einmal Rücksicht.«

»Im Gegenteil. Für jede Nettigkeit eine Gemeinheit. Das hält die Dinge im Gleichgewicht«, sagt Isabelle.

»Ich glaube, dass du genau das bei mir zerstört hast«, sage ich leise. Wir bleiben stehen, sehen uns an – und wieder spüren wir für einen kurzen Moment einen seltsamen Ernst. So, als würden wir mit etwas spielen, das in Wirklichkeit zu wertvoll dafür ist. Isabelle schüttelt den Kopf und sagt ebenso leise wie ich zuvor:

»Hör auf damit, Max. Bitte …«

Wir gehen eine Weile schweigend nebeneinander her, ohne uns zu berühren. Beide sind wir in unsere Gedanken versunken. Ich weiß nicht genau, was in ihr vorgeht. Ich für meinen Teil mache mir Gedanken darüber, wie sich die Liebe verändert hat. Früher hat man sich monatelang umgarnt, hat sich Gedichte geschrieben und Lieder gesungen, um schließlich zueinander zu finden. Heute ist es umgekehrt: Man geht als Erstes miteinander ins Bett, und dann gibt man sich Mühe, sich wieder voneinander zu entfernen. So ist es jedenfalls bei mir und Isabelle.

»Ich will mehr über dich erfahren«, sagt sie auf einmal. »Erzähl mir etwas über dich.«

»Was willst du wissen?«

»Verrat mir, wo du heute vor zehn Jahren warst.«

Die Frage gefällt mir. »Vor zehn Jahren? Auf Arbeitssuche.

Ich wollte eigentlich bei einer Zeitung anfangen, aber es war nichts zu machen. Ein Praktikum nach dem anderen. Aber keine Stelle. Dann bin ich zum Fernsehen gegangen«, sage ich. »Und du? Wo warst du?«

»Ich habe eine Zahnklammer getragen. Meine Kasse hat sie nach über zehn Jahren bewilligt. Obwohl ich schon viel zu alt dafür war. Und ich war verliebt.«

»War es schlimm?«, frage ich.

Isabelle sieht mich an, halb lachend und halb erschreckt.

»Ich ... irgendjemand, irgendeine Frau muss dir furchtbar wehgetan haben. Sonst würdest du so etwas nicht sagen. Habe ich Recht?«, fragt sie.

Ich lächele. »Ich meinte die Klammer.«

»Oh.«

»Siehst du. Ich überrasche dich.«

»Allerdings. Eine schöne Bescherung bist du.«

Wieder sagen wir eine Weile nichts. Auf einmal fragt Isabelle:

»Findest du mich eigentlich schön?«

Ich zucke mit den Achseln. »Ich habe dich noch nicht so genau angesehen. Gib mir eine Kostprobe.«

»In Ordnung.«

Sie geht ein paar Schritte voraus und dreht sich im Kreis. Ich gebe ihr mit der Hand Anweisungen. Schließlich lasse ich sie einfach vor mir herlaufen. Sie hat inzwischen ihre Schuhe ausgezogen und trägt sie in der Hand.

»Und?«, fragt Isabelle neugierig. »Welche Note bekomme ich?«

»Du bist zu dünn. Du solltest mehr essen«, sage ich.

»Damit kann ich leben«, sagt sie.

Sie bleibt stehen, wir sehen uns wieder an.

»Es ist verrückt«, sage ich.

»Das ist es.«

»Und was machen wir jetzt damit?«

»Nichts. Wir gehen weiter, als wenn nichts wäre.«

Ich will etwas antworten, aber sie hebt die Hand und legt sich einen Finger auf die Lippen. Gemeinsam lauschen wir in den Wald hinein und hören ein merkwürdiges Geräusch. Wir sind ganz in der Nähe des Sees. Wir gehen noch ein paar Schritte, und das Geräusch wird lauter.

»Was ist das?«, fragt Isabelle.

Ich zucke mit den Schultern. »Menschen?«

»Wie schrecklich. Du hattest mir Einsamkeit versprochen. Wildheit … Ich meine natürlich: Wildnis.«

»Ich halte meine Versprechen nie … Versprochen!«

Ein paar Meter weiter sehen wir es: ein Gasthaus am Seeufer, ein Biergarten, in dem zahllose Gäste und Wandergruppen sitzen, die Bier oder Kaffee trinken und sich über dampfende Teller mit Schweinebraten und Kartoffeln beugen. Einige der Wanderer sehen kurz hoch, als wir die Tische erreichen, und nicken uns freundlich zu.

»Iii«, sagt Isabelle, »sieht aus wie im ›Musikantenstadl‹.«

»Zurück zum Auto?«, frage ich.

Sie schüttelt den Kopf. »Nase zuhalten und durch, schlage ich vor.«

»Ich habe eine bessere Idee«, sage ich. »Wir fliehen per Schiff.« Ich zeige zu dem Anleger hinüber, an dem einige Ruderboote vertäut sind.

»Eine Schiffsreise?«, fragt Isabelle unsicher.

»Eine Ruderpartie.«

»Ich werde bestimmt seekrank. Dann musst du dich um mich kümmern und mich bedauern.«

»Ich werfe dich einfach über Bord. Schwimmen kannst du ja.«

»Dann gehst du mit mir unter. Verlass dich drauf«, sagt Isabelle kampflustig.

»Mach dir keine Sorgen. Die Wellen auf solchen Seen halten sich in der Regel in Grenzen. Keine großen Brecher. Nicht mal kleine.«

»Auch keine Eisberge?«

»Nur welche am Stiel. Oder im Becher.«

»Oh, vor denen habe ich auch Angst. Die machen dick.«

»Da musst du dir keine Sorgen machen«, sage ich, und sie strahlt mich an.

»Also gut. Ich vertraue dir … nicht. Aber das macht nichts.«

Ich betrete das Gasthaus, mache den Besitzer ausfindig und miete eines der Boote, sicherheitshalber für den ganzen Rest des Tages. Draußen ziehe ich Isabelle zum Steg hinüber.

»Dürfen wir? Hast du gefragt?«, will sie wissen.

Ich nicke. »Wir sollen uns nehmen, was immer wir möchten.«

»Schick«, sagt Isabelle. Zögerlich setzt sie einen Fuß ins Boot. Ich reiche ihr eine Hand, die sie dankbar nimmt.

»Achtung, jetzt lieferst du dich mir aus«, sage ich.

Isabelle lächelt. »Und? Ist *das* gefährlich?«

»Aber natürlich«, sage ich.

»Dann ist es gut. Ich mag es, wenn es gefährlich ist.«

Ich nicke. »Vielleicht bringe ich dich auf eine einsame Insel, von der niemand weiß und wo dich niemand jemals finden wird.«

»Wie romantisch. Und dort leben wir wie Robinson und Freitag. Ich war schon immer der Meinung, dass Freitag eine Frau war und die beiden eine leidenschaftliche Affäre hatten.«

»Vielleicht hatten sie die auch, ohne dass er eine Frau war.«

»Dann bist du also einverstanden«, stellt Isabelle zufrieden fest.

»So sehr, dass ich dich vielleicht schon als Mahlzeit an Bord verspeise.«

»Untersteh dich. Sonst kentern wir am Ende noch wirklich.«

»Na und? Dann machen wir halt im Wasser weiter.«

»Eigentlich eine wunderbare Vorstellung«, sagt sie und macht es sich hinten im Boot bequem. »Los, Kapitän, kommen Sie an Bord«, ruft sie.

»Ich hatte schon Angst, dass ich der Galeerensklave bin, der das Rudern übernehmen muss.«

»Das bist du«, entgegnet Isabelle empört. »Du bist alles in einer Person. Kapitän, Erster Offizier und Rudermaat. Und das Lustobjekt der Bootseignerin.«

»Und die bist du, vermute ich.«

»Erraten«, gurrt Isabelle.

Ich stoße uns mit den Rudern vom Anleger ab. Das Boot gleitet träge auf den See hinaus. Wir fahren dicht am Ufer entlang, das von satten, überhängenden Bäumen bewachsen ist. Das Gasthaus ist schon nicht mehr zu sehen. Auch die volkstümlichen Schlager sind verklungen. Wir hören nur noch die Stille des Waldes und das Plätschern der Ruder, wenn ich sie ins Wasser tauche. Die Szenerie hat etwas Verwunschenes, und wir fühlen uns verzaubert.

»Rudern ist anstrengend, Teuerste«, sage ich nach einer Weile. »Hast du vorhin nicht von Gleichberechtigung gesprochen?«

Isabelle, die es sich im Heck bequem gemacht hat, blinzelt mich an. »Warum lassen wir uns nicht einfach treiben?«

»Weil wir nicht wissen, wo uns das hinführt.«

»Und? Wäre das so schlimm?«

»Na ja, du weißt doch: Wir haben ein Ziel: Wir wollen uns spätestens heute Abend nicht mehr leiden können.«

»Das stimmt. Aber darum können wir uns später kümmern. Im Moment finde ich es viel zu schön.«

Wir sehen uns an, und es gibt nichts mehr zu sagen. Ich lege die Riemen ins Boot. Im See herrscht eine leichte Strömung, die uns sanft mit sich zieht. Wir treiben dahin. In meinem Kopf purzeln alle möglichen Gedanken durcheinander. Es ist ein merkwürdiger Augenblick. Ich sitze zusammen mit dieser Frau, über die ich fast nichts weiß und mit der ich eine einzige Nacht verbracht habe, in einem Ruderboot auf einem See. Zwischen uns herrscht eine Vertrautheit, wie ich sie selten erlebt habe, und das trotz der ganzen Dinge, die uns trennen. Und von denen das Alter vielleicht nur der geringste Unterschied ist.

Ich mache es mir genau wie sie auf dem Boden des Bootes bequem, lehne mich mit dem Rücken gegen die Ruderbank und schließe die Augen. Und dann geschieht etwas, was wir bisher wohlweislich vermieden haben: Wir berühren uns. Am Anfang ist es vielleicht nur ein Zufall: Meine Füße streifen Isabelles Beine. Aber dann spüre ich ihre Hand an meinem Knie. Ich habe nichts dagegen. Sie auch nicht. Allmählich, sehr langsam, beginnen unsere Körper miteinander zu sprechen. Wir bewegen uns, erkunden uns, unterhalten uns, mit Händen und Füßen. Es ist nicht unbedingt Sex. Vielleicht nicht einmal eine Vorstufe davon. Es ist … besser. Na ja, sagen wir: genauso gut. Die Sonne macht uns träge und das dahinfließende Wasser müde und entspannt.

Isabelle erwacht aus einem leichten Dämmerschlaf. »Darf ich dich etwas fragen?«

»Nein«, sage ich träge.

»Was denkst du gerade?«

Ich räkele mich und starre sie mit gespielter Feindseligkeit an. »Ich habe irgendwann beschlossen, keine feste Beziehung mehr einzugehen. Erst recht nicht zu heiraten. Und weißt du, warum? Weil ich diese Frage nicht leiden kann.«

»Wir sind aber nicht verheiratet. Und wir haben es auch nicht vor. Deine Freundin bin ich auch nicht. Also darf ich fragen, oder?«, kontert Isabelle unbeeindruckt.

»Das stimmt.«

»Also? Was denkst du?«

»Nichts.«

»So was gibt es nicht.«

»Ich hab's vergessen. Ehrlich.«

»Dann frag mich«, fordert sie.

»Niemals.«

»Bitte, Max. Einmal nur!«

»Also schön«, sage ich, lang gezogen wie ein Kaugummi. »Was denkst du?«

Isabelle lächelt zufrieden. »Ich denke, dass ich einen Riesenappetit auf Kaffee und Kuchen habe. Mit einem Berg Schlagsahne obendrauf. Und Vanilleeis. Und Keksen. Und einem schönen Mann an meiner Seite.«

»Wenn das alles ist«, sage ich spöttisch.

»Was willst du damit sagen? Ich bin immerhin die Schiffseignerin. Die Christina Onassis hier an Bord. Als Gegenleistung erwarte ich, dass du mir jeden Wunsch von den Lippen abliest und augenblicklich erfüllst! Das ist doch nicht zu viel verlangt. Also los! Ich will jetzt Kaffee und Kuchen!«

»Weißt du, warum Männer eine kürzere Lebenserwartung als Frauen haben?«, entgegne ich.

»Weil sie es nicht anders verdient haben?«, vermutet Isabelle.

»Weil sie es ständig mit Personen wie dir zu tun haben. Mit Menschen also, die mitten in der Wildnis auf die Idee kommen, mit extravaganten Dingen bewirtet werden zu wollen.«

»Soll das heißen, ich muss verzichten?«

»Als Entschädigung bin ich bereit, dir einen Fisch zu fangen.«

Sie klatscht vor Begeisterung in die Hände. »O ja, bitte. Fang mir einen Fisch. Ich gehe in der Zeit in das Café dort vorne und warte auf dich.«

Sie bricht in fröhliches Gelächter aus. Ich drehe mich um und blicke in Richtung ihres ausgestreckten Fingers. Tatsächlich. Weniger als zwanzig Meter entfernt ist ein kleiner Bootsanleger. Darüber steht ein halb von Ästen verdecktes Schild: »Sommerterrassen. Kaffee und Kuchen«.

»Du verruchtes Frauenzimmer«, sage ich. Ich ärgere mich, und gleichzeitig verspüre ich eine unbändige Lust, Isabelle in den Arm zu nehmen.

»Also, Kapitän? Werden wir vor Anker gehen?«, fragt sie.

»Worauf du dich verlassen kannst.«

Zwei Stunden später, abgefüllt mit Kaffee und Kuchen aller Art, steigen wir wieder ins Boot. Im Wald herrscht jetzt die warme, träge Stille der Nachmittagsstunden. Wir hören Insekten über dem Wasser surren, gelegentlich den Schrei eines Vogels, das Knacken eines Astes. Sonst nichts. Wir fühlen uns wie die einzigen Menschen auf der Welt.

Ich spüre, dass Isabelle mich durch ihre halb geschlossenen Lider beobachtet. Es ist ein neugieriger Blick, gegen den ich mich nicht wehre. In gewisser Weise haben wir uns den ganzen Tag schon belauert wie Jäger ihre Beute. Und da die Zeit langsam knapp wird, kommt die Stunde der Entscheidung. Wir wissen das beide.

Isabelle wählt schließlich den denkbar direktesten Weg. »Ich möchte nicht mit dir schlafen. Nur für den Fall, dass du das denken solltest«, sagt sie.

»Denke ich nicht.«

»Dann ist ja gut.«

»Ich mit dir übrigens auch nicht.«

»Wirklich nicht?«

»Wirklich.«

»Wie beruhigend.«

Ein paar Minuten vergehen, in denen ich das Boot langsam über das Wasser gleiten lasse. Natürlich ist das Thema nicht verschwunden. Im Gegenteil. Es klebt wie Honig an unseren Fingern, süß und verführerisch.

»Wo möchtest du denn nicht mit mir schlafen?«, frage ich mit träger Stimme.

»Ist mir ganz egal. Überall ... ich meine natürlich: nirgendwo.«

Ich sehe sie erstaunt an. »Sogar auf dem Boot?«

»Wir könnten ans Ufer rudern und uns eine Wiese suchen ...«

»Ich dachte, Frauen haben Angst vor Ameisen, vor Grashüpfern oder vor Tigern.«

»Nicht, wenn ein Mann dabei ist, der sie beschützt. Das tust du doch?«

»Ich denke nicht daran.«

»Du bist mein Held!«, sagt sie mit warmem Spott.

»Hast du nicht Angst davor? Dass es die Dinge anders macht? Dass es etwas ... kaputtmacht? Dass es noch viel verworrener wird als jetzt schon?«

»Doch, ich habe Angst. Furchtbare Angst sogar«, sagt sie. Wir wissen beide, dass wir den Spaß längst hinter uns gelassen haben. Dass es auf einmal sehr ernst ist. Weil es um alles geht.

»Und? Was bedeutet es?«

»Dass ich es trotzdem will ... nicht will, meine ich.«

Ich sage nichts, tauche das Ruder ein und lasse das Boot sanft gegen die Böschung gleiten. Ich stehe auf und greife nach einem Ast, um uns parallel zum Ufer zu ziehen. Ich habe schon den Arm ausgestreckt, als der Kiel des Bootes über einen Stein oder eine Wurzel schrammt und das Boot beginnt, gefährlich zu schwanken. Ich versuche mit beiden Armen, mein Gleichgewicht zu halten, aber es ist vergeblich, ich falle in einer filmreifen Aktion über Bord und mit einem lauten Platsch ins Wasser. Isabelles Lachen ist noch viel lauter.

Prustend und mit nassem Kopf tauche ich wieder auf. »Ich mag Menschen, die zu hemmungsloser Schadenfreude fähig sind«, sage ich giftig.

Isabelle schüttelt den Kopf. »Und ich mag Männer, die Sinn für Romantik haben«, flüstert sie.

Ich reibe mir über das Gesicht, wische mir die Tropfen aus den Augen. Isabelle sitzt im Boot und knöpft ihre Bluse auf, lässt sie hinter sich ins Boot fallen.

»Du musst dich umdrehen, wenn sich eine Dame entkleidet«, sagt sie näselnd.

»Habe ich doch schon«, sage ich und rühre mich keinen Zentimeter.

Sie öffnet ihren BH, steht auf, findet vorsichtig ihr Gleichgewicht und zieht auch ihren Rock und den Schlüpfer aus.

»He, Gigolo! Warum siehst du mich nur an, wenn du mich auch im Arm halten könntest?«

»Weil ich Angst habe, diese Schönheit zu zerstören«, erwidere ich gelassen.

»Keine Sorge. Die hält was aus, diese Schönheit. Ich werde es dir beweisen.«

Isabelle sagt es und hüpft mit einem mutigen Sprung ins Wasser, macht ein paar Schritte fort vom seichten Uferwasser und wirft sich der Länge nach in den See. Ich stehe immer noch neben dem Boot, meine nassen Kleider kleben mir am Körper. Ich habe nur Augen für Isabelles hellen Körper, der sich durch das Grün des Wassers bewegt.

Sie schwimmt kraftvoll auf den See hinaus. Dann lacht sie laut und planscht dabei mit den Armen, als sie sieht, wie ich versuche, mir die nassen Kleider vom Körper zu ziehen.

Ich werfe Hose und Hemd ins Boot und folge Isabelle auf den See hinaus.

»Ich dachte schon, du kannst nicht schwimmen«, empfängt sie mich.

»Wie ein Raubfisch.«

Isabelle kichert. »Schade. Ich dachte, du wärst Flipper. Und ich könnte mich an deiner Flosse festhalten.«

Sie schwimmt auf mich zu und zeigt mir, was sie unter Flosse versteht.

»Flipper lässt seine guten Freunde sogar auf sich reiten«, sage ich.

»So ungefähr?«, fragt Isabelle. Sie schlingt ihre Beine um mich und drückt mich fest an sich. Ich versinke halb im Wasser, komme prustend an die Oberfläche.

Wir umkreisen uns und sehen uns dabei an.

»Glaub jetzt bitte nicht, dass ich dich küssen will«, sage ich.

»Glaube ich nicht.«

»Bestimmt nicht?«

»Versprochen.«

Wir finden zueinander, und unsere Lippen berühren sich.

»Das war nur, um herauszufinden, warum wir es nicht wollen, nicht wahr?«, fragt sie.

»Genau. Und weißt du es jetzt?«

Sie schüttelt den Kopf, und wir wiederholen unseren Versuch. Schließlich legt sie mir die Hand auf den Kopf und drückt mich unter Wasser.

»Delphine können die Luft länger anhalten als ich. Leider«, sage ich, als ich wieder auftauche.

»Dafür können sie nicht einfach an Land gehen und sich ein schönes Plätzchen in der Sonne suchen. Ich finde das Wasser nämlich ziemlich kalt.«

Ich nicke zustimmend. »Und abkühlen wollen wir uns ganz bestimmt nicht.«

»Im Gegenteil«, lacht Isabelle. Sie taucht unter und kommt erst viele Meter entfernt wieder an die Oberfläche. »Wer zuerst am Ufer ist, darf oben liegen«, ruft sie und krault übermütig davon. Ich lasse mir jede Menge Zeit damit, wieder ans Ufer zu kommen.

Isabelle steht nackt unter einem Baum. »Wie Adam und Eva«, sagt sie kichernd.

»Schade, dass die beiden unschuldig waren.«

Sie schüttelt den Kopf. »Nur bis zum Apfelessen. Und das haben wir doch schon hinter uns, oder?«

Ich drücke sie an mich. »Ich habe mehr als einen gegessen.«

»Ich hoffe sehr, das ist kein falsches Versprechen.«

Wir legen uns auf das sandige Ufer. Ich stütze den Kopf in die Hand und sehe sie an. Sie ist noch schöner, als ich es in Erinnerung habe.

»Ich habe Hunger«, sage ich vorsichtig.

»Das Buffet ist eröffnet.«

»Als Erstes eine Vorspeise«, sage ich, robbe dichter an sie heran und küsse sie.

»Ich möchte alles zusammen: Vor-, Haupt- und Nachspeise«, sagt Isabelle. Sie drückt mich auf den Boden.

Wir erleben gleich mehrere Höhepunkte. Der erste ist ein Ausflugsfloß mit einer angetrunkenen Betriebsbelegschaft. Die dickbäuchigen Damen und Herren entdecken uns am Ufer und rufen grölend herüber, besonders die Herren.

»Still!«, zischt Isabelle mir zu. Sie schmiegt sich eng an mich.

»Isabelle! Die haben uns längst entdeckt.«

»Dabei bist du gut versteckt. Zumindest ein Teil von dir.«

»Ich glaube, das macht es noch schlimmer.«

»Was schlägst du vor?«

»Wie wäre es mit weglaufen?«

»Wohin? Ins Wasser etwa?«

Sie steht auf. Ich halte mir mein nasses Hemd vor den Körper, nehme Isabelle an der Hand, und gemeinsam rennen wir auf ein paar Büsche zu, die uns vor den Blicken unserer Zuschauer schützen.

Isabelle lässt sich lachend auf den Boden plumpsen. Ich spähe durch die Äste zum See hinüber. Das Floß hat immer noch Schlagseite: Die Herren suchen nach uns. Sie rufen allerlei Unflätiges herüber und verlangen mehr.

Isabelle zieht mich an der Hand. »Ich will auch mehr.«

Ich knie mich vor sie. »Keine Sorge. Da haben wir etwas gemeinsam.«

Isabelle setzt sich auf meinen Schoß und wickelt ihre Arme und Beine um mich herum. »Ist das gut so?«

»Sehr gut.«

Der zweite Höhepunkt ist daher schon mehr nach meinem Geschmack. Und Isabelle beklagt sich ebenfalls nicht. Im Gegenteil. Wir bleiben lange im Schutz der Büsche.

Am Abend kehren wir in die Stadt zurück. Wir sprechen wenig auf der Fahrt. Die Luft hat sich abgekühlt, und Isabelle drückt sich tief in den Sitz. Ich bringe sie bis vor ihre Haustür und stelle den Motor ab. Auch jetzt sitzen wir schweigend im Auto und sehen uns in der Dunkelheit an.

»Und? Haben wir es geschafft?«, fragt sie. »Haben wir herausgefunden, warum es nicht klappen kann?«

Ich zucke mit den Schultern. »Ich habe mir große Mühe gegeben ... aber ich weiß es nicht.«

Ich höre sie in der Dunkelheit schlucken. »Es tut mir Leid, Max«, sagt sie. Mehr nicht. Ich brauche eine Weile, um zu begreifen, dass sie nicht scherzt. Mir wird klar, dass sie es eigentlich die ganze Zeit schon gewusst hat. Es ging ihr niemals darum, wirklich etwas herauszufinden. Es war ein Abschied. Der ganze Tag.

Ich will jetzt, dass es schnell geht. Weil ein langer Abschied es nicht besser machen würde. »Du musst mir nichts erklären«, sage ich.

»Sei mir bitte nicht böse, Max«, sagt sie. Sie berührt vorsichtig mein Gesicht. Ich schiebe ihre Hand zur Seite.

»Es liegt nicht an dir, bestimmt nicht ...«, sagt sie vorsichtig.

»Sondern?«

»Es geht einfach nicht. Ich weiß das. Und du weißt es auch.«

»Natürlich ...«

»Du verstehst es, oder?«

»Und ob«, erwidere ich und muss dabei lächeln.

»Ach, Max. Lass es uns nicht zerstören. Es war so schön heute. Aber es hat nun einmal keinen Zweck, Dinge zu beginnen, die ohnehin keine Zukunft haben.«

»Das klingt überaus vernünftig«, gebe ich kalt zurück. Ich

gefalle mir in der Pose des Zurückgewiesenen. Obwohl ich weiß, dass sie Recht hat. Vielleicht will ich ihr damit ein schlechtes Gewissen machen. Wenn ich sie schon nicht lieben kann, will ich ihr wenigstens Schmerzen bereiten.

Sie streicht mir ein letztes Mal über die Wange und öffnet die Wagentür.

»Du bist doch böse …«

»Bin ich nicht«, gebe ich zurück und komme mir eine Sekunde später unendlich albern vor.

»Ist es denn nicht völlig offensichtlich, Max? Ich möchte einfach die Notbremse ziehen, bevor es zu spät ist.«

»Was bedeutet zu spät?«

»Dass es genauso wäre wie jetzt, nur schlimmer. Ich müsste an dich denken, und ich würde umkommen vor Verlangen …«

»Oh, dann hast du Recht. Dann ist es besser, wenn wir es lassen. Schließlich will ich nicht, dass du umkommst. Höchstens, dass du zu mir kommst. Wenigstens ab und zu.«

Sie schenkt mir ein Lächeln und schüttelt gleichzeitig den Kopf. »Du bist so wunderbar, Max. Und glaube mir eines: Ich würde viel dafür geben, wenn ich dich vor fünfzehn Jahren kennen gelernt hätte. So, wie ich damals war … und so wie du jetzt bist.«

Ich will etwas sagen und schweige dann doch. Auf einmal spüre ich das Gewicht der Jahre, die uns trennen. Ein Graben, der so tief ist, dass wir ihn nicht überwinden können. Sie hat Recht. Es ist besser, einen Schnitt zu machen. Jetzt, sofort, auf der Stelle.

»Alles Gute, Max. Und … vielen Dank. Für alles.«

Sie ist schon halb aus dem Wagen.

»Isabelle … das reicht nicht«, sage ich.

Sie lässt sich noch einmal auf den Sitz sinken und seufzt. »Ach, Max. Zwing mich nicht, Dinge zu sagen, die ich nicht sagen möchte.«

Ich zucke mit den Schultern. »Das habe ich nicht vor.«

Sie bleibt ein paar Sekunden reglos sitzen und sagt dann irgendwie müde:

»Weißt du, Max, für den Moment würde ich mich an deiner

Seite jung und begehrt fühlen. Vielleicht ein paar Wochen, vielleicht ein paar Monate. Aber sehr bald wäre es vorbei damit. Und dann wärest du nur der Spiegel meines Alters. Ich würde bei jeder Zwanzigjährigen, die an uns vorbeigeht, traurig und melancholisch werden. Und bei jeder Dreißigjährigen würde ich vor Eifersucht sterben.«

»Eifersucht ist der kleine Bruder der Leidenschaft.«

»Dann verzichte ich lieber auf beide«, sagt sie. »Du musst es nicht verstehen, Max. Ich glaube, du kannst es auch gar nicht. Akzeptiere es einfach.«

Ich nicke. Es gibt nichts mehr zu sagen.

Sie steigt aus und beugt sich dann ein letztes Mal in den Wagen. Wir könnten uns ein letztes Mal küssen, zum Abschied. Wir tun es nicht.

»Du hast mir versprochen, dich nicht zu beschweren. Ganz egal, wie der Tag ausgeht. Erinnerst du dich?«

Ich nicke. Jedes Wort wäre überflüssig.

Ich sehe ihr zu, wie sie über den Bürgersteig geht, die Haustür aufschließt und im Inneren des Hauses verschwindet.

Ich bleibe lange im Auto sitzen, einfach so, in der Dunkelheit, mit leerem Kopf. Dann starte ich den Motor und fahre nach Hause.

Isabelle
Die Kunst der Entspannung

»Das hast du wirklich zu ihm gesagt? Es geht nicht? Und das, nachdem du zwei Stunden vorher mit ihm in einem Gebüsch gelegen und ziemlich wilden Sex hattest? Bei dem du auch noch von ein paar Ausflüglern erwischt wurdest? Dass es dir *Leid* tut?«

Ellens Gesichtsausdruck ist nicht viel anders als der der anderen Mädels – nämlich hin und her gerissen zwischen Bewunderung und Unverständnis. Aber das kenne ich ja schon von meinen lieben Freundinnen. So reagieren sie eigentlich immer, wenn ich etwas mache.

Ich bleibe also völlig gelassen – glaube ich zumindest – und sage:

»Ganz genau. Das habe ich zu ihm gesagt. Und die Tatsache, dass wir vorher miteinander geschlafen haben, spielt dabei überhaupt keine Rolle.«

Ich weiß gar nicht, warum ich das noch betonen muss. Denn eigentlich habe ich den Mädels in der zurückliegenden halben Stunde das Gleiche immer und immer wieder erzählt. Anscheinend wollen sie es einfach nicht glauben. Aber wenn ich ehrlich bin: Ich selber will es ja auch nicht glauben. Und ich bin mir auch nicht sicher, was ich bei der ganzen Sache eigentlich empfinde. Einerseits gefällt mir meine eigene Verwegenheit – und die braucht man schließlich schon, um einen Mann so abzuservieren. Andererseits weiß ich nicht, ob ich nicht den größten Fehler meines Lebens begangen habe. Aber auch das ist mir nicht neu: Ich fühle mich eigentlich ständig so.

Während ich über diese und andere Fragen nachgrübele, starren mich die Mädels mit merkwürdig verkniffenen Gesichtern an. Ich glaube, dass sie irgendwie berührt sind.

Sind sie auch. Aber anders, als ich dachte. Das merke ich, als

Marie etwas flüstert, womit ich am allerwenigsten gerechnet hätte: »Mein Gott, Isabelle. Du bist verliebt.«

Lydia, nicht weniger salbungsvoll, fügt hinzu: »Also, wenn wir das geahnt hätten ... Meine liebe, süße Isabelle. Das ist ja ... ich bin sprachlos.«

Ellen kann ich wenigstens zugute halten, dass sie sich nicht mit falschem Mitgefühl schmückt. Sie sagt mit ihrer ganz normalen Zickenstimme:

»Dass du auch gleich so übertreiben musst, Isa. Das Problem hättest du dir wirklich nicht auch noch aufhalsen müssen. Ich sehe dich jetzt schon, wie du in spätestens drei Tagen heulend zusammenbrichst und wir dich trösten müssen. Na vielen Dank auch.«

Was soll ich dazu sagen? Ich weiß es nicht. Ich bin sprachlos. Und das kommt selten genug vor. Dass meine Freundinnen sich ab und zu in Wahnideen reinsteigern, kenne ich ja bereits von ihnen. Aber dass sie so weit danebenhauen, habe ich bisher noch nie erlebt. Und das sage ich ihnen jetzt auch: »Meine Lieben, eine klitzekleine Frage: Spinnt ihr jetzt total? Ich habe euch doch gerade gesagt, dass es nichts zu bedeuten hat mit Max. Überhaupt nichts. Und dass ich ihm gestern Abend ein für alle Mal Lebewohl gesagt habe. Warum also kommt ihr jetzt auf einen solchen Unsinn? Ich – verliebt? In einen Dreißigjährigen? So weit kommt es noch!«

Die Mädels sehen mich an, als hätte ich sie zum Duell aufgefordert. Aber das ist mir egal. Ich erwarte eine Antwort von ihnen. Und zwar möglichst sofort.

Lydia findet als Erste ihre Stimme wieder. Sie presst die Lippen zusammen und fragt:

»Es hat also nichts zu bedeuten, Isa?«

»Genau.«

»Und du bist nicht verliebt?«

»Exakt.«

»Und Max war nur eine Geschichte für eine Nacht?«

»Und für einen Tag.«

»Und rein emotional lässt er dich vollkommen kalt?«

»Vollkommen.«

Sie macht eine Pause, sieht noch einmal in die Runde und fragt dann seufzend:

»Und warum heulst du dann, bitte schön?«

»Wie bitte? Ich heule? Was soll das denn heißen?«, frage ich und bin ehrlich von den Socken. Also, Isabelle! Reiß dich zusammen, denke ich sofort. Ganz ruhig. Durchatmen. Du hast alles unter Kontrolle. Irgendwer in diesem Raum spinnt. Entweder die vier Mädels oder du. Und wer es ist, werden wir gleich wissen.

Ich gehe vom Verkaufsbereich nach hinten in den kleinen Flur, der zum Kühlraum für die Schnittblumen führt. Rechts neben der Klotür ist eine Nische mit Waschbecken. Und darüber hängt ein großer Spiegel. Vor dem baue ich mich auf, und ich schwöre mir, mich nicht erschüttern zu lassen. Es wäre mir sicher gelungen, wäre da nicht die leidvolle Tatsache, dass nicht ich es bin, die mir entgegensieht – sondern Batman. Jedenfalls sehe ich so aus. Genau wie Florians geliebter Held aus dem gleichnamigen Comic-Heft. Mein Kajal hat sich maskenhaft über meine Wangen verteilt. Meine Augen sehen nicht aus wie meine Augen, sondern wie zwei rote, verquollene Pusteblumen. Und aus irgendeinem unerfindlichen Grund haben sich auch gleich meine Haare in eine Art Wildgestrüpp verwandelt. Die Mädels haben also Recht: Ich sehe nicht aus wie Isabelle Bauer. Sondern wie ein außer Kontrolle geratener Zimmerspringbrunnen.

Kennen Sie das? Sie sind sich ganz sicher, dass Sie im nächsten Moment einen Nervenzusammenbruch bekommen und irgendwo schreiend und mit Blaulicht eingeliefert werden? Und dass Sie den nächsten Mitmenschen, der Ihnen in die Finger gerät, nehmen und erwürgen werden? Ich habe so etwas regelmäßig. Aber selbst dieser Zustand hat noch eine Steigerung. Die erlebe ich gerade. Dieser Super-Krisen-Notfall-Zustand ist ganz anders, als man erwarten könnte. Er ist nicht laut und nicht schmerzhaft und nicht mit Gewalt verbunden. Er ist sehr ruhig. Absolut still sogar. Er fühlt sich an, als hätte jemand die Zeit angehalten und den Ton abgestellt und alles in dicke Watte verpackt. Ich glaube, dass dieser Zustand ein Geschenk ist.

Ein natürlicher Schutzmechanismus, den die Natur sensiblen Frauen wie mir eingebaut hat, damit sie eine faire Überlebenschance haben und nicht ständig auf ihre Mitmenschen losgehen. Es ist ein Zustand, der einem eine kleine Auszeit verschafft. Und ein wenig Distanz zu den eigenen Gefühlen. Um einfach noch einmal über alles nachzudenken. Gut so!

Ich gehe vorsichtig zurück in den Verkaufsraum. Die Mädels sehen mich an, als wüssten sie nicht, ob ich eine durchgedrehte Attentäterin bin oder vielleicht doch nur eine ganz normale Verrückte. Ich mache eine beruhigende Handbewegung, die ihnen signalisieren soll, dass alles halb so schlimm ist. Und dass sie sich keine Sorgen zu machen brauchen. Ich sehe an ihren Gesichtern, dass sie mich verstehen und dass sie aufatmen. Und sofort erwacht wieder der Zustand, der die meiste Zeit des Tages ihre Stimmung prägt: Neugier. Ich weiß, dass die vier jetzt, da ich mich wieder im Griff habe, einen ausführlichen Erfahrungsbericht über die letzten zehn Minuten haben möchten, in dem jede Träne einzeln erklärt wird. Leider werde ich sie dieses Mal enttäuschen.

Ich gehe wortlos zum Garderobenständer und nehme meinen Blazer vom Haken. Wie eine Schlafwandlerin ziehe ich ihn über und gehe zur Tür. Erst jetzt ist die Zeit gekommen, etwas zu sagen. Ein Minimum an Erklärungen bin ich den Mädels einfach schuldig. Etwas anderes würden sie ohne lauten Proteststurm auch nicht hinnehmen. Ohne mich umzudrehen, flüstere ich: »Ich mache Mittag. Könnte ein bisschen länger dauern. Seid mir bitte nicht böse. Ich brauche jetzt Zeit für mich selber.«

Normalerweise würde Ellen darauf sagen: »Aber, Isa, Zeit mit uns ist doch Zeit für dich selber.« Lydia würde meine Hand nehmen und säuseln: »Bleib doch hier. Wenn du nichts sagen willst, reicht es ja, wenn du zuhörst.« Und selbst von Saskia kenne ich Sprüche wie: »Isa-Schatz. Ab und zu ist es besser, ganz nah bei seinen Freundinnen zu bleiben. Und alles mit ihnen zu teilen.«

Jetzt aber schweigen sie und beschränken sich auf mitfühlende Blicke. Vielleicht tue ich ihnen also unrecht. Und sie sind viel sensibler, als ich denke.

Die Menschheit kennt zum Glück verschiedene Entspannungstechniken. In Zeiten wie diesen sollte man davon mindestens eine beherrschen. Merkwürdig finde ich nur, dass die meisten Frauen bei dem Thema sofort an den Fernen Osten denken: Ob Yoga (mache ich selbst), Transzendentale Meditation oder Shiatsu – angeblich kommt alles, was gut für die Nerven ist, von sehr weit weg. Zum Beispiel aus Asien. Dabei stimmt das gar nicht. Die beste Seelenmassage in Krisenzeiten ist nämlich im Westen erfunden worden. Und zwar schon vor sehr langer Zeit. Die Generation unserer Mütter und Großmütter nannte die hochwirksame Methode meist noch altmodisch Einkaufen. Wir modernen Frauen sprechen kurz und knapp von Shoppen. Klar, diese Wundermedizin ist nicht gerade billig, aber dafür hochwirksam. Und Gesundheit hat nun einmal ihren Preis. Abgesehen davon – gehen Sie doch mal in einen Feldenkrais-Kurs, oder melden Sie sich beim Tai-Chi an. Da merken Sie sehr schnell, was der fernöstliche Weg zum Seelenfrieden kostet. Für dasselbe Geld bekommen Sie auch neue Schuhe von Alessandro dell'Acqua. Oder einen todschicken Paul-Smith-Badeanzug. Der wohltuende Effekt für Ihr Nervenkostüm ist mindestens der gleiche. Und dauerhaft ist das Ganze auch, jedenfalls wenn Sie auf die nötige Qualität achten.

So viel zur Theorie. Was ich brauche, ist Praxis. Zunächst kümmere ich mich daher vor einer Schaufensterscheibe um mein Aussehen und bringe Haare und Make-up wieder halbwegs in Ordnung. Anschließend komme ich zu der Auffassung, dass ich mir heute mindestens eine doppelte Kuranwendung gönnen muss. Das kann zum Beispiel ein neues Sommerkleid von Diana Zini bedeuten oder diese Sandalen von Bruno Frisoni, die ich schon lange ins Auge gefasst habe. Nur gut, dass das Flowers unter Gesundheitsgesichtspunkten sehr günstig gelegen ist – nämlich mitten in der Innenstadt von Hamburg.

Ich schlendere am Jungfernstieg entlang und überprüfe die Auslagen von Prange, Linette und René Lezard auf ihre medizinische Wirksamkeit. Gar nicht schlecht. Anschließend suche ich Entspannung beim Anblick der neuen Kollektion von Laurèl und nehme die wohltuende Wirkung der Schmuckauslagen von Lapponia in mich auf. Ich gönne mir sogar eine Anwendung bei Prada, die ausgesprochen viel versprechende Röcke, kurz und lang, anbieten. All das hebt meine Laune beträchtlich. Und es führt dazu, dass ich allmählich über die Dinge nachdenken kann, die mich seit Tagen beschäftigen. Und die mich spätestens seit gestern Abend in diesen desolaten Zustand versetzt haben.

Warum habe ich Max gestern eine Abfuhr erteilt? Und warum reagiere ich darauf mit einem Quasi-Nervenzusammenbruch – wenn auch mit ein paar Stunden Verzögerung? Wirklich deshalb, weil Max sechzehn Jahre jünger ist als ich? Und eine Beziehung mit ihm deshalb so große Überlebenschancen hätte wie ein Besatzungsmitglied der »Titanic«?

Ja, das mag ein Teil der Wahrheit sein. Den anderen und viel wichtigeren Teil aber kenne ich bereits seit dem Morgen nach unserer ersten gemeinsamen Nacht. Und ich denke, er spricht Bände.

Alles hatte so wunderbar angefangen, nachdem ich mich am frühen Sonntagmorgen aus Max' Wohnung geschlichen hatte. Blasses Morgenlicht schimmerte grün und blau durch das Laub der Bäume. Ein paar Vögel piepsten frech herum, und ich hatte das Gefühl, dass sie sangen, weil sie genau das erleben wollten, was ich gerade hinter mir hatte: ein wunderbares Abenteuer mit einem wunderbaren Partner und jeder Menge wunderbarem Sex. Ich beschloss, spazieren zu gehen und diesen Moment der Schwerelosigkeit auszukosten.

Ich ging bis zu einer kleinen Brücke, die den Kanal überspannte, der irgendwo weiter hinten auch an Max' Haus vorbeifloss. Dort blieb ich stehen und spürte, dass so, wie das Wasser durch diesen Kanal floss, das pure Leben durch meine Adern pulsierte. Es war großartig, ich war eins mit mir und mit der ganzen Welt.

Ich weiß: Solche Gedanken sind keine Gedanken, sondern die Folge von akutem Serotoninüberschuss. Und solche Gefühle sind keine wahren Gefühle, sondern die Auswirkung von

Dopamin, einem Hormon, das beim Sex in Mengen ausgeschüttet wird. Und diese Leichtigkeit ist auch keine Leichtigkeit, sondern die Folge all der Endorphine, die literweise in mir freigesetzt worden waren – schließlich stellte die Anstrengung, mit der wir uns geliebt hatten, jeden Marathon in den Schatten. Ich weiß das alles. Sie brauchen es mir nicht zu sagen. Es dauerte auch an dem Morgen nicht besonders lange, bis es mir klar wurde.

Ich spazierte also durch die frühmorgendlichen Straßen. Allmählich machte die Dämmerung einem strahlenden Sonntag Platz. Es war Zeit für mich, endlich nach Hause zu fahren. Weil mein Leben nun einmal nicht mir alleine gehört, sondern auch noch zwei anderen Wesen, die ich geboren habe und die ich liebe. Dachte ich jedenfalls.

Ich setzte mich in meinen Wagen, fuhr nach Hause und – ich nahm es noch als Zeichen der Harmonie – fand direkt vor dem Haus einen Parkplatz. Als ich ausstieg, wusste ich allerdings sofort, dass ich mich getäuscht hatte. Vor unserem Haus konnte ich nämlich nicht der Stille eines unberührten Sonntagmorgens lauschen, ich hörte keine Vögel und keine keuchenden Jogger. Ich hörte: Musik. *Laute* Musik. *Sehr laute* Musik. Und die kam nicht irgendwoher, sondern aus meiner Wohnung. Ich wusste sofort, was das zu bedeuten hatte. Und ich wusste auch, dass der schöne Teil des Tages damit zu Ende war.

Wissen Sie, wie lange man braucht, um aus einer normalen Altbau-Etagenwohnung eine voll funktionsfähige Diskothek, inklusive Getränkeausschank, Ticketkasse und Garderobe, zu machen? Genau: eine einzige Nacht. Mein Sohn Florian wusste das offensichtlich auch.

Ich merkte das nicht nur an der Musik. Sondern auch an den leeren Flaschen und den Turnschuhen und Baseballjacken, die im Treppenhaus herumlagen. Und daran, dass die Wohnungstür offen stand und von drinnen eine betäubende Wolke aus Rauch und Alkoholausdünstungen quoll. Hinzu kam die Tatsache, dass ich in meiner Wohnung keineswegs nur meinen Sohn fand, sondern ungefähr noch fünfzehn andere Jugendliche (einige waren zu alt, um so genannt zu werden, aber ich weigerte mich, darüber auch noch nachzudenken). Die Kinder waren einfach überall, im Wohnzimmer, im Schlafzimmer, im Flur, auf dem Boden, auf dem Sofa, in der Küche. Einige schliefen (oder waren besinnungslos), andere hörten Musik oder tranken Bier oder sahen sich meine alten Fotoalben an und kritzelten sie voll. Überall lagen Sachen herum, die Schubladen meiner Schränke und Kommoden waren aufgezogen, in der Küche sah es aus, als wäre eine Horde Wildschweine durchgezogen.

Ich weiß nicht, ob Sie Kinder haben. Wenn Sie keine haben: Schaffen Sie sich nie welche an. Wenn Sie welche haben: Geben Sie sie sofort zur Adoption frei. Oder legen Sie sie meinetwegen in Ketten. Aber tun Sie irgendetwas, damit Sie nicht das erleben müssen, was ich an diesem Morgen erlebte.

Ich musste jedenfalls nicht lange nachdenken. Und die Kinder, sofern sie nicht meine waren, auch nicht. Sie spürten instinktiv, dass es klüger war, keinen Widerstand zu leisten und sich möglichst schnell aus dem Staub zu machen. Und das war auch gut so. Für uns alle.

Aber das Leben ist bekanntlich nicht nur ungerecht, sondern auch noch gemein dabei. Das wurde mir kurz darauf wieder einmal eindrucksvoll vor Augen geführt. Flo lag auf dem Wohnzimmerboden und war nicht im Entferntesten ansprechbar. Er hatte sich anscheinend so abgefüllt, dass ich kurz davor war, die Rettungsambulanz zu rufen. Na toll. Anstatt meinem Sohn ein Donnerwetter zu halten, machte ich mir Sorgen. Ich brüllte nicht herum und züchtigte ihn auch nicht (was ich eigentlich sowieso nie mache), sondern zitterte am ganzen Körper. Ich kniete mich hin und rüttelte an meinem Sohn herum und kam mir dabei vor wie eine Löwenmutter, die ihr Junges in Gefahr sieht. Ich war bereit, alles zu tun, um es zu retten, und auf jeden loszugehen, der es in Gefahr brachte. Leider war er das ausschließlich selbst.

Irgendwann machte Flo die Augen auf. Er sah mich und rang sich ein müdes Grinsen ab. »Hallo, Mama. Schön, dass du wieder da bist. Ich gehe jetzt ins Bett.«

Er rappelte sich hoch und verschwand wankend in Richtung

seines Zimmers. Kein Wort der Entschuldigung, kein Wort der Erklärung. Kein Versuch, das Chaos in der Wohnung zu beseitigen. Für ihn war alles in bester Ordnung. Na vielen Dank auch.

Ich ließ Flo ziehen, weil er den Schlaf ganz offensichtlich nötig hatte. Die Standpauke, die er verdient hatte, konnte ich ihm am Nachmittag immer noch halten. Ich machte mich an die Arbeit und fing an, die Wohnung wieder in einen zivilisierten Zustand zu bringen. Ich sammelte die Gläser, Flaschen und Dosen ein, stopfte den Müll in eine große Plastiktüte, zog die Sofakissen ab – in der Hoffnung, dass ich die Weinflecken vielleicht doch rausbekäme. Ich hängte die Bilder wieder gerade, rückte die Stühle an ihren Platz und fing schließlich sogar an staubzusaugen. Dass das die Nachbarn stören könnte, interessierte mich nicht. Die hatten schließlich schon die ganze Nacht unter dem Lärm gelitten. Das bisschen Staubsaugen würden sie also auch noch verkraften.

Meine Putzorgie diente nicht nur der Hygiene, sondern war auch eine Art Inventur. Schließlich waren meine geliebten Giacometti-Repliken nicht das Einzige, was fehlte. Auf die lange Liste mit Verlusten kamen nach und nach noch mehrere Gläser und Becher, meine afrikanische Totenmaske, der Patent-Korkenzieher, den Michael mir geschenkt hatte, sowie der japanische Holzschnitt, der über dem Klavier gehangen hatte. Toll, Flo, dachte ich grimmig. Auf dein Taschengeld wirst du für den Rest des Jahres wohl verzichten müssen. Wut war dennoch nicht das bestimmende Gefühl, das mich erfüllte. Ich war eher verunsichert. Ich spürte instinktiv, dass noch irgendetwas anderes in der Wohnung fehlte. Irgendetwas Wichtiges.

Übermüdet, frustriert und ausgelaugt schritt ich durch das Wohnzimmer (das inzwischen wieder manierlich aussah). Alles schien an seinem Platz zu sein. Ich ging ins Schlafzimmer und kontrollierte meine Schränke, ich untersuchte das Badezimmer und die kleine Kammer, in der wir Schuhe und Wintersachen aufbewahren. Und ich machte mich daran, das Zimmer meiner Tochter unter die Lupe zu nehmen. Und da wusste ich endlich, was nicht da war, wo es hingehörte: Nessi!

Ich war schockiert und hatte ein schlechtes Gewissen, dass ich es nicht schon viel früher gemerkt hatte. Nessis Bett war zwar zerwühlt, aber den ganzen Chips- und Colaspuren konnte ich entnehmen, dass nicht sie darin geschlafen hatte. Und dass sie daher vermutlich schon die ganze Nacht nicht hier gewesen war. In einem Anfall von Panik stürzte ich in Flos Zimmer. Er konnte mir hoffentlich sagen, wo seine Schwester steckte, vorausgesetzt, ich schaffte es, meinen alkoholisierten Sohn überhaupt wieder wach zu bekommen. Rütteln, Schütteln und laute Rufe halfen jedenfalls nicht. Kurz entschlossen stürmte ich ins Badezimmer und hielt ein Handtuch unter den Wasserhahn, bis es kalt und nass und ziemlich schwer war. Genau das Richtige für Flos Gesicht – und da landete es auch. »Wach auf, Flo, bitte. Nessi ist verschwunden!«

Flo öffnete mühsam die Augen. Schließlich war er wach genug, um mich vorwurfsvoll anzusehen. »Mach keinen Aufstand, Mama! Nessi ist bei Sonja. Ich hab sie rübergeschickt. Ich hatte keine Lust, dass sie hier rumhängt und die Spaßbremse macht. Und jetzt lass mich weiterschlafen, okay?«

Mit diesen Worten beendete Flo die Audienz, die er mir großzügigerweise gewährt hatte. Und ich kam mir vor wie eine hysterische Gluckenmutter, die beim geringsten Anlass vor Sorgen fast umkommt. »Okay«, seufzte ich. »Und schlaf schön.«

Eine Weile dachte ich noch über das Wort »Spaßbremse« nach. Ich beschloss, dass ich in Zukunft für Flo genau das sein würde. Und zwar für mindestens sechs Wochen, in denen er keinen Schritt vor die Tür setzen würde, mit Ausnahme von Schule und Besorgungen für unseren Haushalt. Ich fühlte mich dennoch unendlich erleichtert. Nessi war bei Sonja in guten Händen. Die hatte – große Ausnahme unter allen Freunden meiner Kinder – noch einen Vater und eine Mutter und damit so etwas wie eine heile Familie. Dort gab es keine Vorfälle, wie ich sie an diesem Morgen erleben musste. Ich ging zum Telefon und wählte Sonjas Nummer. Natürlich war es noch viel zu früh dafür. Aber das war mir egal.

Überraschenderweise wurde am anderen Ende der Leitung

schon nach dreimal Klingeln abgenommen. Ein gut gelaunter Mann – Sonjas Vater – meldete sich. Ich konnte sein ausgeschlafenes, fröhliches Lächeln förmlich durch den Hörer sehen, als er mir entgegentrompetete:

»Reimann!«

»Hallo, Klaus. Hier ist Isa. Ich rufe wegen Nessi an.«

»Die schläft noch. Genau wie Sonja«, antwortete er sofort.

»Ist alles in Ordnung? Ich meine, sind die beiden brav gewesen?«, fragte ich. Ich spürte sofort, dass ihm die Frage vorkommen musste, als erkundigte ich mich bei einem Bankangestellten, ob sein Safe auch sicher sei.

»Ob alles in Ordnung ist? Ob sie brav waren?«, fragte Klaus Reimann dann auch gedehnt zurück. Er genoss es offensichtlich, seiner Befremdung Ausdruck geben zu können.

»Es ist nur, weil ...«, stotterte ich. »Ich wollte einfach nur wissen, ob sie bei euch ist.«

»Ist sie. Und sie schläft tief und fest. Weil wir gestern zu viert bis tief in die Nacht gescrabbelt haben. Deine Tochter hat mal wieder bewiesen, dass sie mehr Wörter kennt als der Duden und das Handlexikon zusammen. Jutta und ich sind ganz begeistert von ihr.«

»Das ist schön zu hören«, sagte ich und gab mir alle Mühe, unbeschwert und gut gelaunt zu klingen. Anscheinend war ich nicht besonders überzeugend.

»Isabelle?« Jetzt klang er misstrauisch. »Ist bei dir denn alles in Ordnung? Geht es dir gut?«

»Ja, natürlich«, zwitscherte ich in den Hörer. »Ich habe mir gestern mit Florian einen ruhigen Abend gemacht. Wir haben ferngesehen und zusammen gebastelt. Dann habe ich ihm vorgelesen. Aber du weißt doch, wie er ist. Er hat sich Sorgen um seine Schwester gemacht. Und jetzt wollte er einfach nur wissen, ob es ihr gut geht. Die beiden hängen nun einmal sehr aneinander ...«

Ich sah förmlich, wie Klaus Reimann am anderen Ende der Leitung ratlos dreinblickte – und ich genoss es. Heile Welt? Das kann ich auch, dachte ich trotzig.

Wir verabschiedeten uns. Ich legte auf und sank erschöpft

aufs Sofa. Immerhin konnte ich zufrieden mit der Arbeit der zurückliegenden Stunden sein. Von dem Chaos, das bei meinem Eintreffen geherrscht hatte, war nicht mehr viel zu sehen. Das Problem war allerdings, dass ich an Schlaf gar nicht zu denken brauchte. Durch die ganze Aufregung war ich aufgekratzt und nervös. Wenn ich jetzt ins Bett ging, würde ich mich stundenlang von einer Seite auf die andere wälzen, ohne ein Auge zuzumachen.

Ich beschloss, die Stunden, die ich sonst verschlafen würde, als Geschenk zu betrachten. Nessi war in guten Händen. Von Flo würde vor heute Nachmittag nichts mehr zu sehen sein. Der Tag gehörte also nur mir selbst. Ich ging in die Küche, kochte mir Kaffee und machte Brote. Eine wunderbare Vorstellung: Ich würde auf dem Balkon sitzen, die Sonne genießen und zufrieden mit mir sein, weil ich dem Leben nach langer Zeit mal wieder ein Abenteuer abgeluchst hatte.

So dachte ich es mir jedenfalls. Aber so war es nicht. Als ich auf der alten Holzbank neben der Küchentür Platz nahm und meinen Kaffee schlürfte, machte ich eine erschreckende Feststellung: Von dem Gefühl, das mich noch vor ein paar Stunden beseelt hatte, war nichts mehr übrig. Das Glück, das mich beflügelt hatte, als ich auf der Kanalbrücke stand, hatte sich in Luft aufgelöst. Die Berauschtheit und die Lust, die in mir nachgewirkt hatten, als hätte mich jemand mit Strom aufgeladen – verschwunden und verpufft. Stattdessen saß ich auf meinem Balkon und fühlte nichts. Nichts Positives jedenfalls.

Ich war enttäuscht. Aber ich wollte nicht die Augen vor der Wahrheit verschließen. Es war kein Zufall, dass sich die Harmonie und das Glück der frühen Morgenstunden aufgelöst hatten. Und dass ich hier saß und mich bitter und ausgelaugt fühlte. Meine Kinder hatten mir, ohne es auch nur zu ahnen, deutlich gemacht, dass ich jeden Gedanken an Max so schnell wie möglich beerdigen sollte. Weil in meinem Leben nun einmal kein Platz ist für ein unsinniges Abenteuer mit einem Mann, der selber noch ein halbes Kind ist. Flo und Nessi brauchen mich. Und zwar vollständig. Sie brauchen meine Gedanken und Gefühle, meine Aufmerksamkeit und meine Leidenschaft. Was sie nicht brauchen, ist eine Mutter, die verliebt wie eine Dreizehnjährige herumläuft und ihre Gefühle an einen Kerl verschwendet, der sie vermutlich ohnehin schon längst vergessen hat.

Ein richtiger Mann – das wäre etwas anderes. Ich wusste zu gut, dass solche Katastrophen wie heute Nacht nicht geschehen würden, wenn ich einen Partner an meiner Seite hätte, der mich bei der Dressur der Raubtiere unterstützt. Der auch einmal die Peitsche schwingt, wenn es nötig ist. So jemand wäre gut für die Kinder. Mir war schmerzlich bewusst, dass ich nicht alles auf einmal für sie sein kann – Mutter und Vater, Liebende und Bestrafende, guter Bulle und böser Bulle (wie Flo es einmal treffend ausgedrückt hatte). Und das Schlimmste, was ich ihnen antun könnte, wäre, ihnen einen Partner vorzusetzen, der ihnen deutlich macht, dass ihre Mutter genauso unreif ist wie sie selbst.

Also: Schluss, aus, Ende, vorbei. Ich würde diesen Max Kästner augenblicklich aus meinem Kopf verbannen. Die Erinnerungen an die letzte Nacht würden unter Verschluss gestellt und mögliche Anwandlungen von Sehnsucht strengstens verboten!

Sehen Sie: Ich hatte nur ein paar Stunden gebraucht, um von meinem Höhenflug im Morgengrauen zu einer tiefen, erdrückenden Traurigkeit zu gelangen. Ich hatte mich in dieser Zeit von einer Frau, die sich begehrt und unwiderstehlich vorkam, in eine unfähige, verbitterte alte Tante verwandelt, die auf ihrem Balkon saß und vor Einsamkeit und unerfüllter Sehnsucht hemmungslos heulte.

Nach ungefähr zehn durchnässten Taschentüchern beruhigte ich mich allmählich wieder. Außerdem besann ich mich auf die kleinen, aber unvergänglichen Freuden des Lebens, zum Beispiel eine Tasse Kaffee mit Milch und sündhaft viel Zucker. Es half.

Und zwar vor allem dabei, meinen Entschluss, Max niemals wieder zu sehen – und erst recht nichts Ernstes mit ihm anzufangen –, tief in mein Herz zu pflanzen. Max und Isabelle – das war eine Kombination, die es nicht geben würde. Weil sie nicht in mein Leben passte. Und in Max' Leben auch nicht. Ob er selbst das einsah oder nicht, war mir dabei vollkommen gleichgültig.

Irgendwann überwältigte mich meine Erschöpfung, und ich schlief auf meiner alten Holzbank einfach ein. Ich merkte nichts davon, dass die Nachbarn auf dem Hof zu grillen begannen und dass mein Sohn aufstand, um sich im Badezimmer zu übergeben. Ich schlief tief und fest und erholte mich von den Anstrengungen der letzten Nacht.

Nessi weckte mich irgendwann. Ich hatte sie nicht in die Wohnung kommen hören. »Hallo, Mama. Was ist denn mit dir los? Und wie sieht's hier eigentlich aus?«

Ich rieb mir den Schlaf aus den Augen. Nessi hatte die Hände in die Hüften gestützt und sah mich kopfschüttelnd an. Ich winkte sie näher an mich heran und nahm sie fest und innig in die Arme. Normalerweise reißt Nessi sich nach wenigen Sekunden von mir los und bedenkt mich mit Blicken, die das Etikett »zärtlich« jedenfalls nicht verdienen. Jetzt aber blieb sie bei mir und hielt mich, und ich genoss es mehr als alles andere. Vielleicht spürte sie, dass ich sie brauchte. Und vielleicht brauchte sie mich aus irgendeinem Grund ebenso.

»Um deine Frage zu beantworten«, sagte ich schließlich, »mit mir ist alles in Ordnung. Und warum es hier so aussieht, fragst du am besten deinen Bruder.«

»Hab ich schon. Flo sagt, dass nichts passiert ist. Jedenfalls kann er sich an nichts erinnern.«

»Da sagt er vermutlich sogar die Wahrheit«, sagte ich. Ich konnte mir ein Lächeln nicht verkneifen. Die Unverschämtheit hatte mein Sohn nämlich von mir geerbt. Sein Vater wäre für so etwas viel zu lahmarschig gewesen. Ich rappelte mich hoch und streckte mich wie eine Katze. Gemeinsam gingen wir in die Küche. »Soll ich uns etwas kochen?«, fragte ich Nessi.

Sie nickte. »Toll. Ich helfe dir.«

Wir stellten leider fest, dass wir nichts mehr im Haus hatten, obwohl ich gestern genügend eingekauft hatte. Flo und seine Freunde hatten ganze Arbeit geleistet. Ich sah Nessi entschuldigend an. Die winkte ab.

»Das macht nichts, Mama. Weißt du: Bei Reimanns gibt es jetzt bestimmt gerade Mittagessen. Mit allem Drum und Dran. Ich bin trotzdem froh, dass ich wieder hier bin. Auch ohne Sonntagsbraten. Und ohne sauberes Wohnzimmer und volle Tiefkühltruhe.«

Ich sah sie fragend an. Nessi machte ein angewidertes Gesicht und lachte dabei: »Die sind so was von spießig, Reimanns. Ich weiß gar nicht, wie Sonja das aushält. Auf jeden Fall habe ich gemerkt, dass du die beste Mutter von allen bist.«

Damit Sie keinen falschen Eindruck bekommen: Es ist nicht gerade üblich, dass ich so etwas von Nessi oder von Flo zu hören kriege. Es kommt einmal im Jahr vor. Höchstens. Und nur, wenn irgendetwas passiert ist. Ich vermutete daher, dass sich meine Tochter mit ihrer besten Freundin gestritten hatte. Es war mir egal. Ihre Worte taten mir gut. So gut, dass ich augenblicklich wieder anfing zu heulen.

Nessi sah mich reichlich befremdet an. »Also ist doch irgendwas los mit dir …«, sagte sie.

Ich schüttelte den Kopf. »Nichts, was irgendwie wichtig wäre. Und das mit dem Essen, da habe ich eine gute Idee. Ich finde nämlich, dass es deinem Bruder gut anstehen würde, uns in ein edles Restaurant einzuladen. Als Entschädigung.«

»Ich weiß zwar nicht, was er ausgefressen hat. Aber ich finde, dass du Recht hast«, verkündete Nessi schadenfroh.

Gemeinsam gingen wir ins Wohnzimmer. Flo hatte es sich vor dem Fernseher bequem gemacht. Er wandte nicht einmal den Kopf, als wir reinkamen, sondern starrte apathisch auf den Bildschirm. Und nachdem mir klar geworden war, was er dort guckte, tat ich das Gleiche!

Ich war sprachlos. Anders als mein Sohn. »Das ist total geil«, sagte Flo, obwohl seine Stimme alles andere als begeistert klang. »Der Typ fragt diese Ferrari-Tusse voll die harten Sachen. Von wegen wer so einen Schlitten überhaupt bezahlen kann und so. Total abgefahren. Und die merkt das gar nicht.«

Na toll, dachte ich. Jetzt kam ich also endlich auch in den Genuss von Max' legendärem Interview mit dieser Inhaberin eines Autohauses, von dem Richard abends ausführlich erzählt hatte. Auch wenn es nur die Wiederholung war. Ich konnte mir ein Grinsen nicht verkneifen. Schließlich habe ich nicht oft die Chance, meine Kinder zu beeindrucken. Weil sie das meiste, was ich tue, oberpeinlich und total daneben finden. Diesmal war ich mir allerdings sicher, endlich einmal bei Flo und Nessi punkten zu können. Mit lässiger Stimme sagte ich: »Mit dem Typen, wie du ihn nennst, habe ich gestern zu Abend gegessen. Wir haben sogar den ganzen Abend miteinander geredet. Er war nämlich auch bei Ellen eingeladen.«

In Flo kehrte augenblicklich so etwas wie Leben zurück. Zum ersten Mal seit längerer Zeit hatte ich das Gefühl, dass mein Sohn meine Existenz überhaupt wieder bewusst zur Kenntnis nahm. Klar, ich kannte jemanden, der eine Art Fernsehstar war.

»Ist ja cool«, sagte er anerkennend.

»Finde ich auch«, antwortete ich selbstbewusst.

»Und? Habt ihr gepoppt?«

Sie haben sich nicht verhört. Mein Sohn hat das wirklich gefragt.

»Flo? Kann es sein, dass du gerade einen Aussetzer hast?«

»Wieso? Irgendeinen Grund muss es ja geben, warum du erst morgens nach Hause kommst. Und dabei auch noch grinst wie ein Technofreak nach einem Dreitagerave. Logische Schlussfolgerung: Du warst mit dem Typen im Bett. Oder etwa nicht?«

Hatte ich Grund mich aufzuregen? Eigentlich nicht. Warum auch? Mein fünfzehnjähriger Sohn machte sich nur über mein Intimleben lustig. Meine Tochter stand kopfschüttelnd daneben und konnte sich ein anzügliches Grinsen nicht verkneifen. Und ich hatte gerade noch in tiefster Trauer eine mögliche Liebesaffäre abgeschrieben, die Flo jetzt kurzerhand als »Poppen« bezeichnete. War das für eine Mutter wirklich ein Grund, um sauer zu werden?

Genau. War es nicht. Ich ging also nicht in die Luft, und ich fing auch nicht zum dritten Mal an zu heulen. Ich lachte. Ich lachte aus tiefstem Herzen, und je länger ich lachte, desto befreiter fühlte ich mich. Das verdankte ich nicht zuletzt Flo, der mir endgültig die Augen geöffnet hatte. Ich durfte die Dinge nicht so ernst nehmen. Ich musste mir einfach nur eine Scheibe von seiner jugendlichen Unbeschwertheit abschneiden.

Irgendwann stimmte Nessi in mein Gelächter ein, und selbst Flo ließ ein paar müde, übernächtigte Grunzer hören. Ich nahm die beiden fest in die Arme und flüsterte:

»Ich liebe euch, hört ihr. Ich liebe euch mehr als alles andere. Auch wenn ihr es nicht verdient habt.«

»Klar, Mama«, antwortete Flo. »Wir lieben dich auch. Obwohl du spinnst.«

»Da habt ihr beiden was gemeinsam«, flüsterte Nessi.

»Und jetzt, meine Süßen, gehen wir wirklich essen«, verkündete ich anschließend. »Weil Flo uns ja doch nicht einlädt, werde ich das einfach tun.«

»Klasse, Mama. Super Idee«, sagte mein Sohn.

»Wenn ich nichts bestelle, kann ich dann stattdessen das Geld haben?«, fragte Nessi.

»Nein. Kannst du nicht«, antwortete ich. »Aber keine Sorge, wenn du nicht willst, musst du auch nichts essen.«

»Na ja. Hunger habe ich eigentlich schon.«

Wie immer bei solchen Anlässen, gingen wir ins Tres Castagne. Ich hatte keine Lust, an diesem Tag zu geizen, und stellte meinen Kindern daher ein komplettes Menü in Aussicht. Meine einzige Bedingung: Die Handys werden ausgestellt und während des Essens nicht wieder hervorgeholt. Unsere Diskussion dauerte ungefähr eine Viertelstunde und wurde von ratlosen Blicken der Kellner begleitet. Aber schließlich setzte ich mich durch. Wir genossen ein hervorragendes italienisches Essen, und die Stimmung war richtig harmonisch. Die Rechnung allerdings auch, jedenfalls aus Sicht des Restaurantbesitzers. Trotzdem bereute ich den Entschluss keine Sekunde. Außerdem nutzte ich unsere friedliche Stimmung, um Flo das Versprechen abzunehmen, die nächste Party vorher bei mir anzumelden. Und künftig dafür zu sorgen, dass die Wohnung hinterher nicht aussah wie nach einem Bürgerkrieg.

Der restliche Tag verlief gemütlich und ohne nennenswerte Ereignisse. Ich machte es mir vor dem Fernseher bequem und guckte »Tatort«. Nur eine Kleinigkeit störte meine Harmonie: Ich konnte es einfach nicht lassen, immer wieder zum Telefon hinüberzusehen. Vielleicht hatte er ja meine Nummer herausgefunden. Das Telefon würde klingeln, und er würde mich auffordern, augenblicklich zu ihm zu kommen. Um eine weitere Nacht leidenschaftlich mit ihm … herumzupoppen. Danke schön, Florian Bauer, dachte ich grimmig. Das Wort hatte sich wie ein Wespennest in meinem Kopf eingenistet. Jedes Mal, wenn ich es dachte, löste sich jede Anwandlung von Sehnsucht und Romantik in Rauch auf. Stattdessen musste ich lachen. Eigentlich sollte ich meinem Sohn dankbar dafür sein. Ich würde keinen ernsthaften Gedanken mehr an Max oder an die Dinge, die ich mit ihm getan hatte, verschwenden können, ohne das in irgendeiner Form witzig zu finden.

Jetzt kennen Sie den Grund, aus dem ich meinen Freundinnen mit bestem Gewissen alle Gedanken an einen Fortgang meiner Affäre mit Max ausreden konnte. Das war mir nämlich schon nach unserer ersten Nacht klar geworden, und auch unser Ausflug ins Grüne hatte nichts daran geändert. Warum ich dennoch mit Tränen auf ihre merkwürdigen Spekulationen reagiert habe, ist mir schleierhaft.

Schlimm finde ich es allerdings nicht. Weil meine Trauer dazu führt, dass ich stundenlang durch die edelsten Hamburger Boutiquen spaziere und mir schließlich sogar ein feuerrotes Sommerkleid gönne. Ich kaufe es bei Georges Rech – und da es dort nichts für unter zweihundert Euro gibt und mein Kleid nicht zu den billigsten Modellen zählt, verrate ich hier nur so viel: Es ist sündhaft teuer. Aber das ist mir vollkommen schnuppe. Weil dieses Kleid erstens all meine seelischen Wunden heilt und zweitens eine Entschädigung für das Kleid ist, das Nessis Leibesfülle zum Opfer gefallen ist. Ich habe es mir verdient.

Gut gelaunt und mit meiner Einkaufstüte in der Hand bin ich bereit, meinen Freundinnen wieder unter die Augen zu treten. Die gerade noch verstörte, heulende Isabelle ist nämlich wieder obenauf. Von mir aus können wir sogar gerne noch einmal über Max sprechen.

Ich gönne mir noch ein Sandwich und ein Glas frisch gepressten Orangensaft und kehre dann beschwingt zum Geschäft zurück. Selbst die Baustelle im Nachbarhaus, die uns seit Monaten mit Lärm und Staub auf die Nerven fällt, kann meine Laune nicht trüben. Mit einem großen Satz nehme ich die drei Stufen, die hinunter zur schweren hölzernen Eingangstür führen, und stürme ins Geschäft.

»Hallo, Marie. Hallo, Mädels. Bin wieder da«, flöte ich gut gelaunt. »Seht mal, was ich gekauft habe. Ist es nicht umwerfend?«

In den zurückliegenden anderthalb Stunden hat sich offensichtlich nicht viel geändert, abgesehen davon, dass Ellen nicht mehr da ist. Meine anderen drei Busenfreundinnen sitzen immer noch um einen Tisch und trinken Kaffee. Allerdings sind sie jetzt nicht mehr in irgendeine tief schürfende Diskussion über Männer, Männer oder Männer vertieft. Sie sitzen erstaunlich ruhig da. Außerdem starren sie mich mit einem merkwürdigen Grinsen an. Ich habe irgendwie den Eindruck, dass es nicht mein neues Kleid ist, das ihnen diesen schwachsinnigen Gesichtsausdruck in die Gesichter schreibt.

»Ist irgendetwas passiert?«

Stummes, überlegenes Lächeln.

»Na? Sind uns die Antworten ausgegangen?«, frage ich noch einmal und schon etwas angesäuert.

Marie schüttelt den Kopf. Und findet zum Glück ihre Sprache wieder. »Du hast Besuch.«

»Ach ja?«

Sie hebt viel sagend die Augenbrauen und deutet in die andere Hälfte des Ladens hinüber, in der die großen Immergrünen und die Terrakottatöpfe stehen.

Ich weiß es, bevor ich ihn sehe. Aber ich weiß nicht, ob ich mich freue, als ich es sage:

»Max ist hier.«

Max
Auf Safari

Mit einer Frau zu schlafen hinterlässt bei mir ein Gefühl, das man mit einem Ausrufezeichen vergleichen könnte. Ich bin zufrieden, ich fühle mich begehrt, und wenn ich in den Spiegel gucke, weiß ich, dass ich zu den gut aussehenden Männern gehöre. Sagen wir, zu den obersten zehn Prozent.

Im Moment gleicht mein Seelenleben eher einem Fragezeichen. Ich bin nicht zufrieden, und ich bin alles andere als davon überzeugt, begehrt zu werden. Natürlich nicht. Ich habe eine Abfuhr bekommen. Und selbst auf die Gefahr hin, dass es eingebildet klingt: In meinem bisherigen Leben bin ich um diese Erfahrung herumgekommen.

Das heißt nicht, dass mir noch nie eine Frau den Laufpass gegeben hätte. Der Unterschied ist, dass es mir bisher nichts ausgemacht hat. Kein einziges Mal.

Ausgerechnet bei Isabelle aber lässt es mich alles andere als kalt.

Dabei sollte die Sache doch eigentlich endgültig erledigt sein. Wir haben unserer einzigen Nacht einen ganzen Tag folgen lassen – das ist mehr, als man bei Abenteuern dieser Sorte erwarten kann. Wir haben uns gut verstanden, auch so viel steht fest. Und wir sind zu dem eindeutigen Ergebnis gekommen, dass die Sache mit uns weniger Chancen hat als eine Ehe zwischen Dieter Bohlen und Rita Süssmuth. Aber sind wirklich *wir* zu diesem Ergebnis gekommen? Oder ist einfach nur *sie* es, die nichts mehr von mir wissen will?

Nachdem ich Isabelle nach unserem Ausflug abgesetzt hatte, ahnte ich schon, dass mir ganz offensichtlich wieder eine dieser schlaflosen Nächte bevorstand, die bei mir anscheinend zur Regel werden. Nicht, dass ich unbedingt finde, dass man nachts schlafen müsste. Aber es ist sehr viel vorteilhafter aufzubleiben, wenn die Frau, die einen in Atem hält, auch wirklich neben einem liegt. In meinem Fall aber spukt sie einfach nur als Gespenst durch meinen Kopf.

Ich lag also da, und vor meinem inneren Auge zogen in einer Endlosschleife die Stunden vorüber, die ich mit Isabelle verbracht habe. Denken Sie jetzt bitte nicht, dass ich so etwas überbewerte – schließlich kenne ich solche Zustände auch, wenn ich einen besonders guten Kinofilm oder ein spannendes Fußballspiel gesehen habe. Aber es gibt einen Punkt, an dem selbst ich bereit bin, es zuzugeben: Die Sache mit Isabelle ist noch keineswegs vom Tisch. Beziehungsweise nicht vom Bett.

Gegen fünf Uhr morgens gebe ich auf. Ich stehe auf, gehe in die Küche und stelle fest, dass überraschenderweise Nahrungsmittel im Überfluss vorhanden sind: Kaffee, Brot, Aufschnitt, Milch, Müsli. Alles steht in reichlichen Mengen auf der Küchenanrichte und im Kühlschrank. Dennoch starre ich die Sachen missmutig an. Alleine frühstücken macht eben doch keinen Spaß.

Ich hocke eine Weile in der Küche und warte darauf, dass sich meine Müdigkeit zurückmeldet. Vergeblich. Also schlüpfe ich in meine Jeans, ziehe mir ein T-Shirt über und gehe nach oben in den ersten Stock. Ich muss ziemlich lange klingeln, bis Raimund die Tür aufmacht.

»Guten Morgen. Habe ich dich geweckt?«

»Max? Ist schon Frühstückszeit?«, krächzt er verschlafen.

»Na ja, Zeit für ein sehr frühes Frühstück.«

Raimund kratzt sich über seine weiße, von wenigen dunklen Härchen gezierte Brust. »Ist gut, Max. Komm rein. Tut mir Leid, wenn ich etwas müde wirke. Es ist gestern Abend später geworden.«

Ich folge ihm grinsend in die Küche. Raimund erinnert mich an Einstein: Seine Haare stehen in wilden Büscheln zu allen Seiten ab, seine Augen sind von tiefen Rändern untermalt, und er sieht mich an, als würde er zum ersten Mal seit Jahren wieder ein menschliches Wesen erblicken.

»Was heißt, es ist später geworden, Ray? Bist du etwa bis zu den ›Tagesthemen‹ aufgeblieben?«

Er winkt ab und spart sich jede Erklärung. Die ist auch überflüssig. Er hat also mal wieder wach gelegen und an seine Exfrau gedacht. Ich überlege kurz, einen meiner üblichen bissigen Kommentare abzugeben, und beschließe dann, darauf zu verzichten. Erstens habe ich an diesem Morgen ohnehin das Bedürfnis, nicht über ihn, sondern über mich zu sprechen. Und zweitens kann ich Raimund zum ersten Mal verstehen.

Er verschwindet im Schlafzimmer und taucht kurz darauf in seiner üblichen Ausstattung wieder auf: mit knielangem Morgenmantel und Strümpfen an den Füßen. Ich setze mich auf einen Küchenstuhl und sehe ihm dabei zu, wie er Kaffee kocht, den Tisch deckt und schließlich Spiegeleier mit Speck brät.

»Also, Max? Was führt dich zu mir? Hast du Neuigkeiten von Jana?«, fragt Raimund schließlich.

Ich schüttele den Kopf. »Nichts. Kein Lebenszeichen.«

Raimund setzt sich und nickt mir aufmunternd zu. »Ich weiß, was du durchmachst. Glaub mir. Suse hat sich seit einem halben Jahr nicht gemeldet. Und ich zucke immer noch zusammen, wenn das Telefon klingelt, weil ich denke, dass sie es sein könnte. Von daher kann ich dich trösten, Max. Es wird zwar nicht unbedingt besser, aber man gewöhnt sich an den Schmerz.«

»Danke, Raimund. Tut gut, das zu hören.«

Er beißt in ein trockenes Stück Graubrot, kaut mit offenem Mund und sagt: »Jetzt sitzen wir beide im selben Boot, Max. Du und ich. Verlassene Männer, die einen Arm oder ein Bein dafür hergeben würden, dass ihre Frau zu ihnen zurückkehrt. Wer hätte das gedacht, was?«

Was soll ich tun? Soll ich Raimund wirklich erzählen, dass ich ganz andere Sorgen habe? Dass mir meine Exfreundin, die mich vor nicht einmal drei Wochen verlassen hat, herzlich egal ist und ich mich kaum noch an sie erinnern kann – weil ich zufällig gestern mit einer anderen rumgevögelt habe? Und es jetzt *die* ist, die mir nicht mehr aus dem Kopf geht? Und die mir den Schlaf raubt? »Sehr gut, deine Spiegeleier, Ray. Wirklich. Sehr gut«, sage ich stattdessen.

Raimund könnte an jeder Hundeschule als Lehrer für treu ergebene Blicke arbeiten. Er sieht mich an, und ich befürchte, dass mir die Butter vom Brot schmilzt. Ich glaube, er ist kurz davor, mir seinen Kopf auf die Schulter zu legen. Zum Glück besinnt er sich. Er seufzt einfach nur und sagt:

»Ja, ich weiß, Max. Kochen kann ich. Das hat Suse auch immer gesagt.«

Mein anfängliches Mitleid gerät allmählich ins Wanken. Vielleicht hätte es einen gesunden therapeutischen Effekt, wenn ich Raimund von meiner Herangehensweise an die Dinge, insbesondere an Frauen, überzeugte. Ich bin zwar dadurch vermutlich nicht glücklicher als er – aber immerhin erlebe ich etwas dabei.

Kurz entschlossen erzähle ich Raimund also die ganze Geschichte, angefangen von Isabelles und meinem Kennenlernen über unseren gemeinsamen Ausflug ins Grüne bis zu dem Zeitpunkt, an dem ich nachts aufgewacht bin und nicht wieder einschlafen konnte – weil sie mir aus unerfindlichen Gründen nicht aus dem Kopf geht.

»Und, Raimund? Was, denkst du, soll ich tun?«, frage ich abschließend.

Mein Nachbar sieht mich ziemlich lange an, ohne etwas zu sagen. Er nickt dabei dauernd mit dem Kopf, setzt ein paar Mal zu einer Äußerung an, verstummt aber immer wieder. Erst nach ein paar Minuten sagt Raimund mit seiner langsamen, trauerdurchtränkten Stimme: »Ich bewundere dich, Max. Weißt du das? Ich glaube nicht, dass ich mich auf eine andere Frau als Suse einlassen könnte. Ich würde sie immer nur mit ihr vergleichen. Das würde keinen Spaß machen.«

Ich mache eine wegwerfende Handbewegung. »Man darf über Frauen nicht zu viel nachdenken, Ray. Glaub es mir. Es bringt nichts.«

»Und du? Denkst du denn nicht nach?«

»Das ist etwas anderes. Ich meine, die Sache mit Isabelle, die ist nicht ganz alltäglich.«

»Weil sie … älter ist?«

Ich zucke mit den Schultern. Immerhin muss ich mich vor meinem Nachbarn nicht verstellen – seine Meinung ist mir ohnehin egal.

»Ja, unter anderem.«

»Aber du magst sie doch, oder?«

Wieder Schulterzucken. »Könnte sein. Ja. Nein. Doch. Vielleicht.«

»Vielleicht, Max? Du siehst nicht aus wie vielleicht. Du siehst aus wie: Ich mag diese Frau, und ich will sie wieder sehen.«

Raimund hat eine wunderbare Art, die Dinge beim Namen zu nennen. Schließlich kann ich ihm nur zustimmen – ich nicke. Jedenfalls andeutungsweise. Woraufhin Raimund schleppend und so, als hätte er gerade eine Überdosis Schlafmittel genommen, sagt:

»Dann musst du es genauso machen, wie du gerade gesagt hast: Denk nicht zu viel nach.«

»Und das heißt?«, frage ich, ähnlich treuherzig wie sonst er.

»Geh zu ihr!«, sagt Ray, ähnlich selbstbewusst wie sonst ich.

Ich bedenke Ray mit einer abschätzigen Miene – bin ich wirklich jemand, der einer Frau nachläuft? Anstatt zu warten, dass sie zu mir kommt? »Nein«, sage ich schlicht und stehe auf. »Ich denke ja gar nicht daran. Es gibt auch keinen Grund dazu.«

Raimund sieht mich ziemlich lange an. Dann sagt er mit seiner Slowmotion-Stimme: »Ich glaube, du solltest es trotzdem tun, Max.«

Ich stehe inzwischen schon im Treppenhaus.

»Du glaubst eine ganze Menge, Ray … Aber trotzdem danke für das Frühstück. War vorzüglich.«

»Gern geschehen. Du kannst jederzeit wiederkommen.«

Ich winke ihm noch einmal zu und will gerade die Treppe heruntergehen, als ich doch noch einmal stehen bleibe. Raimund sieht mich weiterhin mit seiner Leidensmiene an und winkt mir zum Abschied zu, wobei selbst diese kleine

Geste unbeholfen und auf eine schmerzhafte Art unsportlich wirkt.

»Ich wünsche dir viel Glück, Max.«

»Ich dir auch, Ray«, sage ich und meine es zum ersten Mal ehrlich. Na ja, halbwegs jedenfalls. Raimunds Mundwinkel heben sich um ein paar Millimeter, gerade genug, um den Anflug eines Lächelns zu erzeugen.

Den Rest des Morgens verbringe ich entspannt im Garten. Meine Samstagsdienste haben mir immerhin einen arbeitsfreien Wochentag verschafft, und daher habe ich reichlich Zeit zum Nichtstun. Ich versuche es mit Lesen. Leichter gesagt als getan. Meine Konzentration reicht nur für den allerersten Satz. Schließlich gebe ich es auf und starre stattdessen auf den Kanal. Und tue das, was ich sonst nie tue: Ich denke nach.

Wie es der Zufall will, gelange ich dabei ziemlich schnell zu Dingen wie Beziehung, Sex und Liebe. Alles Themen, die ich bisher als mehr oder weniger selbstverständlich und vor allem als unabänderlich hingenommen habe. Und jetzt? Jetzt habe ich es auf einmal mit einer Frau zu tun, die einfach nicht ins Schema passt. Und die mich darum ratlos macht.

Es ist einfach lächerlich. Isabelle ist fast fünfzig, sie hat Kinder und ein Leben, in das vermutlich alles Mögliche passt, aber ganz bestimmt kein Fernsehreporter, der Anfang dreißig ist und gerade eine Beziehung zu einer nicht ganz unbekannten Schauspielerin beendet hat. Warum zerbreche ich mir überhaupt den Kopf über sie? Ich werde sowieso nicht zu ihr gehen. Es gibt keinen Grund dazu. Genauso wenig wie dafür, dass ich mich benehme wie ein Fünfzehnjähriger, der zum ersten Mal verknallt ist. Was ist überhaupt mit mir los? So kenne ich mich nicht. Und so will ich mich auch nicht kennen. Wo ist meine Leichtigkeit? Wo ist mein Talent, die Dinge nicht wichtig zu nehmen, auch wenn sie wichtig sind? Insbesondere meine Fähigkeit, Frauen nicht überzubewerten – wo ist sie hin?

Aber das sind keineswegs die einzigen Fragen, die ich mir stelle. Es gibt nämlich auch noch andere, ziemlich merkwürdige Dinge, hinter die ich ein Fragezeichen setze. Ist es nicht zum Beispiel eine wunderbare Vorstellung, eine Frau zu haben, bei der es keine Rolle spielt, ob man mit ihr alt werden möchte – weil sie schon alt ist? Eine Frau, bei der man keine Sorgen haben muss, dass sie einem ein Kind anhängt, weil das Thema für sie schon längst abgeschlossen ist? Und ist die Aussicht nicht geradezu grandios, eine Freundin zu haben, die mein Leben garantiert nicht in die Hand nehmen wird, weil sie schon genug mit ihrem eigenen zu tun hat?

Mir wird allmählich klar, dass ich zwar allerlei Fragen habe, aber nicht den Hauch einer Antwort. Also gebe ich es auf, weiter nachzudenken. Stattdessen stelle ich mich stundenlang unter die lauwarme Dusche und sehe mir anschließend im Fernsehen an, was meine Kollegen ohne mich anstellen. Das lenkt mich ab, wenn auch nur für kurze Zeit. Nach und nach ist nämlich alles wieder wie vorher: Ich grübele und weiß gleichzeitig, dass es zu nichts führen wird.

Ich denke noch einmal an mein Gespräch mit Raimund. »Geh zu ihr«, hat er gesagt. Was spricht eigentlich dagegen? Vieles! Zum Beispiel die Tatsache, dass Raimund keine Ahnung von Frauen hat. Ich meine, wie würde Isabelle wohl reagieren, wenn ich bei ihr auftauchte? Würde sie sich freuen? Oder hielte sie mich für einen Anfänger, weil ich das Grundgesetz eines One-Night-Stands verletze und mich bei ihr melde? Ich habe nicht die geringste Ahnung. Vermutlich hätte sie genug Stil, um, sagen wir, eine Tasse Kaffee mit mir zu trinken und über Belanglosigkeiten zu plaudern. Irgendwann würde sie auf die Uhr gucken, ihre Anspannung würde in Genervtheit umschlagen, und sie würde sich fragen, wann ich endlich von selbst darauf käme, dass es Zeit ist zu gehen.

Ich grübele über all diese Dinge nach. Und während ich das tue, geschieht etwas Merkwürdiges: Mein Körper geht – und zwar ohne dafür großartig Anweisungen von meinem Kopf zu erhalten – zum Kleiderschrank und zieht sich an. Er verlässt das Haus, schließt die Tür ab und steigt in den Wagen. Er wählt den Weg in die Hamburger City, ohne mich genau darüber ins Bild zu setzen, wohin die Reise eigentlich geht. Ich habe bei all dem mehr oder weniger den Status eines Beobachters. Ich habe nichts zu melden. Aber ich wehre mich auch nicht. Weil ich weiß, dass es ab und zu besser ist, einfach etwas zu machen. Selbst wenn man keine Ahnung hat, ob es richtig oder falsch ist.

Isabelles Geschäft liegt im Tiefparterre eines altehrwürdigen Hamburger Kontorhauses mit eingezogenen Fachwerkbalken und spitzem Giebel. In der oberen Etage residieren ein Notarsbüro und ein exklusives Geschäft für Raumausstattungen, darunter eine Anwaltskanzlei, deren Besitzerin auf den schmucken Namen Lydia Liebmann hört. Das Gebäude, schätzungsweise stammt es aus dem siebzehnten Jahrhundert, ist seit der Errichtung offensichtlich weder renoviert worden, noch hat es einen Fassadenanstrich erhalten. Es wirkt auf mich wie ein alter dürrer Mann, der zwischen einer Gruppe übermütiger junger Recken steht, die nicht gerade das Beste mit ihm vorhaben: Rechts und links ragen selbstbewusste Bürogebäude aus viel Glas und noch mehr Marmor in die Höhe – die typischen hanseatischen Adressen für exklusive Anwaltskanzleien, Werbeagenturen und international tätige Reedereien. Im Erdgeschoss warten die typischen Edelboutiquen vergeblich auf Kunden, sofern sie nicht gerade wegen Geschäftsaufgabe und entsprechender Rabatte von Kundinnen überlaufen werden. Ich glaube, in der Hamburger City herrscht das Rotationsprinzip: Die Geschäfte tauschen einmal in der Woche ihre Standorte, um immer wieder mit groß angekündigten Neueröffnungen Käufer anzulocken. Ich ahne schon, dass es auch neben Isabelles Laden bald so weit sein wird. Eine Holzverkleidung sperrt die Fassade des Gebäudes ab, und dahinter sind Bauarbeiter emsig damit beschäftigt, möglichst viel Lärm bei maximalem Staubausstoß zu erzeugen. Wahrscheinlich darf ich also auch hier in Kürze für Hamburg-LIVE eine Geschäftseröffnung bejubeln.

Das Blumengeschäft ist dagegen geradezu eine Oase der Ruhe und Erholung. Jedenfalls kommt es mir von außen so vor. Ich gehe die drei Stufen hinunter und öffne die schwere Holztür, deren Scharniere quietschen und die eher wie der

Eingang zu einer irischen Kneipe wirkt. Eine Türglocke kündigt mein Eintreten an.

Falls ich mich jemals darüber beschwert haben sollte, dass man als Kunde normalerweise ignoriert wird, nehme ich alles zurück. Hier ist es nämlich anders. Über mangelnde Aufmerksamkeit kann ich mich im Flowers mit Sicherheit nicht beklagen. Es ist allerdings nicht unbedingt die Sorte Aufmerksamkeit, die man sich als Kunde, insbesondere als männlicher Kunde, wünscht. Es ist mehr die aggressive, hemmungslose Form von Aufmerksamkeit, die besonders unter Frauen verbreitet ist und die man schlicht und ergreifend *Neugier* nennt.

Jedenfalls stehe ich in dem Laden und werde von vier Frauen, die um eine Art Cafétisch sitzen, mit Blicken seziert. Wobei ihre Art, mich anzusehen, allerlei Wandlungen durchmacht: Zunächst bedenken sie mich mit geschäftstüchtigem, schon von Spuren sexueller Begierde durchtränktem Wohlwollen. Eine der Frauen, offenbar eine Mitarbeiterin, will gerade aufstehen, als sie von einer anderen, jüngeren Frau am Arm gepackt und zurückgehalten wird. Die Frauen stecken daraufhin die Köpfe zusammen, tuscheln, kichern, flüstern, sehen immer wieder zu mir, tuscheln weiter, lachen (schmutzig) ... was Frauen eben so machen, wenn sie einen gut aussehenden Mann sehen. Ich lasse es geschehen, schließlich bin ich durch Isabelles Erzählungen vorbereitet. Ich weiß, dass der Laden alles andere als ein gewöhnliches Blumengeschäft oder ein gewöhnliches Café ist.

Eine der Frauen spricht mich schließlich mit unüberhörbarer Geringschätzung in der Stimme an.

»Hallo, Max. Was führt dich denn hierher? Lass mich raten, du bist wegen Isabelle hier.«

Ellen Strobert! Die Frau, bei der ich diniert und bei der ich Isabelle kennen gelernt habe. Ich habe sie nicht erkannt, obwohl ich vor kurzem an ihrem Esstisch gesessen habe. Liegt vermutlich daran, dass sie gestylt ist wie Elisabeth Volkmann in ihrer Rolle als Mutter der »Klimbim«-Familie.

»Hallo, Ellen. Wie schön, dich zu sehen. Ich bin ... also, du wirst es nicht glauben, aber es ist der reinste Zufall, dass ich hier vorbeikomme. Na ja, und da dachte ich …« Ich bin nicht gerade in bester Form. Ich stottere herum und fühle mich wie ein Schüler, dessen Liebesbriefe vom Lehrer einkassiert und laut vor der Klasse vorgelesen werden. Es ist offensichtlich, dass die Frauen am Tisch über jedes Detail meiner Geschichte mit Isabelle informiert sind. Denn sonst würden sie mich kaum so ansehen. Während ich das denke – und die Frauen mich weiter anstarren und weitertuscheln und weiterkichern –, wird mir die ganze Dimension des Gedankens bewusst. Meine Laune sinkt in Sekundenbruchteilen in den Keller. Verdammt, ich bin Isabelle auf den Leim gegangen. Ich war ein Abenteuer für sie, nichts anderes. Ein Abenteuer, dessen Zweck in erster Linie darin bestand, am nächsten Tag ihren Freundinnen davon erzählen zu können. Natürlich. Wie habe ich nur jemals etwas anderes denken können? Andererseits darf ich mich nicht darüber beschweren: Meine Motive in Bezug auf Isabelle waren auch nicht gerade ehrenhaft – jedenfalls am Anfang. Außerdem, und auch dieser Gedanke tröstet mich, kann ich jetzt einmal höchst persönlich erfahren, wie es sich anfühlt, den Status eines Betthasen zu haben.

Ellen setzt ein schadenfrohes Lächeln auf. »Du hast leider Pech, lieber Max. Isabelle ist nicht hier. Sie hat ziemlich viel um die Ohren. Ich kann mir nicht vorstellen, dass sie sehr bald wiederkommt.«

»Also ich wollte … ohnehin nur hallo sagen. Einmal den Laden ansehen, von dem sie mir erzählt hat.«

»Ach, ihr habt auch miteinander geredet?«, fragt Ellen mit funkelnden Augen.

»Na ja, zwischendurch. Wenn wir nicht gerade … du weißt schon … Wir hatten ein wenig Zeit, uns zu unterhalten«, erwidere ich mit möglichst beiläufiger Stimme.

Ellens Zudringlichkeit verdient einen deutlichen Dämpfer. Den habe ich ihr verpasst: Sie starrt mich mit aufgerissenen Augen und offenem Mund an. Klar, wahrscheinlich kann sie sich kaum daran erinnern, wie sich Sex anfühlt, ganz zu schweigen von mehreren Durchgängen in einer Nacht.

»Komisch. Aber *davon* hat Isa nichts erzählt. Vermutlich

hat sie eure Gespräche nicht so wichtig genommen wie du. Aber keine Sorge, sie meinte, dass du dich ansonsten recht geschickt angestellt hast, jedenfalls für so ein Küken.«

»Klar, das Küken hat das Einzige getan, was es kann – gevögelt.«

»Möglich. Und jetzt sollte es vielleicht allmählich davonzwitschern«, sagt sie mit unverhohlener Abneigung.

»Du meinst, bevor es Ärger mit der dicken, alten Henne bekommt?«

Punkt für mich. Trotzdem kann ich nicht glauben, dass ich dieses Gespräch wirklich führe. Rückzug ist die einzige und beste Lösung für die Situation, von der ich nicht weiß, ob sie für mich oder für Ellen peinlicher ist. Ich habe die Hand schon auf der Klinke, als eine der Frauen aufsteht und lächelnd auf mich zukommt. Sie hat eine beeindruckende Lockenpracht und strahlt eine gelassene Ruhe aus, ganz anders als Ellens hysterische Aura.

»Gehen Sie nicht. Ich denke, Isabelle kommt jeden Moment wieder. Sie wird sich sehr freuen, dass Sie da sind.«

Sie spricht mit einem wunderbaren französischen Akzent. Außerdem hält sie meinen Arm fest, und zwar kräftig genug, um deutlich zu machen, dass sie es ernst meint. Ich sehe ihr forschend ins Gesicht. Sie schließt für einen kurzen Moment die Augen, wie eine Katze, die Behaglichkeit und Sicherheit signalisiert.

»Ich denke, ich sollte doch lieber …«

»Isa hat nichts davon gesagt, dass Sie schüchtern sind. Hat sie sich getäuscht?« Sie lächelt mich verschmitzt an.

»Hat sie nicht. Ich meine, eigentlich bin ich nicht schüchtern. Nur: Bei vier gegen einen ist Rückzug nicht das Schlechteste«, sage ich, lächele aber nun ebenfalls und sehe demonstrativ zum Tisch, an dem die anderen Frauen sitzen.

»Oh, Sie müssen Ellen verzeihen. Ich denke, es war nur eine Art Test. Sie brauchen, wie sagt man, Stehvermögen, wenn Sie mit Isabelle zu tun haben, glauben Sie es mir. Ellen wollte sehen, ob Sie Gegenwind verkraften. Uns liegt sehr viel an unserer Freundin, verstehen Sie? Wir geben Acht auf sie.«

Sie hält mich immer noch am Arm und führt mich hinüber zu der Verkaufstheke im Cafébereich. »Ich bin übrigens Marie, ich teile den Laden mit Isa. Möchten Sie einen Kaffee?«

Das ist so etwas wie ein Friedensangebot. Sie hisst die weiße Flagge. Es gibt keinen Grund abzulehnen. »Klingt nicht schlecht«, sage ich.

»Finde ich auch«, sagt sie und macht sich an die Arbeit. Der Kaffee zischt durch den Filter, und die Milchdüse heult kräftig auf. Ich beobachte ihre routinierten Bewegungen. Sie ist eine schöne Frau, auch wenn ihre Ausstrahlung kühl ist. Anders als die anderen Frauen interessiert sie sich nicht im Geringsten für mich – als Mann.

»Setzen Sie sich ruhig. Und keine Sorge. Die anderen beißen nicht, oder sagen wir, nicht jeden.«

Ich bin mir nicht so sicher. Auch nicht, ob Ellen wirklich nur einen Test durchführen wollte. Als ich mich hinsetze, steht sie jedenfalls auf und trompetet lautstark in den Raum:

»Na schön, meine Lieben. Ich habe alles versucht. Aber ihr wisst es offensichtlich besser. Ich muss noch ein paar wichtige Erledigungen machen. Bestellt Isabelle schöne Grüße. Sagt ihr ruhig, dass ich mich für sie einsetzen wollte.«

Ellen stampft zur Tür, dreht sich noch einmal schwungvoll um und ruft:

»Auf Wiedersehen, meine Lieben. Und alles Gute ... mein Kleiner!« Sie sagt es mit großer Geste und lässt ihren Worten, die an mich gerichtet waren, einen Handkuss folgen. Dann reißt sie die Tür auf und stapft ungefähr so lautstark von dannen wie die Elefantenpatrouille im »Dschungelbuch«.

Marie rollt mit den Augen. »Sie meint es nicht böse. Sie ist ...«

»... eifersüchtig. Aber das ist sie immer«, ergänzt eine der anderen Frauen. Sie hält mir die Hand hin und stellt sich als Lydia vor – die Rechtsanwältin aus dem ersten Stock. Wir begrüßen uns. Dasselbe Ritual folgt noch einmal mit der Frau, die Saskia heißt. Sie ist jünger als die anderen und kommt mir auf unbestimmte Art bekannt vor. Aber es ist nicht der richtige Augenblick, um weiter gehende Fragen zu stellen. Außerdem sind die drei intensiv damit beschäftigt, Ellens Reaktion durchzusprechen. Ich mache ein möglichst unbeteiligtes Gesicht. Insbesondere als sie anfangen, über Ellens Liebesleben mit ihrem Mann Holger zu diskutieren.

Ich trinke meinen Kaffee und spaziere dabei durch das Geschäft, begleitet von gelegentlichen neugierigen Blicken der Frauen. Isabelle und Marie haben sich ein Paradies geschaffen, allerdings eines, in dem es vorwiegend Evas gibt. Und in dem Adam höllisch aufpassen sollte, wenn er nicht unter die Räder geraten will. Ich schlendere in den anderen Raum hinüber und komme mir vor wie auf Urwaldsafari. Hier stehen deckenhohe Farne, Palmen, deren Stämme von Lianen umrankt sind, dazu allerlei große Vasen, in denen Orchideen blühen. Keine Frage, Isabelle hat so etwas wie den grünen Daumen. Aber das heißt noch lange nicht, dass in ihrer Obhut auch Beziehungen gedeihen.

In Liebesfilmen stehen die Hauptfiguren meistens in einer Art telepathischer Verbindung. Sie wissen, wenn der andere ins Zimmer kommt, wenn er etwas Schreckliches erlebt oder wenn er fremdgeht. Dass es in der Wirklichkeit anders ist, merke ich in dem Augenblick, als Isabelle den Laden betritt.

Ich stehe da, gespannt wie ein Lottospieler am Samstagabend, und bin auf alles gefasst – die sechs Richtigen oder auf ein »Leider verloren«. Tatsächlich aber passiert weder das eine noch das andere. Weil Isabelle einfach an mir vorbeigeht, ohne mich auch nur zu bemerken. Entweder bin ich eine ausgesprochen unauffällige Erscheinung – was ich bisher nicht geglaubt habe –, oder Isabelle sieht ohne Brille noch schlechter, als sie behauptet hat. Sie geht jedenfalls schnurstracks hinüber zu ihren Freundinnen, stockt dann und sieht ihnen misstrauisch in die Gesichter. Bis Marie sie mit einem viel sagenden Lächeln aufklärt. »Du hast Besuch.«

»Ach ja?«

Marie zieht eine Schnute und deutet in meine Richtung – so, als würde dort eine dreistöckige Geburtstagstorte oder ein nackter Telegrammbote warten. Irgendeine Überraschung eben, die Isabelle in Begeisterungsausbrüche versetzen wird. Leider täuscht sie sich. Denn Isabelle wittert offensichtlich, was vor sich geht. Und ihrer Stimme ist anzuhören, dass sie sich zwar freut, aber dass sie mindestens genauso erschrocken ist.

»Max ist hier.«

»Bingo«, gibt Marie lächelnd zurück.

»Du hast gut reden«, erwidert Isabelle, und es klingt, als hätte Marie ihr gerade angekündigt, dass irgendein lästiger Vertreter oder Gläubiger auf sie wartet.

Dann dreht sie sich zu mir um, und ihr Gesicht nimmt in Sekundenbruchteilen den Ausdruck an, mit dem engagierte Emanzen einen Fußballverein, einen Bordellbesucher oder auch ein deutsch-thailändisches Paar betrachten: vernichtend.

»Max, ich ... ich weiß nicht, ob das eine gute Idee war, dass du ... hierher gekommen bist«, gibt sie stotternd und immer noch um Fassung ringend von sich. Immerhin ist sie überrascht. So viel steht fest. Bloß nicht positiv. So viel steht auch fest.

Es dauert eine ganze Weile, bis Isabelle sich unter Kontrolle hat und ich mir nicht mehr vorkomme wie ein Insekt, das sich leichtsinnigerweise in ihre Räume verirrt hat und das mit allem, nur nicht mit Gnade oder Überleben, rechnen sollte. Zum Glück ist Trotz eine meiner hervorstechendsten Charaktereigenschaften. Ich denke also gar nicht daran, mich einfach so von ihr abservieren zu lassen. Im Gegenteil. Ich setze mein charmantestes Lächeln auf und sage:

»Oh, ich finde, dass es sogar eine hervorragende Idee war, hierher zu kommen. Und wie ich sehe, freust du dich über meinen Besuch.«

Sie lässt mir keine Chance. »Nein, das tue ich nicht«, erwidert sie und gibt sich große Mühe, ablehnend und kalt zu klingen. Aber wie wir immer beim Sender sagen: Das Leben ist nicht nur live und in Farbe. Es wird außerdem im Zweikanalton ausgestrahlt. Und das bedeutet in diesem Fall, dass Isabelle sich zwar bemühen mag, mir keinerlei Hoffnungen zu machen, ich aber etwas ganz anderes von ihr empfange: Zum Beispiel dieses Leuchten in ihren Augen, das Frauen haben, wenn sie einen Mann sehen, der ihnen alles andere als gleichgültig ist.

Dieses leise Zittern ihres Körpers, das ich inzwischen sehr gut kenne – schließlich haben wir uns nicht nur nachts im Bett, sondern auch tagsüber in einem Busch sehr intensiv miteinander beschäftigt. Und ihr Atem, der einen Tick schneller geht, als es normal wäre – was Wut bedeuten kann oder aber die Sorte Aufregung, die ich auch in mir spüre, weil sie vor mir steht.

Anders als im Fernsehen aber funktioniert das Leben nicht nach einem Drehbuch. Insbesondere nicht, wenn man es mit Frauen wie Isabelle zu tun hat, die am liebsten aus der Rolle fallen. Darum hält sie sich auch an kein Skript und sagt keine romantischen Dinge wie »Oh, Max, wie wunderbar, dass du zu mir gekommen bist. Nimm mich in die Arme, und lass mich nie wieder los«. Stattdessen plappert sie einfach los, und ich vermute, dass sie selber nicht weiß, was am Ende dabei herauskommen soll:

»Max, also … ich weiß auch nicht, was ich sagen soll. Ich meine, ich dachte, also ich finde, versteh mich jetzt nicht falsch, ich bin vollkommen sprachlos, auch wenn das jetzt vielleicht nicht danach klingt. Ich meine, nur weil ich rede, heißt das nicht, dass ich weiß, was ich sagen will. Aber das ist ja auch kein Wunder, weil ich doch dachte, dass ich finde, dass wir gesagt hatten, dass wir nicht mehr … Trotzdem, es ist schön, dass du hier bist … nein, warte, das war jetzt falsch. Ich meine, ich finde es gar nicht schön, dass du hergekommen bist. Also wirklich überhaupt gar nicht, das musst du mir glauben. Versprichst du mir das? Bitte, Max …«

Isabelle redet so, wie andere Menschen stolpern: Ein Wort jagt das andere, und alles dient nur dazu, das Gleichgewicht wiederzufinden. Und da ich immer mehr zu der Überzeugung gelange, dass ihr das nicht gelingen wird, ist es höchste Zeit, ihr zu Hilfe zu kommen.

»Also gut, ich verspreche es dir«, sage ich lächelnd.

Isabelle seufzt erleichtert. In der nächsten Sekunde formt sich ihr Gesicht allerdings zu einem Fragezeichen. »Und was genau? Versprichst? Du? Mir?«

»Na, dass ich dir glaube, dass du dich freust.«

»Dann ist es gut«, sagt sie erleichtert. Woraufhin sie stockt, nachdenklich wird, mich böse ansieht – und sofort wieder losredet:

»Nein, das stimmt überhaupt nicht, du hinterhältiger Kerl, es ist doch genau umgekehrt, also, du sollst mir doch gar nicht versprechen, dass ich ... oder doch? Moment mal, also ich glaube, ich weiß selber nicht mehr, was ich sage. Du sollst mir doch versprechen, dass du mir glaubst, dass ich mich *überhaupt gar nicht* freue, oder? Oh, Max, du bringst mich ganz durcheinander. Das ist gemein von dir.«

»Ich bin gemein«, gebe ich gelassen zurück.

»Nein, bist du nicht. Du bist wunderbar«, antwortet sie spontan – und lauscht danach ihren eigenen Worten genauso ungläubig wie ich selber.

Ich zucke resigniert die Schultern. Was soll ich dazu sagen? Am besten nichts. Außerdem gewinne ich einmal mehr die Überzeugung, dass es einfacher ist, Ordnung in eine Junggesellenwohnung wie meine eigene zu bringen als in den Kopf einer Frau.

Während Isabelle und ich mehr oder weniger sprachlos (das heißt, dass ich schweige und sie am laufenden Band redet) voreinander stehen, erleben wir etwas, von dem ich mir sehr sicher bin, dass es in Isabelles Laden nur selten vorkommt. Um nicht zu sagen: eigentlich nie. Die Frauen, die gerade noch neugierig und gespannt an unseren Lippen hingen, als würden Isabelle und ich das Endspiel einer Fußballweltmeisterschaft austragen, erheben sich auf einmal alle gemeinsam von ihren Plätzen und pilgern mit demütigen Gesichtern in Richtung Ausgang. Marie, die als Letzte den Laden verlässt, lächelt zu uns hinüber und sagt:

»Wir lassen euch beide lieber allein. Nehmt euch alle Zeit der Welt – denn ihr habt sie, wenn ihr sie nur haben wollt.«

Sie nickt uns zu, dreht das Pappschild im Fenster von »open« auf »closed« und zieht die Tür hinter sich zu.

Und damit sind wir allein. Nur Isabelle und ich. Wir stehen schweigend voreinander in dieser unwirklichen, nach Orchideen, Rosen und unzähligen anderen Blumen duftenden Stille und sehen uns an.

Aber denken Sie jetzt nur nicht, dass auf einmal so etwas wie Romantik aufkommt. Da haben Sie die Rechnung ohne Isabelle gemacht. Die sieht mich nämlich immer noch an wie eine dieser unglaublich begabten Schauspielerinnen aus »Gute Zeiten, schlechte Zeiten«, die gerade vom Regisseur den Auftrag bekommen haben, ernst, traurig und betroffen auszusehen. Oder auch wütend, böse und abweisend. Und genau wie in der Fernsehserie führt es dazu, dass es eigentlich nur eines ist: lustig. Weil Isabelle sich alle Mühe gibt, ihre Mundwinkel nach unten zu zwingen – aber die rutschen immer wieder nach oben, als wäre ein Gummiband daran befestigt. Genauso presst sie die Augenbrauen zusammen, nur dass diese alle paar Sekunden wieder zu zwei wunderbaren hohen Bögen verrutschen. Und am deutlichsten wird ihr Spiel an ihren Augen. Denn immer, wenn sie es gerade geschafft hat, sie zu kalten, stechenden Schlitzen zusammenzuziehen, die sie aussehen lassen wie Clint Eastwood als »Dirty Harry«, gewinnt doch wieder ihre Natur die Herrschaft zurück, und Isabelle verwandelt sich in Doris Day, die gerade von Rock Hudson einen Heiratsantrag bekommt.

Sie können sich bestimmt vorstellen, wie ich auf die Vorstellung reagiere: Ich bin erst fasziniert, dann ungläubig und schließlich amüsiert. Mehr als das. Ich breche in lautes Gelächter aus. Natürlich ist das verrückt, immerhin stehe ich gerade vor einer Frau, die sich alle Mühe gibt, mir einen Korb zu geben. Aber ich kann einfach nicht anders – weil es der charmanteste, wunderbarste, liebenswerteste Korb ist, den ich mir vorstellen kann. Wenn dies die Art ist, mit der Isabelle mir sagt, dass sie nichts von mir wissen will, möchte ich das jeden Tag von ihr gesagt bekommen.

Außerdem weiß ich natürlich, dass es nichts gibt, was so ansteckend ist wie ein ehrliches Lachen. Und dagegen ist auch Isabelle nicht immun. Auch wenn sie zunächst verzweifelt die Lippen zusammenpresst und sich vielleicht sogar auf die Zunge beißt – es nützt nichts. Allmählich entspannen sich ihre Züge, und ich höre endlich ihr wunderbares Kichern, das mein Bild von Frauen in ihrem Alter endgültig zunichte gemacht hat.

Unsere gute Laune verschwindet allerdings so schnell, wie sie gekommen ist. Wir werden wieder still – und ernst. Und diesmal ist es keine Verstellung.

»Warum bist du gekommen, Max? Und sag mir bitte nicht, dass du ein paar Blumen kaufen wolltest.«

Ich mache ein enttäuschtes Gesicht. »Danke, Isabelle, dass du meine einzige Ausrede, die ich mir zurechtgelegt habe, zunichte machst.«

»Gern geschehen. Also, warum?«

»Ich wollte Schulden eintreiben.«

Sie macht ein ungläubiges Gesicht. »Ich wusste nicht, dass du noch etwas von mir bekommst. Ist es, weil du gestern Kaffee und Kuchen bezahlt hast?«, fragt sie unsicher.

Unser Gespräch wandelt auf einem so schmalen Grat zwischen Ernst und Spaß, dass es mir gefährlich vorkommt, überhaupt etwas zu sagen. Aber jetzt gibt es kein Zurück mehr. »Nein. Das war eine Einladung. Auch wenn sie teurer ausgefallen ist, als ich dachte. Schließlich bist du die erste Frau, die sich vor meinen Augen traut, hintereinander vier Stücke Kuchen zu essen. Und zwar mit Sahne.«

»Ich war verausgabt …«

»Wovon? Ich habe gerudert.«

»Von dir. Du bist anstrengend, Max.«

»Nur wenn ich es sein will.«

»Und warum, bitte schön, willst du anstrengend sein?«

Ich zucke mit den Schultern. »Damit wir etwas gemeinsam haben.«

Sie sieht mich wütend an: »Das ist gemein. Ich bin überhaupt nicht anstrengend. Das behaupten zwar immer alle, aber die lügen.«

»Oh, davon bin ich überzeugt«, antworte ich, und sie nimmt es mit einem leichten Kopfnicken zur Kenntnis.

»Also gut. Es hat einen anderen Grund. Ich möchte dir zeigen, dass ich mir Mühe gebe … dass es mir etwas bedeutet.«

Ich sage das, aber anstatt sich zu freuen, kneift Isabelle das Gesicht zusammen, als würden ihr meine Worte Schmerzen bereiten. Es beweist mir einmal mehr, dass wir in einer verkehrten Welt leben. Was ich nett meine, tut ihr weh. Und was ich an harten oder kühlen Worten von mir gebe, scheint sie zu freuen.

Isabelle schüttelt den Kopf, unwillig und auch ungeduldig. »Es war ein Fehler, dass du hergekommen bist.«

»Ach ja?«

»Sogar ein schlimmer.«

»Fehler macht man, um weiterzukommen.«

»Nicht, wenn man nichts daraus lernt«, entgegnet sie und gibt sich weiterhin alle Mühe, kalt und ablehnend zu klingen. Vielleicht spürt sie, dass ihre Art allmählich Erfolge zeigt. Und vielleicht will sie das gar nicht. Jedenfalls sagt sie jetzt mit einer auffordernden Geste:

»Also, welche Schulden willst du eintreiben? Was bekommst du von mir?«

»Du schuldest mir eine Erklärung, Isabelle. Das ist das mindeste, worauf ich ein Anrecht habe.«

»Erklärung wofür?«

»Für deine ... Absage.«

»Oh«, sagt sie und sieht mich überrascht an. »Absagen kann man doch nur, wenn man vorher zu etwas eingeladen war. Und ich wusste nicht, dass du das getan hast.«

»Vielleicht war es nicht deutlich genug. Aber dann tue ich es hiermit.«

»Und wozu lädst du mich ein?«

»Zu einem ... Ausflug, nein ... sagen wir lieber zu einer Forschungsexpedition. Eine, bei der wir herausfinden, ob zwei Menschen wie wir zusammenpassen.«

»Aber Max ... Ich habe es doch schon gesagt. Eine solche Expedition wäre so ähnlich wie bei Scott und Amundsen – die wollten die Antarktis erforschen, sind im Eis stecken geblieben und erfroren ... es wäre unsinnig, es auch nur zu probieren«, erwidert sie. Und dann geht es wieder von vorne los. Isabelle kämpft gegen sich selber. Ihre Augen schimmern feucht, ihr Gesicht will lächeln – aber sie verbietet es sich mit aller Kraft. Ich glaube sogar, dass sie auf mich zukommen, mich berühren und umarmen möchte – aber sie hält sich mit eisernem Willen am Platz.

»Also wirklich: eine Absage?«, frage ich.

»Ja, Max. Ich werde nicht mit dir kommen. Nirgendwohin.«

Es kommt alles andere als überraschend. »Warum, Isabelle? Das ist alles, worum ich dich bitte: Sag mir, warum.«

Sie braucht ein paar Sekunden. Und dann merke ich, wie allmählich eine wirkliche Wut in ihr entsteht.

»Warum, Max? Fragst du mich das wirklich? Gut: Weil ich mich nicht auf Dinge einlassen kann, die nicht funktionieren. Du weißt das so gut wie ich. Warum können wir es nicht einfach hinnehmen und das in Erinnerung behalten, was gewesen ist?«

»Vielleicht weil ich zu jung bin, um von Erinnerungen zu leben ...«

»Siehst du ... und ich bin es nicht. Das ist der Unterschied zwischen uns. Ich bin eine alte Pflanze, weißt du? Und die nehmen den Jungen das Licht weg, das sie zum Wachsen brauchen. Das möchte ich nicht.«

»Oh, ich fand schattige Plätze schon immer sehr angenehm. Wenigstens probeweise.«

Ich merke, dass uns beiden kein Lachen mehr gelingen will. Ich fühle mich wirklich wie im Polarmeer – wie jemand, der auf einem Eisberg treibt und verzweifelt nach Land Ausschau hält, während sein Gefährt unter ihm dahinschmilzt. Das, was ich zwischen Isabelle und mir gespürt habe, wird bald nicht mehr da sein. Und vom rettenden Ufer ist weit und breit nichts zu sehen. Mir wird klar, dass dieses Wiedersehen die letzte Chance ist, die wir haben.

Vielleicht spürt Isabelle es auch. Aber offensichtlich ist sie fest dazu entschlossen unterzugehen.

»Du bist ein toller Mann, Max«, sagt sie.

»Danke für die Blumen. Ich dachte, ich bekomme keine.«

»Freu dich nicht zu früh. Es sind Stacheln dran.«

»Das sind die schönsten.«

»Und die gefährlichsten.«

»Das Risiko nehme ich in Kauf ...«

Wieder huscht ein Lächeln über ihr Gesicht. Aber auch sie gelangt nun dorthin, wo ich schon bin: Dorthin, wo ein Lächeln, ein Witz, die Leichtigkeit nicht mehr weiterhelfen. Wir fühlen uns beide nackt, und das ist vielleicht das Einzige, was wir uns nicht versagen: ehrlich zu sein.

»Du machst die Dinge komplizierter, als sie sind, Isabelle.«

»Das war schon immer eines meiner größten Talente.«

»Und wenn du einfach einmal etwas anderes versuchst?«

»Ach Max«, sagt sie kopfschüttelnd. »Wie deutlich muss ich werden? Reicht es dir nicht, wenn ich es dir so sage: dass ich keinen Mann als Partner haben kann, bei dem ich nicht weiß, ob ich ihn heiraten oder adoptieren soll?«

Ich werde nun auch wütend. »Aber ich will weder noch – zumal du in beiden Fällen so etwas wie meine Erziehungsberechtigte wärest. Ich will einfach nur ... Zeit. Um zu sehen, was das mit uns bedeutet.«

»Und ich will die Notbremse ziehen, bevor es noch mehr wehtut als jetzt.«

»Du machst es dir selber schwer«, entgegne ich – aber sie schüttelt den Kopf. Sie tritt auf mich zu und legt mir den Finger auf die Lippen. Meine Haut glüht dort, wo sie mich berührt. Ich denke, sie weiß das und es geht ihr genauso.

»Leb wohl«, sagt sie flüsternd.

»Das ist dein letztes Wort?«

Sie nickt und schlägt die Augen nieder. Sie wirkt dabei auf mich wie jemand, der sich mit der einen Hand an etwas klammert, das er mit der anderen Hand fortzuwerfen versucht. Aber ich weiß auch, dass ich nichts mehr tun kann, um sie umzustimmen.

»Leb wohl«, sage auch ich.

Unsere Blicke treffen sich ein letztes Mal, und es kommt mir vor, als würde sie mich stumm um Verzeihung für das bitten, was sie angerichtet hat.

Ich ziehe die schwere Ladentür auf, die Glocke ertönt. Ich gehe die drei Stufen hoch, stehe auf der Straße und fühle mich, als wäre ich aus einem Traum erwacht. Es ist gut so. Im Grunde habe ich von Isabelle genau das bekommen, was ich wollte: Gewissheit. Damit kann ich leben.

Isabelle
Kommunizierende Gören

Sie können sich bestimmt vorstellen, wie es in den Tagen nach Max' Besuch im Laden zuging und immer noch zugeht. Die Mädels kennen nur noch ein Thema: Max und Isabelle. Und das wird so lange durchgesprochen und diskutiert und analysiert, bis nichts mehr davon übrig ist. Genauso wenig wie von meinen Nerven.

Kleine Kostprobe gefällig? Kein Problem! Es ist Mittwochmorgen, Max' Besuch liegt bereits eine ganze Woche zurück, und die Mädels sind wieder einmal voll bei der Sache. Es ist Lydia, die gerade eine neue Runde einleitet, indem sie sagt:

»Ich finde, Isabelle macht es genau richtig. Sie vögelt nicht nur mit den jungen Burschen. Sie wirft sie hinterher auch noch hochkantig raus. Richtig so – die Kerle sollen sich bloß nicht einbilden, wir würden ihnen nachlaufen, nur weil sie einen strammen Popo und Augen wie ein Neugeborenes haben.«

Lydia ist voll in Fahrt, hat die Rechnung aber natürlich ohne die anderen gemacht:

»Ach, ich weiß nicht«, sagt Saskia kleinlaut. Wohlgemerkt, sie ist erst Mitte dreißig und sagt jetzt mit ihrer Piepsstimme: »Vielleicht möchte ich so einen jungen Kerl gar nicht. Am Ende stehe ich nackt vor ihm, und er fragt mich, ob ich mich nicht mal etwas sorgfältiger bügeln könnte. Oder er beschwert sich, dass ich zu unsportlich sei für diese Kamasutra-Stellung, bei der die Frau auf dem Kopf steht und der Mann mit den Füßen von der Decke hängt …«

»Wie bitte? Die hat uns Sri Singh noch gar nicht gezeigt! Klingt ja höchst interessant«, wirft Lydia ein. Sie geht zu demselben Yogalehrer wie ich.

Marie macht eine wedelnde Handbewegung und sagt mürrisch:

»Und wenn ein Mann sich mit dem Schwanz an der Decke aufhängt. Das ist doch vollkommen gleichgültig. Entscheidend ist nur eines, nämlich dass Saskia genau den Fehler begeht, auf den ein Mann niemals kommen würde. Jedenfalls nicht, wenn er sich mit einer jüngeren Frau einlässt: an sich selbst zu zweifeln.«

»Tue ich das denn?«, fragt Saskia überrascht.

»Allerdings! Schon bei der Vorstellung, dass ein junger Amor vor dir steht, machst du dir Gedanken über Falten und deine gymnastischen Fähigkeiten und befürchtest, dass der Typ von dir enttäuscht sein könnte. Glaubst du etwa, Männer hätten auch solche Befürchtungen? Denkst du wirklich, ein Ralph Siegel geniert sich wegen seines Schlabberkörpers, wenn er mit einer Dreißigjährigen in die Kiste hüpft? Glaubst du, dieser Laurenz Meyer von der CDU macht sich Gedanken darüber, dass er kein einziges Haar mehr auf dem Kopf hat, wenn er seiner halb so alten Freundin empfiehlt, mal wieder zum Frisör zu gehen? Bestimmt nicht. Die Herren der Schöpfung sind nämlich so blind und dumm, dass sie denken, dass wir Frauen blind und dumm sind.«

»Genau«, ereifert sich Ellen, »denkt doch nur einmal an diesen Rainer Calmund. Diese Fußballwalze ist über fünfzig und hat eine minderjährige Freundin, die er jetzt auch noch geheiratet hat. Meint ihr, der denkt auch nur einmal darüber nach, was seine Kleine über ihn denkt, wenn er sein Hemd auszieht und einen Bauch von der Größe eines VW Käfers entblößt?«

»Männer sind halt unverschämt«, bilanziert Lydia nüchtern. »Stellt euch das doch einmal umgekehrt vor. Eine Frau mit der Figur einer Marianne Sägebrecht, Mitte fünfzig, ungepflegt und mit Dreitagebart, heiratet, sagen wir, Ralf Bauer. Oder Enrique Iglesias. Genau! Die Leute würden sich schon bei der Vorstellung übergeben.«

Saskia setzt einen Schmollmund auf. »Ich weiß nicht ...«

Die anderen sehen sie neugierig an. Was gibt es da nicht zu wissen?

»Ich finde Rainer Calmund süß ... und das mit dem Bauch

finde ich auch nicht so schlimm. Ich meine, ich glaube, dass er ein sehr lieber Kerl ist. Ihr müsst ihm nur mal in die Augen sehen.«

»In die Fettaugen«, kichert Marie.

Lydia hebt mahnend den Finger. »Darum geht es doch auch gar nicht. Wenn eine Frau so einen Rainer-Calmund-Typen wirklich mag, dann soll sie doch glücklich mit ihm werden. Und dasselbe gilt für all die anderen Mädchen, die unbedingt ihren schwerhörigen Greisen das Jawort ins Ohr brüllen möchten. Keiner hindert sie an ihrem Glück. Es ist ungerecht. Das ist alles. Weil wir nicht dasselbe machen dürfen.«

Ellen macht eine wegwerfende Handbewegung. »Das bleibt es aber auch, wenn wir uns jetzt auf einmal mit dem männlichen Nachwuchs amüsieren. Eigentlich sind Männer nämlich immer gleich, völlig unabhängig davon, ob sie alt oder jung sind. Sie lassen sich bedienen, gehen mit ihren Kumpels saufen, und nach spätestens einem Jahr geben sie sich keine Mühe mehr im Bett.«

»Das klang früher aber noch ganz anders bei dir«, spottet Lydia. Ellen wirft ihr giftige Blicke zu. Bevor sie etwas entgegnen kann, ergreift Saskia das Wort: »Der Unterschied ist doch, dass sie uns, wenn sie alt sind, auch noch die Schuld daran geben, dass ihr Leben so langweilig ist.«

»Weise gesprochen«, lobt Marie.

»Ein junger Kerl hat darum den Vorteil, dass man ihn noch erziehen kann. Das erhöht die Chance, dass er sich nach ein paar Jahren immer noch halbwegs benimmt und vor allem stubenrein bleibt«, ergänzt Ellen.

»Genau«, pflichtet Marie ihr bei. »Darum kann ich Frauen wie diese Furtwängler oder Anna Nicole Smith nicht verstehen. Wenn die Probleme mit ihren Gatten haben, brauchen die keine Menschenkenntnis, sondern eine Schwesternausbildung.«

Lydia schnaubt verächtlich. Sie schüttelt den Kopf und sieht vorwurfsvoll in die Runde. Dann holt sie tief Luft und verkündet mit getragener Stimme: »Ihr müsstet euch einmal selber zuhören, Mädels. Es ist mal wieder typisch: Die Kerle vögeln sich hemmungslos durch alle Altersklassen, und wir sitzen hier und machen uns Gedanken, warum das unter Umständen zu Problemen führen könnte. Ich finde, Isabelle hat es genau richtig gemacht. Nicht lange nachdenken, sondern das junge Obst von den Bäumen pflücken. Sonst wird es nämlich matschig und runzelig und schmeckt alles andere als süß.«

»Aber vielleicht ist der Wurm dann dicker …«, fügt Ellen hinzu.

Die Mädels brechen in zustimmendes Gekreische aus und sehen erwartungsvoll zu mir herüber. Vergeblich. Ich denke gar nicht daran, mich an ihren ewigen Diskussionen zu beteiligen, die sich nur noch um ein einziges Thema drehen: Altersunterschiede. Und zwar in allen erdenklichen Formen: junge Männer und alte Frauen, alte Männer und junge Frauen, Frauen und Millionäre (egal welchen Alters), Männer und Männer, Frauen und Frauen. Meistens kommt dann eine von ihnen auch noch auf die Idee, den Fernseher anzuschalten. Der steht auf einem Regal im Cafébereich, weil wir uns gelegentlich Sportübertragungen ansehen, meistens Boxen oder Fußball. In letzter Zeit stellen meine wunderbaren Freundinnen nur noch Hamburg-LIVE an und sehen sich die neueste Sendung mit Max an. Der sitzt mit irgendwelchen Prominenten zusammen, spricht über Liebe, Sex und Familie. Und die vier, weit davon entfernt, auf das zu hören, was jemand sagt, kommentieren ohne Unterlass meinen Ex-Kurzzeit-Liebhaber, sein Aussehen, seine Mimik und Gestik und die Frage, ob man daraus auf seine gegenwärtige sexuelle Situation schließen kann:

»Also, süß ist er wirklich, der kleine Max.«

»Ach, Isabelle, willst du ihn nicht doch noch einmal anrufen? Vielleicht besucht er uns hier im Laden – und wir vernaschen ihn alle gemeinsam.«

»Mein Typ ist er nicht. Dieser treue Blick, der lügt doch schon, wenn er dich nur ansieht.«

»Ist doch egal, ob er lügt oder nicht. Er sieht gut aus, und laut Isa erledigt er einen zufrieden stellenden Job im Bett.«

»Ich finde, er sieht … unbefriedigt aus. Wahrscheinlich träumt er immer noch von Isabelle. Aber die will ja nichts mehr von ihm wissen.«

Und so weiter und so weiter. Aber wie gesagt: Ich höre nicht zu. Auch jetzt nicht. Erstens interessiert es mich nicht. Und zweitens habe ich andere Probleme, um die ich mich kümmern muss. Und das größte davon ist der Laden. Die Mädels ahnen nicht, dass sie kurz davor stehen, sich einen anderen Ort für ihre Diskussionsrunden suchen zu müssen. Das Flowers steht nämlich nicht gerade solide da – auch wenn ich bisher die Einzige bin, der das klar ist. Da ist nicht nur die saftige Mieterhöhung von vor drei Monaten, die uns zu schaffen macht. Hinzu kommt der Wegfall all der komischen Internetfirmen, die vor einem Jahr noch florales Ambiente für Tausende von Euro bestellt haben. Jetzt ordern sie maximal einen Trauerkranz, wenn mal wieder einer ihrer Exvorstände aus dem Fenster gesprungen ist, um nicht wegen Kursmanipulationen ins Gefängnis zu müssen. Noch schlimmer ist, dass auch unsere Stammkunden einen erstaunlichen Sittenverfall an den Tag legen: Sie ordern weiterhin Pflanzen, Blumen, Kränze oder Festdekorationen. Nur dürfen wir vor der dritten Mahnung nicht mit Geld rechnen. Als ob die Menschen vergessen hätten, dass Wirtschaft aus Geben *und* Nehmen besteht. Es ist zum Jammern, auch wenn ich mir das bisher verkniffen habe. Mein einziger Trost ist der florierende Café-Betrieb. Der entwickelt sich immer mehr zu unserem Standbein. Wenn auch da unsere Einnahmen wegbrächen, wäre es um den Laden und damit um meine und Maries Existenz geschehen.

All das führt dazu, dass ich mich zu etwas überwinde, wovor ich mich seit über einem Jahr erfolgreich gedrückt habe. Ich rufe Bernd an, meinen Exmann. Ich muss dazu sagen, dass es auf diesem Planeten kein Lebewesen gibt, inklusive aller Insekten, Einzeller und Mikroben sowie sämtlicher Pflanzen, Sporengewächse und Versteinerungen, das mir so gleichgültig ist wie mein Exmann. Und das, obwohl wir immerhin zwölf Jahre verheiratet waren und in dieser Zeit mindestens tausend Mal miteinander geschlafen haben (neunhundertneunzig Mal im ersten Jahr, die restlichen zehn Mal danach). Trotzdem gibt es Situationen, in denen Bernd einen gewissen Restnutzen für mich hat – das mag Ihnen zwar egoistisch erscheinen, beweist aber nur, dass Sie mit dem Schicksal einer allein erziehenden Mutter nicht vertraut sind.

Jedenfalls greife ich zum Hörer, wähle Bernds Büronummer und schildere ihm die Situation. Er verspricht mir erstaunlich schnell, sich mit ein paar Leuten in Verbindung zu setzen, und bringt dabei nicht einmal das Thema Unterhalt ins Spiel. Ich freue mich, auch wenn sich in den hintersten Winkeln meines Kopfes ein diffuser Verdacht einnistet. Aber offensichtlich täusche ich mich: Zwei Stunden später piepst das Faxgerät, und die Beschaffungsstelle seiner Firma ordert ein Dutzend Orangenbäumchen für die Empfangshalle und ein Komplettarrangement für eine Jubiläumsfeier – ein Auftrag, der uns für mindestens zwei Monate das Überleben sichert. Ich zeige das Schreiben Marie. Sie fällt mir jubelnd um den Hals, und ich fühle mich, als hätte ich mich selbst verkauft. Das Gefühl trügt nicht, wie sich pünktlich zu Geschäftsschluss herausstellt. Ich schließe die Ladentür ab, und als ich mich umdrehe, um zum Wagen zu gehen, steht da – Bernd.

»Hallo, Isabelle. Wie war ich?«

Ich mache Ihnen nichts vor, er sagt das wirklich genau so. Und da er mir einen Auftrag genauso schnell wieder entziehen kann, wie er ihn mir zuschustert, sage ich: »Du warst toll, Bernd. Ein echter Held. Marie ist auch begeistert. Aber weder sie noch ich stehen als Dank für eine gemeinsame Nacht zur Verfügung.«

Bernd verzieht das Gesicht, als hätte er auf ein Pfefferkorn gebissen. Dann rafft er sich zu einem überheblichen Grinsen auf. »Die Kinder haben mir schon erzählt, dass du in letzter Zeit merkwürdig bist. Jetzt weiß ich, was sie meinen.«

Was überhebliches Grinsen angeht: Das kann ich genauso gut wie mein Ex. »Siehst du. Von dir behaupten sie das schon seit Jahren.«

Bernd macht eine beschwichtigende Handbewegung. »Bitte, Isabelle. Es gibt keinen Grund, sich zu streiten. Ich kann nichts dafür, dass euer Laden nicht läuft. Ich habe getan, was ich konnte, oder etwa nicht?«

Ich atme einmal tief durch. »In diesem einen Falle hast du

das. Wenn es darum geht, dich um deine Kinder zu kümmern, kann ich das leider nicht behaupten.«

»Immer dieselbe Leier. Muss das sein?«

»Ja, es muss sein. Weil es auch deine Kinder sind. Selbst wenn ich dich für einen unzivilisierten Primaten mit dem Verantwortungsbewusstsein einer Gerbera halte, heißt das nicht, dass Flo und Nessi nicht gelegentlich deinen Rat, deine Fürsorge und deine Erziehung brauchten.«

»Und? Bekommen sie das alles etwa nicht?«

Ich muss lachen. Ab einem bestimmten Ausmaß wird Dreistigkeit einfach lustig. »Klar. Du gehst einmal im Monat mit den beiden ins Kino. Das ist wirklich sehr hilfreich. Zumal du dabei Gespräche über schulische Leistungen, ihr Verhalten mir gegenüber oder sonst irgendetwas, das in Richtung Probleme geht, garantiert zu hundert Prozent ausschließt. Toll. Du bist eine echte Hilfe.«

Ich weiß auch nicht, warum ich das alles sage. Nicht, dass ich nicht davon überzeugt bin, Recht zu haben. Aber ich habe mir eigentlich schon vor einigen Jahren abgewöhnt, darüber zu reden. Es hat ohnehin keinen Sinn. An diesem Tag aber fühle ich mich wie eine Regentonne nach einem Unwetter. Das Fass schwappt über, und zwar in Form von Tränen. Ausgerechnet vor Bernd, der einmal behauptet hat, dass meine ständigen Heulanfälle der Hauptgrund für die Scheidung gewesen sind.

»Isabelle, es tut mir Leid. Ich hatte keine Ahnung, dass du …«

»Was?«, schnauze ich ihn an.

Wir stehen inzwischen auf der Straße. Ein paar Passanten drehen sich zu uns um, bemerken meine verheulten Giftblicke und suchen schleunigst das Weite.

»Nichts. Ich hätte nicht herkommen sollen«, sagt Bernd kleinlaut.

»Warum hast du es überhaupt getan? Ich meine, warum bist du hergekommen?«

Bernd macht heute anscheinend auf einfühlsam. Er kramt ein Taschentuch hervor und reicht es mir, ich schniefe es voll und gebe es ihm zurück. Er sagt: »Ich hatte den Eindruck …

du klangst bedrückt am Telefon. Ich dachte, du brauchst vielleicht jemanden zum Reden.«

Ich bin zwar verheult, frustriert und in der Stimmung, irgendjemanden umzubringen. Aber ich bin nicht bescheuert. Ich kenne meinen Exmann gut genug, um augenblicklich misstrauisch zu werden. »Was ist los, Bernd? Hast du Probleme? Gibt es Schwierigkeiten mit Brigitte? Hat sie dich verlassen, weil du sie betrogen hast? So wie mich damals?«

Sein Gesicht nimmt in Bruchteilen von Sekunden eine puterrote Farbe an. »Das kannst du nun wirklich nicht vergleichen«, sagt er wütend.

»Bingo. Also habe ich Recht. Lasst ihr euch scheiden?« In meinem Kopf überschlagen sich die Gedanken. Was bedeutet eine weitere Scheidung von Bernd für den Unterhaltsanspruch der Kinder? Wird er zahlungsunfähig? Wird er untertauchen? Andererseits: Er verdient inzwischen wahrscheinlich genug, um auch zwei Exfamilien durchzubringen.

»Wir haben Streit, das ist alles«, sagt Bernd. »Ein normales Gewitter. Nichts Ungewöhnliches. Wenn es sich abgeregnet hat, scheint wieder die Sonne. Ich dachte einfach nur, wir könnten reden. Ich wollte dich zum Essen einladen.«

Jetzt ist es raus. Bernds Preis für den Auftrag, den er uns zugeschustert hat, ist höher, als ich befürchtet habe: Er will sich bei mir über die Probleme mit seiner neuen Gattin ausheulen. Ich beschließe sofort, dass ich lieber Pleite gehe, als mir das anzutun.

»Ich habe genug eigene Probleme, Bernd. Ich muss mir nicht noch deine anhören. Wenn du jemanden zum Reden brauchst, dann versuch es mit einem Laternenpfahl. Oder meinetwegen mit einem Therapeuten. Aber bitte nicht mit mir.«

Ich sage das und komme mir dabei gleichzeitig rücksichtslos und unglaublich toll vor.

»Ich … Isabelle, bitte. Wir kennen uns schließlich seit über zwanzig Jahren …«

»Das stimmt«, sage ich, nicke ihm zu und lasse ihn auf der Straße stehen.

Als ich abends im Bett liege, weiß ich, dass die Dinge immer schlimmer kommen, als man denkt. Besonders wenn man eine Frau ist. Eine allein erziehende Frau. Eine unglücklich verliebte allein erziehende Frau. Eine unglücklich verliebte allein erziehende Frau, die immer alles falsch macht. Eine unglücklich verliebte allein erziehende Frau, die immer alles falsch macht und deshalb am besten auf der Stelle aus dem Fenster springt.

Nein, halt, stopp. Ich korrigiere mich: eine Frau, die siebenundvierzig Jahre alt ist und sich, wenn sie verliebt ist, genauso unreif benimmt wie ihre siebzehnjährige Tochter. Also: Schluss jetzt. Ich bin doch eigentlich schon weiter. Ich bin erwachsen. Ich bin erfahren. Ich bin auch ohne Beziehung glücklich. Ich brauche keine Männer. Erst recht keine Männer, die fast zwanzig Jahre jünger sind als ich, mit denen ich zweimal Sex habe und die sich dann in meinen Gedanken festsetzen, als hätte ich eine jahrelange Beziehung zu ihnen gehabt. Nein, so etwas brauche ich nicht. Aus, Ende, vorbei. Ich werde ab morgen jeden, der den Namen Max Kästner ausspricht, eigenhändig aus dem Laden werfen. Und jede, die ihn sonst irgendwie erwähnt, auch. Also merk dir das, Isabelle Bauer! Sonst musst du dich selber rauswerfen.

Probleme sind ein hervorragendes Mittel, um auf andere Gedanken zu kommen. Noch besser sind Katastrophen. Und auf die scheint momentan Verlass zu sein. Am nächsten Tag sind Marie und ich damit beschäftigt, die erste Lieferung für den neuen Auftrag fertig zu machen. Es ist Vormittag, vielleicht elf Uhr. Lydia kommt in den Laden und zwitschert fröhlich:

»Huhu, Isabelle. Ich soll dich schön von Nessi grüßen. Hab sie gerade bei Jil Sander getroffen.«

»Wo?«

»Du weißt doch. Vorne, im neuen Outlet-Store.«

Ja, ich weiß allerdings. Zum Beispiel, dass das eines dieser Geschäfte ist, in denen das billigste Utensil mehr kostet, als meine Tochter in einem Jahr an Taschengeld bekommt. Ganz abgesehen davon, dass Nessi um diese Uhrzeit in der Schule sein müsste. Ich schnappe mir meine Jacke und bin schon an der Tür, als Marie mich zurückhält.

»Isa, wir müssen bis heute Nachmittag liefern. Du kannst nicht ...«

Ich schüttele den Kopf. »Ich kann, Marie. Frag Lydia, ob sie dir hilft. Oder meinetwegen Ellen. Der tut ein bisschen Arbeit ohnehin gut.«

Marie sieht mich vorwurfsvoll an. Ich zucke hilflos mit den Schultern, und sie versteht das. Sie legt die Schere und die Drahtrolle auf den Schneidetisch, kommt zu mir herüber und nimmt mich in den Arm. »Mach dir keine Sorgen. Wir schaffen das«, flüstert sie mir ins Ohr.

»Bestimmt«, sage ich, streiche ihr zärtlich über die Wange und verlasse den Laden.

Wenn es um meine Kinder geht, spreche ich gerne vom Prinzip der kommunizierenden Gören. Es ist ein sehr einfaches Prinzip, das sich bisher immer bewahrheitet hat: Wenn ein Kind brav ist, macht das andere Unsinn. Und wenn dieses andere Kind sich wieder beruhigt hat, arbeitet das erste sicherlich schon an der nächsten bösen Überraschung. Da Florian seit der Samstagnacht vor fast drei Wochen lammfromm ist, hätte ich einiges darauf gewettet, dass Nessi die Nächste sein würde, die meine Nerven beansprucht. Offensichtlich habe ich die Wette gerade gewonnen.

Der Outlet-Store ist nur rund fünfhundert Meter von unserem Laden entfernt. Die ersten vierhundertfünfzig Meter stürme ich wie eine Furie über den Bürgersteig. Die anderen Passanten suchen verschreckt das Weite. Selbst die Auslieferfahrer von UPS, die mit ihren Bergen von Paketen sonst jeden über den Haufen rennen, machen mir respektvoll Platz. Und auch die shoppenden Jungmütter rammen mir ihre Kinderwagen heute nicht in den Bauch oder in die Kniekehlen, sondern bleiben rücksichtsvoll stehen, um mich durchzulassen.

Den größten Teil des Weges lege ich in weniger als drei Minuten zurück. Erst als ich das überdimensionale Schaufenster mit den magersüchtigen Dekopuppen in ihren minimalistischen Businesskostümen schon sehen kann, schalte ich einen

Gang zurück. Egal, was Nessi hier treibt, es wäre sicherlich nicht besonders sinnvoll, wie ein angestochenes Flusspferd in den Laden zu stürmen und meine Tochter zur Rede zu stellen. Nicht, dass das nicht vielleicht angebracht wäre. Aber ich kenne meine Tochter gut genug, um zu wissen, dass es nicht funktioniert. Nessi sieht zwar ihrem Vater äußerlich ähnlicher als mir. Aber von mir hat sie das Gen für den Dickkopf geerbt. Und darum ist in Situationen wie dieser ausgesprochene Vorsicht angebracht.

Ich bleibe vor dem großzügigen Eingang stehen und atme gleichmäßig und tief ein und aus, so wie es uns Sri Singh in der Yogastunde beigebracht hat. Dazu murmele ich autosuggestive Sprüche, um mich von ein paar Dingen zu überzeugen, auch wenn ich diese eigentlich für ausgesprochen unwahrscheinlich halte: Das ganze Universum ist gut zu mir. Es liebt mich und kümmert sich um mich, es gleicht meinen Dispo aus und sorgt dafür, dass auch an windigen Tagen meine Haare sitzen. Es macht aus mir eine geduldige, verständnisvolle Mutter, die akzeptiert, dass ihre Tochter ein eigenständiger Mensch mit einem eigenständigen Willen ist. Ich bin ganz ruhig und gelassen, und ich werde auch heute niemanden beleidigen, verhauen oder zutiefst beneiden. Alles ist gut.

Ich betrete das Jil-Sander-Outlet, das vom Boden bis zur Decke in Weiß gehalten ist: weiße Wände, weiße Regale, weiße Spiegelrahmen, weiße Tische und Ablagen. Wofür der ganze Aufwand betrieben wird, bleibt mir schleierhaft: Auf der riesigen Verkaufsfläche von mindestens sechshundert Quadratmetern entdecke ich insgesamt ungefähr fünf Kleidungsstücke, ein paar Accessoires und drei gelangweilte Verkäuferinnen. Die sind von den Schaufensterpuppen kaum zu unterscheiden, weil sie ebenfalls unter fortgeschrittener Magersucht leiden und ebenfalls auf Linie geschnittene Kostüme tragen, die ihnen phantastisch stehen. Was sie allerdings von jeder echten Frau aus dem echten Leben unterscheidet.

Jedenfalls bietet der Laden insgesamt eine Umgebung, in der ich meine Tochter Nessi auf den ersten Blick entdecken müsste. Aber so ist es nicht. Entweder ist sie verschwunden, oder hier geht irgendetwas vor sich, was sich nicht auf den ersten Blick erschließt.

Während ich noch über das Ganze nachgrübele, löst sich eine der Verkäuferinnen von der Glasvitrine mit den Lederaccessoires – ich dachte schon, sie sei dort angewachsen wie eine schön anzusehende Seeanemone am Korallenriff. Sie kommt auf mich zu und macht dabei ein Gesicht, als hätte sie morgens statt Cornflakes Beruhigungspillen gelöffelt – falls sie überhaupt feste Nahrung zu sich nimmt. Immerhin öffnet sich ihr Mund zu einem durchaus freundlichen Lächeln:

»Kann ich Ihnen behilflich sein?«

Ich sehe sie misstrauisch an. Normalerweise verdienen diese Mädchen ihr Geld damit, Kundinnen wie mich zu übersehen. Das Geheimnis ist wohl, dass ich heute keinerlei Kaufabsichten hege. Das kann sie riechen und spricht mich deshalb an, ohne dabei das Risiko einzugehen, durch einen Wunsch von mir unter Stress zu geraten.

»Ich sehe mich nur ein wenig um«, sage ich, ebenfalls lächelnd.

»Gerne.«

Das Mädchen unterdrückt ein Gähnen und trottet zu seinem Ankerplatz an der Glasvitrine zurück. Mich interessiert es nicht, weil meine Aufmerksamkeit gänzlich von etwas anderem in Beschlag genommen wird. Ich habe nämlich eine verdächtige Bewegung am Vorhang einer Umkleidekabine ausgemacht: Durch den weißen Stoff der Kabine zeichnet sich ein Frauenhintern ab, der eindeutig zu großformatig ist, um in irgendein Kleid zu passen, das hier verkauft wird. Außerdem signalisiert mir mein Instinkt, dass ich diesen Hintern vor siebzehn Jahren zur Welt gebracht habe. Ich unterdrücke den Impuls, auf der Stelle loszurennen und Nessi zur Rede zu stellen. Stattdessen nehme ich einen geschützten Beobachtungsposten hinter einer freistehenden Spiegelwand ein und behalte die Umkleidekabine im Auge. Ich werde kurz darauf mit einem interessanten, um nicht zu sagen erschreckenden Schauspiel belohnt.

Zunächst einmal passiert allerdings gar nichts. Nessi raschelt hinter dem Vorhang, ich höre ihr Stöhnen, als sie sich offenbar in einen Fummel zwängt, der drei Nummern zu klein für sie ist und in dem sie sicherlich wirkt wie eine prall gefüllte Rügenwalder Teewurst. Dann höre ich es wieder rascheln, stöhnen, zwängen – und das Surrgeräusch eines Reißverschlusses. Kurz darauf tritt meine Tochter in einer zugegebenermaßen todschicken Kombination aus der Kabine, dreht sich ein paar Mal vor dem Spiegel, wirft einen Blick auf das Preisschild und gibt ein lässiges Schnalzen von sich. Inzwischen turnen zwei der Verkäuferinnen um sie herum, legen voller Entzücken die Hände ans Gesicht, zupfen an Nessi herum, halten ihr einen weiteren Spiegel hin und überschütten sie mit allerlei lobenden Kommentaren. Ganz klar: Im Unterschied zu mir wird meine Tochter als Kundin ernst genommen – das ist unter anderem daran erkennbar, dass in der Umkleidekabine ein ganzer Haufen anderer Kleider liegt, die Nessi offenbar allesamt bereits anprobiert hat. Der Grund für diese beneidenswerte Vorzugsbehandlung liegt vermutlich darin, dass sich Nessi mit einer traumwandlerischen Sicherheit durch den Laden bewegt. Sie gibt allerlei professionelle Kommentare von sich, macht kleine Scherze, als wäre sie Gloria von Thurn und Taxis, und lässt im Übrigen nicht den Deut eines Zweifels daran zu, dass sie Kleider wie dieses alle paar Tage kauft und natürlich höchstens ein- oder zweimal trägt.

Schließlich äußert Nessi Worte des Zweifels, betrachtet sich noch einmal im Spiegel, schüttelt den Kopf und sagt: »Ich glaube, so richtig sagt es mir doch nicht zu. Ich muss noch einmal darüber nachdenken.«

Unter den enttäuschten Blicken der Verkäuferinnen verschwindet Nessi wieder in der Kabine. Sie ächzt und stöhnt erneut und zwängt sich offenbar unter ähnlichen Mühen wie zuvor aus der Wurstpelle heraus. Ein paar Minuten später tritt sie in ihrem normalen Jeansoutfit in den Verkaufsraum, unter dem Arm ihre prall gefüllte Schultasche, winkt den Verkäuferinnen noch einmal lässig zu und sagt: »Vielen Dank für die Hilfe. Wie gesagt: Ich werde es mir überlegen.«

Sie will gerade aus der Ladentür treten, als eine der Verkäuferinnen auf sie zuschießt – und zwar nicht träge wie eine Seeanemone, sondern flink und gefährlich wie eine Wasserschlange. Sie packt Nessi unsanft am Arm und sagt: »Mein liebes Mädchen, ganz so einfach, wie du dir das vorstellst, ist es nicht. Jetzt mach deine Tasche auf, ich will nämlich mal einen Blick reinwerfen.«

Es ist eine Kriegserklärung, aber Nessi bleibt gelassen. Ganz anders als ich, obwohl ich ja immer noch in meinem Versteck warte und niemand mich beachtet. Meine Tochter aber scheint alles andere als eingeschüchtert zu sein. Sie lächelt die Verkäuferin kess an und sagt mit einer beeindruckend unbeeindruckten Stimme: »Machen Sie das bei jeder Kundin?«

»Nein«, lächelt die Verkäuferin kühl.

»Und wieso bei mir?«

»Weil ich einen guten Grund dazu habe.«

»Ach. Da bin ich aber gespannt«, blafft Nessi. Ich kenne diesen Tonfall nur zu gut von ihr. Mich treibt er regelmäßig auf die Palme. Das blutleere Jil-Sander-Fräulein aber bleibt gefasst. Sie hat mehr Standing, als ich ihr zugetraut hätte.

»Jetzt hör mir mal gut zu, meine Kleine. Wir können gerne die Polizei holen. Die befasst sich dann mit dir. Wenn du also diese Methode vorziehst …«

»Polizei? Warum nicht? Deren Uniformen sind allemal schicker als die Fummel, die Sie hier verkaufen.«

»Also, das ist doch …«

Der Verkäuferin verschlägt es die Sprache – und ihren beiden Kolleginnen, die inzwischen ebenfalls um Nessi herumstehen, genauso. Ich dagegen liebe meine Tochter in diesem Augenblick noch ein bisschen mehr, als ich es sonst schon tue. Ich bin regelrecht stolz auf sie. Sie fertigt diese Verkäuferinnen genauso ab, wie die es verdient haben und wie ich selbst es niemals hinkriegen würde.

Die Wasserschlange hat ihre Fassung wieder gefunden. Dafür hat sie jeden Anflug von Freundlichkeit verloren.

»Also schön. Ganz wie du willst.« Sie dreht sich um und sagt zu ihrer Kollegin: »Johanna, ruf auf dem Revier an. Und sag den Beamten, dass sie mit Widerstand rechnen müssen.«

Das ist deutlich. Ich sehe Nessi schon in einer Zelle sitzen und die üblichen Prozeduren erleiden: ausziehen, intensive Leibesvisitation, lachende Polizisten, abwechselndes Abtasten. Dazu darf es nicht kommen! Ich habe im Moment schon genug Probleme. Ich brauche nicht noch ein weiteres in Form einer Tochter, die wegen Ladendiebstahls von der Polizei abgeführt wird.

Ich vertraue darauf, dass bei allem, was ich jetzt tun werde, meine Tochter geistesgegenwärtig genug ist, um mitzuspielen. Ich verlasse meinen Beobachtungsposten und zwinkere Nessi verschwörerisch zu. Die ist jetzt zum ersten Mal wirklich erstaunt. Ich nicke ihr zu und steuere dann schnellen Schrittes auf den Ausgang zu. Dabei greife ich im Vorbeigehen lässig nach einer ganzen Reihe von Kaschmirschals, die auf einem Sideboard liegen und für zweihundert Euro das Stück darauf warten, gekauft zu werden. Ich drehe mich noch einmal um, winke den Verkäuferinnen zu und rufe: »Auf Wiedersehen, und vielen Dank für alles.«

Mit meiner Beute in der Hand und einem verwegenen Lächeln auf den Lippen schlüpfe ich aus dem Laden. Ich fühle mich dabei wie Audrey Hepburn in »Frühstück bei Tiffany« – Sie wissen schon, die Szene, in der sie mit George Peppard in das Kaufhaus geht und die Tiermasken klaut. Es ist ein wunderbares, prickelndes Gefühl, und fast bin ich so weit, Nessi zu verstehen. Aber auch nur fast.

Denn in die drei Magermädchen kommt erstaunlich schnell Bewegung. Klar, diese unverschämte Frau – also ich – hat tatsächlich gerade Kaschmirschals im Wert von über zweitausend Euro geklaut! Ich sehe von außen durch das Schaufenster, wie die drei auf ihren Pfennigabsätzen auf den Ausgang zutippeln, die Hände in die Seiten stemmen und mit ihren Piepsstimmen hinter mir herbrüllen oder es jedenfalls versuchen:

»He Sie! Das ist Diebstahl! Was fällt Ihnen ein. Kommen Sie zurück. Hallo! Sie da!«

Ich bin in dieser Gegend praktisch zu Hause. Das macht sich bezahlt. Ich kenne jede Nische und jeden Winkel in der Hamburger City gut genug, um schleunigst unterzutauchen. Nachdem ich festgestellt habe, dass die drei Verkäuferinnen-Models keinerlei Anstalten machen, hinter mir herzulaufen – die Verfolgung von Ladendiebinnen ist vermutlich nicht Bestandteil ihres Arbeitsvertrages –, gehe ich hinter einem geparkten Lieferwagen in Deckung. Von hier aus kann ich sehen, wie Nessi kurz nach mir aus dem Laden schlüpft. Sie nickt den völlig verdatterten Verkäuferinnen noch einmal zu und verschwindet im Strom der Passanten.

Zum Glück schlägt Nessi exakt den Weg ein, den auch ich genommen habe. Und so kommt sie kurz darauf an dem Lieferwagen vorbei, hinter dem ich lauere, und macht dabei einen, wie ich finde, erschreckend gelassenen Eindruck. Ich packe meine Tochter am Arm, und zwar noch unsanfter als die Verkäuferin vorhin, und ziehe sie dicht zu mir heran. Dann lege ich los: »So, meine Liebe. Ich glaube, wir beide haben ein gehöriges Wörtchen miteinander zu reden. Ich bin enttäuscht, entsetzt und völlig fassungslos. Ich dachte, ich könnte mich auf meine Kinder verlassen. Aber da habe ich mich ja wohl gründlich getäuscht. Ich weiß nicht, was ich mit dir machen soll. Aber verlass dich drauf, du wirst es bereuen …«

Mein Tonfall lässt keinen Zweifel daran, dass ich es ernst meine – nur ist Nessi keineswegs beeindruckt. Weder von mir noch von meiner Standpauke. Sie ist auch nicht eingeschüchtert oder verschreckt. Und dankbar oder erleichtert ist sie erst recht nicht – hätte ja auch sein können. Von einem schlechten Gewissen möchte ich erst gar nicht reden, so etwas haben Jugendliche heutzutage sowieso nicht.

Was meine geliebte kleine Tochter dann aber macht, erstaunt mich doch. So viel Kaltblütigkeit hätte ich ihr nicht zugetraut: Sie baut sich vor mir auf, stemmt die Hände in die Hüften, bläst die Backen auf und sagt dann mit schneidender Stimme:

»Mama. Ich glaube, jetzt spinnst du total. Du bist völlig ausgeflippt. Ach, was sage ich? Du bist die peinlichste, schrecklichste, durchgeknallteste Mutter, die es überhaupt geben kann. Was würdest du denn sagen, wenn du deiner Mutter am helllichten Tage dabei zusehen müsstest, wie sie *klaut*. So als ob das total normal wäre. Spaziert in einen Laden, nimmt sich irgendetwas und spaziert, ohne mit der Wimper zu zucken, wieder heraus. Mama, ich glaube, du musst mal zum Arzt gehen.«

Mein Reflex, auszuholen und Nessi eine schallende Ohrfeige zu verpassen, währt nur sehr kurz, aber es wäre zweifellos ein Fall seelischer Selbstverteidigung gewesen. Stattdessen stehe ich vor meiner Tochter und bin ratlos.

Nessi quittiert meine merkwürdige Starre mit einem weiteren Kopfschütteln: »Wie gesagt: Ich glaube, du bist total ausgeflippt. Wenn du jetzt einen Nervenzusammenbruch kriegst, wundert mich das gar nicht.«

Auf einmal kommt wieder Bewegung in mich. Mit dem letzten Funken Selbstachtung, den ich habe, reiße ich Nessi ihre Tasche von der Schulter. Ich zerre den Reißverschluss auf und wühle ohne irgendwelche Hemmungen darin herum. Ich finde alles Mögliche: Bücher, Hefte, CDs, einen Föhn, Bürsten, Kosmetik, Haarbänder, Tampons, Mädchenzeitschriften, Zigaretten, Stifte, eine Videokassette, ein Zentimetermaß, einen Strauß Trockenblumen, Fotos von Jungs, Fotos von Mädchen, Fotos von Rockstars, Busfahrkarten, Parfüm, Blöcke mit komischen Skizzen, Taschentücher und noch ungefähr hundert andere Dinge. Eines aber finde ich nicht: Kleidung. Weder von Jil Sander noch von irgendeiner anderen Marke, egal ob teuer oder nicht. Nichts, nicht die geringste Spur von Textilien. Nicht mal eine Unterhose. Nach und nach erahne ich das ganze Ausmaß der Katastrophe, die ich angerichtet habe.

Natürlich: Nessis Gelassenheit angesichts der Vorwürfe dieser Verkäuferin hat eine sehr einfache Erklärung. Ebenso die Tatsache, dass mir meine Tochter gerade diese lautstarke Szene gemacht hat. Nicht *sie* ist die Ladendiebin. Sondern *ich*. Nicht *sie* schlittert Hals über Kopf in Probleme. Sondern *ich*. Nicht *sie* hat allen Grund, ein schlechtes Gewissen zu haben. Sondern *ich*.

All das wird mir mit erschreckender Deutlichkeit bewusst. Und es gibt nichts, was ich tun kann, um die Dinge rückgängig zu machen. Es ist zu spät.

Nessi reißt mir ihre Tasche aus der Hand, starrt mich voller Bitterkeit und Kälte an und sagt:

»Du bist nicht nur bekloppt, Mama. Du bist ekelhaft.«

Sie sagt es, dreht sich auf dem Absatz um und stapft davon.

Ich dagegen falle in meine Regungslosigkeit zurück. Ich komme mir vor wie eine Insel im Strom der gleichgültigen Passanten. Die lachen und schwatzen miteinander und haben nichts als Shoppen im Sinn. Und ich? Ich fühle mich elend. Ich bin gelähmt und unfähig, mich auch nur einen Zentimeter zu bewegen. Unzählige Gedanken schießen mir durch den Kopf, aber alle laufen auf das gleiche Ergebnis hinaus: Ich habe alles falsch gemacht. Mit mir, mit meiner Tochter, mit meinem Leben. Ich bin einsam, verzweifelt und habe ein entsetzlich schlechtes Gewissen.

Es dauert eine ganze Weile, bis ich meine Fassung wiedererlange. Oder sagen wir: Teile meiner Fassung. Genug jedenfalls, um mich wieder bewegen zu können. Das ist auch bitter nötig. Ich weiß jetzt, was ich zu tun habe. Und dafür darf ich keine Zeit verlieren.

Zum zweiten Mal an diesem Tag stürme ich durch die Hamburger City. Ich muss Nessi wiederfinden! Und ich muss wieder gutmachen, was gutzumachen ist. Rücksichtslos schiebe ich die anderen Fußgänger aus dem Weg, ich springe über diverse Poller, drücke mich zwischen geparkten Autos hindurch (bin doch schlanker, als ich gelegentlich befürchte!), bringe diverse Geschäftsauslagen zum Einsturz und versetze Postkartenständer in schwungvolle Rotation – vermutlich wird morgen in der Zeitung stehen, dass ein Wirbelsturm durch die City gefegt ist. Es ist mir egal. Ich habe nur ein Ziel, und um das zu erreichen, ist Rücksicht das falsche Mittel. Na und? Ich bin eine Mutter, und ich muss meine Tochter finden!

Zum Glück zeichnet sich Nessi gerade mal wieder durch einige besondere und weithin erkennbare Merkmale aus: Ihre Haare schillern zum Beispiel in einem kräftigen Blauton. Das ist ungewöhnlich genug, um sie auch in einer größeren Menschenmenge erspähen zu können. Ich stürme durch die Bergstraße, die Poststraße und die ABC-Straße, renne durch die kleine Fußgängerzone in der Gerhofstraße und am Jungfernstieg entlang – und schließlich entdecke ich auf dem Gänsemarkt eine leuchtende Pracht aus hochgesteckten azurfarbenen Locken. Das ist sie, kein Zweifel.

»Nessi! Bitte, Vanessa. Bleib stehen. Bitte, Kleines. Hör doch ...«

Ungefähr dreihundert Menschen drehen sich um, um zu erfahren, wer diese hysterischen Rufe ausstößt. Meine Tochter gehört nicht dazu. Sie läuft schnurstracks geradeaus und will gerade in einen Linienbus einsteigen. Ich erreiche sie im letzten Augenblick und greife sie erneut am Arm, wobei ich mir alle Mühe gebe, die misstrauischen Blicke des Busfahrers zu ignorieren. Der weiß vermutlich nicht, ob er Zeuge einer Kindesentführung, einer Straßentheater-Aufführung oder einer der üblichen Auseinandersetzungen zweier Junkies wird.

»Bitte, Nessi. Es tut mir Leid. Es tut mir so Leid. Ich ... ich wollte dir helfen. Glaub mir.«

»Tolle Hilfe, Mama. Wirklich. Hast du fein gemacht.«

»Ich ... es sah doch alles danach aus, dass du ... ich konnte doch nicht ahnen ...«

»Ach ja? Sah es so aus? So viel Vertrauen hast du also in mich? Dann hol du doch die Polizei! Lass deine Tochter doch verhaften, wenn du sie für eine Verbrecherin hältst. Aber dann lass dich selbst bitte auch gleich abführen. Anders als ich hast *du* nämlich wirklich geklaut. Und zwar nicht zu knapp.«

Trotz der Dramatik der Situation kann ich mir ein Lächeln nicht verkneifen. Nessi hat ja allen Grund, sauer zu sein. Und sie hat Recht damit, dass *ich* die Kriminelle von uns beiden bin.

Der Busfahrer erlöst mich aus meinem Dilemma. Mit der Blaffstimme seines Berufszweiges fragt er:

»Wat denn nu, Deerns? Fahrt ihr nu mit oder fahrt ihr nu nich mit? Oder wollt ihr da stehen bleiben und weiterschimpfen wie zwei olle Fischweiber aufm Wochenmarkt?«

Nessi und ich sehen erst ihn und dann uns gegenseitig an. Zum ersten Mal spüre ich, dass die unsichtbare Verbindung zwischen Mutter und Tochter wieder funktioniert, und ich fühle mich unendlich befreit. Ich habe mein Baby wieder!

»Was nu? Rin oder rut?«, drängelt der Fahrer.

Nessi und ich, kein Zweifel, empfinden in diesem Moment

genau das Gleiche. Und der Leidtragende unserer Wiedervereinigung ist niemand anderes als der Mann hinter dem Steuer. Meine Tochter und ich nicken uns kampflustig zu, drehen synchron den Kopf in Richtung Bus und sagen dann wie aus einem Mund: »Nehmen Sie doch Ihren blöden Bus und fahren Sie, wohin Sie wollen. Mit Ihnen wollen wir bestimmt nicht mit. Nur damit Sie es wissen!«

Aus der Fassung bringen können wir einen gestandenen Hamburger Chauffeur damit natürlich nicht. Der ist Schlimmeres gewohnt. Er schüttelt dann auch nur verständnislos den Kopf, schließt die Tür und fährt mit viel zu viel Gas davon. Nessi und ich sehen uns an, lächeln vorsichtig – und kurz darauf fällt mir meine Tochter mit einem mächtigen Satz um den Hals. Woraufhin wir beide in Tränen ausbrechen und heulen und uns so fest halten, dass wir keine Luft mehr bekommen. Aber das ist völlig egal. Atmen ist total unwichtig. Jedenfalls im Vergleich zu Liebe.

»Wie kann ich es gutmachen? Einladung zum Essen?«, frage ich.

»Klingt nicht schlecht. Und Hunger habe ich auch.«

»Abgemacht. Du kannst haben, was du willst.«

»Ehrlich?«

»Ehrlich!«

Habe ich bereits erwähnt, dass Nessi einen gewissen Hang zur Körperfülle hat? Bisher war ich stets der Überzeugung, dass sie trotz ihrer siebzehn Jahre noch die letzten Reste ihres Babyspecks mit sich herumträgt. Ein Fehler, den wahrscheinlich viele Mütter machen. Einfach weil sie ihren Nachwuchs immer noch als groß gewordene Säuglinge betrachten und nicht als das, was sie wirklich sind: kleine Erwachsene, die kurz davor sind, große Erwachsene zu werden. Groß ist auch das Wort, das auf Nessis Appetit zutrifft. Deshalb hat ihr Aussehen nicht das Geringste mit Babyspeck zu tun, sondern mit hemmungsloser Nahrungsaufnahme.

Wir setzen uns auf die Terrasse eines nahe gelegenen Restaurants, und sie bestellt Minestrone, Salat und Carpaccio als Vorspeise, Pizza, überbackenes Gemüse und Minutensteaks als Hauptgericht sowie Tiramisu und Zabaione zum Dessert. Während Nessi nacheinander all diese südländischen Köstlichkeiten in sich hineinschaufelt, kaue ich auf einem Sommersalat mit Croutons herum und gebe mir Mühe, keine Kommentare über Nessis zu erwartende Gewichtsentwicklung abzugeben. Abgesehen davon: Ich war in ihrem Alter auch nicht unbedingt schlank – heute aber bin ich es, ohne mir jemals große Mühe gegeben zu haben.

Nach dem Essen schlürfen wir zwei große Tassen Café Latte und lassen es uns gut gehen. Die meisten Mittagsgäste sind inzwischen verschwunden. Die Kellner und das Küchenpersonal sitzen an einem der hinteren Tische und gönnen sich nun ihrerseits ein wohl verdientes Mittagessen. All das schafft eine gemütliche Atmosphäre – genau richtig für ein vertrauensvolles Gespräch zwischen Mutter und Tochter.

Nessi empfindet es offenbar genauso. Sie wischt sich ihren dicken Milchkaffeebart ab, zündet sich eine Zigarette an und verkündet mit gewichtiger Stimme:

»Also, Mama, wenn wir hier schon sitzen: Was ist eigentlich in letzter Zeit los mit dir?«

Im Prinzip halte ich nichts von der Meinung, dass Eltern und Kinder Freunde sein können. Es hat immer etwas Verlogenes. Eltern sind Eltern, und Kinder sind Kinder, und im besten Falle haben sie ein gutes, vertrauensvolles Verhältnis zueinander. In den letzten Tagen aber habe ich nicht mehr das Gefühl, Flo und Nessi in irgendeiner Weise voraus zu sein. Und durch mein Verhalten bei Jil Sander habe ich meiner Tochter dafür vermutlich den letzten Beweis geliefert. Darum spricht auch nichts dagegen, dass Nessi mich so etwas fragt. Das Problem ist nur, dass ich keine Ahnung habe, was ich darauf antworten soll. Ich weiß es einfach nicht.

Nessi hält mein Schweigen für Hilflosigkeit. Sie nickt mir aufmunternd zu und fragt:

»Ist es wegen dieses Typen aus dem Fernsehen?«

Ich nicke: »Sagen wir es so: Es hat viel mit ihm zu tun … glaube ich.«

»Magst du ihn? Ich meine, bist du in ihn verliebt?«

Ich muss lachen. Nessis unbekümmerte Art ist wohltuend. Aber sie hilft mir nicht wirklich weiter.

»Ach, Nessi. Wenn das so einfach wäre …«, seufze ich. Sie schneidet mir einfach das Wort ab und ruft:

»Aber es ist so einfach, Mama. Glaube ich jedenfalls. Wenn du in ihn verliebt bist, bist du in ihn verliebt. Daran lässt sich nichts ändern. Dann musst du was draus machen.«

»Klar, wenn man so alt ist wie du, dann stimmt das. Aber wenn man so alt ist wie ich, werden die Dinge komplizierter. Da gibt es so etwas nicht mehr, einfach verliebt sein. Auf einmal muss man auf tausend Dinge Rücksicht nehmen, und man muss alles Mögliche bedenken. Und bevor man sich versieht, ist es schon wieder vorbei mit dem Verliebtsein.«

Nessi legt ihre Stirn in Falten und nickt resigniert. »Ich dachte immer, es wäre umgekehrt. Ich dachte, man lernt im Leben etwas dazu, und irgendwann kommt man mit den Dingen besser zurecht. Scheint ein Irrtum zu sein.« Sie rollt mit den Augen und fügt seufzend hinzu: »Sind ja keine tollen Aussichten für die Zukunft!«

»So schlimm ist es auch wieder nicht. Es kommt immer drauf an, was man draus macht …«

»Toll«, sagt sie mit einer Mischung aus Ironie und Verachtung. Dann sieht sie mich forschend an. »Und? Was machst du draus?«

Sie hat die entscheidende Frage gestellt. Schade nur, dass ich die Antwort nicht kenne. »Ich weiß nicht. Ich vermute, nichts. Weil es sowieso keinen Sinn hat. Das muss man ab und zu auch mal akzeptieren.«

»Ich weiß nicht, Mama. Das klingt so … frustriert. Papa meinte auch, dass du echt schlecht drauf bist im Moment.«

»Ach? Hat er das gesagt?«, frage ich.

Nessi schürzt die Lippen. »Hat er. Und er hat ausnahmsweise Recht, oder? Aber weißt du – mir geht's genauso. Ehrlich.«

»Wegen Tobias? Läuft es nicht gut?«

»Gar nichts läuft. Der blöde Sack!«

»Nessi, bitte!«

Sie sieht mich vorwurfsvoll an. »Wieso? Er *ist* ein blöder Sack. Seit Wochen bin ich hinter ihm her. Und rumgemacht haben wir auch schon. Und jetzt geht er mit Tine, kannst du dir so etwas vorstellen?«

Nein, das kann ich in der Tat nicht. Meine Verblüffung ist meiner Stimme deutlich anzuhören:

»Mit deiner Tine? Das ist aber wirklich nicht nett, weder von ihm noch von ihr.«

Nessi macht eine wegwerfende Handbewegung. »Auf Tine bin ich nicht böse. Tobi ist echt ein Süßer. Klar, dass sie nicht nein sagt, wenn er bei ihr ankommt. Aber das hätte er auch gleich sagen können. Dann hätte ich ihm niemals meine Mix-MD gegeben. Und den Player erst recht nicht. Der rückt ihn einfach nicht wieder raus.«

Ich habe keine Ahnung, wovon gerade die Rede ist. Aber das macht nichts. Ich habe vollstes Verständnis für Nessi, und dafür ist sie dankbar. Sie schlürft ihren Kaffee und sagt:

»Flo meint übrigens, dass es echt cool wäre. Der kennt nämlich alle möglichen Leute, Promis und so, und vielleicht könnte er uns ein Date mit Xavier Naidoo verschaffen ... Oder sogar mit Puff Daddy.«

»Moment, Nessi? Was wäre cool? Und wer kennt wen?«

»Na, dein Typ von Hamburg-LIVE. *Der* kennt Xavier. Und wenn ihr ein Paar werdet, das wäre echt cool. Findet Flo. Und ich auch. Und Tine, Jost und die anderen auch. Ich meine, der ist echt berühmt und so. Dann kriegen wir bestimmt Backstagekarten für alles Mögliche.«

Alles nacheinander und das Wichtigste zuerst, sage ich mir und zwinge meine Gedanken zur Ordnung. »Das heißt, du hast Tine und deinen ganzen Freunden erzählt, dass ich ...«

»Klar, dass ihr zusammen im Bett wart«, sagt sie in schönster Selbstverständlichkeit. »Ich meine, du hast 'ne Affäre mit Max Kästner gehabt. *Meine* Mutter. Das ist voll fett. Na ja, und noch fetter wäre halt, wenn ihr jetzt was miteinander anfangt. Ist doch klar, oder?«

»Ist es das?«, frage ich. Obwohl ich mich dagegen innerlich sträube, spüre ich, dass mir Nessis Antwort sehr viel bedeutet.

Vielleicht kommt sie mit ihrer Naivität der Wahrheit viel näher als ich mit meinen ganzen ach so erwachsenen Erfahrungen.

»Klar ist es das. Außerdem macht der doch diese tolle Sendung. Redet mit den Leuten über Beziehungen und so. Das ist echt cool. Ich meine, das gucken echt alle.«

»Ach, Nessi. Wenn alles so einfach wäre ...«, seufze ich.

»Aber wo ist das Problem, Mama? Hat er 'ne andere?«

»Nein, hat er nicht. Glaube ich jedenfalls.«

»Was ist es dann? Ich meine, du siehst doch echt klasse aus. Für dein Alter jedenfalls. Der steht auf dich, der Typ, oder nicht? Siehst du, dann kann doch nichts schief gehen. Jedenfalls nicht, wenn du es willst.«

Nessi hat die wunderbare Eigenschaft, mir kleine Ohrfeigen zu verpassen, ohne dass sie es überhaupt merkt. Ich sehe also gut aus – für mein Alter! Aber wenn wir schon dabei sind, offen zueinander zu sein, kann ich ja auch den ganzen Weg gehen.

»Weißt du: Ich finde diesen Max ja toll. Und cool, wenn du so willst. Aber so einfach ist es nicht.«

»Und warum?«, fragt sie kopfschüttelnd.

»Er ist einunddreißig«, sage ich und glaube, damit alles gesagt zu haben.

Nessi sieht mich verunsichert an. »Und was heißt das? Ich meine: Ist er jetzt zu alt oder zu jung?«

Ich suche in ihrem Gesicht nach einem Hinweis, dass sie die Frage ironisch meint. Vergeblich. Sie meint es völlig ernst, und dafür bin ich ihr unendlich dankbar. Ich rutsche um den Tisch herum und gebe ihr einen Kuss.

Sie nickt:

»Ich sage es ja, du spinnst im Moment. Finde ich aber nicht schlimm. Schließlich spinnen alle.«

»Und wie!«, stimme ich ihr begeistert zu.

Ich winke dem Kellner und bezahle die horrende Rechnung. Wir treten hinaus in die Sommerhitze. »Hast du mir jetzt verziehen?«, frage ich sie.

»Das geht schon in Ordnung, Mama. Schon vergessen.«

Ich fühle mich erleichtert. Und werde prompt unvorsichtig. »Nur eines musst du mir noch erklären, Nessi«, sage ich nämlich. »Hast du heute eigentlich keine Schule?«

Die Antwort lässt nicht auf sich warten, und sie fällt kalt, schneidend und vorwurfsvoll aus:

»Mama! Das darf doch wohl nicht wahr sein! Fängst du schon wieder an?«

»Ich dachte nur …«

»Falsch gedacht. Außerdem weiß ich selber, was ich mache. Krieg du lieber deine Sachen auf die Reihe, anstatt ständig in meine reinzureden.«

Ich kapituliere und antworte resigniert: »Einverstanden – jedenfalls bis auf weiteres.«

Nessi ist schon ein paar Schritte von mir entfernt und winkt mir zu. »Ich muss jetzt echt los. Tine wartet. Wir wollen shoppen gehen.«

Ich winke ebenfalls und sage: »Viel Spaß.«

Aber das hört Nessi schon nicht mehr. Sie ist in der Menschenmenge verschwunden, und ich weiß wieder einmal, warum es so wunderbar ist, eine pubertierende Tochter zu haben.

Die Dinge ziehen sich in den folgenden Tagen zurecht. Was bleibt, ist eine Art untergründiges Surren, eine Irritation, die mich nicht loslässt. Die Erklärung dafür liegt auf der Hand: Ich habe mir in der Zeit, die seit Max' Auftritt im Laden vergangen ist, große Mühe gegeben, ihn zu vergessen. Weil es einfach keinen Sinn hat, auch nur an ihn zu denken – obwohl meine Tochter das ganz anders sieht. Für mich ist die Sache aber klar: Max ist einunddreißig, ich bin fast fünfzig, und zwischen uns liegen nicht nur zwanzig Jahre, sondern eine ganze Ewigkeit. Er ist jung, erfolgreich und begehrt, er hat seine Zukunft noch vor sich. Er wird vermutlich bald eine Familie gründen, ein Haus bauen und eine Weltreise machen. Ich bin nicht jung und nicht besonders erfolgreich, und dass ich begehrt bin, bezweifele ich im Moment stark. Außerdem habe ich bereits eine Familie. Ein Haus werde ich in diesem Leben wohl nicht mehr besitzen, und eine Weltreise werde ich mir nur leisten können, wenn ich nicht nur eine Jil-Sander-Filiale, sondern auch gleich noch eine Bank ausraube. Kurz und gut, zwischen Max und mir liegen Welten. Und darum ist mehr als das kurze Abenteuer, das wir hatten, ausgeschlossen. Weil Beziehungen zwischen Männern wie ihm und Frauen wie mir nun mal nur in Romanen funktionieren. Und niemals im richtigen Leben.

Es gibt nur ein Problem dabei: Ich bekomme immer mehr den Eindruck, dass ich die Einzige bin, die so denkt. Nehmen Sie beispielsweise meine Freundinnen: Erst raten sie mir, die Sache als Abenteuer zu sehen und bloß nicht überzubewerten. Sie warnen mich immer wieder davor, mir einzubilden, dass sich mehr daraus entwickeln könnte. Also gut – ich höre auf sie. Und auf einmal sind sie derart von Max begeistert, dass sie ihn am liebsten selber haben möchten.

Und meine Kinder? Die sind ebenfalls weit davon entfernt, mir Max auszureden. Im Gegenteil. Nessi hat es mir deutlich genug gesagt: Sie und Flo fänden eine Beziehung zu Max cool. Was lässt sich daraus schließen? Genau. Die Einzige, die anderer Meinung ist, bin ich.

Max
Gibt es ein Problem?

Zum Glück bin ich ein Mann. Darum weiß ich, dass es Dinge im Leben gibt, die wichtig sind. Und andere Dinge, die unwichtig sind. Die Sache mit Isabelle ist – die Männer unter Ihnen werden es wissen, und die Frauen werden es einsehen – unwichtig. Was ist denn schon geschehen? Ich habe an der Tür einer Frau gekratzt, mit der ich zweimal Sex hatte. Ich hatte keinen Erfolg, sie hat mich abblitzen lassen. Na und? Hat das irgendetwas zu sagen? Eben. Es gibt Kerle, die machen täglich solche Erfahrungen und tragen ihren Kopf trotzdem aufrecht durch die Welt. Es gibt also keinen Grund, über die Sache länger nachzudenken.

Aber da ist eine Kleinigkeit, die mich irritiert: Ich fühle mich, verzeihen Sie mir den Ausdruck, beschissen. Und ich habe keine Ahnung, warum das so ist. Schließlich weiß ich, dass ich mir eine ganze Menge Probleme erspart habe – weil Isabelle klug genug war, um die Sache mit uns ein für alle Mal zu beenden. Es ist unsinnig genug gewesen, mich überhaupt noch einmal bei ihr blicken zu lassen. Okay: Ich bin nicht blind und taub genug, um nicht zu wissen, dass zwischen mir und ihr etwas war, das das Prädikat »ungewöhnlich« verdient. Aber was heißt das schon? Schließlich besteht zwischen mir und meiner Putzfrau auch eine ungewöhnliche Beziehung, genau wie zwischen mir und so ziemlich jeder Frau, mit der ich zu tun habe. Kein Grund also, sich unnötig viele Gedanken zu machen.

Das Einzige, was mich wurmt, ist die Tatsache, dass sie es ist, die die Reißleine gezogen hat. Ich meine, ich bin bei ihr hereingeschneit, ich habe auf sie gewartet, ich habe sogar die Schmähungen ihrer Freundinnen ertragen. Ich habe diese unglaublich dämliche Konversation mit ihr geführt, die darauf hinauslief, dass sie nichts von mir wissen will. Sie musste einfach den Eindruck gewinnen, dass ich mir einbildete, aus unserer Kurzgeschichte hätte ein Roman werden können. Es ärgert mich, weil sie mich jetzt vermutlich endgültig für jung und unerfahren hält, für einen Anfänger eben. Für den Typ Mann, der unverbindlichen Sex für wichtig hält. Das kränkt mich.

Andererseits: Soll ich nur deswegen noch einmal zu ihr gehen und ihr sagen, dass sie mir ohnehin vollkommen gleichgültig ist? Dass sie sich ihre herzerweichenden Blicke, ihre Art, den Kopf schief zu legen, ihr Lächeln, ihre Grübchen, ihre Art zu gehen oder sich umzudrehen, wenn man ihr etwas zuruft, dass sie sich all das künftig sparen kann? Weil es mir vollkommen gleichgültig ist? Eben – es gibt kein künftig. Unsere Begegnung in ihrem Laden war das letzte Mal, dass ich diese Frau gesehen habe. Für Isabelle und mich gibt es nur noch Vergangenheit.

Vielleicht haben Sie es schon bemerkt: Ich habe schlechte Laune. Und zwar chronisch. Ich merke das unter anderem daran, dass ich mir ständig solche Gedanken mache. Und das seit ziemlich genau einer Woche. Oder um genau zu sein: seit dem Moment, an dem ich aus Isabelles Laden getreten bin. Seitdem grübele ich darüber nach, warum mir die Sache mit Isabelle vollkommen und zu hundert Prozent egal ist. So richtig will es mir einfach nicht gelingen.

Es ist also dringend nötig, dass ich etwas an meinem Zustand ändere. Und wenn Nachdenken nicht weiterhilft, muss ich eben auf eine Methode zurückgreifen, die in solchen Fällen schon vielfach zum Erfolg geführt hat: Trinken. Und zwar am besten in Gesellschaft von Menschen, denen es genauso schlecht geht wie mir. Am besten sogar noch schlechter. Und wer käme dafür besser infrage als Helge und Jonas?

Als ich das Maybach, meine Stammkneipe im Stadtteil Eimsbüttel, betrete, sitzen die beiden wie immer an der Theke und sind damit beschäftigt, über Gefühle zu sprechen. Ich weiß: Sie denken, dass Männer so etwas gar nicht können.

Aber Sie täuschen sich. Überzeugen Sie sich selbst, und hören Sie einfach zu. Denn das tue ich auch. Schließlich geht es um ein interessantes Thema.

»Es gibt Frauen, die können dir einfach keinen blasen«, sagt Helge gerade. Zur Untermauerung seiner Worte wischt er sich den Bierschaum aus dem Schnauzbart. Jonas, der eingekrümmt auf dem Barhocker sitzt, als hätte man ihm die Wirbelsäule operativ entfernt, wiegt skeptisch den Kopf hin und her.

»Ich weiß nicht ... Liegt vielleicht ja auch am jeweiligen Schwanz, meinst du nicht?«

»Quatsch, tut es nicht. Ist Erfahrungssache: Manche nehmen dein Ding in den Mund, und du weißt, du bist im Paradies. Andere, die tun es, und du musst hingucken, um zu sehen, ob sie überhaupt schon angefangen haben. Und was ist das Ergebnis? Du langweilst dich, und sie denkt, dass sie eine Niete im Bett ist.«

Jonas richtet sich auf und streicht sich die fettig glänzenden Haare aus der Stirn. Er sieht seinen Freund leicht angewidert an. »Das ist doch Unsinn, Helge. Totaler Quatsch. Ich bin bisher noch jedes Mal gekommen, wenn ihre Lippen auch nur die Nähe meines ... du weißt schon.«

»Ach ja?«

»Ja. Weil es in erster Linie ein Vertrauensbeweis ist.«

Helge lässt ein verächtliches Lachen hören. »Du meinst, es muss gar keinen Spaß machen? Also, für mich ist es ein Vertrauensbeweis, wenn eine Frau mir ihren Wohnungsschlüssel gibt oder wenn sie mir die Geheimnisse weitererzählt, die ihr ihre beste Freundin unter dem Siegel der Verschwiegenheit anvertraut hat.«

»Das ist kein Vertrauensbeweis, das ist normal«, erwidert Jonas mit glasigem Blick.

Die beiden sind wieder einmal voll in ihrem Element. Ich kann es ihnen nicht übel nehmen. Worüber sollen sie auch sonst reden? Immerhin unterscheidet sie das von den ganzen anderen arbeitslosen Journalisten in der Stadt: Die schwadronieren ständig über ihr hartes Los und vergleichen bestenfalls die Frisuren ihrer Sachbearbeiterinnen auf dem Arbeitsamt.

Dabei können auch Jonas und Helge durchaus einige Härten vorweisen: Helge war zuletzt Chefredakteur einer Internet-Zeitschrift, die vor zwei Jahren noch eine Auflage von 1,2 Millionen Stück hatte. Als sie vor wenigen Monaten eingestellt wurde, gab es noch genau fünfunddreißg Abonnenten, und das Magazin hatte bei einhundertachtundzwanzig Heftseiten eine einzige ganzseitige Anzeige, die leider nicht bezahlt wurde, weil der Kunde am Tag des Erscheinens Insolvenz anmeldete. Zu seinen aktiven Zeiten hat Helge übrigens ausgesprochen gepflegt ausgesehen, um nicht zu sagen elegant. Ich glaube, die meisten seiner Daniel-Hechter-Anzüge hat er inzwischen verkauft, genau wie seinen SLK und die Wohnung auf Ibiza.

Jonas' Situation ist ähnlich: Er moderierte bis vor kurzem eine Talksendung auf einem der großen Privatsender und leitete außerdem das tägliche Hamburg-Fenster. Dann beschloss der Vorstand, statt teurer Eigenproduktionen die dreiundzwanzigste Wiederholung von »Polizeihund Rex« zu senden. Eine praktische Lösung, für die man auch gleich fünfundachtzig Mitarbeiter entlassen konnte. Jonas war einer davon. Und da das Ganze unter der Überschrift »Betriebsbedingte Umstrukturierung« lief, bekam er nicht einmal eine Abfindung.

Jetzt könnten Sie natürlich meinen, dass unser Schicksal in gewisser Weise spiegelbildlich ist: Ich, Max, bin beruflich erfolgreich und privat ein Totalschaden – Jonas und Helge dagegen sind berufliche Bankrotteure, dafür aber privat glücklich und zufrieden. Weit gefehlt. Und das liegt nicht unbedingt an den beiden. Jonas zum Beispiel ist ein eher treuer Typ, der drei Jahre lang mit einer ehemaligen Volontärin seines Senders liiert war. Am Abend seiner Entlassung schlug er ihr vor, die Stadt zu verlassen und dem ganzen Medienzirkus den Rücken zu kehren. Stattdessen sollten sie doch gemeinsam einen Bauernhof in Mecklenburg-Vorpommern bewirtschaften. Die Antwort seiner Freundin, ich glaube, sie hieß Tanja, bestand darin, dass sie zwei Stunden später aus der gemeinsamen Wohnung in Hamburg-Eppendorf auszog. Letzte Woche war sie auf einem Bild in der »Bunten« zu sehen, Arm in Arm mit Ulrich Meyer. Bei Helge ist es nicht ganz so schlimm: Er hat aus seiner Zeit als Chefredakteur genug Erfahrung mit Online-Dating, um es auf mindestens eine Verabredung pro Woche zu bringen. Seit seiner Entlassung erlebt er es allerdings immer öfter, dass seine Blind Dates nach dem gemeinsamen Abendessen enden und er den Höhepunkt des Abends ganz alleine gestalten muss. Armer Kerl.

Neuerdings verbringen Helge und Jonas ihre Tage an der Theke des Maybach, trinken Bier und feiern ununterbrochen die Gründung ihrer Ich-AGs.

Es ist Zeit, mich bemerkbar zu machen. Ich ziehe mir einen Thekenhocker heran, setze mich und sage: »Hallo, Jungs.«

Helge und Jonas drehen ihre Köpfe ungefähr so schnell wie eine Schildkröte im Winterschlaf. Ihre Blicke sagen alles, ihre Worte auch.

»Ach. Da ist ja unser Arbeitsplatzbesitzer«, raunt Helge mit kratziger Stimme.

»Hallo, Max. Was führt dich her? Eine Vertragsverlängerung oder eine Gehaltserhöhung?«, fragt Jonas.

Ich winke ab. Ich habe nicht die geringste Lust auf das übliche Geplänkel.

Helge merkt es: »Ist irgendetwas passiert, Max? Hat es mit der Nominierung für die Goldene Kamera nicht geklappt?«

Jonas wiehert. Ich dagegen sehe die beiden fragend an. Helge pfeift Wolle, dem Tier hinter der Theke, zu. »Mach uns mal drei Bier.«

Jonas stößt mir den Ellbogen in die Seite. Beide unterziehen mich einer prüfenden Betrachtung, und Helge sagt:

»Wir sprechen übrigens gerade über Frauen.«

»Toll.«

»Mecky hat erzählt, du und Jana habt euch getrennt. Stimmt das?«

Mecky ist ein gemeinsamer Bekannter, von dem niemand weiß, was er eigentlich macht – außer Gerüchte zu verbreiten.

»Hat jemals irgendetwas gestimmt, das Mecky erzählt hat?«

Helge nickt lächelnd: »Von ihm wissen wir, dass Nina Ruge in Wirklichkeit ein Mann ist.«

»Okay. Gibt es außerdem irgendetwas, das stimmt?«

Jonas schaltet sich ins Gespräch ein:

»Mecky hat als Erster herausgefunden, dass der Bundeskanzler sich keineswegs die Haare färbt, sondern ein Haarteil trägt und ansonsten kahl wie Peter Struck ist.«

Ich stöhne genervt auf und hebe resigniert die Hände. »Einverstanden. Und sonst – irgendetwas?«

Helge und Jonas sehen sich an und grinsen beide schelmisch:

»Mecky erzählt, dass du neuerdings mit einer Endvierzigerin mit zwei Kindern und ’nem Blumengeschäft rumvögelst. Aber okay, alles glauben wir ja auch nicht.«

Was soll ich tun? Die beiden verhauen? Das wäre ziemlich unsozial, schließlich sind sie geschlagen genug. Abgesehen davon ist aggressives Verhalten die beste Bestätigung, die sich ein Journalist wünschen kann. Am weitesten kommt man immer noch mit einer dreisten Lüge.

»Also, Jungs, ich weiß nicht, woher Mecky diesen Unsinn hat. Aber ich denke, ihr müsstet mich besser kennen. Wenn er behauptet hätte, ich würde es mit einer Sechzehnjährigen treiben, schön und gut. Aber mit einer Frau, die fast so alt ist wie Inge Meysel? Das meint er nicht ernst, und das werdet ihr ja wohl nicht glauben?«

Mein Statement trifft genau ins Schwarze. Helge und Jonas lachen eine Weile, und als ich die nächsten Runden vollständig auf meinen Deckel schreiben lasse, ist das Thema vergessen. Die beiden merken zwar, dass ich irgendetwas zu verarbeiten habe, aber nach dem dritten Bier denken sie nicht mehr groß darüber nach. Ich selber übrigens auch nicht, und das ist ja schließlich der Sinn der Übung.

Wir sitzen also einträchtig an der Theke und diskutieren weiter über die sexuellen Qualitäten von Frauen, über den lange angekündigten Aufschwung im Mediensektor und die Hartz-Reformen, über die sich insbesondere der Wirt des Maybach freuen dürfte.

Viele Stunden später liege ich nackt auf meinem Bett und kann es einfach nicht lassen: Ich mache mir Gedanken über mich und mein Leben. Ein dumpfes Gefühl sagt mir, dass ich gerade dabei bin, die Dinge gegen die Wand zu fahren. Letzten Monat war ich noch damit überfordert, mir den Kopf über *eine* Frau zu zerbrechen – nämlich Jana. Die hatte mich verlassen, und obwohl ich ihr nicht nachtrauerte, spukte sie dennoch unaufhörlich in meinem Kopf herum. Jetzt bin ich einen deutlichen Schritt weiter: Ich muss mir auch noch Gedanken über eine zweite Frau machen. Die ist nicht nur Ende vierzig, sondern hat mir auch noch den dicksten Korb meines Lebens verpasst.

Ist das schlimm? Nein. Es geht nämlich nur um die Frage, wie ich die Geschichte möglichst schnell vergessen kann.

Ich stehe noch einmal auf, schlurfe in die Küche und betätige meinen Soda-Mixer, und zwar so lange, bis die Flüssigkeit in der Plastikflasche aussieht wie brodelnde Lava. Ich nehme einen kräftigen Schluck aus der Flasche, und mein Magen fühlt sich an, als hätte ich erst Schwarzpulver und dann ein brennendes Streichholz verschluckt. Aber immerhin bringt es etwas Klarheit in meinen Kopf.

Ich lasse mich auf den Küchenhocker sinken, trinke und starre eine ganze Weile vor mich hin. Vermutlich ist es die Umgebung, die mich zu folgender Frage bringt: Sind Frauen eher wie Milch, oder sind sie wie Wein? Muss man sie nach Ablauf des Haltbarkeitsdatums wegwerfen, oder soll man sie aufbewahren, weil sie immer besser werden? Ich habe über diesen Punkt bisher nie nachgedacht, weil für mich sonnenklar war: Frauen sind ähnlich empfindlich wie Kaviar oder roher Fisch – obwohl man sie stundenlang in die Sonne legen kann. Weswegen ich auch kein Anhänger der These bin, dass man sie möglichst kühl behandeln soll, damit sie länger bei einem bleiben. Tatsache ist, dass sie irgendwann verdorben sind und man sich spätestens dann nach etwas Neuem umschauen sollte. So dachte ich jedenfalls bisher. Jetzt aber habe ich Isabelle getroffen. Und mit einem Mal kann ich nicht mehr ausschließen, dass es Jahrgänge gibt, die wertvoll sind, obwohl sie schon ein paar

Jahre im Keller liegen. Hat Sven nicht so etwas Ähnliches gesagt? Meinte er nicht, dass sich der Geschmack erst im Laufe der Zeit entwickelt? Und dass man darum Geduld haben soll? Keine Ahnung, was er damit meinte, aber ich ahne, dass etwas Wahres dran sein könnte.

Isabelle
Kein Sex

Mal wieder Samstag. Meine erste Begegnung mit Max liegt exakt drei Wochen zurück. Der Laden ist gerammelt voll mit Kundinnen, die Mädels sitzen wie üblich um einen Cafétisch und quatschen, und Marie kommt mit dem Kaffeekochen und dem Bedienen kaum hinterher. Ich selbst erledige mindestens tausend Dinge gleichzeitig: Ich binde unzählige Sommersträuße für das Wochenende (gut so – wenn sonst schon nichts läuft, dann wenigstens der Laden; jedenfalls heute), ich hole die Vorbestellungen aus dem Lagerraum, mache die Kasse, nehme Wünsche für die nächste Woche an, stelle Quittungen aus, helfe alten Damen beim Aussuchen passender Geschenke für die Hochzeiten ihrer Enkel, der Grabdekorationen ihrer verstorbenen Gatten oder für die Ausstattung des Sommerfestes ihres Bridgeclubs. Ich berate frustrierte Ehemänner, die einen Strauß brauchen, der die Trauer über einen vergessenen Hochzeitstag perfekt ausdrückt, und führe Fachdiskussionen mit Hobby-Rosenzüchtern über die Pigmentierung einer Amorosa. Ich habe also alle Hände voll zu tun und muss gleichzeitig auch noch das Telefon bedienen, das natürlich ununterbrochen klingelt: Anfragen, Vorbestellungen, Angebote, Umfragen, Leute, die wissen wollen, ob sie ihre Einkaufstaschen bei uns liegen gelassen haben, Männer, die ihre Frauen suchen, Frauen, die ihre Freundinnen suchen. Das Übliche eben. Gegen Mittag klingelt es mal wieder, und irgendetwas sagt mir, dass es keine Kundin ist. Ich hebe ab und melde mich trotzdem mit dem üblichen Spruch:

»Flowers. Verwöhnung für alle Sinne. Was kann ich für Sie tun?«

Es knistert in der Leitung. Ich weiß sofort, was das zu bedeuten hat. Ich könnte inzwischen allein am Rauschen der Telefonleitung erraten, woher jemand anruft. Dies ist das Geräusch von Portugal. Genauer: Südportugal. Und es gibt nur einen Menschen, der mich im Moment von dort anrufen könnte. Die Bestätigung folgt sogleich:

»Kind? Bist du das?«

»Mutter?«

Natürlich ist sie es. Und sie gibt sich alle Mühe, ihrer Rolle gerecht zu werden.

»Verwöhnung für alle Sinne ... Das klingt ja, als würde ich in einem Bordell anrufen!«, giftet sie ohne weitere Vorwarnung.

»Danke, Mutter. Und ich hoffe, dir geht es auch gut.«

»Deswegen rufe ich an, Kind. Ja, mir geht es gut, und ich wollte dir nur sagen, dass ich in vier Tagen heirate. Ich würde mich natürlich sehr freuen, wenn du kommen könntest, aber ich weiß ja, dass du viel zu tun hast. Von daher will ich dich auch gar nicht lange stören und wünsche dir noch ein schönes Wochenende.«

»Mutter? Halt, warte, nicht so schnell. Bitte, leg nicht auf!«

Das Problem ist, dass sie es vollkommen ernst meint. Sie glauben mir nicht? Sie kennen meine Mutter nicht! Sie ist neunundsechzig Jahre alt und hat vor zwei Jahren wegen eines anderen Mannes die brasilianische Staatsbürgerschaft angenommen (er war Yanomami-Indianer, und es war die einzige Möglichkeit, um ihn zu heiraten). Den Ehemann davor hat sie im Casino von Baden-Baden kennen gelernt, er war Croupier und wurde am ersten Hochzeitstag wegen Manipulation der Stege verhaftet. Davor hatte sie eine Liaison mit einem Yachtbesitzer aus Neustadt in Holstein, den sie in internationalem Gewässer vor Neufundland heiratete (sie teilte es mir per Funkspruch mit). Genau deshalb verfehlen jetzt ihre Worte die beabsichtigte Wirkung bei mir in keiner Weise. Ich spüre, wie meine Beine unter mir nachzugeben drohen.

»Kann ich dich irgendwo zurückrufen, Mutter?«, bringe ich gerade noch hervor.

»Nein. Wir sind am Flughafen. Unsere Maschine geht in zwanzig Minuten.«

»Lass mich raten. Las Vegas?«

»Red keinen Unsinn, Kind. Madeira natürlich. Es gibt wunderbare Golfplätze dort, die Eduard noch nicht kennt.«

»Kleinen Moment, Mutter. Bitte.«

Ich deute Marie an, dass sie das Gespräch auf den Apparat im Büro stellen soll, und eile den kleinen Flur entlang nach hinten. Der Apparat klingelt. Ich lasse mich auf meinen Schreibtischstuhl fallen, ziehe den Baileys aus der obersten Schublade und nehme einen tiefen Schluck aus der Flasche. Dann krame ich aus Vorsicht eine Packung Taschentücher hervor und hebe ab.

»Ist er das? Eduard? Ich meine, heißt so mein künftiger Stiefvater?«

»Stiefvater? Wie du das sagst, Kind. Als wenn du eifersüchtig wärest«, sagt meine Mutter und stößt ein kindliches Kichern hervor. »Allerdings wärst du das wahrscheinlich auch, wenn du ihn sehen könntest. Er gefällt dir, da bin ich mir sicher.«

Ich kenne meine Mutter seit genau siebenundvierzig Jahren. Ich weiß, dass ihr alles zuzutrauen ist. Auch, dass Eduard genauso alt wie Max ist.

»Lass mich raten, Mutter. Er ist … jünger?«

»Jünger? Wieso jünger? Eduard wird nächste Woche achtzig. Darum haben wir die Hochzeit vorgezogen. Wir möchten ja nicht zweimal feiern, nicht wahr? Wir legen die Trauung genau auf den Geburtstag. Immer sparsam sein, heißt die Devise. Auch wenn Eduard es weiß Gott nicht nötig hat.«

»Bitte, Mutter. Was soll das? Ich meine heiraten! Schon wieder! Muss das denn sein?«

Sie lässt wieder dieses merkwürdige Kichern hören. Irgendwie habe ich den Eindruck, dass meine Mutter bekifft ist. Denkbar wäre es.

»Freust du dich denn gar nicht für mich, Kind?«, fragt sie jetzt. Immerhin klingt das schon etwas ernüchterter.

»Klar freue ich mich«, sage ich und klinge ungefähr so gefühlvoll wie die Mailbox-Stimme auf meinem Handy. Meine Mutter seufzt sich die ganze Last des vergangenen Jahrhunderts von der Seele und sagt: »Ach, Schätzchen. Gönn deiner alten Mutter doch ein wenig Vergnügen. Und nimm es nicht so schwer. Schließlich will ich keine Grabstätte anmieten oder dein Erbe in Telekom-Aktien anlegen. Ich will einfach nur heiraten. Das ist doch nicht so schlimm. Und ganz unter uns: Eine lange Ehe wird es bestimmt nicht. Eduard leidet nämlich unter Asthma.«

»Mutter, bitte! Können wir nicht noch einmal in Ruhe darüber sprechen?«

»Ich bin neunundsechzig, Kind. Ich habe keine Zeit, um über irgendetwas in Ruhe zu sprechen. Ich will noch etwas vom Leben haben. Und das meiste davon, denke ich, werde ich von Eduard bekommen. Also, Isalein, fühl dich geküsst und gedrückt. Denk bitte an mich und stell keinen Unsinn an, hörst du?«

»Ja, Mutter, mach dir keine Sorgen. Im Vergleich zu dir werde ich bestimmt brav sein.«

»Dann ist es gut, Kind. Also: Pass auf dich auf. Und grüß die Kleinen von mir.«

Das war's. Sie hat aufgelegt. Ich sinke in meinen Stuhl zurück und frage mich, warum ich mir eigentlich über irgendetwas Gedanken mache. Offensichtlich kommen andere Menschen auch ohne das aus. Und sie leben ganz wunderbar damit.

Als ich um Punkt sechzehn Uhr die Ladentür von innen zuschließe, fühle ich mich wie ein Bauarbeiter nach einer Akkordschicht. Und ich bin nachdenklich, was ich vermutlich meiner Mutter zu verdanken habe.

Marie nimmt mich in den Arm und hält mich eine ganze Zeit fest an sich gedrückt. Das wirkt Wunder und ist allemal besser als eine Großpackung Psychopharmaka. Dann tätschelt sie mir wie eine südländische Mami die Wange und führt mich zu einem der Cafétische.

»Jetzt koche ich erst einmal einen Kaffee, Isa. Ganz in Ruhe und nur für dich und mich. Was hältst du davon?«

»Klingt wunderbar, Marie«, seufze ich. »Ich wüsste gar nicht, was ich ohne dich machen sollte …«

Sie wirft mir einen flackernden Blick zu. »Wenn ich dir das

nur glauben könnte, Isa«, sagt sie, dreht sich um und macht sich an der Kaffeemaschine zu schaffen.

Es ist ein wunderbarer Moment: Im Laden liegen jede Menge Zweige und Blumenreste herum, dazu das Verpackungsmaterial und die Kassenrollen, die Rechnungen und das ganze übrige Zeug. Auf den Tischen stapeln sich das Geschirr und die leeren Kuchenplatten, in den Töpfchen wird die Sahne ranzig, und mit den Krümeln, die auf dem Boden liegen, könnte man noch einmal eine dreistöckige Hochzeitstorte formen – das übliche Chaos am Ende eines langen Geschäftstages. Marie und ich machen das einzig Richtige: Wir ignorieren die Unordnung und lassen es uns gut gehen.

»Voilà, Madame. Un café au lait pour la belle Isabelle.«

Sie serviert den Kaffee mit der Galanterie eines französischen Oberkellners. Dann setzt sie sich zu mir, und ich erzähle ihr von meiner Mutter. Marie kommentiert es mit einem munteren Augenrollen, sieht mich erwartungsvoll an und fragt: »Und du? Was wirst du machen? Auch heiraten?«

»Spinn nicht herum, Marie! Wen sollte ich heiraten?«

»Le petit Max, zum Beispiel.«

Ich lache. »Anscheinend scheint ihr das ja alle zu glauben. Schade nur, dass ich es nicht tue. Und Max vermutlich auch nicht. Er würde bestimmt laut lachen, wenn er uns so hören könnte.«

»Vielleicht. Vielleicht auch nicht.«

»Ach, Marie, wenn ich deinen Optimismus hätte.«

»Aber du hast ihn. Bisher jedenfalls. Im Moment allerdings …«

»Soll ich dir sagen, woran es liegt?«

»Aber ja. Sage es mir.«

»Ganz einfach: Ich weiß nicht, was ich machen soll. Ich grübele und zerbreche mir den Kopf, aber es kommt nichts Vernünftiges dabei raus. Alles, was mir in einem Moment sinnvoll erscheint, wirkt fünf Minuten später wie der reinste Wahnsinn. Ich drehe mich im Kreis.«

Sie schüttelt sachte den Kopf und lächelt. »Ich glaube dir nicht.«

Ich muss lachen. »Ich kann dir nichts vormachen, stimmt's?«

»Ja, das stimmt. Ich kenne dich. Und ich sehe dir dabei zu, wie du fortläufst.«

»Und wovor laufe ich fort, deiner Meinung nach?«, frage ich.

»Vor dir selbst, Isabelle. Vor deinen Gefühlen. Vor einer Entscheidung. Und … ja, vor Max.«

Es ist wohl sinnlos, die Dinge länger zu leugnen. Trotzdem versuche ich es noch einmal:

»Und wenn du dich täuschst, Marie? Nein, lass es mich anders sagen: Was ist, wenn ich mich täusche? Ich meine, Max und ich, wir hatten eine einzige Nacht und einen einzigen Tag. Zugegeben, beides war wundervoll. Aber zu kurz. Es ist zu wenig für große Gefühle, findest du nicht? Was also, wenn ich mir alles nur einbilde?«

»Du musst es herausfinden. C'est tout. Solange du nur in deinem eigenen Kopf mit ihm redest, wirst du nie eine Antwort finden.«

»Und wo finde ich sie sonst, diese Antwort?«

Marie zuckt mit den Schultern. »Das ist doch klar. Geh zu ihm. Sprich mit ihm. Er kennt vielleicht die Antwort. Niemand sonst«, sagt sie schließlich.

»Aber das kann ich nicht, Marie. Ich kann nicht zu ihm gehen.«

»Doch, du kannst.«

»Mein Gott, Marie. Der Junge ist einunddreißig. Ich habe ihm hier, in diesem Laden, eine Abfuhr erteilt. Ich kann jetzt nicht einfach an seiner Tür klingeln und ihn fragen, ob wir es uns nicht noch einmal überlegen wollen.«

»Warum nicht?«

Ja, warum nicht? Das ist genau die Frage, die seit Tagen in meinem Kopf herumspukt. Ich kenne die Antwort, und vielleicht ist Marie der einzige Mensch, vor dem ich mich traue, sie auszusprechen. Ich weiß, dass sie bei ihr gut aufgehoben ist. Und dass sie sie nicht benutzen wird, um mir wehzutun.

»Ich werde nicht gerne ausgelacht …«, sage ich mit leiser Stimme.

Marie quittiert meinen Satz, indem sie selber lacht. Nicht laut und nicht böse, aber so, dass ich es verstehe. Sie hat Recht. Ich benehme mich lächerlich.

»Weißt du, ma chère«, sagt sie. »Liebe ist eine gefährliche Sache, immer. Man ist immer in Gefahr, von irgendwem ausgelacht zu werden. Das Risiko muss man eingehen. Sonst klappt es nie.«

»Und wenn es keinen Sinn hat? Wenn es aussichtslos ist?«

»Das kannst du nicht wissen – nicht vorher.«

»Ich habe Angst, Marie. Ich fühle mich wie jemand, der nur noch eine Chance hat. Vielleicht gewinne ich. Aber wenn ich verliere, ist alles hin ...«

Sie hockt sich vor mich, legt ihren Kopf auf meinen Arm und schmiegt sich eng an mich. »Wie lange kennen wir uns, Isabelle? Fünf Jahre? Sechs?«

»Eine sehr lange Zeit, eine sehr kostbare Zeit«, sage ich und meine es sehr ernst.

»Viele Männer sind in dieser Zeit gekommen und auch wieder gegangen. Ich habe Lachen in deinen Augen gesehen und auch Tränen. Ein bisschen Liebe, ein bisschen Schmerz. Aber so wie jetzt habe ich dich noch nie gesehen, hörst du? Noch nie. Du brennst, und du bist sehr schön dabei, weißt du das? Geh zu ihm und zeige es ihm. Er wird es verstehen. Habe keine Angst davor. Aber trage dieses Feuer nicht einsam in dir. Das ist nicht gut, verstehst du?«

Ich weiß, dass sie Recht hat. Und bin ihr unendlich dankbar.

»Ich ... ich benehme mich schon genauso albern und unreif wie meine Tochter. Aber ich muss so oft daran denken, was passieren könnte. Was wird Max von mir denken, wenn ich vor ihm stehe und vielleicht kein Wort herausbringe? Wird er böse auf mich sein? Wird er einfach die Tür zuknallen?«

»Isabelle Bauer«, sagt Marie mit strenger Stimme. Sie steht auf und sieht auf mich herab wie eine Lehrerin auf ein ungezogenes Kind. »Ich befehle dir hiermit zu gehen. Geh zu diesem Lump und sage ihm, dass er dein Herz gestohlen hat. Er soll gut zu dir sein und dich lieben, oder ich werde dich furchtbar rächen. So! Und jetzt will ich nichts weiter hören.«

Sie zieht mich auf die Beine, nimmt meine Jacke und meine Tasche von der Garderobe und drückt sie mir mit Schwung in die Hand – sie ist fast grob dabei, und ich sehe sie verwundert an. Aber Marie reagiert nicht darauf. Sie schiebt mich in Richtung Tür, und ich fühle mich wie jemand, der ein wunderbares Geschenk erhalten hat und gleichzeitig von der Todeszelle zur Vollstreckung marschieren muss.

»Egal, was passiert«, sagt Marie. »Ruf mich an. Versprochen?«

»Versprochen«, sage ich. »Und Marie …«

»Was?«

»Ich wollte dir sagen, dass du … Danke. Ich danke dir sehr.«

»Du Dumme«, sagt sie zärtlich und schüttelt den Kopf. Dann gibt sie mir einen letzten Klaps und drückt mich zur Tür hinaus. »Es ist nichts, du tolle Frau. Gar nichts im Vergleich zu dem, was du mir gibst. Nun geh und kämpf für dein Glück!«

Ich winke Marie zu und gehe die drei Stufen auf die Straße hoch. In mir tobt ein Wirbelwind aus Gefühlen, eine Mischung aus Dankbarkeit und Angst und der unbestimmbaren Ahnung, dass ich irgendetwas übersehen habe. Ich kann nicht sagen, was es ist. Ich drehe mich noch einmal zur Tür um, aber Marie ist schon nach hinten ins Büro verschwunden.

Was zieht eine Frau an, die zu einem Mann geht, der zwanzig Jahre jünger ist als sie selbst? Und zwar nicht, um ihm zu sagen, dass sie ihn für viel zu jung, unreif und albern hält. Sondern um ihn zu bitten, sie zu lieben und als das zu nehmen, was sie ist: eine Frau, die begehrt werden möchte. Eine Frau, die seine Leidenschaft will, nicht seinen Respekt, seine Wildheit und nicht seine Höflichkeit, sein Verlangen und nicht seine Vernunft.

Ich weiß es nicht.

Ich fahre nach Hause, und dort verursacht meine Ratlosigkeit erhebliches Chaos. In Rekordzeit sehen mein Zimmer, das Bad und der Flur aus wie eine Rotkreuz-Kleiderkammer in einem Krisengebiet. Es gibt keinen Quadratzentimeter Fußboden und kein Möbelstück, das nicht von irgendeinem Kleid, einem Rock oder einer Bluse bedeckt ist. Und zwar in mehreren Schichten. Von meiner gesammelten Unterwäsche ganz zu schweigen.

All diese wild verstreuten Klamotten habe ich gerade angehabt, kombiniert, gewendet, wieder ausgezogen, kritisch beäugt und noch einmal überprobiert. Ich habe an ihnen gezupft, gerissen und genäht. Ich habe mich im Spiegel darin betrachtet und bin kopfschüttelnd zu folgendem Ergebnis gekommen: Nein, so geht es nicht.

Irgendwann stelle ich fest, dass ich aussehe wie Angela Merkel auf einem Kostümfest und pfeffere alles frustriert in die Ecke. Meine Selbstkritik wird von Flo tatkräftig unterstützt. Begleitet von einer donnerartigen Geräuschkulisse aus Rapmusik kommt er aus seinem Zimmer, trampelt rücksichtslos über meine Kleider, baut sich vor mir auf, schüttelt den Kopf und sagt salbungsvoll: »Vergiss es, Mama. Bei dir ist nichts mehr zu machen.«

Zum Glück gibt es ja das bereits erwähnte Prinzip der kommunizierenden Gören. Da Flo offensichtlich wieder in Richtung Unverschämtheit ausschlägt, dürfte auf Nessi Verlass sein. Ich werde nicht enttäuscht. Sie kommt aus ihrem Zimmer, betrachtet sich das Chaos und fragt: »Ist es seinetwegen?«

Ich nicke, unfähig, etwas Sinnvolles von mir zu geben. Sie fragt:

»Und so willst du zu ihm?«

Sie deutet dabei mit zittrigem Finger (nicht weil sie Parkinson hätte, sondern weil sie ein heftiges Lachen unterdrückt) auf mich, und ihr Gesicht nimmt einen eher traurigen als belustigten Zug an. Ich kann es ihr nicht verdenken. Ich habe nämlich gerade versucht, meine erste Jeans, ein Relikt aus den siebziger Jahren, mit meinem Angorapullover und einem gelben Seidenschal zu kombinieren. Dazu habe ich meine Haare gegelt und hochgesteckt, so als würde ich zu einem Wettbewerb für den Titel des kessesten Girlies um die fünfzig antreten. Kurz gesagt: Ich sehe ziemlich lächerlich aus. Nessi muss es mir gar nicht sagen. Ihr Blick ist deutlich genug.

Ich reiße mir den Schal vom Hals, ziehe mir den Pullover

über den Kopf und schmeiße beides wütend und frustriert auf den Boden.

»Ach verdammt, Nessi. Ich weiß einfach nicht, was ich machen soll. Ich glaube, ich bleibe doch lieber zu Hause …«

Merkwürdigerweise nimmt Nessis Gesicht auf einmal einen ganz anderen Ausdruck an. Sie strahlt von einem Ohr bis zum anderen, hebt den Daumen wie eine römische Kaiserin, die einen todgeweihten Gladiator begnadigt, und sagt:

»Perfekt, Mama. Super. Er wird dir zu Füßen liegen.«

Ich drehe mich um und sehe in den Spiegel. Dann sehe ich noch einmal zu Nessi – aber sie meint es ganz offensichtlich ernst. Klar, warum auch nicht: Mein schwarzes Spaghetti-Unterhemd mit etwas Spitze im Ausschnitt passt hervorragend zu meinen Jeans. Und meine Haare haben durch das Pullover-Ausziehen das perfekte Ausmaß an Chaos erreicht – ich sehe flott aus, aber nicht so, als hätte ich mich krampfhaft darum bemüht. So könnte es gehen!

Das Schlimmste am Styling ist nicht, eine gute Frisur, ein gutes Make-up oder ein gutes Outfit hinzubekommen. Die Katastrophe beginnt erst, *nachdem* man einigermaßen zufrieden ist. Plötzlich wird jede Bewegung zur Gefahr, jeder Windhauch ist ein Todfeind und jede Schweißperle eine Katastrophe. Weil jede dieser Kleinigkeiten das Werk von Stunden wieder ruinieren kann.

Ich blicke noch eine ganze Weile in den Spiegel und bewege mich dann in Zeitlupentempo zur Haustür, die ich vorsichtig öffne. Schließlich muss ich jede ruckartige Bewegung und jeden Luftzug vermeiden.

Nessi beobachtet das Schauspiel kopfschüttelnd. »Mama …«

»Hm?«

Auch das Sprechen muss auf ein Minimum reduziert werden – mein Lippenstift sieht ausnahmsweise perfekt aus, und dabei soll es bleiben. Das ist besonders wichtig, weil die Lippen, neben Händen, Oberschenkeln und Hals, einem Mann am deutlichsten das wahre Alter einer Frau verraten. Max kennt das zwar ohnehin. Aber ich muss ihn ja nicht noch einmal darauf aufmerksam machen.

»Mama! Bitte!«

»Hmmhmmm?«, gebe ich zurück, eine Lautmalerei für »Was ist denn los, Schätzchen?«

Nessi grinst vergnügt. »Wenn er dich so sieht, wird er dich als Erstes fragen, ob du einen Hexenschuss hast oder ob du dich immer bewegst wie eine Achtzigjährige nach einem Bandscheibenvorfall. Außerdem wird er wissen wollen, ob du eigentlich nie Schuhe trägst.«

Ich sehe an mir herunter. Tatsache: Was ich dort unten sehe, sind Füße. Nackte Füße.

Im Prinzip finde ich das gar nicht schlimm. Wenn ich nämlich eine Problemzone *nicht* habe, dann sind das meine Füße. Die sehen immer noch so aus, wie sie sollen: süß, schnuckelig und ausgesprochen verführerisch. Allerdings würde Max vermutlich denken, dass ich entweder absichtlich barfuß gehe – im Gedenken an meine Spät-Hippie-Ära vor zwanzig Jahren – oder dass ich schon so vergesslich bin und immer mit irgendeinem fehlenden Kleidungsstück aus dem Haus gehe. Beides wäre irgendwie unvorteilhaft.

Also gut. Schuhe! »Nessi? Hast du irgendeinen heißen Tipp für mich?«

Meine Tochter rollt genervt mit den Augen. »Bitte, Mama. Nicht schon wieder. Zieh einfach irgendetwas an, und zerbrich dir nicht über alles Mögliche den Kopf. Davon kriegst du nämlich Falten auf der Stirn.«

Ich sehe meine Tochter an und muss lachen. Sie hat vollkommen Recht. Es ist egal, welche Schuhe ich trage und ob mein Lippenstift perfekt sitzt. Wenn Max davon seine Entscheidung für oder gegen mich abhängig macht, ist er sowieso der falsche Mann für mich.

Gut gelaunt räume ich meine gesammelten Schuhvorräte aus, probiere nur ungefähr zwanzig Paar an und entscheide mich in kürzester Zeit (ungefähr einer Stunde) für ein paar todschicke Flipflops mit Absatz (von Tod's, Ellen hat sie mir geschenkt, nachdem sie darin gestolpert ist und sich das Knie aufgeschlagen hat. Praktisch, so etwas). Die Dinger passen nicht nur zur Jahreszeit, sondern auch zu meiner Stimmung. Und sie haben den unschätzbaren Vorteil, dass ich sie in null Komma nichts ausziehen kann, wenn ich mich mit Max bis ins Schlafzimmer vorgearbeitet habe.

Ich drücke Nessi einen Kuss auf die Wange. »Nessi …«

»Hmmm?«, murmelt sie diesmal, weil sie inzwischen in der Küchentür steht und ungefähr drei Milchschnitten auf einmal im Mund hat.

»Danke!«, sage ich und zwinkere ihr zu.

»Viel Glück. Du bist toll, Mama. Vergiss das nicht, ganz egal, was er sagt, hörst du?«

Ich nicke und gebe mir größte Mühe, nicht allzu genau über ihre Worte nachzudenken. Sie sind nett gemeint. Das ist alles, was zählt.

Ich parke mein Auto vor einer der Villen in Max' Straße. Ich stelle mich dabei ausgesprochen geschickt an und bugsiere den Wagen zwischen einen Saab und eine Garagenausfahrt. Ob der Besitzer der Garage wohl noch an meinem geparkten Auto vorbeikommt? Bestimmt – und wenn es mit dem Auto nicht klappt, dann muss er halt Fahrrad fahren. Ich spüre, dass mir heute niemand irgendetwas übel nehmen kann. Ich habe genug positive Energie für die ganze Welt!

Ich schlendere die wenigen Meter zu Max' Haus hinüber. Die Straße ist erfüllt vom Duft der prächtigen Gärten, die rund um die Villen angelegt sind – Blütenträume voller Versprechungen. Ich liebe diese Düfte, sie wecken in mir die Erinnerung an die Nacht mit Max. Ich spüre, wie mein Körper sich schon jetzt dafür bereitmacht, diese wunderbare Erfahrung wieder aufleben zu lassen. Und das ist gut so. Denn ich habe nicht vor, viel Zeit mit Geplänkel zu verlieren, und ich bin mir sicher, dass es bei Max genauso ist.

Die Fenster in dem dreistöckigen Haus sind zum größten Teil dunkel. Klar, wer ist an einem solchen Abend schon zu Hause? In diesem Moment stelle ich mir zum ersten Mal die Frage, ob vielleicht auch Max nicht da ist, eine Möglichkeit, die sogar sehr wahrscheinlich ist und die ich doch kein einziges Mal bedacht habe. Ich mache eine wegwerfende Handbewegung. Auch das wäre nicht so schlimm. Ich würde mich auf die Stufen am Eingang setzen und warten. Wenn es sein muss, auch die ganze Nacht.

Ich habe Glück. In einem der Fenster, die zu seiner Wohnung gehören, entdecke ich den schwachen Schein einer Lampe. Natürlich ist er zu Hause! Weil er bestimmt ahnt, dass ich komme. Weil er es spürt und darum auf mich wartet.

Ich gehe durch die kleine Pforte und durchschreite den Vorgarten, in dem Heckenrosen blühen und ihr süßes Aroma verbreiten. Ich drücke auf die Klingel und höre tief im Inneren des Hauses das Geräusch, das meinen Geliebten zu mir führen wird.

Dachte ich. Tatsächlich passiert überhaupt nichts. Das ist ärgerlich, aber ich lasse mich nicht entmutigen. Das Leben ist nun einmal kein Film. In der Wirklichkeit passieren diese kleinen Missgeschicke, die in Hollywood niemals vorkommen. Aber das macht nichts, solange das Happy End gesichert ist.

Ich klingele noch einmal, und diesmal werde ich belohnt. Die Haustür öffnet sich. Ich trete in den Flur, der frisch und kühl ist. Mein Körper allerdings glüht inzwischen wie ein Hochofen. Ich zittere sogar leicht, und ich spüre, wie mein Herz bis zum Hals schlägt. Ich fühle mich wie eine Schiffbrüchige, die weiß, dass das rettende Ufer unmittelbar vor ihr ist.

Ich gehe die drei Stufen zur Wohnungstür empor. Die ist immer noch zu. Vorsichtig klopfe ich gegen das Holz – und in diesem Augenblick wird die Tür geöffnet.

Bloß, dass vor mir nicht Max steht. Nicht einmal jemand, der Max ähnlich sieht. Das geht auch gar nicht. Weil es kein Mann ist, sondern eine Frau. Eine nackte Frau, die ihren jungen, schönen, schweißglänzenden Körper flüchtig mit einem Laken bedeckt hat. Sie sieht mich an, als wäre ich eine Aussätzige, die klingelt, um eine Spende für den Arbeiter-Samariter-Bund oder verfolgte Tiere in Australien zu sammeln. Ihre Stimme steht ihren abweisenden Blicken in nichts nach: »Was wollen Sie?«

Ich schaffe es nicht, etwas zu sagen. Natürlich nicht: Meine Fähigkeit zu sprechen zerbröselt gerade, genau wie alles andere, was ich jemals gekonnt, gefühlt oder gelernt habe. In meinem Inneren ist nichts als eine unendliche, dunkle Stille. Schließlich ist klar, was das alles zu bedeuten hat. Diese Frau verströmt den intensiven Duft der Liebe. Und es ist eindeutig, mit wem sie es gerade treibt: mit niemand anderem als Max.

Zum Glück muss ich nichts sagen. Sie kann meine Gedanken lesen.

»Sie wollen zu Max, stimmt's?«, fragt sie.

Ich nicke vorsichtig und fühle mich dabei betäubt und fern von der Wirklichkeit, so als hätte ich einen dicken Helm auf oder eine Plastiktüte voller Watte über dem Kopf.

»Der hat keine Zeit. Und für Sie schon gar nicht. Kapiert?«

Sie sagt es und schlägt die Tür krachend ins Schloss. Ich bleibe allein in dem dunklen, kalten Treppenhaus zurück.

Stille. Schmerz. Wut. Erschöpfung. Ich habe verloren. Auf ganzer Linie. Kein Sex, keine Liebe, kein Max. Jedenfalls nicht für mich.

Ich drehe mich um, gehe die drei Stufen hinunter und trete ins Freie. Im Vorgarten breche ich eine der Heckenrosen ab. Ich verlasse das Grundstück und schleiche zurück zum Auto. Die Blume zerdrücke ich mit der Hand, ohne es richtig zu merken.

Max
Ein eingeweichter Junggeselle

Solange es auf dieser Welt Frauen gibt, wird die Menschheit niemals eine wirkliche Dürre erleben. Ich meine, warum einen Brunnen graben, wenn man auch eine Frau zum Weinen bringen kann? Ich muss in diesen Tagen nur aufpassen, dass ich keine ernsthaften Überschwemmungen auslöse.

Samstagabend. Es soll so etwas wie der Beginn eines neuen Lebens für mich sein. Wobei dieses neue Leben eigentlich mein altes Leben ist – das, das ich mit Jana geführt habe und aus dem ich mich ganz offensichtlich vergeblich zu befreien versucht habe. Es stört mich nicht. Jana hat in der Zeit unserer Trennung einige Pfunde abgenommen. Trauer und Einsamkeit sind eine hervorragende Diät. Sie sieht phantastisch aus, und der melancholische Zug um Mund und Augen macht sie noch schöner. Außerdem trägt sie ein ziemlich heißes Gucci-Kleid, das angeblich nur ein Imitat ist. Und das sie, wie sie betont, für kein Geld im Internet bestellt hat, bei irgendwelchen jungen Leuten hier aus Hamburg, die Markenware auf Bestellung nachnähen.

Jana will schnell zur Sache kommen. Das trifft sich hervorragend mit meinen Plänen. Ich verdränge alle anderen Gedanken aus meinem Kopf – insbesondere die an Isabelle – und lasse mich ganz auf das ein, was Jana und ich miteinander vorhaben. Außerdem ist Sex ein hervorragendes Mittel, um peinliches Schweigen zu überdecken.

Wir beginnen mit den üblichen Aufwärmübungen, die wir dank unserer Routine ziemlich schnell hinter uns bringen. Dann machen wir uns bereit für das eigentliche Match, als es plötzlich an der Haustür klingelt.

Jana, die gerade noch lustvoll die Augen geschlossen hatte, sieht mich vorwurfsvoll an. »Erwartest du etwa Besuch?«

»Nicht, dass ich wüsste. Vielleicht Gregor, du kennst ihn ja«, sage ich – schließlich hat Gregor, einer meiner besten Freunde, die unangenehme Angewohnheit, öfter einmal unangemeldet aufzutauchen.

Jana aber lächelt hintersinnig. »Bestimmt nicht … dafür habe ich gesorgt.«

Es klingelt wieder, und ich mache Anstalten aufzustehen. Jana drückt mich zurück aufs Laken. »Du bleibst hier und hältst die Stellung, verstanden?«

Ich nicke schicksalsergeben, während sie sich eines der Laken nimmt und in Richtung Wohnungstür davonstapft.

Zwei Minuten später kommt Jana ins Zimmer zurück. Sie steht vor dem Bett, lässt die Hülle fallen und gestattet mir selbstbewusst, mich satt zu sehen.

»Und, Maxi-Bärchen? Erinnert dich das an etwas?«

»Ja. Wir sollten genau da weitermachen, wo wir gerade aufgehört haben«, sage ich.

»Allerdings, mein Süßer«, haucht sie mit schwüler Stimme. Sie geht in die Knie und kriecht schlangengleich an meinem Körper entlang – es fühlt sich aufreizend an und gefährlich. Kalt und hypnotisierend wie die Berührung einer Python-Schlange. Am Ende sind wir wieder auf Augenhöhe. Wir küssen uns. Und dann stelle ich ohne alle Hintergedanken diese kleine, eigentlich vollkommen harmlose Frage:

»Wer war eigentlich gerade an der Tür?«

Jana winkt ab. »Ist das nicht völlig gleichgültig?«

»Klar. Ich würde es nur gerne wissen. War es der Pizzaservice? Oder der Mann vom Lotto mit dem Millionenkoffer? Ein Gerichtsvollzieher?«

Jana kichert. »Ich erzähle dir lieber ein paar andere Dinge, die du gerne wissen möchtest«, sagt sie in der Stimmlage, in der Frauen normalerweise 0190-Nummern auf RTL2 anpreisen. Sie verfehlt allerdings ihre Wirkung auf mich.

»Bitte, Jana. Wer war an der Tür?«

Das Lächeln verschwindet schlagartig aus ihrem Gesicht. Sie sieht mich mit genau dem Blick an, dessentwegen ich vor einem Monat froh war, dass sie ging: eine Mischung aus Pädagogin und Gefängniswärterin. Ein Blick, mit dem man Nägel in die Wand schlagen oder Kaugummis vom Trottoir lösen könnte. »Wenn du es unbedingt wissen willst: irgendeine Tante, die nicht mal gesagt hat, wie sie heißt.«

Natürlich reicht das, um eine Flut von Ahnungen in mir auszulösen. Ich fühle mich schwindelig, habe allerdings keine Idee, warum. Ich will der Sache auf den Grund gehen. Ich bleibe also am Ball und frage betont beiläufig:

»Und was wollte sie?«

Jana sieht mich misstrauisch an, bekämpft diesen Gesichtsausdruck aber wie jemand, der einen Müllsack in eine zu volle Tonne presst: Irgendein Zipfel guckt immer noch heraus, und es ist ein ziemlicher Kampf, bis der Deckel schließlich zu ist. Irgendwann ist es so weit. Der letzte Missmut verschwindet von ihren Zügen, und sie lächelt mich wieder verführerisch an. »Ach, Maxi-Bärchen«, gurrt sie, »das ist doch völlig egal. Ich bin die einzige Frau, um die du dir jetzt Gedanken machen solltest.«

Sie schmiegt sich an mich und legt ihre Hand dahin, wo ich es mag. Allerdings muss sie dabei – genau wie ich – feststellen, dass wir doch noch einmal eine Vorgruppe spielen lassen müssen. Der Star des Abends hat sich hingelegt, und es wird eine Weile dauern, bis er wieder bereit ist aufzutreten.

Ich bin einfach nicht mehr bei der Sache. Seit es geklingelt hat, höre ich in mir dieses merkwürdige Geräusch, eine Art Pfeifen oder Rasseln, das vermutlich von den ganzen Gefühlen herrührt, die irgendwo tief in mir drin durcheinander wirbeln. Was allerdings nur eine Vermutung ist. Denn die einzige sinnvolle Botschaft, die ich aus dem emotionalen Rauschen meines Unterbewusstseins rausfiltern kann, ist eine Art Ungeduld.

»Nun sag schon, was wollte sie?«, drängele ich.

Jana legt ihren Kopf auf meinen Oberkörper und beißt mich in die Schulter – eine Spur zu heftig, um zärtlich gemeint zu sein.

»Sei nett und sprich nicht mehr davon. Wenn es noch einmal klingelt, gehen wir nicht an die Tür!«

Sie hebt den Kopf und klimpert mich mit ihren großen blauen Augen an.

Ich will etwas sagen, aber Jana verschließt mir mit ihren Lippen den Mund. Was folgt, ist eher eine Art orales Wrestling als ein leidenschaftlicher Kuss. Jana will keine Zärtlichkeiten austauschen, sie will mich knebeln. Aber ich wehre mich, und es gelingt mir, sie so weit zurückzudrängen, dass ich beinahe sprechen kann.

»WiesahdenndieFrauausdieanderTürwar?«

Jana stöhnt genervt auf. Sie lässt mich los und sinkt brummelnd neben mir in die Kissen. »Willst du es wirklich wissen?«

»Ja.«

»Alt sah sie aus. Aufgedonnert wie eine Professionelle auf dem Weg ins Seniorenheim. Die hat sich bestimmt in der Tür geirrt. Zufrieden?«

Nein, ich bin nicht zufrieden. Aber ich habe nicht vor, Jana das zu erklären. Unter anderem, weil ich keine Zeit dazu habe. »Tut mir Leid«, sage ich schlicht – alles andere wird sie sich dazudenken müssen. Ich stehe auf, stürme aus dem Zimmer, ohne mich noch einmal nach ihr umzudrehen, und ignoriere selbst ihre verzweifelten Rufe, die mich verfolgen:

»Max? Was soll das? Wohin willst du? Max, komm zurück ins Bett. Maxi-Bärchen – du kommst in den Käfig, wenn du dich so benimmst.«

»Da gehöre ich wahrscheinlich auch hin«, ist das Letzte, was ich sage. Ich verlasse die Wohnung, verfolgt von ihrer immer höher werdenden Stimme:

»Max! Bitte, Max. Komm zurück. Maxi-Bärchen, das wirst du bereuen!«

Vermutlich hat sie Recht. Aber ich kann es nicht mehr ändern. Ich will es auch nicht.

Diesmal bin ich es, der sich das Laken nur notdürftig um die Hüften gebunden hat und aussieht wie ein Römer in einer Toga von C & A. Ich stolpere hinaus in den Vorgarten, wo mich ein warmer Sommerabend erwartet.

Nichts. Kein Mensch zu sehen. Auch keine Frau. Habe ich mich vielleicht doch getäuscht?

Dann sehe ich die Spur. Und ich weiß, dass es nur einen Menschen auf der Welt gibt, der sie hinterlassen haben kann. Auf dem Weg, der zur Pforte führt, liegen rote Rosenblätter.

»Isabelle? Bist du da?«

Keine Antwort.

»Isa? Bitte! Antworte mir!«

Ich versuche es noch ein paar Mal, ohne Erfolg. Also muss ich mir etwas anderes einfallen lassen.

Ich bin nicht unbedingt der Typ Mann, der einer Frau hinterherrennt. Es sei denn, sie hat meine Brieftasche gestohlen – was im Moment garantiert nicht der Fall ist. Trotzdem tue ich es. Ich renne. Und zwar aus gutem Grund. Glaube ich jedenfalls. Die ganze Sache mit Isabelle und mir soll nicht so auseinander gehen. Und noch weniger will ich, dass das Letzte, was sie von mir zu sehen bekommt, meine Exfreundin Jana ist. Selbst wenn die gerade dabei ist, wieder meine aktuelle Freundin zu werden. Ich habe das akute Bedürfnis, Isabelle ein paar Dinge zu erklären. Falls ich das kann.

Ich renne die Straße entlang und versuche dabei angestrengt, meine Toga weder zu verlieren noch über sie zu stolpern. Was gar nicht so einfach ist. Ich kann nur hoffen, dass mich die Nachbarn nicht sehen und dass nicht zufälligerweise eine Polizeistreife durch die Straße patrouilliert und mich als lang gesuchten Exhibitionisten identifiziert, der ich nun wirklich nicht bin.

Ich entdecke Isabelle im abendlichen Dämmerlicht auf der Kanalbrücke. Sie steht da und beugt sich über das Geländer, und im ersten Augenblick durchfährt mich ein großer Schrecken. Dann sehe ich, dass sie keineswegs gerade dabei ist, sich aus lauter Kummer in die Fluten zu stürzen. Stattdessen konzentriert sie sich voll und ganz darauf, den Rest der Blume Stück für Stück ins Wasser zu schmeißen. Als ich nah genug herankomme, höre ich, was sie bei jedem einzelnen Blütenblatt murmelt:

»Dieser Mistkerl … dieser kleine, miese Casanova … der ist nicht prominent, der ist promiskuitiv …«

»Isabelle!«

Keine Reaktion. Stattdessen fährt sie mit ihrer Tirade fort – und das, obwohl von der Blume inzwischen nichts mehr übrig ist.

»Dieser Frauentröster … dieser Fernsehheld … der hat sich doch sowieso nur hochgeschlafen … aber nicht mit mir …«

»Isabelle. Bitte …«

Sie wendet sich mit einer geradezu schlafwandlerischen Langsamkeit zu mir um. Es ist ihr anzusehen, dass sie mich nicht für Max Kästner, sondern für eine Erscheinung hält. Vermutlich sehe ich in meinem Aufzug wirklich wie ein Gespenst aus. Dann hält sie sich erschrocken die Hand vor den Mund. Obwohl es beinahe dunkel ist, kann ich sehen, wie sie knallrot wird.

»Max. Ich … also … was ich gerade gesagt habe … ich meinte gar nicht … also doch schon … aber nicht, dass du jetzt …«

Sie stottert eine ganze Weile vor sich hin. Irgendwann schlägt sie sich die Hände vor das Gesicht und schüttelt den Kopf. Ich würde gerne etwas Tröstendes sagen. Aber ich bin genauso wenig in der Lage zu sprechen wie sie. Wer will es uns verdenken? Sie steht fünfzig Meter von meiner Haustür entfernt auf einer Brücke und bedenkt mich mit üblen Schimpfwörtern – und ich pirsche mich barfuß und nur mit einem Lendenschurz bekleidet an sie heran. Das ist nicht unbedingt die Situation, in der man überlieferungswürdige Zitate von sich gibt.

Ich gewinne als Erster meine Fassung wieder. »Isabelle … also … auf jeden Fall … ich freue mich, dass du gekommen bist. Auch wenn das jetzt vielleicht nicht so aussieht …«, sage ich.

Sie ringt sich ein Lächeln ab. »Ich sehe schon … du hast dir extra etwas Feines für mich angezogen …«

Wir müssen beide lachen, und es entschädigt uns für die zurückliegenden Minuten. Nach und nach aber wird mir klar, dass sie erst Jana und dann mich in diesem Aufzug gesehen hat. Den Rest hat sie sich vermutlich längst zusammengereimt. Und sie hat ja nicht einmal Unrecht damit.

Um die Situation perfekt zu machen, sage ich auch noch den dämlichsten Satz, den man in solchen Situationen vermutlich sagen kann: »Versteh das jetzt bitte nicht falsch, Isabelle. Es ist in Wirklichkeit alles ganz anders, als es aussieht …«

Das Lächeln verschwindet von ihrem Gesicht, und sie schüttelt den Kopf. »Nicht, Max. Du bist mir keine Erklärung schuldig.«

Ich will etwas erwidern, aber meine Stimme versagt. Ich bringe nur ein mühsames Krächzen hervor. Es ist besser so. Egal, was ich gesagt hätte, es wäre überflüssig und idiotisch gewesen.

Wir stehen voreinander und sehen uns an wie zwei Fremde, die sich im Zug begegnen und wissen, dass sie sich von irgendwoher kennen, und die sich verzweifelt an das Gefühl erinnern wollen, das sie einmal miteinander verbunden hat. Vielleicht sind wir auch zwei heimliche Liebende, die sich zufällig in der Öffentlichkeit begegnen und so tun, als würden sie sich nicht kennen, obwohl sie innerlich vor Leidenschaft verbrennen. Ich weiß es nicht.

Diesmal ist es Isabelle, die als Erste die Sprache wiederfindet. »Es tut mir Leid, Max. Ich … es war unsinnig von mir, hierher zu kommen … Ich habe gedacht, dass es vielleicht doch eine Chance gibt …« Sie atmet seufzend aus. Dann nimmt ihre Stimme einen anderen Ton an, und sie sagt laut und fest: »Ich bin so eine dämliche Kuh.«

Bei den meisten Frauen würde ich ohne weiteres zustimmen. Jetzt aber kommt es mir vor, als spürte auch ich den Schmerz, den sie sich selbst mit ihren Worten zufügt. Das ist ziemlich ungewohnt für mich, und ich muss erst meine Überraschung überwinden, bevor ich wieder in der Lage bin zu sprechen. »Sag so etwas nicht, Isabelle … Wenn hier einer dämlich ist, dann bin ich das. Glaub mir. Du bist … du bist wunderbar. Und ich freue mich, dass du gekommen bist, das tue ich wirklich.«

Ein kleines, zerbrechliches Lächeln erscheint auf ihrem Gesicht. Aber es verschwindet genauso schnell, wie es gekommen ist.

»Ich komme mir so lächerlich vor, Max. Ich bin wahrscheinlich ... ich weiß auch nicht, was ich bin. Vielleicht größenwahnsinnig?« Sie macht eine Pause und sieht mich nachdenklich und auch neugierig an. »Ich hätte es wissen müssen ...«

»Was, Isabelle? Was hättest du wissen müssen?«

Sie sieht hinaus auf den Kanal, in dem sich die Bäume und der blasser werdende Abendhimmel spiegeln.

»Es war nur eine Erfahrung für dich, nicht wahr? Nichts weiter. Eine Erfahrung mit einer ... exotischen Frau. Natürlich. Es ist so albern, dass ich mir Hoffnungen auf etwas anderes gemacht habe. Auf mehr. Du bist so, wie du bist. Und ich bin so, wie ich bin. Ich habe mir erlaubt zu träumen. Und das ist jetzt die Strafe dafür.«

In mir wütet plötzlich und ohne Vorwarnung ein großer, brennender Zorn. Wer will mir das verdenken? Sie kommt her, und alles, was sie im Sinn hat, ist offenbar, mir die Funktionsweise des weiblichen Gedächtnisses vorzuführen. Und das arbeitet ungefähr so selektiv wie Verona Feldbusch bei der Auswahl der grammatischen Fälle. Anscheinend hat Isabelle wirklich vergessen, dass *ich* es war, der den ersten Schritt gemacht hat. Dass *ich* sie an der Straße aufgegabelt und zu einem wunderbaren Ausflug entführt habe. Und dass ich, trotz allem, noch einmal zu ihr gegangen bin, in ihren Laden, in die Höhle der Löwin. Dass *ich* derjenige war, der den Dingen zwischen uns eine Chance geben wollte. Und dass *sie* diejenige war, die die ganze Sache mit einem kurzen Schnitt und einem langen Abschied beendet hat. Das sind die Fakten. Aber davon will sie jetzt nichts mehr wissen. Jetzt, wo es zu spät ist. Wo ich eingesehen habe, dass sie vollkommen Recht gehabt hat, als sie das Aus für Max und Isabelle verkündete. Und wo meine Wunden verheilt sind – wenigstens oberflächlich. Jetzt, auf einmal, bereut sie es? Soll sie doch!

Ich gebe mir alle Mühe, meine Stimme ruhig und gelassen klingen zu lassen:

»Du hast Recht, Isabelle. Aber tu nicht so, als wenn es bei dir anders wäre. Nur eine Erfahrung? Ja, natürlich war es nur das. Was denn sonst? Glaubst du, ich habe mich wirklich für dich interessiert? Das kannst du nicht ernst meinen. Wir hatten ein wenig Spaß zusammen. Erwarte bitte nicht, dass es irgendetwas zu bedeuten hatte.«

Nachdem ich das gesagt habe, bin ich zufrieden mit mir. Ich habe die Dinge geklärt und damit so etwas wie die natürliche Ordnung wiederhergestellt. Schließlich ist sie wirklich zu alt für mich, und ich bin zu jung für sie. Außerdem passen wir auch ansonsten nicht zusammen. Und zwar überhaupt nicht. Ein TV-Mann und eine Blumenhändlerin. Wo gibt es denn so etwas!

Die Schleier meiner Wut lichten sich allmählich. Es führt dazu, dass ich meine Umgebung wieder wahrnehmen kann. Daher sehe ich auch Isabelle wieder, die immer noch direkt vor mir steht. Aus ihren Augen quellen Tränen. Aber ich höre nichts. Ganz so übel ist sie also nicht. Ich meine, andere Frauen kreischen in solchen Fällen wie schlecht geölte Bohrmaschinen, die sich durch Betonwände fressen. Nicht so Isabelle. Sie weint in vollkommener Stille. Es ist geradezu unheimlich. Und es ist schön, sie so zu sehen.

Es dauert ein paar Minuten. Irgendwann hat sie sich wieder im Griff. Ihre Stimme klingt jetzt zwar verheult, aber auch erstaunt. Um nicht zu sagen fassungslos.

»Oh ... ich ... wenn es so ist ...«, sagt sie vorsichtig, »dann habe ich verstanden. Es tut mir Leid. Ganz offensichtlich habe ich mich getäuscht – in dir. Und jetzt weiß ich auch, wie groß mein Irrtum war, Max. Dafür danke ich dir. Außerdem hast du noch in einem anderen Punkt Recht. Es stimmt, dass nicht ich es bin, die sich hier lächerlich macht. Du bist es.«

»Ach ja?«, rufe ich ärgerlich aus, »toll. Das ist also der Dank dafür, dass ich hier halb nackt hinter dir herrenne? Typisch.«

Dabei ärgere ich mich eigentlich gar nicht ihretwegen. Sondern meinetwegen. Es ist normal, dass Frauen im Zustand der Erregung eine Menge Unsinn von sich geben. In allen anderen

Zuständen natürlich auch. Am besten ist es, nicht hinzuhören und den Anfall gelassen zu ertragen. Ich aber habe mich zu einer spontanen Reaktion hinreißen lassen und auf ihren Angriff auch noch reagiert. Das ist schlecht.

Sie sieht mich kalt und abweisend an. »Ich habe dich nicht gebeten, mir zu folgen, Max. Ich habe deine Freundin gesehen, und ich habe verstanden. Das hat mir vollkommen gereicht. Ich wollte euch nicht weiter stören ...«

Sehr schön! Da bemüht man sich um einen harmonischen Abschied. Und als Dank dafür bekommt man nichts als Vorwürfe. »Du störst aber gar nicht. Bild dir das bloß nicht ein«, rufe ich, immer noch zornig.

Über Isabelles Gesicht huscht ein kleines Lächeln. In ihren zurückweisenden Blick mischt sich eine Spur Belustigung und ein Hauch Mitleid. »Ach Max. Warum müsst ihr Männer nur immer alles so kompliziert machen? Ich dachte ...«

Sie verstummt mitten im Satz. Ich habe keine Ahnung, was ihr durch den Kopf geht, aber es ist bestimmt nicht besonders schmeichelhaft für mich.

Ich will ihr ein Versöhnungsangebot machen und sage:

»Vielleicht können wir uns darauf einigen, dass wir uns beide lächerlich benehmen? Einverstanden?«

Sie nickt, und zum ersten Mal schenkt sie mir einen geradezu milden, warmherzigen Blick. »Meinetwegen. Dann haben wir wenigstens eine Gemeinsamkeit.«

»Stimmt. Sonst gibt es wirklich nicht viel, was uns verbindet ...«

Sie lacht. Und dafür bewundere ich sie. Mehr noch – dafür mag ich sie. Vermutlich geht es ihr genauso.

»Ach Max. Weißt du ... ich habe mir immer einen Mann gewünscht, mit dem ich lachen kann. Für einen Moment habe ich geglaubt, du wärest das ... Aber du hast Recht: Das konnte ich nicht wirklich ernst meinen.«

»Wir haben uns beide getäuscht, Isabelle. Lass es uns dabei belassen. Die Dinge sind jetzt wieder so, wie sie sein sollen. Das ist gut so. Es hätte alles viel schlimmer kommen können.«

Sie nickt. »Du hast Recht. Es ist gut, dass wir die Dinge geklärt haben. Das war immer meine Philosophie: Lieber eine schmerzvolle Klarheit als eine quälende Unsicherheit.«

»Das klingt vernünftig.«

Sie lacht wieder, aber es hört sich nicht so an, als fände sie es wirklich lustig. »O ja, das ist es. Überaus vernünftig. Ich glaube überhaupt, dass wir beide sehr vernünftig sind. Wir tun genau das, was von uns erwartet wird. Und das ist ja auch gut so, oder?«

Sie sieht mich mit einer Mischung aus Angst und Erwartung an. Mir ist vollkommen klar, dass Frauen meistens das eine sagen, um das andere zu hören. In diesem Fall ist es anders. Die Dinge liegen offen vor uns, und wir wissen beide, woran wir sind.

»Es tut mir Leid, Isabelle ...«, sage ich vorsichtig.

»Das muss es nicht. Es ist schlimmer, wenn man angelogen wird. Aber das tust du nicht. Im Gegenteil. Du bist sehr ... offen. Dafür danke ich dir. So bekommt alles einen Abschluss. Vielleicht ist es nur das, was mir gefehlt hat. Ein deutliches Ende.«

Irgendeine Stimme in mir – es ist definitiv nicht meine eigene, und ich empfinde sie als ziemlich aufdringlich – sagt mir, dass die Dinge gerade entschieden in die falsche Richtung laufen. Aber wo kämen wir hin, wenn ich jetzt auch noch anfinge, auf solche zwielichtigen Eingebungen zu hören? Das kommt nicht infrage. »Also noch einmal ein Abschied«, stelle ich fest.

»Und diesmal ein endgültiger ...«

Wir blicken uns ratlos an. Natürlich: Es ist Zeit für ein Adieu. Aber wie sollen wir es begehen? Uns einfach die Hand geben wie zwei gute alte Bekannte? Grußlos und ohne Berührung auseinander gehen? Keiner von uns kennt die Antwort. Aber anscheinend brauchen wir die auch gar nicht. Wir rücken nämlich aufeinander zu wie zwei Magneten, die einfach den Naturgesetzen gehorchen und ihrer gegenseitigen Anziehungskraft nachgeben. Irgendwann stehen wir so dicht voreinander, dass ich Isabelles Wärme und das leise Zittern ihres Körpers spüren kann. Unsere Köpfe nähern sich einander immer mehr, und es ist unausweichlich, dass sich unsere Lippen berühren werden. Ich ergebe mich meinem Schicksal und unternehme nichts, um die Dinge aufzuhalten. Es gefällt mir sogar ganz gut so.

Aber damit jetzt keine Missverständnisse aufkommen: Das, was Sie hier gerade miterleben, ist kein leidenschaftlicher Kuss zweier Verliebter. Es ist nur ein Abschiedskuss. Okay, vielleicht dauert er etwas zu lange dafür. Und vielleicht ist es ungewöhnlich, dass wir uns dabei umarmen. Zumal sie vollständig angezogen ist und ich vollständig nackt – mein Bettlaken liegt längst zwischen uns auf dem Boden. Es ist sicherlich auch erwähnenswert, dass wir keine französischen Begrüßungs- und Abschiedsküsse in die Luft schmatzen, sondern eher wirken wie zwei Kannibalen, die sich gerade gegenseitig zum Essen einladen. Aber es ändert nichts daran, dass es ein Abschied ist.

Irgendwann reißen wir uns voneinander los. Wir holen Luft. Wir versuchen, uns möglichst nicht in die Augen zu sehen. So lange, bis sich der Zauber, der uns umfängt, verflüchtigt hat. Halbwegs jedenfalls.

Dann sagt Isabelle:

»Um einen einzigen Gefallen möchte ich dich bitten, Max …«

Ich sehe sie fragend an, und sie fährt fort: »Erzähl niemandem davon, dass ich bei dir war. Und davon, was wir gesprochen haben. Versprich es mir. Ich möchte nicht, dass sie darüber reden. Ich komme mir schon albern und lächerlich genug vor.«

»Du hast keinen Grund dazu«, erwidere ich. »Du bist die am wenigsten lächerliche und alberne Frau, die ich kenne. Und das will wirklich etwas heißen. Dennoch … ich verspreche es.«

Sie hebt die Hand und berührt meine Lippen, so wie sie es schon einmal gemacht hat. Es ist mir eine rätselhafte Geste. Sie ist leidenschaftlich und zugleich unendlich traurig. Es ist eine Abschiedsgeste, ganz so, als würde sie etwas oder jemanden zum letzten Mal berühren. Natürlich – genau so ist es ja auch.

Isabelle winkt mir noch einmal zu und geht dann fort, rückwärts erst, als könne sie sich nicht von meinem Anblick losreißen. Klar, schließlich bin ich immer noch splitternackt.

Als sie sich zuletzt umdreht, bücke ich mich und hebe das Laken auf. Auf einmal spüre ich, dass es kühl geworden ist und dass ich friere. Ich sehe Isabelle nach, wie sie an den geparkten Autos entlanggeht, bis sie schließlich vor ihrem eigenen steht. Sie sieht noch einmal zu mir und hebt die Hand zu einem Gruß. Ich tue es auch.

Isabelle steigt in ihren Wagen, lässt den Motor aufheulen, bumst gegen den vorderen Wagen und verschwindet dann mit zu viel Gas in der Dunkelheit. Natürlich hat sie vergessen, das Licht einzuschalten.

Ich bleibe allein und nackt auf der Brücke zurück. Ich spüre einen Schmerz in meiner Brust, ein merkwürdiges Ziehen und Stechen. Gleichzeitig macht sich eine düstere, einsame Leere in mir breit, die nach und nach alles andere verdrängt, meine Gedanken, meine Lust, meine Energie. Es ist ziemlich beängstigend, und ich habe keine wirklich schlüssige Erklärung dafür. Wenn ich nicht gerade einen Herzinfarkt bekomme, kann es nur bedeuten, dass ich mich verkühlt habe. Das ist sogar das Wahrscheinlichste. Es ist also höchste Zeit, ins Haus zurückzugehen. Zurück zu Jana, zurück in mein neues altes Leben.

Es gibt nur ein Problem dabei. Offenbar wirkt der Magnetismus, der mich vorhin zu Isabelle gezogen hat, immer noch. Ich komme einfach nicht von der Stelle. Meine Beine fühlen sich tonnenschwer an. Jeder Schritt ist mit einer unendlichen Kraftanstrengung verbunden. Ich versuche es, komme sogar einen Meter weit. Dann gebe ich erschöpft auf. Es hat keinen Sinn. Ich bin offensichtlich dazu verdammt, den Rest des Abends hier draußen zu verbringen, um unweigerlich irgendwann als Amok laufender Exhibitionist verhaftet zu werden. Macht nichts. Es wird mir bestimmt gut tun, in einer ruhigen Zelle zu sitzen, abgeschieden von allen äußeren Einflüssen, und ein wenig über die Dinge nachzudenken. Ja, es ist eigentlich genau das, was ich brauche: Zeit zum Nachdenken.

Das wundert Sie jetzt vermutlich, und Sie haben Recht damit. Ich denke normalerweise nie über mich nach und auch nicht über mein Leben. Warum auch? Ich glaube nicht, dass irgendein Mann durch Nachdenken weitergekommen ist – jedenfalls nicht, wenn es dabei um eine Frau ging. In den zurückliegenden Wochen aber haben sich die Ereignisse überschlagen. Es ist höchste Zeit, alles noch einmal Revue passieren zu lassen und vielleicht sogar einen Sinn dahinter zu entdecken.

Neben der Brücke, auf der ich immer noch stehe, beginnt ein kleiner Hasenpfad. Er führt von hinten in die Gärten der Nachbarschaft. Nach Spaziergängen gelange ich gelegentlich auf diese Weise zurück zum Haus. Merkwürdigerweise kann ich ohne Probleme laufen, als ich nun diese Richtung einschlage. Ich drücke mich durch die Büsche und balanciere am Wasser entlang, bis ich die vertraute Umgebung unseres Grundstücks erreiche. Dort lasse ich mich auf dem von Kieselsteinen eingefassten Uferstreifen nieder. Der kleine Gartenpavillon schützt mich vor Blicken aus dem Haus. Auch die üblichen Ruderboote sind um diese Uhrzeit verschwunden. Ich bin vollkommen allein. Ich lasse die Füße in das angenehm milde Kanalwasser baumeln und blicke verträumt zu den hohen alten Bäumen empor. Ein leichter Abendwind streicht durch die dicht bewachsenen Äste. Ein paar Vögel zwitschern einen Gutenachtsong. Es ist perfekt. Ich ziehe das Laken dichter um mich und lehne mich gegen den Baumstumpf hinter mir. Mit der Hand grabsche ich nach ein paar Kieseln und werfe sie ins Wasser. Sie zeichnen kleine Wellenmuster auf die dunkle Oberfläche und versinken dann in der modrigen Tiefe des Kanals. Und die kann kaum trüber sein als die Lage, in der ich mich befinde …

Es war nach meiner Kneipentour mit Helge und Jonas. Wir waren natürlich nicht im Maybach geblieben, sondern hatten sämtliche Kneipen der Umgebung besucht. Und wir hatten so lange getrunken, bis uns das Thema Frauen herzlich egal war – weil wir sie ohnehin nicht mehr von Männern unterscheiden konnten. Genauso wenig wie alles andere.

Ich lag am nächsten Morgen ziemlich derangiert im Bett, als ich von der Haustürklingel geweckt wurde. Das heißt, ich glaubte, dass es morgens war, und ich vermutete, dass ich die Haustürklingel gehört hatte. Beides stellte sich als Irrtum heraus.

Erstens zeigte mir ein Blick auf meinen Wecker, dass es nach eins war. Und zweitens hatte ich nicht die Klingel gehört, sondern den Schlüssel in der Tür. Ein Geräusch, das bis vor ungefähr einem Monat noch fest zu meinem Leben gehört hatte. Jetzt aber bedeutete es, dass Schwierigkeiten auf mich zukamen.

»Max? Max, bist du da?«

Wenn ich eine Frau gewesen wäre, hätte ich jetzt etwas geantwortet. Weil Frauen nach dem Aufwachen ohne jede Zeitverzögerung sprechen können. So als sei Sprechen der Normalzustand, wenn man wach ist, und Schweigen eine Ausdrucksform von Unwohlsein. Bei Männern ist es umgekehrt. Ich sank in die Kissen zurück und kam zu der Überzeugung, dass alles nur ein Traum war.

»Hallo, Max.«

Ich hob den Kopf. Jana stand in der Tür und lächelte – und ich wusste einmal mehr, warum ich überzeugt war, dass dieses Lächeln sie früher oder später berühmt machen würde. Verdammt noch mal, sie sah umwerfend aus.

»Hallo Jana«, sagte ich. Das heißt, ich machte Geräusche, die so ähnlich klangen wie »Hallo Jana«. Da sie mich lange genug kannte, wusste sie trotzdem, was ich sagen wollte.

»Abgestürzt?«, fragte sie.

»Irgendwie schon. Obwohl ich fast nichts getrunken habe.«

»Ich habe das fast nichts gerade auf dem Küchenfußboden und im Badezimmer gesehen. Sehr appetitlich.«

Für eine kurze Sekunde standen die Zeichen auf Sturm. All das erinnerte mich zu sehr an die Zeit, in der wir täglich solche Gespräche geführt hatten. Aber ich war zu erschöpft, um zu kämpfen, also schwenkte ich die weiße Fahne und sagte:

»Gib mir ein paar Minuten – ich kümmere mich darum.«

»Kein Problem«, sagte sie und entwaffnete mich endgültig

mir ihrem verführerischen Lächeln, das in Wahrheit nichts anderes war als ein langsam wirkendes Gift, das meine Sinne benebelte.

Ich machte vermutlich keinen sonderlich ansehnlichen Eindruck: Es war mitten am Tag, ich lag unrasiert im Bett, hatte Kopfschmerzen und stammelte mehr oder weniger unverständliches Zeug. Anders als früher aber entdeckte ich nicht diesen missbilligenden, gelegentlich auch verächtlichen Ausdruck auf ihrem Gesicht. Jana sah mich erstaunlich mild, fast warmherzig an. Sie sagte:

»Tut mir Leid, dass ich einfach reinkomme. Ich habe geklingelt, aber du hast es wohl nicht gehört. Na ja – und da dachte ich ...«

»Ist schon okay.«

»Wirklich?«

Ich schob mich im Bett nach oben, was dazu führte, dass das Blut aus meinem Kopf in meine Beine sackte. Ich wartete, bis ich wieder sehen konnte, und sagte:

»In meinem Traum war ein Haus, das gebrannt hat, und irgendwer hat wie blöd gegen die Feuerglocke gehämmert – das musst du gewesen sein.«

»Ist das symbolisch?«

»Wieso?«, fragte ich plump.

»Na ja, anscheinend verbrennst du lieber, als mich reinzulassen ...«

»Nein ... Ja ... Ich meine, es war nur im Traum.«

»Damit kann ich leben. Schließlich träumen wir alle von irgendetwas«, sagte sie und lächelte milde. Entweder, sie hatte ihren Weg zur Erleuchtung gefunden, oder sie stand unter Medikamenten. Jedenfalls war sie nicht beleidigt, obwohl sie beleidigt sein müsste. Sie war immerhin Jana, und ich kannte sie. Oder doch nicht?

»Soll ich Kaffee kochen? Willst du Frühstück?«, fragte sie.

»Hm?«

Sie wartete meine Antwort nicht ab, sondern verschwand Richtung Küche, wo ich sie mit den Töpfen klappern hörte und auch mit einem Putzeimer. In meinen Gedanken formte sich ein Satz, ohne dass ich so recht wusste, was er zu bedeuten hatte: *Sie ist wieder da.* Ich lauschte in mich hinein und versuchte herauszufinden, welches Echo dieser Satz auslöste. Merkwürdigerweise war da nichts – kein Laut, keine Reaktion, kein Gefühl.

Es duftete jetzt nach Kaffee und warmen Brötchen und verbrannten Eiern. In mir wurden Erinnerungen an unzählige Wochenenden wach, die ich mit Jana verbracht hatte und an denen sie irgendwelche Lebensmittel verbrannt hatte, bis wir nichts mehr im Haus hatten und essen gegangen sind. Dann haben wir über alles Mögliche geredet, aber auf keinen Fall darüber, dass sie einfach nicht kochen konnte. Sie war ausgesprochen empfindlich an diesem Punkt. Es hatte irgendetwas damit zu tun, dass sie sich für Karriere entschieden hatte und all die Seiten in ihr unterdrückte, die nach Familie, Haus und Kindern verlangten. Vielleicht lag es auch daran, dass sie genau wusste, dass all das Dinge waren, die mit mir ohnehin nicht zu haben waren, ich hatte da nun einmal eine klare Meinung.

Irgendetwas sagte mir, dass Jana es mit Absicht machte, dass sie mit voller Berechnung in der Küche werkelte und kochte und einen himmlisch duftenden Kaffee aufgesetzt hatte. Sie wusste, dass es keinen direkteren Weg in die Gefühle eines Menschen gibt als Gerüche – und seien es die von angebrannten Eiern. Sie brachte diese verschütteten Gefühle in Stellung, diese Gedanken an die Zeit, als noch alles in Ordnung war. Es war ihr gutes Recht. Ich wehrte mich nicht. Ich war erschöpft. Das hatte nichts mit dem Trinken zu tun. Es hatte mit den zurückliegenden Wochen zu tun. Mit Isabelle. Ich schwamm auf hoher See, und ich spürte, das meine Kraft nicht mehr allzu lange reichte. Wenn Jana mein Rettungskreuzer war, gut, dann war ich bereit, das zu akzeptieren.

Ich stand auf und ging nackt ins Bad, obwohl sie mich aus der Küche sehen konnte. Es störte mich nicht. Auch nicht, dass sie sah, dass ich sah, dass sie mich sah. Sie versuchte nicht einmal, ihre Blicke zu verbergen. Warum auch? Alles andere wäre lächerlich gewesen, wir hatten drei Jahre in dieser Wohnung gelebt und kannten uns vermutlich besser als Ernie und Bert.

Ich blieb eine Ewigkeit im Bad. Ich machte die Augen zu und ließ mir das lauwarme Wasser über den Kopf laufen. Ich seifte mich ein und pfiff meine Liedchen, und während all dieser Zeit lief die Dusche. Das war wunderbar, und noch besser war es, als ich sah, wie sich der Badezimmerboden in einen See verwandelte.

Noch vor wenigen Wochen wäre Jana ins Bad gestürmt. Sie hätte mir Vorträge über die Wasserrechnung gehalten, über natürliche Ressourcen und über alles mögliche andere, vermutlich sogar über die Menge an Shampoo, die für ein einmaliges Waschen einer männlichen Kurzhaarfrisur notwendig ist. Ich hätte mich gewehrt, und wir hätten uns gestritten, bis einer von uns türenknallend aus der Wohnung gestürmt wäre. Und jetzt? Nichts. Überhaupt nichts. Kein Gewitter, kein Donnergrollen, nicht die leisesten Anzeichen eines Unwetters. Ich lauschte, aber ich konnte absolut nichts hören, was darauf schließen ließ, dass sie ihre Waffen lud und ihre Bataillone in Stellung brachte. Ich stellte mir vor, dass sie in der Küche saß, die Badezimmertür anstarrte und am liebsten mit der Bratpfanne auf mich losgegangen wäre. Aber nichts passierte, und ich bewunderte ihren Willen.

Mit nassen Haaren sehe ich aus wie ein Zwölfjähriger. Ich weiß, dass das Frauen wahnsinnig macht: Sex ist eine Sache, aber wenn Muttergefühle dazukommen, gibt es kein Halten mehr. Ich stand tropfend und mit einem Handtuch um die Hüften in der Küche und sagte zu ihr:

»Sieht gut aus.«

»Finde ich auch.«

»Ich meine das Frühstück.«

»Ich auch.«

»Soll ich dir helfen?«

»Du kannst dich anziehen. Das würde mir helfen ... Und beeil dich lieber. Ich bekomme sonst nämlich Appetit.«

»Das hoffe ich«, sagte ich.

»Glaube ich nicht.«

»Solltest du.«

Jana setzte an, etwas zu sagen. Ich schüttelte den Kopf. Es war klüger, die Dinge im Vagen zu lassen. Wir schenkten uns ein Lächeln, eine kleine Aufmerksamkeit, eine Friedenserklärung. Alles war erschreckend selbstverständlich. Nur besser.

Ich zog mir Jeans und ein T-Shirt an und warf einen kritischen Blick in den Spiegel. Aufs Kämmen konnte ich verzichten, schließlich hatte ich mich auch nicht rasiert. Ich ging rüber in die Küche, besah den Tisch kritisch und begann dann ohne Worte, frischen Orangensaft zu pressen.

Unsere Beziehung war an vielen Dingen gescheitert, an Janas Ansprüchen und an meinen Macken, an ihrer Geltungssucht und an meiner Unzuverlässigkeit, an ihrer Verwöhntheit und an meiner Faulheit. Aber unsere Geschichte war auch daran zugrunde gegangen, dass ich mich weigerte, morgens für sie Orangen auszupressen. Es war ihr wichtig, keine Ahnung warum, es sollte irgendetwas ausdrücken. Wenn ich es ausnahmsweise doch getan hatte, ließ ich die ausgequetschten Hälften der Früchte auf dem Küchentresen liegen, und das machte sie erst recht aggressiv. Jetzt ging ich einfach hin und presste Saft für sie aus, und das, obwohl ich keine Ahnung hatte, warum sie gekommen war und wie es um uns stand. Ich räumte den Müll weg und wischte den Tresen ab, bis alles glänzte.

»Danke«, sagte sie.

»Ist okay.«

»Ist es das?«

»Hmm«, sagte ich, schlürfte von meinem Kaffee und fragte mich, wie viel Verständnis und wie viel Versöhnung man brauchte, um Sex zu haben. Nichts davon, vermutete ich. Ich jedenfalls nicht. Und sie auch nicht, sonst wäre sie nicht gekommen. Trotzdem brauchten wir noch eine Weile, mussten noch wärmer miteinander werden, weil es dann besser sein würde.

Vielleicht war es ein Fehler, dass wir warteten. Wir näherten uns dadurch dem Punkt, an dem wir ums Reden nicht herumkamen. Ich aß mehr, als ich sonst aß, und sie trank mehr Kaffee, als sie sonst trank. Irgendwann saßen wir voreinander mit geöffneten Visieren, und das Schweigen wurde bohrend. Ich dachte nicht daran, den ersten Schritt zu tun. Jana würde sicher ohnehin bald losplappern. Und genauso war es auch.

»Ich habe das von Jonas gehört. Dass er auf der Straße sitzt. Blöde Sache«, sagte sie.

»Bist du deswegen gekommen? Wegen Jonas?«, fragte ich, und es kam schärfer heraus, als ich wollte.

»Ja, auch deswegen«, sagte sie schlicht.

Ich kam mir vor wie ein Idiot. Sie wollte es langsam angehen lassen, und ich hatte es nicht einmal gemerkt. Aber es war noch nicht zu spät.

»Es macht ihn ziemlich fertig. Aber er ist nicht der Einzige«, sagte ich.

Und dann plauderten wir eine ganze Weile über gemeinsame Freunde und Bekannte, über solche, die ihren Job los waren, und solche, die ihren noch hatten. Jonas, Helge, Gregor, Konstanze – all die Namen fielen, die ein Stück unseres Lebens und unserer Geschichte waren.

Ich war vollkommen offen zu Jana, so offen wie in den letzten Monaten und Jahren nicht. Sie wusste das und nahm meine Hand. Wir saßen am Küchentisch, berührten uns und sahen uns in die Augen. Das ging eine ganze Weile so, aber bevor es zu schwer wurde, sagte ich:

»Waren sie schon immer blau?«

»Was?«

»Deine Augen.«

»Ich glaube, schon. Ich weiß nicht. Sag du es mir.«

»Ich kann mich nicht erinnern.«

Sie könnte jetzt böse werden oder beleidigt sein, früher wäre es so gewesen. Jetzt aber klappten die Spiele, die früher nie geklappt hatten. Warum war es plötzlich so leicht, wenn es früher immer schwer war?

»Ist das ein Kompliment?«, fragte sie.

»Dass ich mich nicht erinnere?«

»Dass du etwas über mich sagst, über meine Augen.«

»Ja.«

Sie lächelte, sie freute sich.

»Und was bedeutet es? Hast du mich vergessen, weil du mich von neuem entdecken willst? Wir fangen von vorne an?«

Ich ließ mir Zeit, um die ungeheure Wirkung ihrer Worte zu begreifen. Es war mucksmäuschenstill in der Küche. Ich hörte nur Janas Atem, der einen Tick zu schnell war. Dann musste ich lachen und griff nach dem Rettungsring, den sie mir zuwarf.

»Okay«, sagte ich. »Also ganz von vorne: Ich heiße Max.«

Sie machte mit und sagte: »Jana. Angenehm, Ihre Bekanntschaft zu machen.«

»Mehr als das.«

Unsere Blicke verkeilten sich ineinander wie Bruchstücke eines einfallenden Hauses. Jetzt war es an uns, alles wieder aufzubauen. Aber ich? Ich dachte, dass es sehr schnell gehen müsste. Ich hatte Angst, dass ich es mir sonst anders überlegen würde, dass ich zu viel Zeit zum Nachdenken haben könnte. Also sagte ich:

»Was denken Sie? Wollen wir ins Bett gehen? Obwohl wir uns gerade erst kennen gelernt haben?«

Ihre Hand klatschte mit voller Wucht gegen meine Wange, das war ihre Antwort. Mir schossen die Tränen in die Augen. Sie dagegen sah mich neugierig an, typisch Jana. Sie tat etwas, von dem sie nicht wusste, ob es richtig oder falsch war, und dann wartete sie einfach ab, was geschah, und sah es sich in aller Seelenruhe an.

»Sollte das ja heißen?«, fragte ich und hielt mir die kalte Wasserflasche gegen mein rot glühendes Gesicht. Sie lachte laut. Dann nickte sie und sagte:

»Genau. Das sollte ja heißen.«

Wir nahmen uns an der Hand und gingen ins Schlafzimmer. In mir tobte ein Orkan. Ich sah Jana vor mir, aber wenn ich die Augen schloss, sah ich Isabelle. Ich berührte Janas Haut, aber meine Sinne waren erfüllt von der Erinnerung an Isabelles

Duft. Ich hörte Janas Stimme, aber in mir hallte das Echo von Isabelles Lachen nach. Jetzt hatte ich die Chance, Klarheit in meinem Kopf zu schaffen. Ich hatte die Möglichkeit, Isabelle zu verbannen, endgültig, es war höchste Zeit. War das nicht merkwürdig? Eigentlich hatte Isabelle mir helfen sollen, Jana zu vergessen. Jetzt war es umgekehrt – Jana war wiedergekommen, und sie würde dafür sorgen, dass ich Isabelle aus meinem Kopf und aus meiner Erinnerung und aus meinem Herzen spülte, ein für alle Mal.

Ich schlief mit Jana, auch wenn ich mir dabei verlogen vorkam. Es tat gut, das war die Hauptsache. Es heilte vielleicht nicht die Wunden, die Isabelle mir zugefügt hatte, aber es betäubte den Schmerz.

Jana blieb nicht über Nacht, aber sie kam am nächsten Abend wieder. Es wurde eine fortgesetzte Friedenskonferenz, auch wenn wir kaum miteinander sprachen – und erst recht nicht über die Probleme, die zu unserer Trennung geführt hatten. Ich machte ihr weiter Komplimente, und sie freute sich darüber. Ich fühlte mich dabei wie ein Schauspieler, obwohl doch eigentlich sie es war, die diesen Beruf ausübte: Ich sagte nette Dinge zu ihr, und ich merkte gleichzeitig, dass sie mich innerlich vollkommen kalt ließ. Ich tröstete mich mit dem Gedanken, dass es mit dem Alter zusammenhing: Ich war jetzt über dreißig, und ich kannte genug Paare, die zusammen waren, obwohl sie sich nicht liebten. Ich würde das auch schaffen.

Und dann kam der heutige Samstag. Jana hatte Drehpause und klingelte nachmittags an der Tür. Wir hatten es eilig miteinander und landeten ziemlich bald im Bett – vielleicht weil wir spürten, dass ein Sturm bevorstand, der uns wieder auseinander reißen könnte. Wir rauften miteinander, rissen uns die Kleider vom Körper, und ich dachte an niemand anderen als an Isabelle.

Und dann klingelte es an der Tür. Das durfte einfach nicht wahr sein! Wer wagte es, unangemeldet an einem Samstagabend zu klingeln? Ich war empört. Und Jana war auch nicht gerade begeistert. Sie stand trotzdem auf, wickelte sich ein Laken um und ging zur Tür.

Na ja – Sie kennen den Rest, und ich kenne ihn auch.

Es ist inzwischen Nacht geworden. Meine Füße baumeln immer noch im Wasser. Vermutlich würde jeder Gerichtsmediziner sie einer Wasserleiche zuordnen, so durchweicht und aufgedunsen sind sie inzwischen. Der Rest meines Körpers sieht nicht viel besser aus: Die Mücken haben meine Haut in eine Vulkanlandschaft verwandelt, und die Kälte hat sie blau gefärbt. Es ist zwar Juli, aber ich wohne nicht auf Mallorca, sondern in Hamburg. Um es hier in einer ganz normalen Sommernacht warm zu finden, muss man schon aus Sibirien oder Grönland stammen.

Voller melancholischer Gedanken schlurfe ich durch den Garten zurück ins Haus. »Jana? Wo steckst du?«

Keine Antwort.

»Jana?«

Immer noch nichts. Vermutlich hat sie ihre Sachen gepackt und ist abgehauen. Ich kann es ihr nicht übel nehmen. Ich hätte dasselbe getan.

Aber ich habe mich getäuscht. Ich komme ins Schlafzimmer, und da sitzt sie auf dem Bett und starrt mich schweigend an. Sie hat sich angezogen, und es ist klar, dass es nur noch um einen Abschied geht. Trotzdem bringe ich kein Wort über die Lippen.

»Weißt du, Max …«, beginnt sie schließlich mit leiser Stimme, »ich kann verlieren. Ich weiß, dass du mir das nicht zutraust. Aber du täuschst dich. Ich weiß, wann es vorbei ist. Endgültig vorbei.« Sie macht eine Pause und kämpft gegen die Tränen. Dann fügt sie mit leiser Stimme hinzu: »Es wäre schön gewesen, wenn du … ehrlich gewesen wärest.«

»Aber ich war …«

Sie hebt die Hand und schüttelt den Kopf. Sie hat Recht. Ich schweige. Ich weiß nicht einmal, ob das, was ich sagen wollte, eine Lüge gewesen wäre oder nicht. Ich weiß überhaupt nichts mehr.

Ich setze mich neben sie aufs Bett und berühre sie an der Wange, sehr vorsichtig. Sie fängt an zu weinen.

»Nimm's nicht persönlich. Ich muss jetzt ein bisschen heulen«, sagt sie.

»Ich würde es gerne persönlich nehmen.«

»Okay: Ein Auge weint um dich. Das andere um mich selber. Es war so töricht von mir, wieder herzukommen.«

»Nein, das war es nicht, Jana«, sage ich. Es ist gerade zwei Stunden her, dass ich Ähnliches von einer anderen Frau gehört habe. »Immerhin wissen wir jetzt etwas, was wir vorher nicht wussten.«

»Du hast Recht, Max. Vielleicht wollte ich es sogar so. Vielleicht musste ich es noch einmal mit aller Deutlichkeit spüren … Dass es vorbei ist.«

»Und?«

Sie dreht den Kopf, sieht mich an. »Ich bin nicht gerade begeistert. Aber es ist okay«, sagt sie.

»Du bist wunderbar.«

Sie hebt wieder die Hand, lacht dann aber. »Spar dir die Komplimente für jemand anderes. Ich brauche sie nicht mehr.«

»Komplimente? Ich glaube, es gibt niemanden, der sie braucht …«, sage ich mit einem Kloß im Hals, »… nicht von mir jedenfalls.«

Jana stößt mir sanft, aber bestimmt den Ellbogen in die Seite. »He!«, faucht sie. »Soll ich dich jetzt vielleicht auch noch bedauern?«

»Das wäre nett«, sage ich.

Sie steht auf und blickt kopfschüttelnd auf mich herab. »Männer …«

»Mein Gott, ja, Männer! Wir haben auch Gefühle, falls du das noch nicht gewusst hast.«

»Klar habt ihr die. Nur dass ihr sie immer dann nicht finden könnt, wenn es wirklich drauf ankommt.«

»Du bist unfair.«

Jana schnaubt verächtlich. »Und du bist selbstherrlich, Max.«

Na gut. Ich hisse die weiße Fahne. »Bitte, Jana. Lass uns das Kriegsbeil begraben.«

Sie kichert, blickt demonstrativ an mir herab und lässt ihren Blick in meinem Schoß verharren. »Einverstanden. Hol du eine Schaufel, ich hole ein Messer. Obwohl es wirklich schade drum ist …«

Wir nehmen uns ein letztes Mal in den Arm, und sie geht die Stufen zur Haustür herunter. Sie dreht sich noch einmal um. »Darf ich dich etwas fragen?«

»Natürlich.«

Sie muss Anlauf nehmen. Dann erst kommen die Worte über ihre Lippen. »Wann hat das angefangen mit ihr, mit dieser Frau? Ich meine, war es, als wir noch …?«

Sie versucht nicht zu verbergen, dass sie verletzt ist. Und dass die Antwort auf diese Frage ihr viel bedeutet. Ich habe nicht vor, ihr wehzutun.

»Nachdem du fort warst, Jana. Nicht vorher. Es hat nichts mit uns zu tun, nichts mit unserer Trennung.«

»Ist es … etwas Ernstes?«

Mein Kopf fühlt sich benebelt an, und ich brauche eine Weile, um ihre Frage zu verstehen. Mir kommt es vor, als antwortete ich ihr, um nicht sie, sondern mich selbst zu überzeugen.

»Die Geschichte mit Isabelle ist vorbei, Jana. Es war nur eine kurze Sache. Nichts von Bedeutung.«

Jana setzt dieses weise Lächeln auf, das mich früher regelmäßig in die Raserei getrieben hat. Es soll mir sagen, dass sie mich besser durchschaut als ich mich selbst.

»Und wieso hast du dann diesen Blick, Max?«

»Keine Ahnung, wovon du redest.«

»Ich rede von diesem Leuchten in deinen Augen. Ich hoffe, sie weiß es zu schätzen, und ich hoffe, du selber weißt es auch.«

Jana lässt mir keine Chance zu antworten. Sie öffnet die Tür und verschwindet in der Dunkelheit, ohne sich noch einmal umzudrehen. Ich schließe die Wohnungstür und schlurfe ins Schlafzimmer zurück, wo ich mich aufs Bett fallen lasse. Ich weiß nicht, wie lange ich so daliege. Irgendwann dämmert es draußen, und ich habe immer noch kein Auge zugemacht. In meinem Kopf purzeln die Gedanken durcheinander. Es macht alles keinen Sinn. Nur so viel steht fest: Ich bin an einem einzigen Abend von zwei Frauen verlassen worden.

Und wissen Sie, was ich dann tue? Ich trage meinen Teil dazu bei, die Trockengebiete dieser Erde zu verkleinern. Und das, obwohl ich keine Frau bin. Sondern ein Mann. Und Männer weinen bekanntlich nie. Eigentlich.

Isabelle
Ausflug mit einem Oldtimer

Eine Woche später. Es ist Sonntagvormittag, und ich sehe aus wie Demi Moore ohne Schönheitsoperation: ziemlich unansehnlich. Im Vergleich zu meiner Laune ist mein Äußeres allerdings geradezu ansprechend. In mir herrscht nämlich eine Atmosphäre wie auf einem Gothic-Konzert – jedenfalls wenn es stimmt, was Nessi mir darüber erzählt hat.

Mein einziger Trost ist, dass ich mich allmählich an diesen Zustand gewöhne. Deshalb bin ich auch aufgestanden, habe mich gewaschen, angezogen und frisiert, allerdings ungefähr so wie früher meine Großmutter: leicht gewellte Haare, kein Make-up. Dazu trage ich das graue Flanellkostüm, flache Schuhe und braune Nylons. Ich versprühe also mehr oder weniger den Charme einer Trümmerfrau. Und das mit voller Absicht. Weil ich mein Aussehen meinem bevorstehenden Date anpassen will. Zielgruppengerechtes Styling sozusagen.

Es klingelt an der Haustür. Ich werfe einen Blick auf die Küchenuhr: Punkt zwölf. Nicht kurz vor oder kurz nach zwölf. Sogar der Sekundenzeiger steht steil nach oben. Ich schleiche durch den Flur, zwinge mich zu lächeln und öffne die Tür. »Guten Tag, Richard. Das ist aber schön, dass Sie den Weg zu mir gefunden haben. Möchten Sie nicht hereinkommen …«

Sie haben richtig gehört: Vor der Tür steht wirklich Richard. Richard Kiesling. Der braun gebrannte Industriemagnat, der mir an dem Abend bei Ellen den Hof gemacht hat. Der gut aussehende, charmante Millionär, der alte Autos sammelt und den Ellen als gute Partie bezeichnet hat – eine Tatsache, von der ich mich nun doch überzeugen lassen möchte.

Richard steht also keineswegs zufällig vor meiner Tür. Nur für den Fall, dass Sie das denken. Nein, ich habe ihn gebeten zu kommen. Wir sind sozusagen verabredet.

»Kommen Sie ruhig herein, Richard«, sage ich no[illegible]
und strecke die Hand nach ihm aus.

Er schüttelt den Kopf, ganz so, als wäre es ein zu schneller Schritt, wenn er gleich bei unserem ersten Treffen in meine Wohnung käme. Seine Zurückhaltung erinnert mich an alte Filme, in denen sich Männer noch wie echte Gentlemen verhielten und wussten, dass es etwas bedeutet, die Türschwelle einer Frau zu überschreiten. Ich muss angesichts dieser Bescheidenheit lächeln – und doch gefällt es mir auch. Richards Höflichkeit und seine Vorsicht legen sich wie eine heilende Salbe auf meine Haut. Es ist genau das, was ich brauche. Als Mittel gegen die jungen Kerle, die nicht nur die Schwelle einer Frau überschreiten, sondern auch gleich mit ihr schlafen. Nur um sie dann links liegen zu lassen.

»Warten Sie bitte einen kleinen Moment, Richard. Ich mache mich nur schnell fertig«, sage ich und schließe die Tür.

Als ich mich umdrehe, blicke ich in die versteinerten Mienen meiner Kinder. Sie bauen sich vor mir auf und machen keinen Hehl daraus, was sie von der Sache halten.

»Also, Mama. Du kommst auf Ideen! Ich weiß nicht, ob das gut geht. Ich finde nicht, dass der blöde Knacker der Richtige für dich ist«, sagt Nessi kopfschüttelnd. In ihren Augen entdecke ich echten Kummer und echte Besorgnis. Es freut mich.

Aber wie es so ist, wenn man *zwei* Kinder hat. Spätestens Kind zwei gibt sich alle Mühe, den guten Eindruck von Kind eins auszugleichen. Flo schüttelt den Kopf und sagt:

»Andere Frauen nehmen fünfzig Euro die Stunde für so etwas.«

»Das stimmt, Flo«, erwidere ich kühl lächelnd, »aber bevor diese Frauen das tun, verkaufen sie erst einmal ihre nichtsnutzigen Kinder. Obwohl ich für ein Scheusal wie dich vermutlich noch was drauflegen müsste.«

Ich sage das und bin stolz auf mich. Meistens reagiere ich nämlich zu spät, wenn es darum geht, mich zu wehren. Sie kennen das bestimmt: Jemand sagt etwas Gemeines zu Ihnen – und Sie heulen und ärgern sich. Und erst drei Stunden später, wenn der jeweilige Idiot längst über alle Berge ist, fällt Ihnen die gepfefferte Antwort ein, die er verdient hätte. Diesmal nicht.

Flo senkt den Kopf und murmelt: »Tut mir Leid.«

Wie bitte? Hat Flo sich wirklich gerade entschuldigt? Hat er. Die Erkenntnis kostet mich beinahe den Rest meiner Fassung. Denn eine Entschuldigung meines Sohnes kommt ungefähr alle zwanzig Jahre einmal vor. Und da Flo erst fünfzehn ist, heißt das: eigentlich nie.

Ich mache einen Schritt nach vorne und nehme Flo und Nessi fest und lange in die Arme.

»Ihr seid die Besten, die ich habe, hört ihr? Und das werdet ihr auch immer bleiben.«

Ein paar Minuten später stehe ich vor der Haustür und traue meinen Augen nicht. Da ist nicht einfach nur Richard, der auf mich wartet. Direkt neben ihm ist außerdem ein … ein Auto. Und das glänzt ungefähr genauso wie Richards Augen. Mit dem einzigen Unterschied, dass Richard erst vierundsechzig ist – und dieses Ungetüm aus Blech, Chrom und Leder mindestens hundert. Wenn es nach mir ginge, sollte man mit einem solchen Gefährt nur noch eine einzige Strecke zurücklegen – die zur nächsten Schrottpresse.

Richard aber steht stolz und lächelnd neben seinem aufpolierten Gefährt. Er hat ein Bein lässig auf das Trittbrett gestellt und wirkt sportlich und attraktiv dabei. Er winkt mir aufmunternd zu:

»Da sind Sie sprachlos, nicht wahr, Isabelle? Das kann ich gut verstehen. Ich war es schließlich auch, als ich sie zum ersten Mal gesehen habe.«

»Sie?«

»Genau: sie! Wussten Sie nicht, dass in Italien alle Autos weiblich sind? Natürlich sind sie das, schließlich weiß man jenseits der Alpen, welches Geschlecht das schönere ist. Das gilt natürlich auch für Sie, meine Gute. Und für meine Lady hier. Die ist nämlich eine Italienerin. Um genau zu sein: eine Alfa-Dame. Und zwar aus dem Jahr 1933. Ein 6c 1750 GS Touring Spider. Ein Wagen, für den mich die meisten Sammler auf dieser Welt umbringen würden. Ein Wagen, der aus einer Zeit stammt, als man noch wusste, dass Autos mehr sind als schnöde Gebrauchsgegenstände. Ein Wagen, der … einfach ein Traum ist.«

Richards Stimme wird immer lauter und überschlägt sich am Ende fast vor Begeisterung. Mich wundert es nicht. Ich wusste es doch schon vorher: Männer sind eigentlich Jungs, und Jungs lieben nur eines auf der Welt wirklich: ihre Spielzeugautos.

Richard ist so stolz und aufgeregt, dass er mir fast jung vorkommt und auf eine gewisse Art sogar unschuldig. Es gefällt mir. Seine Begeisterung, seine Freude, selbst seine Schüchternheit, all das ist gut und richtig. Ein Geschenk, das ich nicht ablehnen sollte.

Er merkt natürlich, dass ich nur ihn ansehe und nicht sein Auto. Er nimmt es mir dennoch nicht übel, sondern lächelt mich seinerseits Verzeihung heischend an.

»Sehen Sie es mir bitte nach, meine Liebe. Diese alten Autos sind meine ganze Leidenschaft«, sagt er mit ruhiger Stimme. »Und ich möchte Ihnen davon erzählen, wenn Sie es gestatten.«

Mit diesen Worten ergreift er meine Hand und zieht mich näher zu sich heran. Ich lasse es geschehen.

»Aber natürlich, Richard. Ich möchte hören, was Sie mir zu sagen haben. Darum sind wir heute hier, oder?«

»Ich weiß das sehr zu schätzen, Isabelle. Kommen Sie, steigen Sie ein. Sie werden sehen, dass es viel bequemer ist, als es auf den ersten Blick erscheint. Ich darf Sie nur bitten, dieses hier anzulegen.«

Richard hält mir eine alte nach Leder und Fett riechende Kappe hin. In der anderen Hand hält er eine dieser Pilotenbrillen, die nicht viel kleiner als eine Gasmaske sind und ungefähr genauso dekorativ.

»Aber Richard. Ich … wenn ich das aufsetze, sehe ich völlig unmöglich aus.«

»O nein, Isabelle. Das werden Sie nicht. Im Gegenteil. Sie werden bezaubernd aussehen. Und ein kleines bisschen verwegen.«

Mit diesen Worten stellt Richard sich hinter mich. Er nimmt

die Kappe und zieht sie mir über den Kopf. Ich schließe die Augen und fühle mich wie ein kleines Mädchen, das von seinem Vater angezogen wird.

»Und jetzt die Brille, Isabelle. Sie werden sehen, wie schnell Sie sich daran gewöhnen.«

Ich ergebe mich in mein Schicksal und komme mir dabei vor, als würde ich nicht in einen Oldtimer, sondern in ein Flugzeug oder eine Mondrakete steigen. Irgendwie ist die Geschichte mit Richard ja auch so etwas Ähnliches wie die Apollo-Mission: ein Abenteuer, dessen Ausgang ich nicht kenne. Und für das ich meinen ganzen Mut zusammennehmen muss. Oder meine Verwegenheit.

Kurz darauf knattern wir mit rund vierzig Stundenkilometern über eine Hamburger Ausfallstraße in Richtung Norden. Ich habe mich schnell an meine Verkleidung gewöhnt und sogar ihre Vorteile zu schätzen gelernt: Kappe und Brille halten nämlich nicht nur Mücken und Fahrtwind ab, sie sorgen außerdem dafür, dass mich garantiert niemand erkennt. Das kann nur von Vorteil sein. In einem Oldtimer zu sitzen stört mich nämlich nicht. Aber neben einem zu sitzen, schon.

Wir verlassen die Stadt und fahren über eine alte, von Pappeln gesäumte Allee. Vor uns erstreckt sich die sanfte Hügellandschaft Schleswig-Holsteins. Gelegentlich entdecke ich das Glitzern eines Sees oder die Flügel einer Windmühle. Der Fahrtwind trägt den Duft des reifen Getreides zu uns heran, und ich kann nicht genug von all dem bekommen. Wir fahren sehr langsam, und so nehme ich Brille und Kappe einfach wieder ab und genieße den warmen, sommerlichen Fahrtwind. Ich will ertrinken in den Farben und Düften dieser heilen Welt. Auch wenn sie mich furchtbar an meinen Ausflug mit Max erinnern, an meine Aufgeregtheit, an all die schönen Dinge, die wir erlebt und getan haben – Gedanken, die ich mir augenblicklich strengstens verbiete!

Als ich Richard ansehe, ist sein Gesichtsausdruck ernst. Er konzentriert sich aufs Fahren, aber ich merke, dass etwas in ihm vorgeht.

»Was ist mit Ihnen? Stimmt etwas nicht?«, fragt er.

»Doch natürlich. Es ist alles in Ordnung.«

»Ich glaube Ihnen nicht«, beharrt er.

Ich schüttele den Kopf und gebe mir Mühe zu lächeln. Er akzeptiert es und sagt mit belegter Stimme:

»Sehen Sie, Isabelle … ich habe es schon neulich gemerkt. An dem Abend bei Ellen. Sie finden mich … aufdringlich, nicht wahr? Weil ich Dinge sage, über die sich eine Frau wie Sie nicht wirklich freuen kann. Dinge, die in Ihren Augen sehr albern klingen. Ich will damit sagen … ich weiß, dass mein Benehmen sehr … altmodisch ist.«

Ich habe mit allem Möglichen gerechnet, aber nicht unbedingt mit einem solchen Geständnis. Ich fühle mich nicht gerade wohl in meiner Haut.

»Sprechen Sie weiter, Richard. Ich höre Ihnen zu«, sage ich vorsichtig.

»Das ist schön, Isabelle. Es ist selten für mich geworden, dass das geschieht.«

»Dann nutzen Sie die Chance«, erwidere ich lächelnd und hoffe, ihn mit meiner Leichtigkeit nicht zu verschrecken.

»Vor zwei Jahren war ich noch nicht so, Isabelle. Ich hätte Sie nicht umgarnt, und ich hätte Ihnen nicht all die Dinge gesagt, die ich nett meine und die doch klingen, als würde ich im vorletzten Jahrhundert leben. Natürlich nicht. Denn damals war ich glücklich. Ich war verheiratet, und meine Welt war in Ordnung.« Richard macht eine Pause. Ich weiß nicht, was ich sagen soll. Dann fährt er fort: »Vor zwei Jahren ist meine Frau gestorben. Und für mich ist eine Welt zusammengebrochen. Wir waren über vierzig Jahre verheiratet, und ich konnte mir ein Leben ohne sie nicht vorstellen. Es war eine furchtbare Zeit. Ich habe Monate verbracht, ohne vor die Tür zu gehen. Ich hatte nur einen einzigen Wunsch: meiner geliebten Inge so schnell wie möglich zu folgen …«

»Oh … ich … das habe ich nicht gewusst«, sage ich. Es sind nicht seine Worte, die mich berühren. Es ist die Liebe, die aus seinen Worten klingt.

»Ich habe in dieser Zeit mehrfach daran gedacht, selber ein Ende zu machen. Aber es ist anders gekommen«, sagt Richard.

»Und wissen Sie, wem ich das verdanke? Holger Ellinghaus, dem Mann Ihrer Freundin Ellen. Ihm und meinen geliebten Automobilen.«

Ich sehe ihn erstaunt an, kann aber keinerlei Anzeichen für Ironie oder Witz erkennen.

»Ich weiß, dass das albern klingt«, sagt Richard zögerlich. »Ich will versuchen, es Ihnen zu erklären. Holger und ich kennen uns schon sehr lange. Wir hatten früher geschäftlich miteinander zu tun. Und daraus ist eine Freundschaft geworden. Holger war es, der mich davon überzeugt hat, dass ich eine Aufgabe brauche. Etwas, das mich vom Nachdenken abhält und mich ausfüllt. Und ich habe es gefunden: alte Autos. Die Veteranen der Straße. Das war schon als Kind mein Hobby.«

»Das ist wunderbar«, sage ich leise.

Richard sieht mich unsicher an. »Sagen Sie ruhig, was Sie denken, Isabelle. Ich weiß ja, wie es für Ihre Ohren klingen muss – ein einsamer alter Mann erlangt sein Seelenheil durch die Beschäftigung mit Automobilen wieder. Furchtbar, nicht wahr?«

»Aber nein, Richard«, sage ich großmütig. »Ich kenne so etwas: Frauen gehen zur Therapie, Männer basteln an ihren Autos. Außerdem: Selbsterkenntnis ist der erste Schritt zur Besserung.«

Richard lacht, und das beeindruckt mich. Denn es gibt zwar durchaus viele Männer, die Humor haben, aber der erstreckt sich zumeist nicht auf sie selbst.

»Das Wichtigste ist«, fährt Richard fort, »dass ich jetzt wieder so weit bin, Isabelle.«

»Wie weit, Richard?«

»So weit, dass ich eine neue Partnerin an meiner Seite aushalten kann ...«

»Vielleicht sollten Sie lieber sagen: eine neue Beifahrerin?«

Er bestätigt es mit einem galanten Kopfnicken und fährt fort, mir von seiner Autoleidenschaft zu berichten.

Ich schließe die Augen und spüre, wie mich ein warmes Gefühl der Ruhe erfüllt, und das ist mehr, als ich erwartet habe. Es ist zum ersten Mal seit Tagen überhaupt eine Empfindung, die nicht Schmerz und nicht Wut und nicht Trauer ist. Und ich muss denken, wie einfach die Dinge doch sein können – und wie furchtbar kompliziert sie mit Max waren. Aber das ist jetzt zum Glück vorbei, ein für alle Mal.

»Ich möchte Ihnen danken, Richard«, sage ich.

»Danken? Aber wofür?«, fragt er überrascht.

»Dafür, dass Sie mir gerade eben ein Geschenk gemacht haben.«

»Ein Geschenk?«

»Sie haben mir Ihr Vertrauen geschenkt. Das ist etwas sehr Wertvolles. Etwas, das man nicht von allen Männern bekommt.«

Richard strahlt wie ein alter, kahler Pudel, der sein Leckerli bekommt. Es fehlt nur noch, dass er mir vor Dankbarkeit das Gesicht ableckt. Zum Glück reißt er sich zusammen. Er schüttelt sich kurz und setzt sich anschließend stramm und aufrecht hin. »Kommen Sie, Isabelle. Wir wollen diese Geschichten jetzt vergessen. Es ist höchste Zeit, dass wir diesen wunderbaren Tag genießen.«

»Aber das tue ich schon längst, Richard.«,

»Umso besser. Und was Kappe und Brille angeht«, sagt er, »auf die können Sie natürlich auch weiterhin verzichten. Ich werde Ihnen zuliebe extra langsam fahren.«

»Das ist gar nicht nötig, Richard. Ich bin Gegenwind gewöhnt. Ich vertrage das, machen Sie sich um mich keine Sorgen.«

»Aber das tue ich doch gar nicht, Isabelle«, sagt er, verharrt mitten im Satz, sieht mich an, und gemeinsam brechen wir in fröhliches Gelächter aus.

Richard hat zu seiner guten Laune zurückgefunden und plappert in einem fort über alte Autos, historische Rallyes, italienische Hotels, Zündkerzen, Verteilerkreise, Antriebswellen und Liebhabertreffen in den Schweizer Bergen, zu denen er mich unbedingt mitnehmen möchte. Er sei sich sicher, dass ihn die anderen Sammler unendlich beneiden würden um mich, das Juwel seiner Sammlung, wie er es ausdrückt.

Typisch Mann. Man führt ein langes, klärendes Gespräch

mit ihnen – und hinterher ist alles genauso wie vorher. Ich nehme es Richard allerdings nicht übel. Und zwar in erster Linie deshalb, weil ich ihm gar nicht mehr zuhöre. Ich lasse ihn plappern und lehne mich entspannt und wohlig in meinem Sitz zurück. Ich genieße die frische Luft und die warme, norddeutsche Sonne über uns. Mein Blick verliert sich am Horizont, der mit Windkraftanlagen übersät ist, und ich kehre in Gedanken zu den Stunden zurück, die mir meinen Entschluss, mit Richard ein Rendezvous einzugehen, beschert haben.

Ich bin an jenem Abend geflohen. Fort von Max, so schnell es ging. Ich bin zum Laden gefahren. Er ist meine Rückzugsstätte, meine Festung, meine einsame Insel, die mir Schutz und Geborgenheit gibt. Ich schloss die Tür auf, und der vertraute Duft der Blüten umfing mich. Hier ist meine Heimat. Der Ort, an dem mir niemand Fragen stellt und an dem niemand mich infrage stellt.

Ich knallte meine Handtasche hinter die Kasse und zog mich in den kleinen Kühlraum gegenüber vom Büro zurück. Er hat eine dicke Glastür, wir bewahren darin über Nacht die Schnittblumen auf. Zehn Grad Raumtemperatur waren genau das Richtige, um meine Gefühle zu besänftigen. Ich kauerte mich auf den Boden, schlang die Arme um meine Knie und versuchte, meine Gedanken unter Kontrolle zu bringen.

Es gelang mir nicht.

Vor meinen Augen tauchte wieder und wieder die Szene an der Tür auf. Ich sah diese Jana, wie sie mich kunstvoll angegiftet hatte. Sie war vielleicht Mitte zwanzig, eine schöne Frau und sicher das, was sich ein Mann wie Max an seiner Seite wünscht.

Wirklich? Ich fand jedenfalls, dass ihrem Gesicht schon ihre künftige Hässlichkeit anzusehen war: die Linien, die der Neid ihr um den Mund zeichnen, und die Furchen, die die Selbstsucht ihr um die Augen graben würde. Denn so ist es nun einmal: Bis dreißig sehen Frauen aus, wie sie aussehen wollen. Bis vierzig, wie sie wirklich sind. Und ab fünfzig, wie sie es verdient haben.

Aber all das zählt nicht. Weil Jana etwas hat, womit ich nicht konkurrieren kann: Sie ist jung. Und das ist es, worauf es ankommt. Nicht nur für Max, sondern für alle Männer. Und je älter sie selbst werden, desto größer ist die Rolle, die das Geburtsdatum ihrer Partnerin für sie spielt.

Leider ist das Alter für uns Frauen nun einmal dasjenige der Zu-sehr-und-zu-viel-Probleme, gegen das wir am allerwenigsten ausrichten können. Sie glauben mir nicht? Dann sind Sie entweder unter dreißig, oder Sie wollen es einfach nicht wahrhaben. Nehmen wir doch einfach das Beispiel »zu dick«: Das ist nämlich eigentlich gar kein Problem. Wir können abnehmen, wir können Längsstreifen anziehen, oder wir können uns zur Not einen Mann suchen, der auf Rundungen steht (ich empfehle Kenia). Auch »zu intelligent« stellt eine Frau nicht vor wirkliche Schwierigkeiten: Erstens merken es die meisten Männer gar nicht. Und wenn doch, kann man ihnen immer noch klar machen, dass einen dieses Problem schon seit Jugendtagen verfolgt und dass man froh ist, endlich einen Mann gefunden zu haben, der einen trotzdem liebt. Männer hören so etwas gerne. Sie sagen dann Sätze wie: »Halt dich einfach an mich, Schätzchen. Und überlass das Reden mir.«

Aber »zu alt« – das ist ein Problem, für das es keine Lösung gibt. Man ist ihm ausgeliefert, auf Gedeih und Verderb. Und ab einem gewissen Punkt macht man sich durch alles, was man dagegen unternimmt, einfach nur lächerlich, denken Sie nur an die Bikinifotos von Uschi Glas. Das Alter ist nun einmal der Wasserfall, auf den wir hilflos zutreiben, und selbst wenn wir noch nicht dort sind, hören wir schon den tosenden Lärm, den er verursacht.

Natürlich ist das unfair. Weil Männer dafür gesorgt haben, dass das Alter bei *ihnen* keine Rolle spielt.

Ich blieb die halbe Nacht bei meinen Blumen sitzen. Irgendwann wich die Trauer einer bleiernen Müdigkeit. Ich rappelte mich hoch und verließ den Laden. Draußen umfing mich die milde Sommernacht wie eine wärmende Decke. Ich fuhr nach Hause und hoffte dabei inständig, dass meine Kinder ausnahmsweise einmal schliefen und keine Party feierten und nicht fernsahen und sich auch nicht zum hundertsten Mal von der Wirkung alkoholischer Getränke überzeugten.

Als ich in die Wohnung kam, glaubte ich schon, das Glück sei mir gnädig. Weit gefehlt: Ich nahm mir in der Küche ein Glas Wasser, und prompt stand Nessi in der Tür und sah mich aus Augen an, die genauso verheult waren wie meine eigenen.

»Mensch, Mama. Wo warst du denn? Ich habe mir Sorgen gemacht ...«

Es war das Schönste, was sie mir hätte sagen können. Schweigend ging ich zu ihr, nahm sie in den Arm und drückte sie lange Zeit.

»Es hat nicht geklappt, was?«, fragte meine Tochter vorsichtig.

Ich schüttelte den Kopf.

»Und? Bist du traurig?«

Ich zuckte unentschlossen mit den Schultern. Dann seufzte ich und sagte: »Ach, Schätzchen, wer hat nur diese Männer erfunden?«

»Der Typ weiß ja nicht, was er verpasst«, sagte meine wunderbare Tochter.

Nessi nahm sich ein Glas Milch und setzte sich an den Küchentisch. Sie bestand darauf, Einzelheiten zu erfahren – und ein paar verriet ich ihr tatsächlich.

Ich überlegte mir gerade, ob ich ihr auch von der Szene auf der Brücke erzählen sollte, als ich Florian reinkommen hörte: Es war inzwischen halb vier. Die übliche Zeit also, zu der ein Fünfzehnjähriger am Wochenende nach Hause kommt.

Er schlurfte an der Küchentür vorbei und merkte erst im letzten Moment, dass Nessi und ich dort saßen und uns unterhielten. Flo blieb stehen, starrte uns an und schüttelte demonstrativ den Kopf.

»O no«, rief er aus. »Heißt das etwa, dass es nichts geworden ist mit dem Typen?« Er gab sich auch gleich selber die Antwort. »Heißt es. Und das bedeutet ja wohl, dass ich ab sofort mit zwei Tussen zusammenleben muss, die keinen Stecher haben. Das kann ja heiter werden.«

Mein fünfzehnjähriger Sohn sprach's und schlurfte weiter zu

seinem Zimmer. Nessi und ich starrten uns fassungslos an. Ich war unfähig, etwas zu sagen, und fragte mich einfach nur, ob ich wirklich so viel Unverschämtheit in meinen Genen hatte oder ob Flo vielleicht doch auf der Säuglingsstation verwechselt worden war.

Nessi war schlagfertiger. Sie stellte sich in den Flur und brüllte ihrem Bruder hinterher: »Erstens lassen wir uns das von einer Jungfrau wie dir nicht sagen. Und zweitens wirst du nie einen Stecher brauchen – hast nämlich schon 'nen Stich. Und zwar 'nen riesengroßen!«

Sie kam wieder in die Küche, und wir schlugen uns ab wie zwei Sportlerinnen, die einen Punkt erzielt haben. Es war ein kleiner Trost am Ende dieses Katastrophentages.

Als ich am folgenden Montag in den Laden kam, war ich fest entschlossen, kein Wort über die ganze Sache zu verlieren. Mein Entschluss hielt den fordernden Blicken der Mädels allerdings nur genau zehn Minuten stand.

»Okay! Schon gut! Ich erzähl's euch ja«, sagte ich resigniert und hob die Hände wie jemand, der von einer Waffe bedroht wird. Wurde ich ja auch, die Neugier meiner Freundinnen kann absolut tödlich sein. Vor allem für meine Nerven.

Ellen, Lydia, Saskia und Marie standen im Halbkreis um mich herum. Jetzt lächelten sie zufrieden. »Dann ist ja gut«, sagten sie wie aus einem Mund.

Natürlich wollten die vier meine Erlebnisse in einer feierlichen Umgebung serviert bekommen. Bevor ich also erzählen konnte, was ich mit Max durchgemacht hatte, wurden alle möglichen Vorbereitungen getroffen: Marie kochte eine Runde Café au lait für alle. Ellen drehte wieder einmal das Ladenschild von »open« auf »closed«. Saskia stellte Kuchen auf den Tisch, und Lydia zündete Kerzen und Räucherstäbchen an (»Cool Desire«).

Kurz darauf schilderte ich ausführlich, was sich in der vorvergangenen Nacht zugetragen hatte – angefangen von dem Moment, in dem ich nach Hause gekommen war und mich umgezogen hatte, über die Szene an der Tür mit Jana bis zu meinem langen Abschied von Max auf der Brücke. Auslassungen, Beschönigungen oder reine Erfindungen sparte ich mir. Sie wären sinnlos – jede Einzelne meiner Freundinnen könnte ihren Lebensunterhalt locker als Lügendetektor verdienen. Jedenfalls wenn es um intime Geständnisse geht. Außerdem tat es mir gut, die Dinge noch einmal Revue passieren zu lassen. Es machte mir deutlich, wie verfahren die Lage war. Und es zeigte mir, dass ich gut beraten war, Max so schnell wie möglich zu vergessen. Und zwar endgültig.

Mein Bericht endete an dem Punkt, an dem ich nach Hause gekommen und liebevoll von meinen Kindern empfangen worden war. (Zugegeben: *Das* war eine Lüge, jedenfalls was Flo betraf. Ich war einfach nicht in der Stimmung, mir wieder einmal Vorhaltungen in Sachen Kindererziehung machen zu lassen.)

»Jetzt wisst ihr alles«, sagte ich abschließend und ließ ein erschöpftes Schnaufen folgen. Ich hatte mich in Rage geredet, ich hatte die Emotionen des Abends und der Nacht noch einmal aufleben lassen. Das war ganz schön anstrengend. Ich trank einen großen, wohlverdienten Schluck Milchkaffee.

Für die Mädels dagegen fing die Sache gerade erst an, Spaß zu machen. Sie sahen mich mit einer Mischung aus Mitleid, Ergriffenheit und grenzenloser Wut an, nicht auf mich, sondern auf die Männer dieser Welt.

Lydia brachte es mit gelassener Stimme auf den Punkt. Sie sagte: »Okay. Ich schlage vor, dass wir nicht lange nachdenken, sondern zur Tat schreiten. Was haltet ihr von folgendem Plan: Ich hole die Schere, Ellen die Astsäge und Marie den Schredder für die Grünabfälle. Wir fahren los und kümmern uns ein wenig um diesen Max. Soll heißen: Wir sorgen dafür, dass er nicht noch eine Frau unglücklich macht.«

»Hervorragende Idee«, griff Ellen den Vorschlag auf und machte dazu die routinierte Geste einer weiblichen Henkerin.

Diesmal war es Saskia, die den Mädels in den Rücken fiel, ausgerechnet die kleine, zurückhaltende, stille Saskia, die allerdings schon den ganzen Morgen so ein merkwürdiges Glühen in den Augen hatte.

»Also ich weiß nicht. Wäre das nicht schade drum? Ich meine, Isabelle hat schließlich erzählt, dass er ausgesprochen begabt ist, dieser Max. Darum finde ich, wir sollten ihn nicht verstümmeln, sondern einfangen und hinten in den Kühlraum sperren. Und wenn eine Kundin Lust verspürt, lässt sie sich einfach von ihm bedienen ... wir vermieten ihn sozusagen. Ich selbst brauchte das natürlich nicht, ich komme mit meinem Joachim nämlich neuerdings voll auf meine Kosten.«

Sie können sich den Tumult im Laden sicher vorstellen: Die Mädels begannen sofort, passende Namen für das Flowers zu erfinden – schließlich wurde der alte Name dem neuen Angebot nicht mehr gerecht.

»Wir wäre es mit: Cocktails und Kerle?«, schlug Saskia vor.

Kichern, Prusten, Augenklimpern.

Ellen winkte abfällig ab. »Viel zu lasch, Sassi. Aber was haltet ihr von: Kaffee mit Schuss?«

Prusten, Kichern, Brüllen.

»Und was ist mit den Blumen? Die gibt es schließlich weiterhin«, sagte Lydia. »Ich schlage darum vor: Der Rosenkavalier – Erlesenes für selbstbewusste Frauen.«

Gegacker, Gekicher, Gekreische.

»Nicht schlecht, gar nicht schlecht«, stimmte Ellen ein. »Aber ich finde es immer noch zu ... schwächlich. Was haltet ihr von: Strammer Max and more?«

Gebrüll, Schenkelklopfen, Tränen in den Augen.

»Oder wir dehnen das Geschäftsfeld auf An- und Verkauf aus«, fuhr Ellen fort. »Wir könnten auch eine Tauschbörse aufmachen. Nach dem Motto: Geben Sie uns Ihren Alten, und Sie kriegen einen Neuen. Was meint ihr?«

Ellen hatte sich geradezu in Wallung geredet und sah nun die anderen Mädels gespannt an. Die nickten zufrieden. Nur Lydia brachte einen Einwand vor:

»Ich weiß nicht. Wenn wir alte Männer in Zahlung nehmen, können wir auch gleich einen Schrottplatz aufmachen. Bei dem, was die Frauen bei uns abliefern werden ...«

Lachen, Kreischen, Prusten.

Ich saß stumm daneben, und mir wurde klar, dass ich aus der Szene nur einen einzigen Schluss ziehen konnte: Frauen sind auch nicht besser als Männer. Jedenfalls nicht in Gruppen. Jeder einzelne Satz meiner Freundinnen war wie ein Schlag für mich. Insbesondere weil die vier sich verhielten, als würde ich gar nicht existieren. Als sei ich ihnen im Grunde vollkommen egal. Immerhin hatte ich ihnen gerade von meinen Erlebnissen mit Max berichtet, und davon, dass ich seit langem nicht mehr so traurig gewesen war wie in der Samstagnacht.

Irgendwann konnte ich nicht mehr. Ich stand auf und schlurfte über den kleinen Flur nach hinten ins Büro. Ich ließ mich auf meinen Stuhl sinken. Vor mir auf dem Schreibtisch türmte sich ein riesiger Berg Briefe, Bestellungen und Rechnungen. Es war mir egal, ich wischte mit einer entschlossenen Handbewegung all die Papiere vom Tisch. Sie segelten in hohem Bogen durch das Zimmer wie ein Schwarm aufgeschreckter Schmetterlinge. Und dann brachen wieder einmal alle Dämme.

Ich weiß nicht, wie lange ich so dasaß und heulte. Ich hatte jedes Gespür für Zeit und Raum verloren. Es gab nur noch mich und meine Trauer. Eine sanfte Berührung an der Schulter war das Erste, was mich meine Umgebung wieder wahrnehmen ließ. Ich drehte mich um. Es war Marie. Sie stand vor mir und sah mich traurig und voller Mitgefühl an – und je länger sie das tat, desto mehr füllten sich auch ihre Augen mit Tränen. Sie sah so elend aus, dass mein schlechtes Gewissen erwachte.

»He, Süße. Es reicht, wenn eine von uns traurig ist. Du musst nicht auch noch weinen«, sagte ich.

»Wie sagt man bei euch: Geteiltes Leid ist halbes Leid. Wie gerne würde ich dir mehr als die Hälfte abnehmen.«

Sie hockte sich vor mich, und wir schlossen uns in die Arme. Dann nahm sie ein Taschentuch und tupfte mir zärtlich die Augen ab. Ich ließ es mir gerne gefallen. Ich fühlte mich umsorgt und beschützt, und es war wunderbar.

»Es ist einfach ein Dilemma mit den Männern«, sagte ich schließlich lächelnd und mit einer furchtbar verheulten Stimme. »Wir können nicht mit ihnen leben. Aber erst recht nicht ohne sie.«

Marie lachte. Auch sie klang jetzt verschnupft und verheult. Sie sagte:

»Ich weiß nicht, ob ich deiner Meinung bin. Ich finde, es geht ganz hervorragend ohne sie …«

War es nur eine der vielen Lebensweisheiten, die ich schon von Marie gelernt hatte und mit denen sie mich immer wieder beeindruckte?

»Vielleicht hast du Recht, Marie. Vielleicht ist es ohne Männer wirklich einfacher. Und wenn wir doch einmal einen treffen, der uns gefällt, dann können wir uns freuen. Aber wir sollten es nicht erwarten.«

Sie hielt meine Hand und sah mir in die Augen. Sie forschte nach etwas in mir, ich weiß nicht, ob sie es fand. Sie sagte mit einer leisen, zerbrechlichen Stimme:

»Weißt du, Isabelle, ich habe oft hier gesessen, so wie du jetzt. Ich habe geweint. Aus demselben Grund wie du: wegen des Menschen, den ich liebte und der meine Liebe doch nicht erwidert hat …«

Ich war erschüttert. Marie war für mich eine Frau, die so stark war, dass ihr Leben keinen Schmerz und keinen Kummer kannte. Das hatte ich gedacht, wir alle hatten das gedacht. Und jetzt erfuhr ich, dass es eine Täuschung war, vielleicht eine, für die sie selbst gesorgt hatte. »Wer hat dich zum Weinen gebracht, Marie?«

»Oh, das sage ich dir gerne, ma chère. Jetzt kann ich es. Ein sehr liebenswerter Mensch, Isabelle … überhaupt der tollste Mensch, den ich kenne. Ihm hat lange Jahre meine ganze Liebe gehört, und an diesen Menschen habe ich immer gedacht. Ganz egal, ob er neben mir war, wie so oft, oder nicht.«

»Aber wer, Marie? Kenne ich ihn?«, fragte ich, schon ahnend, was sie sagen würde – und ich wusste nicht, ob ich es wirklich hören wollte.

Um Maries Mund spielte ein kleines Lächeln. Sie genoss es, mit meiner Überraschung zu spielen. »Nicht ihn, Isabelle. Es ist eine *Sie*«, sagte sie, »und ja, natürlich kennst du sie. Sehr gut sogar.«

Vor meinem inneren Auge stieg ein Reigen aus Bildern auf: Ich sah Marie, wie ich sie einst bei einer Ausstellung in der Hamburger Kunsthalle kennen gelernt hatte. Ich erinnerte mich an unsere vielen Gespräche und Verabredungen, ich dachte an unseren Entschluss, Geschäftspartnerinnen zu werden und das Flowers schließlich um den Cafébereich zu erweitern. Ich erinnerte mich daran, wie aus unserer Partnerschaft eine Freundschaft wurde. Und wie ein tiefes Vertrauen zwischen uns beiden entstand. Ich musste mir klar machen, dass ich mich in einem einzigen Punkt ganz offenbar getäuscht hatte: Sosehr ich in all den Jahren gelernt hatte, Marie zu vertrauen und zu mögen, so sehr war mir doch ihr Privatleben fremd geblieben. Ich hatte das stets akzeptiert. Ich hatte es für eine Art stille Vereinbarung zwischen uns gehalten, etwas, das man Außenstehenden nur schwer erklären kann. Wir waren hier im Laden die besten Freundinnen, doch am Abend, wenn wir die Tür abschlossen, kehrte jede von uns in ihre Welt zurück. Ich hatte immer geglaubt, dass sie es so wollte, weil es uns dabei half, täglich viele Stunden miteinander zu verbringen. So bewahrten wir uns Bereiche, die die andere nicht kannte. Marie hatte mir und den anderen nie erzählt, ob es einen Mann in ihrem Leben gab – oder eine Frau. Und wir hatten bei ihr das Schweigen stets akzeptiert, auch wenn wir es bei keiner anderen hingenommen hätten. Wir hatten uns von ihrem Zauber betören lassen, von ihrer geheimnisvollen Aura – und in Wirklichkeit waren wir doch einfach nur blind gewesen.

»Ich, Marie?«, fragte ich, aber ich wusste es längst.

Sie lächelte immer noch. »Du, Isabelle. Nur du. Du warst meine große Liebe, und du hast mich mehr Tränen gekostet als jede andere.«

»Ich … hatte keine Ahnung«, sagte ich vorsichtig.

Sie schüttelte sachte den Kopf und legte mir den Finger auf die Lippen.

»Sag nichts. Es gibt keinen Grund, traurig zu sein. Ich weiß, dass deine Gefühle nie einer … einer Frau gehören werden. Es ist gut so. Ich wollte es dir eigentlich gar nicht erzählen, ich wollte unsere Freundschaft nicht mit solchen Dingen belasten.«

»Aber das tust du nicht, du Törichte«, warf ich ein.

Sie schüttelte wieder den Kopf. »Heute habe ich mich entschlossen, dir davon zu erzählen. Aus einem einzigen Grund: Damit du weißt, dass du toll bist. Damit du die Hoffnung nicht aufgibst. Du bist etwas Besonderes, Isabelle.«

»Klar: besonders dumm«, sagte ich mit einem verzagten Lächeln.

Marie lachte. »O nein. Besonders schön. Und sehr liebenswert. Ich verspreche dir, du wirst einen Mann treffen, der es erkennt, so wie ich es erkannt habe. Und er wird dich lieben, du wirst sehen.«

Es gab nichts mehr, was ich hätte sagen können. Ich stand auf, genau wie Marie. Wir nahmen uns in den Arm und hielten uns lange, lange Zeit, und ich hatte eine Art Ahnung davon, dass mein Leben auch ganz anders hätte verlaufen können, dass eine kleine Entscheidung vielleicht große Wirkungen gehabt hätte. Aber ich wusste in diesem Moment, dass nicht wir es waren, die die Liebe suchten – sie selbst war es, die uns suchte. Und sie kam dabei auf die wundersamsten Ideen.

Mir wurde leicht ums Herz, und dafür war ich Marie dankbar. Ich wusste plötzlich, dass ich über Max hinwegkommen würde. Dass ich ihn vergessen würde. Marie hatte Recht: Eines Tages würde es wieder einen Mann geben, der mich liebte und in dessen Armen ich mich zu Hause fühlte.

Marie ging wieder nach vorne und öffnete den Laden für die Kunden. Wurde auch höchste Zeit! Ich beseitigte in der Zeit das Chaos, das ich im Büro angerichtet hatte. Dann kramte ich mein Adressbuch aus meiner Handtasche, zog das Telefon heran und wählte Richards Nummer. Es war nicht einmal schwer, mich mit ihm zu verabreden, er war sofort bereit dazu. Auch wenn ich dabei das Gefühl hatte, dass er vor Aufregung gleich am Telefon zusammenbrechen würde. Vielleicht war aber auch ich es, die von ihren Kräften verlassen wurde. Denn während ich mit Richard sprach, schrie irgendetwas in mir auf, eine Stimme, die protestierte, immer lauter, je mehr ich für Richard süß und verlockend in den Hörer sprach. Ich hörte nicht auf die warnende Stimme. Stattdessen konzentrierte ich mich ganz darauf, mich nicht an Richards merkwürdigen Komplimenten zu verschlucken, mit denen er mich durchs Telefon überhäufte.

»Isabelle, wachen Sie auf. Wir sind da«, sagt eine sonore Männerstimme.

Ich öffne die Augen und sehe zur Seite. Richard lenkt den Oldtimer gerade von der Landstraße hinunter auf einen schotterbestreuten Weg. Er bremst ab, und in langsamem Tempo und mit knirschenden Reifen durchfahren wir ein riesiges schmiedeeisernes Tor.

»Kommen Sie, schauen Sie dort hinüber. Sonst verpassen Sie das Beste«, sagt er begeistert.

»Das möchte ich bestimmt nicht«, erwidere ich und gähne erst einmal ausgiebig. In Wirklichkeit habe ich natürlich nicht geschlafen. Aber ich ziehe es vor, ihn in dem Glauben zu lassen. Es wäre ohnehin kaum möglich, Richard von all dem zu berichten, was mir während der zurückliegenden Stunde durch den Kopf gegangen ist.

»Was meinten Sie eigentlich mit: Wir sind da?«, frage ich. »Ich wusste nicht einmal, dass wir auf dem Weg irgendwohin waren.«

»Es ist eine Überraschung«, antwortet er und sieht mich stolz lächelnd an – ungefähr so wie Flo, wenn er als Achtjähriger Beifall heischend zu mir kam, weil er etwas Tolles aus Lego gebaut hatte.

Wir fahren in diesem Moment aus einem kleinen Waldstück hinaus ins offene Gelände – und dann sehe ich es: das Schloss. Es ist riesengroß, hat ein Hauptgebäude in der Mitte und zwei Flügelbauten an jeder Seite, und überall ragen kleine spitze Türmchen in den Sommerhimmel. Es ist alles andere als aus Lego. Im Gegenteil: Es ist atemberaubend. Das Einzige, was fehlt, ist die Filmmusik mit den Fanfarenstößen, als wir uns in langsamem Tempo dem Anwesen nähern. Aber auch ohne sie ist der Anblick imposant. Und er weckt schlagartig alle Prinzessinnenträume, die ich als kleines Mädchen jemals gehabt habe und die immer noch in mir schlummern.

»Mein Gott, Richard, ich bin sprachlos. Sind Sie hier etwa

zu Hause? Und haben Sie mir vielleicht einen Titel verschwiegen, den Ihre Familie seit Jahrhunderten trägt?«, frage ich säuselnd. Dabei kann ich nur mit Mühe ein Kichern unterdrücken. »Graf Richard« – es klingt zum Totlachen.

»Ich muss Sie leider enttäuschen, meine Liebe. Ich bin durch und durch bürgerlich. Ich trage einen schlichten Namen und habe mein Geld mit Werkzeugmaschinen verdient, nicht mit Ländereien.«

Wir umrunden das Schloss und erreichen eine Art Parkplatz, der von einer großen, adrett geschnittenen Hecke eingefasst ist. Und dort drängeln sich alle möglichen – Oldtimer! Und zwar beide Sorten: Autos *und* Menschen.

Richard drückt zur Begrüßung auf den Lederbalg, der an der Windschutzscheibe unseres Alfas klemmt und ein quäkendes Geräusch hervorbringt. Für meine Ohren klingt es wie der Schrei eines brünftigen Entenmännchens, und dieser Lockruf wird auch sogleich von zahllosen Artgenossen fröhlich erwidert.

»Kommen Sie, meine Liebe. Ich werde Sie einigen nicht ganz unbedeutenden Damen und Herren vorstellen, sozusagen der Crème de la Crème des deutschen Nostalgie-Automobilsports. Sie werden staunen, Isabelle.«

Sein letzter Satz klingt wie eine Drohung, und die erfüllt sich voll und ganz. Richard stellt mich, zugegebenermaßen in vollkommener Galanterie, einer Reihe anderer Oldtimer-Fans vor, die genau wie Richard selbst Ledermontur tragen. Ihre Gesichter, ob nun mit Schnäuzer oder ohne, weisen alle die gleiche merkwürdige Zeichnung auf, die ich auch bei Richard entdecke, als er seine Brille abnimmt: Der größte Teil ihrer Gesichter ist dreckig, rußig und voller Mücken, also mehr oder weniger schwarz. Rund um ihre Augen aber leuchten zarte, von keinem Sonnenstrahl angekränkelte Ringe blitzblanker, rosafarbener Haut. Sie sehen aus wie Negativaufnahmen von den Panzerknackern. Himmel! Ich möchte lieber nicht wissen, wie ich aussehe.

Wenig später spaziere ich an Richards Arm durch den Schlossgarten, verspeise hervorragenden Kuchen und jede

Menge Kaffee (entkoffeiniert, wie ich aber erst später erfahre), führe allerlei interessante Gespräche (jedenfalls für Leute, die Vorkriegsautomobile und ihre Technik spannend finden) und steige am frühen Abend wieder in den Alfa, um gemütlich zurück in Richtung Stadt zu fahren.

Ich lehne mich wieder in meinem Sitz zurück und genieße den Anblick des Abendhimmels, der sich im Westen blutig rot färbt. Das sanfte Knattern unseres Autos, die milde Luft und die ersten Sterne ganz weit über uns: All das versetzt mich in eine versöhnliche Stimmung.

Es ist schon merkwürdig. Dieser Tag, den ich anfangs so unerträglich fand, kommt mir jetzt unbeschwert und sogar gelungen vor. Natürlich ist Richard nicht gerade der Mann meiner Träume. Aber er ist auf seine Art durchaus liebenswert. Er verspricht mir vielleicht keine heiße Leidenschaft, keine Verrücktheiten, keine wilden Abenteuer. Aber dafür bietet er Verlässlichkeit und Treue und ein Leben mit Annehmlichkeiten, von dem viele Menschen nur träumen können. Abgesehen davon: Bisher habe ich es immer mit Männern probiert, die mir gefallen haben. Und es ist jedes Mal schief gegangen. Vielleicht sollte ich zur Abwechslung einmal den umgekehrten Weg versuchen und mich auf einen einlassen, der vielleicht nur zweite Wahl ist. Eigentlich müsste ich mit so einem doch glücklich werden!

»So, Isabelle, wir sind da«, sagt Richard in diesem Moment.

Er hat den Wagen vor unserem Haus zum Stehen gebracht und dreht den Zündschlüssel, sodass der Motor mit einem müden, seufzenden Geräusch erlischt. Eine Weile bleiben wir in der plötzlichen Stille sitzen.

»Lieber Richard, Sie haben mir einen wunderschönen Tag bereitet«, sage ich schließlich. »Und dafür möchte ich mich ganz herzlich bei Ihnen bedanken.«

»Aber nein, Isabelle. Ich bin es, der sich bedanken muss. Ich habe mich sehr wohl mit Ihnen gefühlt, so wohl wie lange nicht mehr. Vielleicht haben Sie mich sogar ein bisschen ... glücklich gemacht.«

Während er spricht, steigt Richard aus, umrundet den Wagen, öffnet die Tür auf meiner Seite und verbeugt sich – der perfekte Gentleman, das muss ich zugeben. Ich steige aus und fühle mich dabei wichtig und umschmeichelt wie eine Hollywood-Diva. So darf es sein, denke ich.

»... und ich würde mich sehr freuen«, fährt Richard fort, »wenn wir unseren Ausflug noch einmal wiederholen könnten.«

Richards Augen glitzern bei seinen Worten wie polierte Murmeln. Ich reiche ihm die Hand, die er auch sogleich ergreift. Ich glaube, am liebsten hätte er sie mit nach Hause genommen. Als Andenken sozusagen.

»Auf Wiedersehen, Richard. Fahren Sie vorsichtig nach Hause. Nicht, dass Ihr wunderbares Gefährt sich auf den letzten Metern doch noch erinnert, wie alt es ist.«

Richard quittiert meinen Spott mit einem milden Lächeln, schüttelt dann aber den Kopf. »Dieses Auto wird noch fahren, wenn ich schon längst nicht mehr bin.«

»Oh, davon bin ich überzeugt, Richard«, sage ich freundlich.

Ich merke, dass er sich alle Mühe gibt, mich intensiv und ... flirtend anzusehen, wie ein in die Jahre gekommener Playboy, der er garantiert nie war. Und dann, ich weiß nicht genau, warum ich es tue, mache ich einen Schritt auf Richard zu, sodass wir sehr dicht voreinander stehen.

»Gute Nacht, Richard. Auf bald«, flüstere ich und schließe die Augen, bereit, alles geschehen zu lassen.

»Gute Nacht, Isabelle«, haucht Richard.

Ich spüre seinen warmen Atem direkt auf meinem Gesicht und seine trockenen Lippen, die er auf meinen Mund drückt, spüre seine Zunge, die ihren Weg zu mir sucht, ungeschickt und drängend – aber ich wehre mich nicht. Ich küsse Richard und lege meine Arme um seinen Hals, und während wir uns so halten, explodieren in meinem Kopf all diese Bilder: Ich sehe Max, wie er nackt neben mir liegt, ich sehe meine Freundinnen, wie sie das, was ich jetzt gerade tue, kommentieren und bis ins Unendliche analysieren werden. Ich sehe mich selber mit all den Männern, die ich bisher geliebt habe, sehe mich im Laden stehen, in der Wohnung, mit den Kindern, sehe mein ganzes Leben. Und ich fühle mich hilflos und schwach dabei, so schwach, dass ich mich Richard hingebe in der Hoffnung, dass er mich festhält und stützt und mir die Kraft gibt, die ich nicht mehr habe.

Schließlich lösen wir uns voneinander. Richard sieht mich lächelnd an – und doch entdecke ich in seinem Gesichtsausdruck auch eine Spur Selbstzufriedenheit, die mir nicht gefällt.

»Gute Nacht, Richard.«

»Auf bald«, sagt er.

Er steigt in seinen Wagen, lässt knatternd den Motor an und fährt in die laue Sommernacht davon. Ich gehe hoch in die Wohnung, ignoriere die Begrüßung meiner Kinder (»Da kommst du ja endlich. Wir verhungern«), gehe schweigend in mein Zimmer, schmeiße mich aufs Bett und liege unendliche Stunden mit gedankenleerem Kopf da, bis ich vor Erschöpfung einschlafe.

Max
Nichts geht mehr

Ich kann Ihnen nicht erklären, warum es so ist. Aber dennoch steht es fest: Nichts funktioniert mehr. Überhaupt nichts. Vor allen Dingen nicht mein schönes, gewohntes Leben. Wenn ich ein Computer wäre, würde ich mich irgendwo abgeben und darum bitten, das Betriebssystem noch einmal neu zu installieren. Und vor allem den ganzen Müll von der Festplatte zu löschen. So aber scheint es, als müsse ich mit dem ganzen Zeug, das nur noch halb funktioniert und regelmäßig abstürzt, weiterhin klarkommen.

Nehmen Sie nur diesen Sonntag als Beispiel. Es fing schon mit dem Frühstück an. In gewohnter Manier schlurfte ich zu Raimund hoch und fragte mich dabei, mit welchen Köstlichkeiten mein Nachbar mich heute verwöhnen würde. Immerhin war Wochenende. Mit einem einfachen Rührei mit Champignons und Tomaten oder einer nichts sagenden Platte mit Serranoschinken und französischem Baguette würde ich mich nicht abspeisen lassen. Heute müsste sich mein lieber Herr Nachbar wirklich etwas einfallen lassen.

Tat er auch. Leider nur nicht so, wie ich mir das vorgestellt hatte. Es war kurz nach elf, ich war mehr oder weniger ausgeschlafen, und hungrig. Ich drückte auf Rays Klingel – nichts geschah.

Was war los? Sollte Raimund etwa ausgegangen sein? Und das, ohne mir wie üblich ein nett zurechtgemachtes Tablett mit Frühstücksutensilien vor die Tür zu stellen? Undenkbar.

Ich versuchte es noch einmal, wobei ich vorsorglich meinen Finger minutenlang auf dem Klingelknopf beließ. Wiederum geschah nichts. Die Tür blieb verschlossen. Diesmal aber hörte ich trotz des durchdringenden Schellens eine Bewegung in der Wohnung. Es klang, als würde irgendjemand einen schweren

Gegenstand tragen, zum Beispiel einen Stuhl. Dann vernahm ich ein Schnaufen, ein Stöhnen und schließlich ein zufriedenes Seufzen. Besonders dieses letzte Geräusch konnte ich ausgesprochen gut hören. Und zwar deshalb, weil die Türklingel jäh verstummt war. Nicht etwa, weil ich meinen Finger vom Klingelknopf genommen hätte. Nein, es war schlimmer. Raimund hatte einfach die Klingel abgestellt, und plötzlich war es mucksmäuschenstill im Haus.

Ich bin kein Typ, der so einfach aufgibt. Besonders dann nicht, wenn ich das Gefühl habe, für etwas zu kämpfen, worauf ich ein Anrecht habe. Und dazu gehört definitiv meine allmorgendliche Versorgung bei Raimund. Ich tat also das Naheliegende: Ich hämmerte ungeduldig gegen die Wohnungstür und stimmte ein lautstarkes Wehklagen an:

»Raimund? Bist du da? Raimund, mach die Tür auf. Ich bin es, Max, dein Lieblingsnachbar. Ich habe Hunger. Bitte, Ray, lass mich rein. Was soll das Raimund? Hör auf mit den Zicken!«

Nichts. Keine Reaktion. Erst recht nichts, was darauf schließen ließ, dass Raimund sich in der Küche nützlich machte. Ich änderte also meine Taktik. Ich hörte auf zu rufen und zu klopfen und machte ein paar deutlich hörbare Schritte in Richtung Treppe. Dann schlich ich mich geräuschlos wieder zurück zu Raimunds Wohnungstür und presste mein Ohr gegen die Tür. Tatsächlich! Durch das Holz hindurch hörte ich das leicht asthmatische Atmen von Raimund. Ganz offensichtlich stand er in der gleichen Pose wie ich an der Innenseite der Tür. Und genauso offensichtlich tat Raimund genau dasselbe wie ich: Er lauschte.

Kein Problem. So leicht würde er mir nicht davonkommen. Ich blieb bewegungslos stehen und versuchte, die Position von Raimunds Kopf so genau wie möglich anzupeilen. Dann legte ich die Hände gegen die Tür und schrie mit allen mir zur Verfügung stehenden Kräften:

»Raimund! Mach die verdammte Tür auf. Ich bin es, Max. Und ich will verdammt noch mal mein Frühstück haben!«

Sie haben Recht. Labile Charaktere wie Raimund können durch eine derartige Behandlung leicht einen schreckbedingten Infarkt erleiden oder andersartige nervöse Anfälle bekommen. In diesem Fall aber geschah nichts davon. Weil etwas anderes passierte. Etwas, womit ich am wenigsten gerechnet hätte: Die Tür ging auf, und mein Nachbar sah mich erstaunlich gefasst und ziemlich abweisend an.

»Endlich, Ray. Ich dachte schon, du willst mich gar nicht mehr reinlassen«, seufzte ich erleichtert und wollte schon in die Wohnung treten. Ging nur nicht. Weil Raimund in der Tür stand und keinerlei Anstalten machte, zur Seite zu gehen.

»Guten Morgen, Max«, sagte er schließlich. »Du hast schon Recht: Ich mache Zicken.«

»Das merke ich.«

Raimund senkte die Augen und sagte in einer kaum wahrnehmbaren Lautstärke:

»Ich lasse dich nicht rein.«

Das war in der Tat eine Überraschung – und als ich die überwunden hatte, legte ich mein ganzes Einfühlungsvermögen in meine Stimme und fragte:

»Raimund? Ist alles in Ordnung mit dir?«

»Alles bestens, Max.«

»Und was soll das heißen, du lässt mich nicht rein?«

Raimund zuckte mit seinen schmalen Schultern und sah mich halb ehrfürchtig und halb aufmüpfig an. »Na ja, Max. Nimm es mir bitte nicht übel. Ich habe mich ja auch echt gefreut, dass du die letzten Wochen immer bei mir warst. Ehrlich. Aber es geht jetzt nicht mehr.«

»Unsinn, Ray«, sagte ich unbeeindruckt. »Natürlich geht es. Du weißt doch: Wo ein Wille ist, ist auch ein Weg.«

»Eben, Max«, entgegnete er und zuckte dazu mit den Schultern. Zum ersten Mal begriff ich, dass mein Nachbar vorhatte, ernsthaften Widerstand zu leisten. Ich wurde augenblicklich misstrauisch. »Was ist los, Raimund? Ist Susanne wieder zurück? Gibt es eine andere Frau in deinem Leben?«

Er schüttelte seinen kleinen Kopf und sah dabei aus wie ein Mainzelmännchen beim Nahkampf. »Nein, Max. Keine neue Frau. Du weißt doch: Susanne wird für mich immer die Einzige bleiben.«

»Und wer, bitte schön, hat dich dann auf die Idee gebracht, dass wir beide, also du und ich, nicht mehr gemeinsam unser Frühstück einnehmen?«

»Niemand, Max. Ehrlich.«

Er sagte zwar »ehrlich«, aber sein Gesicht drückte das Gegenteil aus.

»Was soll das, Raimund? Hast du nicht immer gesagt, dass wir beide in einem Boot sitzen? Und dass wir uns gegenseitig unterstützen müssen? Und jetzt soll auf einmal Schluss damit sein? Ich muss an einem Sonntagmorgen hungrig und einsam in meiner Wohnung hocken und ganz allein mit meinem Schicksal klarkommen?«

»Na ja, weißt du, Max, es ist so: Doktor Reinhard sagt, dass ich lernen muss, auch einmal an mich zu denken. Weil ich sonst immer nur ausgenutzt werde. Nicht, dass du das falsch verstehst. Ich fühle mich bestimmt nicht von dir ausgenutzt. Ich habe immer gerne für dich Frühstück gemacht. Wirklich. Und ich würde es auch bestimmt weiterhin tun. Aber Dr. Reinhard hat es mir verboten.«

Er hob resigniert die Hände, so, als könnte er selber nichts an diesem Umstand ändern.

»Doktor Reinhard, Raimund? Wer bitte schön ist Doktor Reinhard?«

Er murmelte irgendetwas, wovon ich kein Wort verstand.

»Wie bitte, Raimund? Ich habe dich nicht verstanden.«

»...«

»Wenn du einen Augenblick wartest, Ray, dann fahre ich zum Sender und hole eins der hochsensiblen Richtmikrophone. Vielleicht kann ich dich damit hören.«

Raimund sah mich an, und ich merkte schon an seinem Gesichtsausdruck, dass sich irgendetwas in ihm regte. Zum ersten Mal entdeckte ich so etwas wie Wut an meinem Nachbarn. Er holte tief Luft, beugte sich dann zu mir und schrie:

»Doktor Reinhard ist mein Therapeut. Und ein sehr toller Mensch. Er hat mir klar gemacht, dass du kein sehr toller Mensch bist, Max. Weil du nämlich immer nur an dich denkst. So, jetzt weißt du es.«

Raimund sah mich geradezu finster an und schlug mir daraufhin die Tür vor der Nase zu.

Sie können sich vorstellen, dass meine Laune nach diesem Erlebnis nicht gerade Höchstwerte erreichte. Nicht, dass Raimunds Meinung etwas zählen würde. Aber er hatte dennoch irgendetwas in mir zum Klingen gebracht. Nachdenklich kehrte ich in meine Wohnung zurück. Ich nahm mir ein Glas Leitungswasser und ließ mich erschöpft auf den Küchenhocker sinken. Offenbar hatte Raimund auf einmal beschlossen, seine Probleme zu überwinden und ein zufriedenes Leben zu führen. Ich fand das egoistisch. Weil es mich irgendwie … einsam machte. Weil es mir das Elend meines eigenen Lebens schonungslos vor Augen führte. Und weil es mir das Gefühl gab, dass es an der Zeit war, die Dinge in die Hand zu nehmen.

Ich verspürte plötzlich das seltene, aber umso dringendere Bedürfnis zu reden. Wer käme dafür besser infrage als meine Ruderfreunde? Ich hatte einiges erlebt, und ich war mir sicher, dass Joachim, Marc und Werner sehnsüchtig darauf warteten, die Neuigkeiten zu erfahren. Zumal sie mit Frauen und sogar mit Sex zu tun hatten, und das interessierte die drei immer.

Aber so war es nicht. Beziehungsweise nicht ganz. Weil nicht ich im Mittelpunkt stand, als ich am Nachmittag in den Ruderclub kam, sondern Joachim. Genau: Der Joachim, dessen Leben ungefähr so aufregend war wie ein Walt-Disney-Spielfilm und der die Missionarsstellung für den Gipfel der sexuellen Verwegenheit hielt. Zumindest war das bisher so. Jetzt aber räkelte er sich auf seinem Stuhl und sah unrasiert und abenteuerlustig aus. Also ungefähr so wie Mister Bean in der Rolle von James Bond. Außerdem strahlte er uns auf ungewohnte Weise an. Es war offensichtlich, dass er vor Mitteilungsdrang fast platzte. Nachdem wir mit Getränken versorgt waren, räusperte er sich, grinste und sagte: »Ihr werdet es nicht glauben, Leute. Aber ich habe mit einer Frau geschlafen.«

Die erwünschte Reaktion bei uns blieb natürlich aus. Wir wechselten lediglich gelangweilte Blicke. Marc brachte es auf den Punkt: »Klar, mit deiner eigenen.«

Joachim schüttelte den Kopf: »Eben nicht.«

Diesmal reagierten wir in der Tat, und zwar so, als hätte Joachim uns erzählt, dass er bei einem Preisausschreiben eine Patek-Philippe-Armbanduhr gewonnen hätte oder im Urlaub statt nach Spiekeroog auf die Bahamas flog.

»Nein!«, riefen Marc, ich und Werner wie aus einem Mund. »Du hast was? Bist du dir sicher? Reden wir über eine richtige Frau und einen richtigen Koitus? Du meinst, nicht einfach nur flirten? Du hast eine flachgelegt? Du redest über *Sex*?«

»Genau. Ich meine Sex. Mit allem, was dazugehört: Vorspiel, Action, einschlafen. Das volle Programm halt«, sagte Joachim und lächelte cool und stolz und zutiefst befriedigt.

»Und Saskia? Weiß sie es?«, fragte Marc. Der Gedanke lag nah. Schließlich war Joachim seiner Ehefrau treuer als ein Taubenmännchen seinem Taubenweibchen, und die begnügen sich bekanntlich miteinander für ein ganzes Leben.

Joachims Augen weiteten sich vor Entsetzen. »Bist du wahnsinnig? Natürlich weiß Saskia es *nicht* – und sie darf es auch nie erfahren. Das würde unsere Ehe nicht überleben. Und das wiederum würde ich nicht überleben.«

Marc machte eine beschwichtigende Handbewegung. »War ja nur 'ne Frage.«

»Aber was für eine!« Joachim beruhigte sich nur langsam. Nach und nach aber nahm seine Stimme wieder den lässigen Ton an, der so gar nicht zu ihm passen wollte. Auch das neuartige Grinsen erschien wieder auf seinem Gesicht, als er beiläufig verkündete: »Aber ihr habt schon Recht ... Meine liebe kleine Frau merkt bereits, dass ab jetzt einige Dinge anders laufen. Und zwar besonders in unserem Schlafzimmer. Diese Lydia hat mich auf ein paar Ideen gebracht, Jungs, ich sage euch ...«

Wir beugten uns alle vertrauensvoll vor, und Werner sagte: »Wir sind ganz Ohr, Joachim. Nun mal raus mit den Details.«

Joachim sah etwas verunsichert von einem zum anderen, blickte dann noch einmal zu den Nachbartischen, um sicherzugehen, dass niemand lauschte, und sagte: »Na ja, also, wusstet ihr, dass man als Mann auch ... also, wie soll ich sagen?

Nicht dass ihr denkt, ich wäre komisch oder pervers oder so … dass man als Mann auch unten liegen kann?«

»Nein! Joachim! Ist das denn die Möglichkeit? Das gibt es doch nicht«, riefen Marc, Werner und ich und sahen ihn nun unsererseits mit vor Erstaunen geweiteten Augen an. Wir gaben uns alle Mühe, nicht an unserem unterdrückten Gelächter zu ersticken.

»Dachte ich bisher ja auch«, erwiderte Joachim flüsternd und machte dabei mit verkniffenem Gesicht eine dämpfende Handbewegung. Dann setzte er wieder die Miene des erfahrenen Jägers auf und fuhr fort: »Dabei ist es ganz einfach, du legst dich auf den Rücken, und die Frau steigt auf dich drauf wie auf ein Fahrrad … ein Herrenrad sozusagen.«

Er sah uns an und brach dann in ein erfrischendes Lachen aus. Wir drei anderen waren nicht undankbar. Wir stimmten in sein Gelächter ein und freuten uns, dass Joachim es auf seine gelungene Schote schob. Denn, dies sei am Rande bemerkt: Das ist der große Unterschied zwischen einer Männerrunde und einem vergleichbaren Frauentreff. Selbst wenn sich einer der Teilnehmer eine Blöße gibt, denken die anderen nicht daran, ihm die Würde und den Stolz zu nehmen. Im Gegenteil: Wir sind peinlich darauf bedacht, uns gegenseitig in unserer Selbstachtung zu bestärken. Das mag Frauen fremdartig und unerklärlich erscheinen. Dabei hat es einen ganz einfachen Grund: Männersolidarität statt Stutenbissigkeit!

»Tja, Jungs. Ich kann es euch nur empfehlen!«, sagte Joachim schließlich altklug. »Aber das ist noch nicht alles …«

Wieder beugten wir uns neugierig vor und steckten konspirativ die Köpfe zusammen. In der folgenden halben Stunde servierte Joachim uns den detaillierten Bericht einer einzigen Nacht, die offenbar sein ganzes Leben verändert hatte. Zusammengefasst lief sein Abenteuer darauf hinaus, dass unser Freund innerhalb weniger Stunden so glorreiche Erfindungen wie die Löffelchenstellung, A Tergo, den Reiter und noch einige andere Variationen erlernt und mehrfach geübt hatte – Positionen, von denen zumindest er noch nie etwas gehört hatte und die er für so ausschweifend hielt, dass ihm allein beim Erzählen der Schweiß von der Stirn tropfte. Wir anderen konnten uns des Eindruckes nicht erwehren, dass diese Lydia entweder ein Sexmaniac war oder dass sie unseren Joachim in einer einzigen Nacht einer Art Erotik-Intensiv-Seminar unterzogen hatte.

»Eins würde mich allerdings interessieren«, sagte Werner schließlich mit leuchtenden Augen, »wo hast du diese Nymphomanin eigentlich kennen gelernt?«

»Kennen gelernt?«, fragte Joachim mit Geringschätzung in der Stimme. »Aufgerissen habe ich die. Was ja auch keine große Kunst ist, bei meinem Aussehen ...« Er lehnte sich im Stuhl zurück, fuhr sich durch die spärlichen Haare über seiner hohen Naturwissenschaftlerstirn und grinste verwegen.

»Klar, keine Frage, Joachim«, sagte Werner. »Also, wo hast du sie aufgerissen?«

»Auf dem Lehrerparkplatz«, sagte Joachim lässig.

»Eine Kollegin?«

Joachim machte ein erschrecktes Gesicht. »Aber nein! Wo denkt ihr hin? Das wäre doch viel zu gefährlich ... eine Kollegin ...« Er winkte ab, und es war ihm anzusehen, dass ihn allein die Vorstellung nervös machte. »Nein, Lydia war ganz zufällig auf dem Parkplatz. Um ehrlich zu sein: Ich weiß auch nicht, was sie da eigentlich gemacht hat.«

Für einen kurzen Moment zogen sich nachdenkliche Falten über Joachims Stirn. Offenbar suchte er nach einer mathematischen Gleichung, mit der er dieses rätselhafte Verhalten einer Frau erklären könnte. Er fand keine und beschloss, die Frage zu den noch zu lösenden Rätseln der Menschheit zu packen. »Jedenfalls stand sie direkt vor meinem Auto und fragte mich, ob ich sie nicht ein Stück mitnehmen könnte. Na ja, da sagt man ja nicht nein, so als Gentleman. Wir sind eingestiegen, und sie ist ... aufgestiegen. Es ging eigentlich sofort zur Sache.«

»Im Auto?«, fragte Marc verblüfft. Joachim fährt einen Renault Kangoo, der dank seines Nachwuchses wie ein fahrbares Kinderzimmer aussieht, nicht unbedingt der geeignete Ort für wilden Sex mit einer Unbekannten.

»Quatsch. Nicht im Auto«, stellte Joachim auch sofort klar.

»Wir sind ins Intercontinental gefahren. Wennschon – dennschon.«

»Aber nicht ganz billig«, warf Werner ein.

Joachim winkte ab. »Wo denkst du hin! Meinst du etwa, ich hätte das bezahlt? Die Braut war ganz aus dem Häuschen, die hätte mich am liebsten direkt auf dem Parkplatz vernascht. Natürlich hat sie die Zeche für das Zimmer übernommen. Ich wüsste auch gar nicht, wie ich das Saskia erklären sollte. Wenn da auf einmal hundertfünfzig Euro fehlen ...«

Wir waren beeindruckt, auch wenn wir bei jedem anderen Mann spätestens bei diesem Detail ernsthafte Zweifel bekommen hätten. Aber Joachims Glaubwürdigkeit stand außer Frage. Vielleicht hatte er auf Frauen eine Wirkung, die uns Männern entging. Schließlich gab es auch andere Typen, für die das zutraf – zum Beispiel Woody Allen, Otto Waalkes oder Olli P.

»Und?«, fragte Marc schließlich, »werdet ihr euch wieder sehen?«

»Wieder sehen? Ich und diese Lydia? Aber nie im Leben. Wisst ihr, ich habe ihr nämlich eine falsche Telefonnummer gegeben. Um genau zu sein: die von meinem Kollegen Hermann. Der macht Physik und Bio. Und er ist Junggeselle. Wer weiß, vielleicht werden die beiden ja ein Paar. Dann hätte ich dieser Lydia sogar noch einen Gefallen getan. Obwohl ich mir nicht sicher bin, ob Hermann ihr Typ ist. Ich glaube, die steht mehr auf Kerle, die es ihr richtig besorgen können.«

»Finde ich gut«, sagte Werner.

Wir sahen ihn fragend an – was genau fand er gut? Dass Joachim sich für einen echten Mann hielt?

Werner genoss unsere Neugier. Er ließ sich Zeit, bis er schließlich feierlich erklärte: »Ich finde es gut, dass Joachim trotz allem so treu zu seiner Saskia steht. Und dass er sich von seinem kleinen Abenteuer nicht beirren lässt. Ich finde nämlich, dass Treue etwas ist, was in unserer Zeit viel zu kurz kommt.«

»Danke, Werner. Das hast du schön gesagt«, sagte Joachim gerührt.

Marc und ich dagegen sahen erst uns und dann Werner fragend an. Schließlich benutzte unser Chefarzt seine Freundinnen nicht viel öfter als seine OP-Handschuhe – und auch seine Erklärung dafür war gewöhnlich dieselbe: »Nach einiger Zeit wird das Material spröde. Das kann ich nicht verantworten. Also muss regelmäßig etwas Neues her.« Und ausgerechnet dieser Mann äußerte sich jetzt positiv zum Thema Treue? Kaum zu glauben, aber die Erklärung folgte sogleich.

»Ich wollte es euch eigentlich noch gar nicht sagen«, fuhr Werner fort, »aber wenn wir schon beim Thema sind, könnt ihr es auch gleich erfahren.« Er machte eine dramatische Pause, schloss kurz die Augen und verkündete dann mit getragener Stimme: »Meine lieben Freunde: Es ist etwas ganz Wunderbares geschehen. Ich werde mich in Kürze von der Freiheit und vom wilden Leben verabschieden. Ich werde dem Streunerdasein den Rücken kehren und den ewigen Abenteuern endgültig entsagen ...«

»... mein Gott, er kündigt seinen Suizid an«, murmelte Marc. Werner fuhr ungerührt fort: »Das ewige Hin und Her soll endlich ein Ende haben. Wie ihr wisst, bin ich dieses Jahr fünfzig geworden, und sogar ich sehe ein, dass es im Leben eines Mannes einen Punkt gibt, an dem die Zeit gekommen ist, verbindlich zu werden.«

Marc lachte auf: »Mensch, Werner, wenn ich nicht wüsste, dass du es bist, würde ich jetzt denken, du willst heiraten. Also, was heißt hier Verbindlichkeit? Legst du dir einen Hund zu? Hast du deine Partner bei der Yacht ausbezahlt und bist Alleineigentümer geworden?«

»Du wirst es nicht glauben, lieber Marc«, sagte Werner giftig, »aber ausnahmsweise hast du beim Nageln den Kopf getroffen: Ich werde vor den Traualtar treten.«

Unsere Reaktion war nicht weniger erstaunt als zuvor bei Joachim, wir waren vollkommen baff.

»Dürfen wir denn erfahren, wem du das Jawort geben willst? Und noch wichtiger: Weiß sie schon von ihrem Glück?«, fragte ich vorsichtig.

Werner sah mich mit feierlicher Würde an: »Ihr dürft es erfahren. Und: Ja, sie weiß es auch schon! Ulli natürlich. Keine andere. Und sie ist einverstanden. Sie freut sich genau wie ich.«

Ich wollte Werner gerade fragen, was seinen Sinneswandel bewirkt hatte. Aber Marc kam mir zuvor: »Moment mal, Werner. Habe ich richtig gehört? Du willst Ulli heiraten? *Die* Ulli? Ist denn irgendetwas passiert? Hast du ein Wundermittel entdeckt, das ihren dreißigsten Geburtstag verhindert? Ist sie schwanger? Erpresst sie dich? Gibt es andere Probleme?«

Werner machte ganz auf Chefarzt und blieb vollkommen gelassen.

»Eben nicht. Es gibt keine Probleme. Und an diesem Wochenende ist mir klar geworden, dass es immer so bleiben soll. Was läge da näher, als sich das Jawort zu geben? Wird ja schließlich auch so langsam Zeit bei mir. Sonst werde ich noch aus Altersgründen abgelehnt.«

Marc nickte verständnisvoll. Ich dagegen war immer noch nicht auf der Höhe der Dinge. »Und du bist dir ganz sicher? Keine schlaflosen Nächte deswegen? Keine Angstattacken? Nicht das Gefühl, von irgendwem hypnotisiert worden zu sein?«, fragte ich skeptisch.

»Nichts davon«, sagte Werner strahlend. »Und bei Ulli ist es nicht anders als bei mir: Wir wissen jetzt beide, was wir aneinander haben.«

»Dann bleibt uns ja wohl nichts übrig, als zu gratulieren«, sagte Marc.

Wir bestellten eine Runde Bier und stießen gut gelaunt auf Werners neue Lebenspläne an.

Wie üblich wanderte der Spot weiter zum Nächsten, der dann mit seiner wöchentlichen Lebensbeichte dran war – jetzt war ich es, auf den sich die Aufmerksamkeit richtete. Ich berichtete den Jungs von meinem Wiedersehen mit Jana. Schließlich wussten sie bis zum heutigen Tage von all dem nichts. Ich erzählte ihnen anschließend ausführlich von der Begegnung mit Isabelle auf der Brücke und davon, wie unser Abschiedskuss ungefähr eine halbe Stunde gedauert hatte und eigentlich unter die Überschrift Sex zu fassen war. Ich schilderte ihnen meine melancholischen Stunden am Kanal und erwähnte all die Dinge, die mir dabei durch den Kopf gegangen waren. Und ich berichtete ihnen schließlich davon, dass ich an einem einzigen Abend von zwei Frauen verlassen worden war. Eigentlich also ein ziemlich trauriges Ende. Aber auch nur eigentlich. Denn:

»Ihr denkt jetzt bestimmt, dass ich völlig deprimiert und fertig bin, stimmt's? Aber ihr täuscht euch. Mir geht es so gut wie lange nicht. Ich fühle mich hervorragend. Ganz ausgezeichnet sogar. Ich bin froh, wie sich die Dinge entwickelt haben, Jungs. Und wisst ihr, warum? Weil ich jetzt endlich wieder frei bin. Ich bin mein eigener Herr und kann mir wieder eine eigene Dame suchen. Oder auch mehrere Damen. Aber das hat Zeit. Erst einmal werde ich es genießen, dass ich tun und lassen kann, was ich will!«

Für mich war damit alles gesagt. Für die Jungs allerdings auch. Und das irritierte mich. Ihre einzige Reaktion auf meinen Bericht bestand nämlich darin, mich anzusehen und nichts zu sagen. Kein Spruch, kein Witz, keine Vorwürfe. Sie schwiegen einfach. Sie schauten mich an, und in ihren Blicken lag – Mitleid. Ja, Sie haben richtig gehört: Mitleid!

Das war natürlich das Schlimmste, was sie mir überhaupt antun konnten. Denn mal ehrlich: Mitleid unter Männern ist dasselbe wie Neid unter Frauen. Es ist ekelhaft, arrogant und hinterhältig. Es nimmt einem die Würde und sprengt definitiv die Grenzen einer Männerfreundschaft. Mitleid ist nichts anderes als eine schallende Ohrfeige, die pure Verachtung, der reinste Hohn. Männer sind nun einmal unter anderem deshalb miteinander befreundet, um sich gegenseitig zu versichern, dass sie tolle Hechte sind. Und dabei ist es völlig egal, ob sie in Wirklichkeit nur kleine Haie oder große Karpfen sind, ob sie beeindruckende Flossen oder mächtige Schleierschwänze haben. Wir sind füreinander da, um uns in dieser Frauenwelt, die uns nun einmal umgibt, gegenseitig den Rücken zu stärken. Und wenn es eines gibt, was diesem Ziel entgegensteht, dann ist das Mitleid. Es ist gegen die Spielregeln. Es ist ein Tabubruch. Es ist nicht akzeptabel.

Minuten vergingen. Wir saßen auf unseren Stühlen auf der

Terrasse vom Ruderclub, und niemand sagte etwas. Die drei senkten die Blicke, bloß um mich nicht ansehen zu müssen. Ich saß auf meinem Stuhl und kam mir vor wie ein Angeklagter, der, statt verurteilt zu werden, vom Richter auch noch bedauert wird.

Irgendwann hatte ich die Nase voll. »Wisst ihr was?«, keifte ich. »Ihr könnt mich mal. Was ihr hier macht, ist nicht fair. Es ist unsportlich. Ich weiß schließlich selber, dass das Ganze nicht nett von mir war. Jana wird vermutlich nie wieder ein Wort mit mir reden. Na und? Ihr wart es doch, die mir immer zugeredet habt, mich von ihr zu trennen. Und genau das habe ich getan. Es gibt also keinen Grund, hier auf Mitleid zu machen. Im Gegenteil: Wenn es nach mir geht, können wir gerne wieder miteinander anstoßen.«

Es war ausgerechnet Joachim, der sich jetzt räusperte, der Mann, der von Frauen ungefähr so viel versteht wie Daniel Küblböck von Musik. Er sah mich kurz an und sagte:

»Wieso Jana, Max? Dass ihr euch getrennt habt, das geht schon in Ordnung. Das freut uns. Aber darum geht es doch gar nicht. Wir sind traurig darüber, was du mit Isabelle machst. *Das* ist nicht in Ordnung. Und *damit* tust du dir selbst keinen Gefallen.«

Es dauerte eine Weile, bis mir bewusst wurde, was Joachim gerade gesagt hatte und dass er damit offensichtlich auf das Einverständnis von Marc und Werner traf.

Ich war fassungslos. Vollkommen fassungslos. Nachdem ich die Herrschaft über meine Sprechmuskulatur wiedererlangt hatte, sagte ich:

»Moment mal! Das meint ihr ja wohl nicht ernst. Ihr macht mir eine Szene wegen Isabelle? Wegen der Frau, die ihr erst neulich als Scheintote bezeichnet habt und mich als Nekrophilen, weil ich eine Nacht mit ihr verbracht habe? Wegen der Frau, an der euch einzig und allein interessiert hat, dass sie fast fünfzig ist? Und jetzt, wo ich auf eure Ratschläge gehört und sie endgültig abgesägt habe, jetzt macht ihr einen auf Jürgen Fliege? Anstatt mich zu beglückwünschen? Ihr seid wirklich zum Kotzen!«

Diesmal war es Werner, der die Sprecherrolle übernahm. Er sah mich betreten an und sagte:

»Klar, Max. Du hast Recht. All das haben wir gesagt. Aber damals wussten wir noch nicht, dass es ernst ist.«

»Es ist nicht ernst.«

»Damals haben wir gedacht, sie ist eine deiner üblichen Geschichten. Ein Befreiungsschlag. Eine Affäre, um über Jana hinwegzukommen.«

»Aber genau das war es«, warf ich ein. »Und ich hatte Erfolg damit!«

Ich hätte genauso gut gegen eine Wand reden oder mich mit einem Ruderboot unterhalten können. Ich bewirkte nicht das Geringste mit meinem Protest.

»Weißt du, Max«, sagte Werner. »Du übersiehst einfach, worauf es wirklich ankommt.«

»Ach ja?«, schnauzte ich zurück. »Worauf denn?«

Als hätten die drei es eingeübt und planten, sich fürs Synchronschwimmen anzumelden, machten Marc, Werner und Joachim zeitgleich und in perfekter Übereinstimmung eine einzige Geste: Sie tippten sich mit dem Zeigefinger in Herzhöhe auf die Brust und sagten:

»Darauf. Wenn du weißt, was wir meinen.«

»Ich weiß, was ihr meint«, gab ich eiskalt zurück. »Und darum glaube ich, dass ihr drei lieber hierauf achten solltet«, sagte ich und tippte mir nun meinerseits mit dem Zeigefinger gegen die Stirn.

Marc, Werner und Joachim wurden keineswegs sauer, nicht einmal das konnte ich offensichtlich mehr erreichen. Stattdessen zuckten sie alle drei mehr oder weniger deutlich mit den Schultern und gaben so ihrer Resignation Ausdruck. Ich war in ihren Augen ein hoffnungsloser Fall. Marc fügte auch noch seufzend hinzu:

»Du musst es selber wissen, Max …«

»In der Tat«, entgegnete ich. »Und ich weiß es auch selber: Darum gehe ich jetzt. Auf Wiedersehen. Nein: Adieu, ihr, ihr … Ach, vergesst es!«

Ich stand so abrupt auf, dass mein Stuhl nach hinten rutschte und laut polternd umfiel. Sofort drehten sich die anderen Gäste auf der Terrasse zu uns um und betrachteten mich mit missbilligenden Blicken.

Vermutlich war mein Nervenkostüm – ich finde, bei Männern sollte man eher von einem Nervenanzug sprechen – ernsthaft angespannt. Jedenfalls giftete ich mit Blicken zurück und brüllte dann wahllos in die Menge:

»Warum gucken Sie denn so? Sind Sie vielleicht auch der Meinung, dass es ein Fehler ist, sich von einer Frau zu verabschieden, mit der es sowieso nicht klappen kann? Oder glauben Sie etwa allen Ernstes, dass ich mich mit einer Frau einlassen sollte, die vor fast zwanzig Jahren so alt war, wie ich heute bin? Finden Sie wirklich, dass man eine Beziehung anfangen sollte, von der man sowieso weiß, dass sie keine Zukunft hat?«

Menschenmengen sind unberechenbar. Das wurde mir in diesem Moment wieder einmal klar. Denn die Leute wandten sich keineswegs angewidert von mir ab. Sie suchten auch nicht mit Blicken nach dem Geschäftsführer, um mich möglichst schnell entfernen zu lassen. Und sie drückten mir auch kein Kleingeld in die Hand, weil sie mich für einen einfallsreichen Improvisationskünstler und Straßenschauspieler hielten. Stattdessen fühlten sie sich tatsächlich veranlasst, auf meine Frage zu antworten.

»Na ja, wenn Sie sie lieben, warum denn nicht?«, sagte ein älterer Herr mit Glatze und Sonnenbrand.

»Was sind denn schon zwanzig Jahre? Mein Mann geht nächstes Jahr in Rente, und das stört mich kein bisschen. Ich freue mich sogar schon darauf«, rief eine Studentin, die mit ihren Freundinnen in einer Ecke saß.

»Wenn es um die Liebe geht, sollte man nie an die Zukunft denken«, steuerte eine alte Dame bei, deren Foto im Bootshaus hing und sie als Olympiateilnehmerin von 1964 auswies.

Und ein kerniger Mittfünfziger, braun gebrannt und durchtrainiert, Typ hanseatischer Kaufmann, mit dem ich früher gelegentlich im Zweier gerudert bin, lächelte mich an und sagte: »Warum tust du in diesem Fall eigentlich nicht das, was du sonst immer tust? Hör einfach auf deinen Schwanz!«

Fassungslos sah ich noch einmal zu Marc, Werner und Joachim. Natürlich: Die drei saßen am Tisch und grinsten mich an.

Ich drehte mich wortlos um und verließ den Ruderclub in der festen Absicht, ihn nie wieder zu betreten.

Schlecht gelaunt ging ich über das Clubgelände zum Parkplatz. Mein Kopf fühlte sich vollkommen leer an. Ich hatte nicht die geringste Idee, was ich tun sollte. Vielleicht wäre es eine gute Idee, zum Hafen zu fahren, ein Segelboot zu kapern und einhand um die Welt zu segeln. Mit etwas Glück entdeckte ich eine ferne Insel, auf der Menschen lebten, mit denen ich zurechtkam. Noch besser wäre eine Insel ohne Menschen, auf der ich einsam, allein und glücklich mein Dasein fristen könnte. Vielleicht sollte ich auch ins nahe gelegene Spielcasino gehen und mein komplettes Vermögen auf den Roulettetisch legen, und zwar auf Zahl. Mit etwas Glück würde ich alles verlieren, und das eröffnete mir die Möglichkeit, noch einmal ganz von vorne anzufangen. Aber war das nicht alles viel zu kompliziert? Möglicherweise reichte es, wenn ich einfach ein paar Stunden spazieren ging, um die Dinge wieder etwas klarer zu sehen.

Isabelle
Das Schlimmste zum Schluss

Was ist die Steigerung von Katastrophe? Ein Mann? Eine Frau? Oder der Augenblick, wenn beide aufeinander treffen? Gestern Nacht hätte ich dieser Meinung vermutlich noch zugestimmt. Jetzt aber ist Montagmorgen, und ich erkenne, dass es Probleme auf dieser Welt gibt, die nichts mit Liebe und nicht einmal etwas mit Sex zu tun haben. Ich komme gegen halb zehn Uhr zum Geschäft. Ich bin sogar erstaunlich gut gelaunt, denn während der vergangenen Nacht bin ich zu einigen bedeutsamen Entschlüssen gekommen. Ich gehe die drei Stufen zur Ladentür hinunter und will gerade den Schlüssel ins Schloss stecken, als ich merke, dass irgendetwas anders ist als sonst.

Kennen Sie das – Sie haben etwas gesehen, aber Ihr Gehirn braucht ein paar Extra-Sekunden, um die Bilder zu etwas Sinnvollem zu sortieren? Genauso geht es mir in diesem Moment. Ich habe etwas wahrgenommen, und allmählich wird mir auch klar, was es ist. Glauben will ich es dennoch nicht. Ich ziehe den Schlüssel also wieder aus dem Schloss und steige die drei Stufen wieder hoch. Ich überquere erneut die Straße und drehe mich um, um das Ganze noch einmal in Augenschein zu nehmen. Leider stellt es sich nicht als Halluzination heraus. Und was es ist, ist klar: eben eine Katastrophe.

Der Anlass für meinen Schock ist einfach erklärt: Das Haus neben dem Flowers hat die letzten drei Monate hinter einer Plastikplane und einem wunderbaren Bauzaun verbracht. Wir waren davon ausgegangen, dass die Verkleidung dazu diente, uns vor Staub, Lärm und dem Anblick dickbäuchiger Bauarbeiter mit gelbem Helm und Bierflasche in der Hand zu bewahren. Jetzt wird mir schlagartig klar, dass das nur ein kleiner Nebenzweck dieses Versteckspiels gewesen ist. Die Bauplane hat nämlich in erster Linie dazu gedient, uns zu täuschen. Und zwar darüber, dass dahinter keineswegs ein Haus saniert wurde, sondern dass dort das Grab für das Flowers geschaufelt worden ist.

An diesem Montagmorgen nämlich sind die Plane und der Zaun verschwunden. Und ich kann nicht nur eine glänzende Fassade mit viel Marmor und viel Glas bewundern, hinter der künftig erfolgreiche Anwälte und erfolgreiche Werber glücklich ihren Geschäften nachgehen dürfen. Nein, ich kann außerdem im Erdgeschoss des frisch gelifteten Hauses eine riesige, ausgesprochen einladende Filiale von Stardust bewundern, einer amerikanischen Kaffeehauskette, die schon an anderen Orten unseres Planeten merkwürdige, neumodische Kaffeevariationen ausschenkt und damit unzählige kleine Cafés und Lokale in den Ruin getrieben hat. Und jetzt ist offensichtlich das Flowers an der Reihe.

Sie können daher bestimmt verstehen, was ich als Nächstes tue, und vor allem, warum ich es tue. Ich stehe erstarrt auf dem Bürgersteig, werde dabei von wütenden, auf ihren Arbeitsplatz zustrebenden Businesstypen und entsprechenden Ladys umschifft, die mich für ein ärgerliches Hindernis halten, und wieder einmal spielen meine Augen Jahrhundertflut.

Ich finde übrigens, dass das ausnahmsweise einmal angemessen ist. Ich habe schließlich nicht nur eine unglückselige Affäre mit einem jungen Kerl hinter mir und war daraufhin sogar kurzfristig bereit, eine Affäre mit einem alten Kerl einzugehen. Ich habe nicht nur verzogene Kinder, die mir in den Rücken fallen, und auch sonst einen Haufen Probleme, die mir über den Kopf wachsen. Nein, das alles ist nicht genug: Jetzt wird auch noch mein Lebenswerk zerstört: mein Café, meine Oase, meine Festung gegen die Widrigkeiten des Lebens. Denn nichts anderes bedeutet die frisch eröffnete Konkurrenz in unmittelbarer Nachbarschaft. Konkurrenz, die vermutlich auf einem dicken Polster voller Dollars ruht und es mittels Lockangeboten und niedrigen Stundenlöhnen für die Mitarbeiter ohne Probleme mit uns aufnehmen kann. Konkurrenz in einer Situation, die auch so schon schwierig genug ist – es wird ihnen also nicht schwer fallen, uns den Rest zu geben.

Als ich mich wieder halbwegs im Griff habe, stapfe ich zurück über die Straße, ohne nach rechts und links zu gucken. Überfahren werden? Kleinigkeit für mich! Das kann mir nichts mehr anhaben. Jedes Auto würde ohnehin an meiner Wut abprallen und in Stücke brechen. So ähnlich wie der wild hupende Porschefahrer, der gerade vor mir in die Bremsen steigen muss und dann aus dem Fenster brüllt:

»He, Sie schlafen wohl noch. Das hier ist eine Straße, und ich habe immerhin einen Porsche. Etwas mehr Respekt, bitte!«

Ich sage nichts. Ich bringe ihn einfach mit einem eisigen Blick zum Schweigen. Und ich bin mir ganz sicher, dass dem Typen nicht klar ist, wie viel Glück er damit hat. Aber damit jetzt keine Missverständnisse aufkommen. Ich habe mich nur nicht auf diesen Porschefahrer gestürzt, weil ich meine Kräfte noch brauche. Oder glauben Sie etwa, ich werde mich mit meinem Schicksal abfinden? Glauben Sie wirklich, ich werde die neue Konkurrenz einfach so hinnehmen? Da sollten Sie mich aber besser kennen – mich, Isabelle Bauer, die schon mit ganz anderen Dingen fertig geworden ist. Ich werde auch für dieses Problem eine Lösung finden.

Nachdem ich den Laden betreten habe, mache ich mir erst gar nicht die Mühe, das »open«-Schild ins Fenster zu hängen. Heute werden wir nämlich nicht öffnen, weil das Flowers heute gar kein Geschäft ist. Es ist ein Lagezentrum. Also der Ort, an dem die Strategie unserer historischen Abwehrschlacht gegen Stardust geschmiedet wird! Und zwar von mir – und von meinen Mitstreiterinnen. Ich bin zum Glück nicht alleine. Ich habe immer noch meine Freundinnen. Und auf die kann ich mich in Stunden der Not hundertprozentig verlassen! Oder?

Zwei Stunden später. Ellen, Saskia, Lydia, Marie und ich sitzen mit rauchenden Köpfen um einen der Cafétische. An den Wänden hängen Zettel, auf denen wir verschiedene Lösungsansätze notiert haben, und am Flip-Board prangt ein wildes Muster aus möglichen Strategien für unsere mission impossible. Leider können wir uns einfach nicht darauf einigen, welche die richtige ist. Im Gegenteil: Wir sind fünf Frauen, und wir haben fünf ausgesprochen unterschiedliche Ansichten, wie wir die Sache angehen müssen.

Saskia zum Beispiel, die merkwürdig aufgekratzt und vor überschüssiger Energie kaum zu bremsen ist, macht einen ziemlich hitzigen Vorschlag:

»Ist doch ganz klar. Wir warten, bis es dunkel ist, dann schlagen wir zu. Und wenn morgen früh die Sonne aufgeht, ist von diesem Stardust nur noch ein Haufen Asche übrig. Alles, was wir dafür brauchen, ist eine Packung Streichhölzer. Diese Lösung ist nicht nur effektiv, sondern darüber hinaus ausgesprochen billig.«

Sassi schlägt laut und entschlossen mit der Hand auf den Tisch und sieht uns herausfordernd an. Die einzige Wirkung ihrer Geste besteht allerdings darin, dass unsere Tassen zittern und der Kaffee überschwappt.

Sie schüttelt verärgert den Kopf und starrt uns missmutig an: »Was ist los, Mädels? Wann zeigen wir denen dort drüben, was wir von ihnen halten? Helfen wir ihnen beim Kaffeerösten!«

Wir alle finden die Idee in der Tat reizvoll, aber Marie bringt den entscheidenden Einwand vor:

»Klar, Sassi, verdient hätten sie es. Aber ich sehe ein kleines Problem. Der Laden ist ungefähr fünf Meter von unserem entfernt: Wenn die in Flammen aufgehen, werden wir in wenigen Minuten folgen, und wir werden die Feuerwehrleute kaum dazu überreden können, nur bei uns zu löschen.«

Das überzeugt uns.

Lydia, die immerhin Rechtsanwältin ist, räuspert sich daraufhin, setzt ihr Paragraphengesicht auf und sagt: »Gehen wir doch einfach den legalen Weg: Wir verklagen sie.«

»Und weswegen?«, frage ich spitz. »Wegen Eröffnung eines Cafés? Wenn das nämlich strafbar wäre, könnte ich auch gleich hinter Gitter …«

Lydia lächelt süffisant. »Ach, Schätzchen. Juristerei zählt zu den kreativen Künsten, genau wie Malen oder Geschichten erzählen. Wir denken uns einfach etwas aus, womit wir sie drankriegen. Den Anfang könnte eine Anzeige wegen ordnungswidrigen Aufstellens von Werbeschildern auf dem Bürgersteig machen – der neue Ordnungsdienst der Stadt ist ganz begeistert von solchen Delikten. Dann folgt eine Klage wegen unlauteren Wettbewerbs und wegen illegaler Beschäftigung von Arbeitnehmern ohne Aufenthaltsgenehmigung.«

»Und woher wissen wir das? Ich meine, das mit den Arbeitnehmern?«, fragt Saskia skeptisch.

»Wir wissen es nicht. Da aber alle gastronomischen Betriebe, mit Ausnahme von unserem natürlich, Illegale beschäftigen, wird es bei Stardust nicht anders sein. Und wenn das auch nichts bringt, kriegen wir sie wegen Missachtung von Hygienevorschriften dran. Ich sag's euch: In spätestens drei Jahren sind die erledigt.«

Juristinnen verdienen genug, um in langen Zeiträumen zu denken. Das unterscheidet sie von normalen Menschen. Lydia zum Beispiel merkt gar nicht, was sie sagt – weswegen ich es extra für sie aussprechen muss:

»Das ist wunderbar, Lydia. Das Problem ist nur, dass drei Jahre ungefähr zweieinhalb Jahre zu viel sind. Dann sind wir nämlich pleite. So lange können wir nicht durchhalten.«

»Außerdem«, fügt Marie hinzu, »wird niemand diese Typen daran hindern können, mit den gleichen Waffen zurückzuschlagen. Und ohne dir zu nahe treten zu wollen, Lydia: Ich glaube, die haben Anwälte, die noch kreativer sind als du.«

Lydia hebt resigniert die Hände. »Ich befürchte, ihr habt Recht. Aber mehr fällt mir auch nicht ein.«

Betretene Gesichter in der Runde. Niemand sagt etwas. Und das bestimmt geschlagene zehn Minuten lang.

Aber ich habe mit Sicherheit nicht vor, so schnell aufzugeben. Schließlich steht allerhand auf dem Spiel, um nicht zu sagen: alles.

»Bitte, Mädels! Lasst euch etwas einfallen! Wir brauchen einen Vorschlag, der schnell wirkt, der nicht verboten ist und der unserem Gegner keine Chance auf Gegenwehr lässt – das ist doch nicht zu viel verlangt!«

Glauben Sie, die Mädels überbieten sich jetzt mit Ideen und

Vorschlägen? Nein, leider nicht. Stattdessen schweigen sie weiterhin betreten. Nicht einmal Ellen sagt etwas, obwohl sie doch sonst zu allem und jedem eine Meinung hat, die sie in der Regel auch noch für die einzig richtige hält. Trotzdem kenne ich meine Freundin gut genug, um zu spüren, dass sie etwas auf dem Herzen hat.

»Ellen, heute gibt es keine Tabus. Dazu ist die Lage zu ernst. Wenn du also etwas im Hinterkopf hast: Immer raus damit«, sage ich auffordernd.

Sie sieht mich forschend an und sagt in einem drohenden Tonfall: »Na gut, du hast es so gewollt.«

Jetzt ist ihr unsere ungeteilte Aufmerksamkeit gewiss – und das ist das Zeichen für Ellen, sich erst einmal Zeit zu lassen. Sie schlürft lautstark an ihrem Café au lait und genießt unsere gespannten Blicke.

»Spann uns nicht auf die Folter, Ellen«, sagt Saskia schließlich genervt.

»Also gut«, sagt die triumphierend und sieht von einer zur anderen. »Mein Vorschlag: Wir machen es genau wie die in der großen Wirtschaft. Die haben nämlich ein Motto: Wenn du deinen Konkurrenten nicht besiegen kannst, dann kauf ihn einfach auf und mach ihn dicht. Alles, was wir tun müssen, ist die Aktienmehrheit von Stardust zu erwerben und die Typen auf die Straße zu setzen. Geniale Idee, oder?«

Genial bescheuert, denke ich sofort. Und auch die anderen reagieren ungefähr so, als würden sie eine Zeitschrift durchblättern, die auf der Titelseite Enthüllungen über Brad Pitt verspricht und dann im Innenteil nicht ein einziges Nacktfoto abdruckt.

»Toll, Ellen. Die große Wirtschaft, wie du es nennt, unterscheidet sich bloß in einem Punkt von uns: Die haben Geld. Wir nicht. Und ohne Geld kann man auch keine Konkurrenten aufkaufen, schon gar nicht welche in der Größenordnung von Stardust.«

Während ich das sage, ist mir bereits klar, dass der heikle Teil von Ellens Vorschlag noch aussteht. Ich täusche mich nicht. Sie kneift die Augen zusammen und sagt:

»*Wir* haben kein Geld, das stimmt. Aber *Richard*, der hat welches. Und ich bin mir ganz sicher, dass er liebend gerne ...«

Sehen Sie, wir brauchen gar keine finanzstarke, aggressive Konkurrenz, damit uns der Garaus gemacht wird. Das können wir nämlich hervorragend ohne fremde Hilfe. Wir machen uns einfach gegenseitig fertig.

Mit frostiger Stimme erwidere ich: »Dein Vorschlag wird immer besser, Ellen. Du willst also sagen, dass ich erst einmal *mich* an Richard verkaufen soll, damit er dann möglicherweise Stardust kauft ... Ist es das, was du im Sinn hast?«

Ellen zuckt mit den Schultern. Mein Einwand berührt sie nicht im Geringsten. »Ab und zu muss man halt die Augen zumachen und Opfer bringen, Schätzchen. Ich hab's selber oft genug gemacht.«

»Stimmt. Und bist du etwa glücklich geworden?«, keife ich. Ich bin bereit, mich augenblicklich auf sie zu stürzen und ihr tatkräftig meine Meinung zu ihrem Vorschlag zu sagen.

Ellen aber bleibt vollkommen gelassen. Mit einem müden Lächeln sagt sie: »Nun, wenn ich recht informiert bin, bist du gestern ja schon recht weit gegangen, was den Verkauf deiner selbst angeht. Und Richard war ausgesprochen begeistert. So viel kann ich dir verraten.«

Dieses Biest! Spätestens jetzt hat Ellen eine Grenze überschritten, die absolut tabu ist, und zwar unabhängig davon, ob sie meine beste Freundin ist oder nicht. Am liebsten würde ich ihr augenblicklich vorschlagen, das Flowers zu verlassen und drüben im Stardust weiter ihren Kaffee zu trinken. Auf Kundinnen wie sie kann ich liebend gerne verzichten. Da ziehe ich es vor, Pleite zu gehen!

Ich will Ellen gerade den Weg zur Tür weisen, als ich merke, dass ich mich vollkommen zu Unrecht aufrege. Ellen hat zwar anscheinend in der Zwischenzeit mit Richard gesprochen. Aber schließlich ist auch der nicht auf dem neuesten Stand. Niemand ist auf dem neuesten Stand – außer mir. Denn seit dem Abschied von Richard, der zugegebenermaßen recht herzlich ausgefallen ist, ist eine ganze Nacht vergangen. Eine Nacht, in der ich mir Gedanken gemacht habe. Und in der ich ein paar Entscheidungen getroffen habe, Entscheidungen von erheblicher Tragweite. Um nicht zu sagen: Entscheidungen, die mein gesamtes zukünftiges Leben beeinflussen werden. Und über die ich meine Freundinnen heute ohnehin unterrichten wollte.

Meine Anspannung lässt daher schlagartig nach. Ich lehne mich in meinem Stuhl zurück, blicke erst Ellen und dann die anderen an und sage:

»Ausgeschlossen. Richard wird nicht den Retter spielen. Das kommt gar nicht infrage. Weil ich an Richard nicht das geringste Interesse habe. Und zwar weder als Investor oder Geschäftspartner noch als Mann. Und damit basta!«

Meine Stimme lässt keinen Zweifel daran aufkommen, dass ich meine, was ich sage. Ellens Vorschlag ist damit vom Tisch. Gut so! Weniger gut ist allerdings, dass unser Problem nach wie vor ungelöst bleibt. Und anscheinend soll sich daran auch nichts mehr ändern. Im Raum herrscht jetzt nämlich wieder ein tiefes, ratloses Schweigen. Lydia, Sassi, Ellen, Marie und ich starren uns gegenseitig an und zucken alle nacheinander mit den Schultern. Das war's. Keine sagt etwas – weil keine weiß, was sie sagen könnte. Wir haben nichts mehr auf Lager. Wir sind am Ende.

Ich blicke von einer zur anderen und sage resigniert: »Heißt es wirklich das, was ich denke, dass es heißt? Nämlich dass keine von uns eine Idee hat, wie es weitergehen kann? Nichts? Nicht einmal ein klitzekleiner Vorschlag?«

Ich blicke erneut in die Runde, und die vier senken die Augen. Ich seufze und sage, was wir vermutlich alle denken:

»Dann haben wir es auch nicht verdient, gegen diese Macchiato-Machos von nebenan zu bestehen.«

Nichts, kein Widerspruch, keine Empörung. Wieder vergehen qualvolle, stille Minuten. Allmählich aber merke ich, dass irgendetwas vor sich geht. Etwas, an dem ich scheinbar nicht teilhaben soll. Die Mädels wechseln viel sagende Blicke, hüsteln nervös, rempeln sich schließlich sogar gegenseitig an wie Erstklässlerinnen, die sich nicht trauen, laut vor der Klasse zu sprechen. Ich sehe mir die Sache eine Weile an, dann platzt es aus mir heraus: »Was soll das? Gibt es irgendetwas, das ich wissen müsste? Denkt ihr, dass es sowieso alles keinen Sinn hat und dass wir den Laden lieber so schnell wie möglich schließen sollten? Ist es das, was ihr mir sagen wollt? Beziehungsweise nicht sagen wollt?«

Nein, ist es nicht. Meine Freundinnen schütteln die Köpfe, vermeiden es dabei aber immer noch, in Blickkontakt mit mir zu treten.

»Los! Raus mit der Sprache«, sage ich mit Nachdruck.

Lydia ist es, die schließlich aufgibt. Sie seufzt und sagt: »Also gut, Isabelle. Dann bin ich halt diejenige, die es dir sagt …«

»Die mir was sagt?«

»Wie wir das Flowers retten.«

»Da bin ich aber mal gespannt!«

»Du musst aber versprechen, nicht böse zu werden.«

»Kann ich nicht versprechen.«

»Bitte.«

»Also gut: versprochen«, sage ich, schließlich muss ich gar nicht böse werden. Ich kann ja auch fuchsteufelswild werden. Oder rasend vor Wut. Oder hysterisch. Je nachdem.

Lydia holt tief Luft, sieht mich an wie eine königliche Vorkosterin, die genau weiß, dass das Essen vergiftet ist, und sagt: »*Er* muss es tun. *Er* muss uns retten. *Er* ist der Einzige, der das kann.«

»Und wer ist *er*?«, frage ich erstaunt.

»Na, Max natürlich.«

Das ist es also, was sie sich nicht trauten zu sagen? Merkwürdig, aber ich bin enttäuscht. Mit so etwas Läppischem habe ich nicht gerechnet. Und natürlich macht es mich weder böse noch fuchsteufelswild noch sonst irgendetwas. Es amüsiert mich höchstens. Es amüsiert mich sogar so sehr, dass ich in lautes Gelächter ausbreche.

Natürlich bleibt mein Verhalten – genau wie alles andere auf der Welt – von den Mädels nicht unkommentiert. Saskia zum Beispiel sagt: »Ich glaube, jetzt spinnt sie. Das mit Max war einfach zu viel für sie.«

Lydia stimmt mit Kennermiene zu: »Nervenzusammenbruch. Typisches Symptom, ich kenne mich da aus. Geben wir ihr noch drei Minuten, dann rufen wir die Ambulanz.«

Ellen bringt eine andere Nuance ins Spiel: »Vielleicht lacht sie, weil sie diesen Max längst schon wieder vernascht hat? Isa ist zu den Dingen fähig, die wir ihr schon immer zugetraut haben.«

Nur Marie glaubt an mich. Sie sagt:

»Was haltet ihr davon, wenn wir Isabelle einfach fragen, was mit ihr los ist?«

»Glänzende Idee«, lautet die Antwort. Von allen vieren.

Diesmal bin ich es, die die neugierigen Blicke der anderen genießt. Und ich habe nicht vor, sie allzu schnell zu erlösen. Wie gesagt: Ich habe in der vergangenen Nacht eine Entscheidung getroffen. Und zwar eine höchst wichtige Entscheidung. Eine, die die anderen ziemlich überraschen wird.

»Also gut. Ihr wollt wissen, was los ist? Kein Problem. Ich will es euch sagen. Und ihr werdet staunen. Vor allem, weil Max die Hauptrolle dabei spielt …«

Ich will den Mädels gerade von meinen neuen Plänen berichten, als die Ladentür aufgerissen wird. Wir drehen die Köpfe und sehen: Joachim, Sassis Mann, der bisher noch nie einen Fuß ins Flowers gesetzt hat. Ganz offenbar möchte er seiner Frau einen Überraschungsbesuch abstatten, bleibt aber plötzlich wie angewurzelt stehen. Von seinem gerade noch so freudigen Strahlen ist nicht mehr viel übrig. Seine Blicke hüpfen wie bei einem Tennisspiel zwischen Sassi und Lydia hin und her, und sein Gesicht nimmt allmählich die Farbe des Center Courts an.

Es ist Lydia, die am schnellsten reagiert. Sie steht auf, geht auf Joachim zu (er weicht vor ihr zurück, als wäre sie eine unheilvolle Erscheinung aus dem Jenseits) und sagt so laut, dass es jeder hören kann:

»Mein Name ist Lydia. Wie schön, Sie kennen zu lernen. Sie sind bestimmt Joachim, der Mann von Saskia. Sie hat uns schon viel von Ihnen erzählt.«

»Ja … also … ich«, stottert Joachim fassungslos, »… die Freude ist ganz … meinerseits.«

»Das kann ich mir vorstellen«, sagt Lydia lächelnd und lässt es sich nicht nehmen, Joachim zuzuzwinkern.

Warum regieren Frauen nicht die Welt? Genau. Weil sie sich um die Probleme der Männer kümmern müssen. Saskia ist das beste Beispiel. Denn genau in dem Moment, in dem Joachim sich ganz offenbar zu einer feierlichen kleinen Ansprache durchgerungen hat – vermutlich um reinen Tisch zu machen –, springt Sassi auf, hüpft auf ihren erstaunten Gatten zu und verschließt ihm mit einem leidenschaftlichen Kuss die Lippen. Alles, was wir von Joachim zu hören bekommen, klingt daher wie eine Trompete, die vorne mit einem Schalldämpfer versehen ist: »Ich ... erklären ... glaube ... keine Absicht ...«

Irgendwann gibt Joachim auf – vermutlich erkennt er, dass jedes weitere Wort ihn ein Stück näher an die Ohnmacht heranbrächte, denn küssen, reden und gleichzeitig atmen, das geht nun wirklich nicht.

Wir anderen haben leider keine Zeit, das merkwürdige Schauspiel noch länger zu beobachten. Denn in diesem Augenblick geht die Ladentür erneut auf. Und herein kommt, ich traue meinen Augen nicht, Richard Kiesling. Er stolpert mehr oder weniger ins Geschäft, blickt sich um wie ein gehetztes Faultier, erblickt mich und wedelt mit dem, was er in der Hand hält: einem riesigen Strauß roter Rosen. Welch passendes Geschenk für eine Floristin!

»Isabelle! O Isabelle! Wie schön, dass wir uns so schnell wieder sehen. Wie wunderbar, dass ich Sie gefunden habe!«, ruft Richard theatralisch.

Ich bleibe gelassen: »War ja auch nicht so schwer, oder? Ich bin schließlich da, wo ich immer bin«, sage ich kühl.

Richard lässt sich nicht beirren und schmettert erneut sein »O Isabelle. O Isabelle.«

Eigentlich ist eine Frau gut beraten, einem Mann stets das Gefühl zu geben, er habe alles im Griff. Es erleichtert den Umgang mit ihm ungemein. Jetzt aber ändere ich meine Meinung spontan. Weil man gelegentlich sogar einem Kerl reinen Wein einschenken muss, auch wenn er den am allerwenigsten verträgt. Richard wird diesmal nicht darum herumkommen. Und das ist besser für uns alle.

Ich winke daher demonstrativ mit der Blumenschere, um ihm klar zu machen, dass ich ihm leider das Wort abschneiden muss. Zumal Richard nicht nur seine O-Isabelle-Arie fortsetzt, nein, er sinkt jetzt auch noch auf die Knie:

»O Isabelle. Ich möchte Ihnen meine Worte der Verehrung darbringen. Ich habe eine lange, schlaflose Nacht verbracht, die einzig erfüllt war mit Gedanken an Sie, die Wundervollste, Atemberaubendste, Schönste aller Frauen. Und ich bin zu dem Entschluss gekommen, dass es nicht übereilt ist, Ihnen, liebste Isabelle, hiermit …«

Ich mache einen entschiedenen Schritt nach vorne, um bei Richard den Ton abzustellen – und verharre dabei so plötzlich, als sei ich unversehens zu Stein erstarrt. Ich habe es nämlich als Erste gesehen: Die Ladentür geht zum dritten Mal auf und herein kommt: meine Mutter!

»Hallo, Schätzchen. Wie sieht es hier denn aus? Ist der Laden heute etwa geschlossen? Was ist denn das für ein lächerlicher Schuppen, der da neben euch aufgemacht hat? Hallo, Marie, geht es Ihnen gut? Willst du deiner Mutter denn gar nichts anbieten, Isabellchen? Leg doch bitte die Schere zur Seite. Und wer ist eigentlich dieser ungemein gut aussehende Herr, der hier kniet? Na, soll ich Ihnen mal auf die Sprünge helfen?«

»Mutter! Bitte!«

Meine Stimme knallt wie eine Peitsche durch den Raum. Alle zucken zusammen. Bis auf die Frau, die ich eigentlich meinte und von der ich in direkter Linie abstamme. Vermutlich hat sie mal wieder vergessen, die Batterien an ihrem Hörgerät zu erneuern. Das Schlimmste daran ist, dass sie trotz ihrer neunundsechzig Jahre nicht so aussieht, als ob sie überhaupt eines trüge.

Sie lässt sich auch jetzt nicht beirren, schenkt Richard ein zuckersüßes Lächeln, hält ihm die Hand hin und zieht ihn erstaunlich behende auf die Beine.

»Ich dachte, du bist an der Algarve, Mutter. Beziehungsweise auf Madeira. Und ich dachte, du willst mal wieder heiraten. Wieso …?«, frage ich, nun meinerseits um Fassung ringend.

»War ich auch. Wollte ich auch«, schneidet sie mir das Wort ab. »Leider haben sich meine Pläne mit Eduard nicht so verwirklichen lassen, wie ich mir das vorgestellt habe. Eddi und ich konnten uns bei gewissen testamentarischen Fragen nicht einigen. Und da habe ich es vorgezogen abzureisen! Schließlich weiß ich, was eine sinnvolle Investition ist und was nicht.«

Mit diesen Worten schenkt sie Richard erneut ein herzerweichendes Lächeln, hakt sich bei ihm unter und führt den erstaunten Mann zu einem der Tische. »Also?«, fragt meine Mutter schnippisch. »Willst du mich diesem ungemein charmanten Herrn vielleicht endlich vorstellen?«

»Nein, will ich nicht«, entgegne ich genauso schnippisch.

»Na gut«, sagt sie ungerührt. »Dann bediene ich mich halt selbst.«

Sie spricht's und nimmt Richard, dessen Augen einen mir wohl bekannten Glanz bekommen, die Blumen aus der Hand.

»Vielen Dank, mein Guter«, zwitschert sie fröhlich, »auch wenn das gar nicht nötig gewesen wäre.«

»Aber gerne, gnädige Frau«, säuselt Richard – was mich natürlich vollends auf die Palme bringt. Dann nimmt er auch noch die Hand meiner Mutter und schmatzt einen dicken Kuss darauf.

»Mutter!«, schreie ich in einem Anfall von Hysterie, »lass den Mann in Frieden!«

»Aber wieso denn, Kind? *Du* hast ja wohl kein Interesse an ihm!«, stößt meine Mutter empört hervor.

»Das stimmt allerdings«, sage ich kleinlaut, womit ich ein erleichtertes Lächeln auf das Gesicht meiner Mutter und ein erschrecktes Staunen auf das Gesicht von Richard zaubere.

»Na siehst du«, sagt meine Mutter selbstgefällig. »Also kann ich mich doch ein wenig um den Jungen kümmern. Er sieht so einsam und verloren aus, ich glaube, er braucht jetzt eine starke Hand, die ihn zum nächsten Altar führt.«

Da hat sie zweifellos Recht. Aber es ändert nichts daran, dass meine Nerven wieder in einen ausgesprochen gefährlichen Zustand geraten. Ich stehe mitten in meinem eigenen Geschäft, das akut von der Pleite bedroht ist. Ich bin von unzähligen

Menschen umgeben, die ich alle kenne und die mit anderen Menschen, die ich ebenfalls kenne, entweder schon im Bett waren oder vorhaben, dorthin zu gelangen. Um mich herum tobt also das ganz normale Chaos des Lebens. Nur dass ich nicht Teil davon bin. Für mich interessiert sich niemand! Ich bin der einsamste Mensch der Welt.

Und dann geschieht das Unweigerliche. Noch einmal wird die Tür zum Laden aufgerissen. Und herein kommen Flo und Nessi. Sie sehen sich kurz im Laden um, schütteln grinsend die Köpfe und murmeln etwas von »total durchgeknallt«. Dann sagen sie, ohne weiter auf ihre merkwürdige Umgebung einzugehen:

»Hallo, Mama. Du solltest mal den Fernseher anmachen. Und zwar auf der Stelle.«

Max
Geld oder Liebe?

Montags leide ich unter düsteren Ahnungen. Ich habe zum Beispiel das Gefühl, dass die vor mir liegende Woche mindestens fünf Tage hat. Und das sind fünf zu viel. Hinzu kommt der deutliche Eindruck, dass ich mich am zurückliegenden Wochenende keineswegs ausgeschlafen und bestimmt nicht erholt habe. Weil ich wieder einmal all das gemacht habe, wozu ich in der Woche davor nicht gekommen bin. Ich erschrecke montags, wenn mir klar wird, dass der Urlaub, den ich bitter nötig habe, gerade erst ein paar Wochen her ist. Und das Ganze wird gekrönt von der Erkenntnis, dass mir meine Arbeit eigentlich Spaß macht – aber dass ich sie wesentlich attraktiver fände, wenn ich sie nur an vier Tagen in der Woche ausüben müsste. Und dazu würden Montage definitiv nicht gehören.

All das trägt nicht gerade dazu bei, dass ich zu Beginn der Woche ein umgänglicher Zeitgenosse bin. An diesem Montag aber ist es schlimmer. Das liegt nicht nur an den ungemein einfühlsamen Worten, mit denen Manni, mein Kameramann, mich begrüßt, als ich zu meinen Kollegen in den Bulli steige:

»Du siehst aus wie ausgekotzt, Max.«

»Danke, Manni. So fühle ich mich auch.«

Normalerweise gehört Manni zu den wenigen Menschen, die mich mit Montagen versöhnen können. Manni ist eine ehrliche Haut, und er tut nicht so, als könne er diesem Tag mehr abgewinnen als ich. Das unterscheidet ihn von einer Reihe anderer Kollegen, die die Woche mit einer penetrant guten Laune beginnen und meinen, auf diese Art Punkte bei den Vorgesetzten sammeln zu können.

Aber heute kann nicht einmal Manni meine Stimmung heben. Niemand kann das. Weil sie an einem absoluten Tiefpunkt angelangt ist. Und weil man mich vermutlich mit Elektroschocks behandeln müsste, um mir ein Lächeln auf die Lippen zu zaubern. Was kein Wunder ist nach meinen gestrigen Erfahrungen – und dem fast kompletten Verlust meines Freundeskreises.

Manni gibt ordentlich Gas, und wir kurven quer durch die Stadt zu einem Termin, der mich nicht im mindesten interessiert – genauso wenig wie irgendetwas anderes auf der Welt. Meine Kollegen spüren das und respektieren es. Und so kommt es, dass ich erst in die Gegenwart zurückkehre, als der Bulli unsanft über eine Bürgersteigkante ruckelt und Manni ihn dann quietschend zum Stehen bringt.

»He, Max. Höchste Zeit für ein Lächeln. Du gehst in genau ...«, Manni wirft einen demonstrativen Blick auf seine Armbanduhr, »... dreizehn Minuten auf Sendung. Oder willst du, dass dir halb Hamburg bei deiner schlechten Laune zusieht?«

Manni dreht sich vom Fahrersitz aus nach hinten und grient. Silke, die Tonfrau, sitzt wie üblich neben ihm und sagt überhaupt nichts. Hat sie schon jemals irgendetwas gesagt? Kann sie eigentlich sprechen? Vermutlich ist sie stumm, was bei Frauen kein Nachteil sein muss.

Ich reibe mir durchs Gesicht und vertreibe meine düsteren Gedanken, schließlich ist jetzt: Showtime! »Okay, Leute. Gebt mir eine Minute«, sage ich. Manni und Silke nicken, sie kennen das Spiel. Sie wissen, dass ich diese eine Minute immer brauche, bevor es losgeht. Es ist der heilige Moment, den ich mir gönne, um die *Verwandlung* zu vollziehen.

Und die geht so: Ich schließe die Augen, ich atme tief und schnell, ich sauge meine Lungen voll Sauerstoff und signalisiere meinem Körper, dass die Zeit der Stille vorbei ist. Wie ein Jet-Pilot lege ich innerlich die Schalter um, begutachte die Anzeiger und Schaltflächen in meinem inneren Cockpit und mache die Systeme klar für den Start: Meine Adrenalindrüsen nehmen die Arbeit auf, mein Herz erhöht auf prickelnde Weise seine Schlagfrequenz, mein Puls wird zum hämmernden Techno-Beat. Es ist so ähnlich wie autogenes Training, nur mit umgekehrten Vorzeichen: Ich will mich nicht warm, schwer und ruhig fühlen, sondern eiskalt, leichtsinnig und zu allem bereit. Meine Nervenbahnen erhöhen die Voltzahl, mein Blut fließt schneller, und mein Charakter stellt auf hundertprozentige Professionalität um. Ich fühle mich wie Clark Kent oder Peter Parker: Aus dem privaten einunddreißigjährigen Typ, der ich gerade noch war, wird der stadtbekannte TV-Reporter, der Moderator von »Hausbesuch«, der Quotenkönig von Hamburg-LIVE, kurzum: ein Superheld.

Ich öffne die Augen und sehe Manni und Silke angriffslustig an: »Okay, Leute. Alles bereit?«

»Alles ready for take-off!«, sagt Manni, und Silke nickt dazu.

»Also: Let's roll.« Ich reiße die Seitentür vom Bulli auf.

Die beiden heben begeistert die Daumen, wie es sich für die Copiloten meiner Staffel gehört. Wir werden auch diesen Einsatz glücklich hinter uns bringen und unsere Mission erfüllen. Wir haben ohnehin keine Wahl. Es gibt zwar auch beim Fernsehen einen Schleudersitz, nur ist der ohne Fallschirm.

Ich bin noch nicht richtig aus dem Bulli ausgestiegen, als schon eine Frau auf mich zustürmt, die ich unschwer als PR-Mitarbeiterin – von wem auch immer – identifiziere. Sie lächelt kühl und selbstbewusst und wedelt mit einer telefonbuchdicken Pressemappe in meine Richtung. Ich muss sie nur einmal ansehen, um alles über diese Frau zu wissen: Mitte dreißig, Germanistin oder auch Kunsthistorikerin, ein paar Jahre bei einer Zeitung, nebenbei eine Promotion, jetzt Pressechefin eines großen Konzerns. Ich liebe Frauen wie sie, allerdings selten länger als eine Nacht.

Sie wirft ihr Lasso aus Worten schon aus, als sie noch gute zehn Meter von mir entfernt ist. Und dann arbeitet sie sich munter plappernd immer näher an mich heran: »Herr Kästner, es ist *wundervoll*, dass Sie gekommen sind. Es *freut* uns ganz *außerordentlich*. Und wir *werden* Sie auch nicht enttäuschen, *das* verspreche ich *Ihnen*. Weil wir heute *etwas* für Sie haben, worüber wir *selber* erst vor wenigen *Minuten* informiert *wurden*. Ich bin mir *ganz* sicher, dass Sie diesen *Punkt* in Ihrer Übertragung *angemessen* berücksichtigen *werden*.«

Petra Meininger, die mir ihre Visitenkarte unters Kinn hält, hat ganz offensichtlich einen Sprachfehler. Oder sie hat im Rahmen ihrer betrieblichen Fortbildung ein Rhetorikseminar besucht. Jedenfalls bellt sie etwa jedes fünfte Wort in doppelter Lautstärke heraus – sie redet wie eine Achterbahnfahrt, und damit lenkt sie in der Tat meine hundertprozentige Aufmerksamkeit auf sich. Allerdings achte ich dabei ausschließlich darauf, *wie* sie etwas sagt, und nicht darauf, *was* sie sagt. Aber auch das ist kein Problem. Ich halte mich an das, was ich in solchen Fällen immer tue – ich setze ein interessiertes Gesicht auf und lasse alle paar Sekunden ein »natürlich« oder ein »selbstverständlich« oder ein »vollkommen klar« fallen. In Wirklichkeit versuche ich, einen längst überfälligen Blick auf meine Unterlagen zu werfen. Die verraten mir, was schon Mini-Dickmann heute beim allmorgendlichen Quotenappell verkündet hat: Wir sollen live von der Eröffnung der ersten Deutschland-Filiale der berühmten Stardust-Coffee-Kette berichten. Wobei Dickmann es nicht versäumte, uns die Bedeutung des Events einzuschärfen: Stardust ist nämlich nicht nur die weltgrößte Café-Kette mit Stammsitz in Boston und weltweit über zwölftausend Filialen, insbesondere in den USA, in Japan und in Skandinavien. Stardust ist außerdem ein bedeutender Schritt in der Evolution des Kaffeekonsums: In jeder Filiale hat man die Auswahl zwischen fünf verschiedenen Kaffeebohnen, fünf verschiedenen Mahlstufen, fünf verschiedenen Dosierungen an Koffein, fünf verschiedenen Zusatzaromen und fünf verschiedenen Bechergrößen – sowie fünf verschiedenen Preisstufen, die meiner Meinung nach von »zu teuer« bis »absolut unverschämt« reichen. Vor allem aber ist Stardust – und das wiederholte Dickmann heute Morgen ungefähr zwanzig Mal – ein herausragender Werbekunde von Hamburg-LIVE.

»Chief *Executive* Officer Stardust Central *Europe* Devision North, Mr. *Stan D. Bookman*, ist *selbst* nach Hamburg *gekommen*. Er genießt zurzeit einen Triple Macchiato *Latte* Vanilla im Laden, dessen *Eröffnung* Sie gleich *erleben* werden. *Stan* wird Ihnen im Anschluss für ein Live-Interview zur *Verfü-*

gung stehen. Um unnötige Komplikationen *auszuschließen*, habe ich mir erlaubt, *Ihnen* einige Stichworte für *die* Fragen, die Sie stellen *können*, vorzubereiten, bitte *schön* …«

Während Frau Meininger ihren Rekord im Schnellreden aufstellt, nutze ich die Gelegenheit, um das Objekt unserer bevorstehenden Übertragung in Augenschein zu nehmen. Das heißt, ich hatte vor, es in Augenschein zu nehmen. Denn was ich zu sehen bekomme, haut mich beinahe von den Füßen.

Sie haben Recht: Durch die Erlebnisse der vergangenen Wochen sollte ich gegen emotional aufwühlende Ereignisse gewappnet sein. Doch dies übersteigt alles, womit ich gerechnet habe: Die Stardust-Filiale befindet sich im Erdgeschoss eines frisch renovierten Bürogebäudes in der Hamburger City. Über dem Eingang glitzert ein überdimensionales Leuchtschild, das in den Farben braun, grün und weiß gehalten ist und das weithin sichtbar für die neue Kaffeewelt von Stardust wirbt. Schon jetzt riecht die gesamte Umgebung des teuer und stilvoll eingerichteten Lokals nach frisch geröstetem Kaffee.

All das ist wunderbar und einladend. Wäre da nicht dieses schmale Gebäude direkt neben der tollen, glänzenden, selbstbewussten Stardust-Filiale. Dieses altersmüde Gemäuer, das in den vergangenen Wochen in meinem Leben eine entscheidende Rolle gespielt hat und in dem sich nichts anderes befindet als das Flowers – Isabelles Kaffee ausschenkender Blumenladen. Und was ich empfinde, als ich diese Tatsache bemerke, ist: Panik!

Ja, Panik. Und das will wirklich etwas heißen. Weil mich sonst nie etwas aus der Ruhe bringt. Und erst recht nicht aus der Bahn wirft. Jetzt aber habe ich das deutliche Gefühl, dass ich an eine Grenze gelangt bin. Und ich habe nicht die geringste Ahnung, was hinter dieser Grenze ist. Ich will es eigentlich auch gar nicht wissen. Aber ich weiß, dass ich unaufhaltsam darauf zutreibe.

Was soll ich tun? Ich habe nicht die geringste Ahnung. Und ich habe nicht einmal Zeit, um darüber nachzudenken. Denn die Dinge nehmen ihren vorgeschriebenen Lauf: Die Jungs vom Ü-Wagen bringen mit der üblichen Routine ihr Equipment in Stellung, sie stellen die Scheinwerfer auf und legen die nötigen Kabel. Manni nickt mir hektisch zu und hält die Hand mit den abgespreizten Fingern hoch: Noch fünf Minuten bis zur Übertragung. Silke fummelt mir mit ihren knochigen Händen unter der Kleidung herum, um mich zu verkabeln und um mir den Knopf im Ohr zu verpassen – es gibt definitiv keine Frau, die sich so gut mit meiner Kleidung, inklusive Unterwäsche, auskennt wie Silke, aber es scheint sie nicht im mindesten zu berühren.

Alle sind nervös, fleißig, voller Elan und freudiger Erwartung. Nur ich stehe da und bin ausschließlich damit beschäftigt, nicht die Fassung zu verlieren. Mehr als das. Ich versuche mit allen Mitteln, die Kontrolle über mich und meine Nerven zu behalten. Weil seltsame Dinge vorgehen, seit ich bemerkt habe, in welcher Situation ich stecke: Zum Beispiel rückt im Minutenabstand die Umgebung wie in einem Spiegelkabinett von mir weg, sie verdoppelt und verdreifacht sich und schwankt bedrohlich – habe ich heute schon etwas getrunken? Negativ. Vielleicht erlebe ich ja gerade einen Hörsturz, denn merkwürdigerweise bin ich nicht mehr in der Lage, irgendwelche Umgebungsgeräusche auszumachen. Wie in einem Stummfilm spielen sich die Dinge um mich herum ab: Ich sehe den riesigen, sich unaufhörlich bewegenden Mund von Petra Meininger, ihr Lachen, bei dem sich ihr Gesicht wie in Zeitlupe zu einer merkwürdigen Grimasse verzieht. Ich sehe Manni, der inzwischen nur noch vier Finger hochhält, dann drei, dann zwei. Ich sehe Silke, die sich per Handzeichen mit den Jungs vom Übertragungsteam verständigt, die wiederum hektisch hin und her rennen. Ich sehe die Passanten, die lautlos um uns herum Aufstellung nehmen, sich anrempeln und spekulieren, was und wer hier wohl vor sich geht. All das sehe ich, aber es geschieht in vollkommener Stille. Ebenso wie in mir selbst eine unendliche, tiefe Ruhe herrscht. Eine Ruhe, in der etwas aus den Tiefen meines Unterbewusstseins zur Oberfläche steigt, so wie ein Samen, der nach langen Jahren im trockenen Wüstenboden durch einen unerwarteten Regenschauer zum Leben erweckt wird und plötzlich keimt und sprießt und sich seinen Weg ans Sonnenlicht bahnt, um dort zu wachsen und Blüten zu tragen. Aber was genau ist es, das da in mir nach oben drängt? Wie werden die Blüten aussehen? Werden sie schön oder hässlich sein? Ich habe nicht die geringste Ahnung.

Dann, mit einem Mal, dreht sich die Welt wieder: Als käme ich nach einem Tauchgang an die Meeresoberfläche zurück, stürzen die Geräusche, der Wind, die Wellen, die Farben auf mich ein. Was mir zuvor wie zeitverzögert erschien, bewegt sich nun mit doppelter Geschwindigkeit. Dr. Meininger plappert auf mich ein: »… und darum *freuen* wir uns *natürlich* ganz *besonders*, dass *Sie* es sind, *der* heute zu uns *gekommen* ist. *Stardust* ist sich *vollkommen* bewusst, dass Hamburg-LIVE *damit* unseren Wünschen *voll* und ganz *entsprochen* hat. Natürlich haben wir *nichts* anderes *erwartet*, zumal Herr *Dickmann* auf unsere *Kosten* eine dreiwöchige *Besichtigung* unserer *Plantagen* in der *Karibik … was selbstverständlich auch für Sie gilt, mein lieber Herr Kästner …*«

Manni, die Kamera auf der Schulter, wirft einen letzten Blick auf den Sendeplan, gibt mir nochmals Anweisungen, Silke ordnet ein letztes Mal meinen Kragen und mein Jackett. Dann ist es so weit: Das Team verwandelt sich zur Bodenstation in Houston, gespenstische Ruhe kehrt ein, alle blicken auf mich, denn ich bin es, der die Rolle der Rakete innehat, und ich bin es, der gleich in den Orbit geschossen wird. Manni beginnt, mit angespanntem Gesicht den Countdown herunterzuzählen:

»Dreißig, zwanzig, zehn, neun, acht, sieben …«

Alles rast um mich herum, nur ich stehe da, als wäre ich mit Gips überzogen und eingetrocknet. Ich bin unfähig, mich zu bewegen, zu denken, zu fühlen, und erst recht, eine Entscheidung zu treffen.

»Uuuuuund los«, schreit Manni und gibt mir mit dem Zeigefinger, der heruntersaust wie der Arm eines Karatekämpfers, das Signal zum Einsatz. Ich zünde die erste Triebstufe, Qualm steigt auf, ich vibriere vor nervöser Energie, alle Kraft sammelt sich bis zu einer unerträglichen Spannung – dann hebe ich ab, es ist vollbracht, der Start ist … geglückt:

»Meine Damen und Herren, liebe Hamburg-LIVE-Zuschauer. Ich begrüße Sie heute von einem ganz besonderen Ort im Herzen unserer schönen Stadt. Ein Ort, an dem etwas geschieht, was in dieser Form in Deutschland bisher einmalig ist – und was insbesondere die Kaffeetrinker unter Ihnen freuen wird. Und so ganz unter uns: Ich bin mir sicher, dass es in Hamburg bald niemanden mehr geben wird, der *keinen* Kaffee trinkt. Weil: Kaffeegenuss wird ab heute neu buchstabiert. Vergessen Sie die Krönung, vergessen Sie Ihren Italiener um die Ecke, vergessen Sie überhaupt alles, was Sie bisher über Kaffee wussten. Ab heute ist Hamburg Stardust-Stadt – eine von vielen auf der ganzen Welt …«

Und so weiter und so weiter. Ich funktioniere. Ich nehme die perfekt berechnete Flugbahn ein und weiche keinen Millimeter davon ab. Die Routine setzt sich durch, und wie im Blindflug spule ich mein übliches Programm ab. Ich zeige mein Max-Kästner-Lächeln, ich strahle in die Kamera, und ich bezaubere die Zuschauer mit meiner sonoren Stimme. Ich gehe, genau nach Plan, langsamen Schrittes nach vorne, während Manni mich mit der Kamera umrundet und allmählich die Stardust-Filiale im Hintergrund ins Bild nimmt. Ich verkünde den Zuschauern dabei die Herrlichkeiten der neuen Kaffeewelt, die nun endlich nach Hamburg gekommen ist. Ich preise die vielfältigen Köstlichkeiten an, die es ab sofort gibt, ich mache witzige Bemerkungen über die tollen Erfindungen von Stardust, wie zum Beispiel den Mega-Mug mit Flavour-Saver. Dann nehmen wir die Meininger ins Bild. Ich frage sie das, was ich in solchen Situationen immer frage: Was erwartet die Kunden? Wie geht es weiter? Warum ist das, was teuer erscheint, in Wirklichkeit billig? Sie antwortet und lächelt, und ich höre zu und lächele, und alle sind wir eine große, glückliche Familie.

Und wem haben wir das zu verdanken? Genau: mir. Dem großen Max Kästner. Ich bin einfach perfekt. Ich bin genau so, wie Mini-Dickmann und alle anderen beim Sender mich lieben und haben wollen. Ich bin ihr Darling. Ich bin der immer gut gelaunte, schlagfertige, charmante Fernsehstar, den nichts aus der Bahn werfen kann. Ich bin Mr. Sunshine, und es gibt nur ein Motto, dem ich gehorche: It's Showtime!

Wen interessiert es schon, wie es in diesem Superhelden aussieht? Wen kümmert es, dass in mir nichts perfekt und nichts gut gelaunt ist? Niemanden. Warum auch? Es hätte doch nur jeden erschreckt. Denn in mir drin ist kein Sonnenschein. Und keine gute Laune. In mir ist Regen. Mehr als das: Da ist Sturm, Taifun, ein Tornado. Der wirbelt durch meinen Kopf und durch meine Gefühle. Der stellt alles auf den Kopf. Und der lässt nichts dort, wo es hingehört.

Und was ist die Folge? Ich habe Angst. Ich fürchte mich vor diesem Sturm. Zum ersten Mal, seit ich für Hamburg-LIVE auf Sendung gehe, habe ich die Sorge, dass ich den Auftritt vermasseln könnte. Dass ich live auf den Bildschirmen der Stadt zu sehen bin – und eine halbe Million Haushalte mir dabei zusehen, wie ich scheitere. Und wie eine Übertragung in einer Katastrophe endet.

Doch dann geschieht etwas Wunderbares. Denn auf einmal verwandelt sich dieser Tornado, der gerade noch durch mich hindurchgefegt ist und mich beinahe in tausend Stücke gerissen hätte. Auf einmal erfasst mich eine vollkommene, wunderbare Stille. Ich bin in der Mitte des Wirbelsturms. Ich hebe den Kopf und sehe nach oben – und ganz weit über mir sehe ich den blauen Himmel, ich sehe das Auge des Orkans. Es ist ein Wunder, und eines Tages werde ich Jörg Kachelmann fragen, was es damit auf sich hat.

Zunächst aber bin ich einfach nur froh, dass ich diesen Frieden gefunden habe. Ich weiß jetzt, dass ich keine Angst haben muss. Ganz im Gegenteil: Der Sturm, der mir gerade noch so unerbittlich erschien, ist in Wahrheit eine Art Erlösung. Es ist der Sturm vor der Ruhe, das reinigende Gewitter. Es ist der Sturm, mit dessen Kraft mein Samenkorn zum Erblühen gebracht wird. Und jetzt weiß ich auch, dass es schöne, wunderbare Blüten sind, die sich entfalten werden …

Und dann tue ich es. Ich bleibe stehen. Obwohl wir es anders vereinbart haben. Ich hebe das Mikro und lächele in die Kamera. Manni sieht mich fragend an. Ich senke für einen kurzen Moment die Augen, ein Zeichen, das nur er versteht und das ihm sagt, dass er auf jeden Fall auf Sendung bleiben soll.

Und ich spreche sie aus – die Worte, die vermutlich mein Leben verändern werden. Die Worte, die mir ungefähr so schwer fallen wie anderen Männern das Jawort in der Kirche. Oder sogar noch schwerer. Ich lächele in die Kamera und sage:

»Liebe Zuschauer. Obwohl unsere Stadt eine Stardust-Stadt geworden ist, möchte ich Ihnen heute etwas ganz anderes vorstellen. Einen Ort, an dem Sie vielleicht nicht fünf verschiedene Flavours in fünf verschiedenen Koffeinstärken mit fünf verschiedenen Bechergrößen bestellen können. Einen Ort, der dennoch etwas ganz Besonderes, etwas Wunderbares ist. Ich möchte Sie einladen, mit mir zu kommen. Nicht in eine neue Kaffeewelt voller Glamour, sondern in eine alte Welt mit einem besonderen Zauber, der vielleicht bald erlöschen wird. Und den nur Sie, liebe Zuschauer, retten können …«

Ich gehe ein paar Schritte, und mein treuer Manni folgt mir. Am roten Licht über dem Objektiv sehe ich, dass wir weiter auf Sendung sind.

»Ich möchte Ihnen eine Oase vorstellen, eine Oase, in der Ihnen allerhand blüht, das verspreche ich Ihnen. Folgen Sie mir ins Flowers. Hier kann es Ihnen passieren, dass Sie einen Kaffee bestellen, aber die Kellnerin antwortet Ihnen, dass sie keine Zeit hat, Sie zu bedienen. Weil sie gerade damit beschäftigt ist, mit ihren Freundinnen zu reden. Vielleicht wollen Sie auch ein Stück Kuchen genießen, aber der Kuchen ist angebrannt oder schmeckt merkwürdig, weil die Köchin mal wieder Zucker und Salz verwechselt hat. Oder Sie möchten einen Strauß Blumen kaufen, sagen wir, ein paar Nelken, aber die Besitzerin schaut Ihnen in die Augen und besteht darauf, dass Sie Astern oder Magnolien oder sogar Rosen kaufen. Und sie versichert Ihnen, dass das die Blumen sind, die Sie gerade brauchen.

Sie sehen also, liebe Zuschauer, ich möchte Sie in eine Welt führen, die vielleicht nicht perfekt ist. Die ihre Ecken und Kanten hat. Und ihre kleinen Macken. Aber die gerade darum so liebenswert ist …«

Ich sage das, und währenddessen nimmt Manni das Flowers ins Bild, er fährt an der Fassade entlang, behält die geschwungene Schrift mit dem Namen im Fokus. Und ich spüre dabei, wie eine Welle der Freude durch mich hindurchschwappt – weil ich weiß, dass es richtig ist, was ich tue. Und dass die Menschen mich dabei nicht allein lassen. Manni nicht, der weiterhin die Kamera führt. Die Jungs im Ü-Wagen nicht, die dafür sorgen, dass wir auf Sendung bleiben, genau wie die Techniker beim Sender, die uns in den Äther und ins Kabel bringen. Auch Silke nicht, die immer noch ihr Mikrophon führt, obwohl sie vor lauter Tränen in den Augen nichts mehr sehen kann.

Und ich? Ich weiß, dass ich jetzt nicht stehen bleiben kann. Nicht auf halber Strecke. Darum spreche ich einfach weiter:

»Sie fragen sich jetzt sicherlich, warum ich Ihnen das sage, liebe Zuschauer. Sie haben Recht. Ich will es Ihnen erklären. Weil es um viel mehr geht, als darum, Ihnen einen Tipp für eine Tasse Kaffee und einen Strauß Blumen zu geben. Ich spreche heute auch aus einem sehr persönlichen Grund zu Ihnen. Viele Zuschauer haben mir in den letzten Wochen Tag für Tag zugesehen und zugehört, wenn ich und mein Team unseren ›Hausbesuch‹ gemacht haben. Sie haben uns gelauscht, wenn wir mit den Prominenten dieser Stadt über die Liebe gesprochen haben, über ihre Familien, darüber, wie sie den Mann oder die Frau ihres Lebens kennen gelernt haben. Ich weiß aus den Hunderten von Briefen, die Sie mir geschrieben haben, wie sehr Sie diese Gespräche schätzen. Und wie viel Sie daraus lernen. Nun, mir selbst ist es nicht anders ergangen. Auch ich habe in den vergangenen Tagen etwas gelernt. Und darum möchte ich diese Gelegenheit nutzen, um Ihnen noch etwas über dieses Café zu berichten.

Denn das Wunderbarste daran sind nicht die Räume, sind nicht die Blumen und auch nicht der köstliche Café au lait. Das Wunderbarste an diesem Laden ist seine Besitzerin. Sie heißt Isabelle, und sie ist die ungewöhnlichste und beeindruckendste Frau, die mir je begegnet ist. Sie ist die schönste Blume in ihrem Geschäft, und sie ist ein Mensch, wie es nicht viele gibt.

Darum, liebe Zuschauer, erlauben Sie mir, dass ich dieser Frau jetzt ein paar Worte sage, ein paar sehr persönliche Worte … Isabelle, hörst du mich? Bestimmt hörst du mich, so weit sind wir gar nicht voneinander entfernt, nicht wahr? Ich möchte dir etwas sagen, etwas, das ich schon längst hätte sagen sollen, aber bisher nicht sagen konnte.

Du hast etwas, was mir gehört, Isabelle. Etwas Wichtiges. Etwas, was schneller schlägt, wenn ich an dich denke, und noch schneller, wenn du in meiner Nähe bist … Ich möchte dir sagen, dass du es behalten sollst. Weil ich mir sicher bin, dass es bei dir in guten Händen ist. Dass du darauf aufpassen wirst. Bestimmt denkst du, dass ich lauter Flausen im Kopf habe und dass das hier eine davon ist. Du hast Recht. Du bist eine Flause in meinem Kopf – aber genau da kriege ich dich einfach nicht mehr heraus. Ich will es auch gar nicht. Weil ich möchte, dass du in meiner Nähe bist. Und weil ich möchte, dass wir gemeinsam noch ganz andere Streiche anstellen. Ich weiß, dass das furchtbar unvernünftig klingt und bestimmt sehr unreif. Es ist mir egal, hörst du? Es ist mir egal, ob es verrückt ist oder nicht. Es ist mir egal, ob wir zusammenpassen oder nicht. Es ist mir egal, was die Leute denken, es ist mir sogar egal, was ich selber denke und was du denkst. Weil ich fühle – und ich weiß, dass es nur darauf ankommt. Darum möchte ich, dass wir es versuchen. Um mehr kann ich dich nicht bitten. Ich möchte, dass wir uns eine Chance geben … du und ich. Wenigstens das …«

In diesem Augenblick geschieht etwas, was noch nie in meiner Karriere beim Fernsehen vorgekommen ist: Meine Stimme versagt. Ich kann nicht mehr weitersprechen. Es ist unmöglich. Nur gut, dass das ohnehin keine Rolle mehr spielt. Denn in dieser Sekunde überschlagen sich die Ereignisse: Da ist zum Beispiel der dunkle 7er BMW, der mit quietschenden Reifen stehen bleibt und aus dem ein vor Zorn dampfender Mini-Dickmann springt, der sogleich meine Richtung einschlägt. Da ist eine nicht weniger dampfende Petra Meininger, deren Gesicht merkwürdig verzerrt ist und die ebenfalls mit bebenden Schritten auf mich zumarschiert. Da ist die Tür des Flowers, die jetzt aufgeht – und aus der Isabelle tritt und die drei Stufen zu mir hochsteigt, um mich anzulächeln und mir um den Hals zu fallen und mich, immer noch vor laufender Kamera, so zu küssen, dass wir eigentlich einen Hinweis zum Jugendschutz einblenden müssten. Da ist die Menschenmenge, die sich inzwischen angesammelt hat und die nun stürmisch zu applaudieren beginnt – und in der sich immer mehr Menschen gegenseitig um den Hals fallen. Menschen übrigens, von denen ich zahlreiche kenne: Da ist zum Beispiel Marie, die Isabelle zuzwinkert und die zu Silke geht und sie leidenschaftlich in die Arme schließt. Da ist Richard Kiesling, der Schraubendreherfabrikant: Er sinkt seufzend in die Arme einer älteren Dame, die eine auffallende Ähnlichkeit mit Isabelle hat. Und da ist auch Joachim, der gleich mit zwei Frauen herumknutscht, als sei es das Selbstverständlichste von der Welt. Und schließlich ist da die rote Lampe an Mannis Kamera, die in dieser Sekunde erlischt – nachdem Dickmann den Übertragungswagen gestürmt hat. Gut so! Wir sind nicht mehr im Fernsehen. Wir sind im wirklichen Leben.

Isabelle rückt ein Stück von mir ab, sieht mich ungläubig an, schmatzt mir noch einen Kuss auf die Lippen und sagt: »Aber glaub nicht, dass ich dich heirate. Die Erfahrung genügt mir einmal im Leben.«

»Keine Sorge, Isa. Ich will es gar nicht. Ich will dich lieben.«

»Dann ist ja gut.«

»Ist es das?«

»Ich glaube, schon …«

»Dann sollten wir allmählich von hier verschwinden. Hier wird sich nämlich gleich ein Unwetter entladen, und wir sollten uns lieber vorher in Sicherheit bringen.«

»Wunderbare Idee, Max. Wo wollen wir uns denn in Sicherheit bringen, bei dir oder bei mir?«

»Das ist mir vollkommen egal.«

»Mir auch, Hauptsache, wir beeilen uns. Ich verspüre nämlich auf einmal einen unwiderstehlichen Appetit auf etwas Junges, Knackiges …«

Wir schleichen uns aus der brodelnden Menschenmenge, die

feiert, grölt, ins Flowers stürmt – und die die neue Stardust-Filiale vollkommen ignoriert.

Wir wollen gerade in Isas Wagen steigen, als ein weißhaariger, agil wirkender Mann auf uns zukommt. Er hebt die Hand und lächelt dabei freundlich. »Just a moment, please«, sagt er. Wir sehen ihm neugierig entgegen. »Mein Name ist Stan D. Bookman. Ich möchte Ihnen danken. Sie haben mir einen wunderbaren Nachmittag beschert – so gut wie heute habe ich mich schon lange nicht amüsiert. Vielen Dank ... und ...«

»Bitte?«, fragt Isabelle neugierig.

»Ich möchte Ihnen einen Vorschlag machen«, fährt Bookman fort, »diese Idee, Blumen und Kaffee zu kombinieren. Sehr interessant. Wirklich sehr interessant. Was halten Sie davon, wenn ich Ihr Geschäft kaufe? Und natürlich Ihre Idee. Sagen wir: einhunderttausend Dollar? Wäre Ihnen das recht?«

Isabelle und ich sehen uns an und lachen. Wir steigen ins Auto. Isabelle dreht den Zündschlüssel, und zunächst passiert nichts, außer, dass der Motor ein paar asthmatische Geräusche von sich gibt.

»Okay, okay. Sagen wir zweihunderttausend Dollar. Und ein neues Auto Ihrer Wahl.«

Isabelle kurbelt das Fenster herunter. »Vergessen Sie es, Herr Bookman. Ich will Ihr Geld nicht. Und ich will kein neues Auto ...«

»... ich auch nicht«, schalte ich mich ein. »Ab und zu fährt man mit einem Gebrauchten nämlich sehr viel besser.«

»Und außerdem«, nimmt Isabelle den Faden wieder auf, »kommt es nicht immer aufs Geld an. Sondern hierauf«, sie lächelt und tippt sich mit dem Zeigefinger in Herzhöhe auf die Brust.

Bookman sieht uns verständnislos an, steckt aber schließlich sein Scheckbuch wieder in die Innentasche seines Jacketts. Der Motor springt an, Isabelle stößt vorne und hinten gegen die anderen abgestellten Autos, bis wir aus der Parklücke hinaus sind. Dann gibt sie Gas. Ich drehe mich um und sehe die Menschenmenge, die immer noch in lärmendem Durcheinander vor dem Flowers steht.

Daniel Bielenstein
Ein Mann zum Stehlen
Roman
Band 16738

Wer Herzen klaut, kriegt lebenslänglich!

»Mit der Liebe ist es ähnlich wie mit einer Topfpflanze. Man kann sie gießen, düngen, die Erde wechseln, die Wurzeln beschneiden oder ihr Mozart vorspielen. Am Ende ist es trotzdem purer Zufall, ob das gute Stück blüht und gedeiht oder ob es jämmerlich zugrunde geht.«

Paul hat ein Problem. Er ist Einbrecher – und wie soll man das einer Frau erklären, die man gerade erst kennen gelernt hat? Eben, das geht nicht. Deshalb ist Paul fest entschlossen, sich erst zu verlieben, wenn er seinen letzten großen Coup gelandet hat. Doch dann kommt ihm Lilly in die Quere, die ihm zuerst das Leben rettet und es dann gründlich durcheinanderbringt …

»In der zuckersüßen Liebeskomödie
›Ein Mann zum Stehlen‹ hat Autor Daniel Bielenstein
das menschliche Balzspiel in den Mittelpunkt
seines Romans gestellt und überaus gekonnt mit einem
Kriminalstück der Extraklasse zusammengebracht.
Verraten sei vorerst nur soviel:
Paul klaut Juwelen – Lilly klaut sein Herz.«
www.literaturtipp.com

Fischer Taschenbuch Verlag

fi 16738 / 1

Daniel Bielenstein

Die Frau fürs Leben

Roman

Band 15929

Der »Mondscheintarif« aus Männersicht

»Ich bin Single. Ich gucke zuviel fern und treibe zu wenig Sport. Außerdem starre ich stundenlang auf mein Telefon und wünsche mir, dass irgendjemand anruft und mich fragt, ob ich ihn heiraten möchte.«

Gregor Hamdorf will sein Leben ändern. Denn ständig wechselnde Bettgenossinnen hinterlassen selbst bei einem Mann Gefühle von existenzieller Leere.

»Knapp, knackig und herzzerreißend.
Ein tolles Buch.«
Petra

Kriss Rudolph

Das Beste von heute

Roman

Band 16736

Franka war jung und brauchte das Geld. Außerdem hat sie sich blöderweise in der Tür geirrt – und von da an ihr Studium mit Telefonsex finanziert. Macht ja nichts, merkt ja keiner! Jahre später macht sie Karriere beim Radio und hat immer noch mit reichlich verrückten Typen zu tun: einem neurotischen Chefmoderator, einem Klokünstler und einem Charmebolzen auf der Hörer-Hotline, dessen Stimme Franka ziemlich bekannt vorkommt ... Eine wunderbar freche romantic comedy, in der schlimme Chefs und intrigante Kolleginnen ordentlich was auf die Ohren kriegen!

Unsterblich kopiert

Roman

Band 17185

Die Nicht-mehr-Studentin Conny jobbt ziemlich lustlos in einem Copyshop, in dem die Kopierer wie Star-Wars-Figuren heißen und auch sonst alle ein bisschen verrückt spielen. Alle paar Wochen kommt Anno (schüchtern, aber interessant) in den Laden, um sein Manuskript ausdrucken zu lassen. Conny wirft heimlich einen etwas zu neugierigen Blick auf ihn und seine Geschichte – und weil deren Ende ihr so traurig erscheint wie der Autor, beschließt sie, etwas zu unternehmen ... Das Leben ist viel zu kurz, um es so schrecklich ernst zu nehmen.

Fischer Taschenbuch Verlag

fi 555 076 / 1

Bunzel & Gaw

Alice@Hollywood

Roman

Band 16754

»New York?«
Ich sah in Gesichter, als hätte ich vorgeschlagen,
in Miniröcken nach Teheran zu fliegen.
»Hatten wir nicht exotisch gesagt?«, sagte Ruth.
»Exotisch im Sinne von heiß, Strand, große schwarze
Männer oder kleine gelbe Männer?«, setzte Nina hinzu.
Hatten wir gesagt. Hatten.

Alice ist über 30, Single und urlaubsreif. Kurzerhand überredet sie ihre Freundinnen zu einer Tour nach New York. Weil sie Steve wiedersehen will, den süßen Austauschstudenten, der sie beim Betriebsausflug mit seinem Baseball ausgeknockt hat. Doch Steve ist verschwunden – und da auch in der Stadt, die niemals schläft, nachts nicht wirklich viel los ist, machen sich die Freundinnen auf den Weg nach Westen …

»Krachende Ladies on the road«

Fischer Taschenbuch Verlag

fi 16754 / 1

Steffi von Wolff

ReeperWahn

Roman

Band 16588

Große Comedy von der Autorin des Bestsellers
›Fremd küssen‹

Selbst Gefängnis wäre besser als ein Job beim *Kiez-Report*, dem Hamburger Sex-Schmuddelblättchen. Da sind sich die fünf Mädels der Redaktion einig: Gerlinde, Peggy, Heidi, Liesel und Brigitte müssen sich vom cholerischen Chefredakteur Herbert terrorisieren lassen, der am liebsten Kohlrabitragende Models auf Stoppelfeldern fotografiert. Auch privat gibt's mit den Männern nur Stress.

Da kommt ihnen eine mörderische Idee: Herbert soll stellvertretend für die ganze Männerwelt sterben. Aber wie? Heinrich, der kurzsichtige Redaktionsalligator, scheint nicht geeignet für die Aufgabe. Ist der hausstauballergische Auftragskiller Oscar der Richtige? Schon bald haben die Mädels mehr als eine Leiche im Keller …

»Wahnsinn!«
Susanne Fröhlich

Fischer Taschenbuch Verlag

fi 16588 / 1

Steffi von Wolff

Die Knebel von Mavelon

Roman

Band 16701

Die junge Lilian beschäftigt sich heimlich mit Heilkräutern. Durch Zufall erfindet sie die Pille. Die Kirche findet das gar nicht gut: Lilian soll brennen! In weiteren Rollen: Bertram, ein Henker, der kein Blut sehen kann; Laurentius, ein manisch-depressiver Hofnarr; Egbert, ein unfähiger Schmied sowie Luzifer von Tronje, Anna Boleyn und viele andere hysterische Gestalten.

Vorsicht, Mittelalter-Comedy: Bestsellerautorin Steffi von Wolff zeigt Geschichte, wie wir sie garantiert noch nicht gesehen haben …

Fischer Taschenbuch Verlag

fi 16701 / 1

Kim Gruenenfelder

Erst denken, dann küssen

Roman

Band 16918

»Das Läuten eines Telefons wirkt auf eine Frau
ähnlich wie ein zuckender Wollfaden auf eine Katze –
wir können nicht widerstehen. Unser Genpool
sorgt dafür, dass wir drangehen!«

Auf hohen Absätzen rasen sie durch tiefe Beziehungsprobleme und machen Party, bis der Arzt kommt – könnte ja ein attraktiver Single-Arzt sein ...
Charlie und ihre Freundinnen sind chaotisch-charmante Männerversteherinnen, die erst ihren Spaß haben und dann unfassbar romantisch heiraten wollen. Und weil Charlie glaubt, dass sie mit fast 30 das Leben und die Männer und dieses ganze komplizierte Zeugs verstanden hat, schreibt sie ultimative Tipps und Weisheiten für ihre Urgroßnichte auf, damit die später mal alles viel besser macht.

»Das perfekte Buch zum Verlieben!«
Cecelia Ahern

Fischer Taschenbuch Verlag

fi 16918 / 1

Thea Wolff
Honigfalle
Roman
Band 16341

Issy Brodsky ist jung, allein erziehend und braucht das Geld. Deshalb heuert sie als Lockvogel in der ›Honigfalle‹ an, einer Agentur, die Ehemänner auf Treue testet. Alles läuft bestens, bis Issys kleiner Sohn Max einen heiklen Fund macht, um den sie sich kümmern muss. Und prompt noch ein Problem auftaucht: die verdammte goldene Regel der ›Honigfalle‹ – kein Sex mit Testmännern! Bis jetzt hat sich Issy immer dran gehalten. Bis jetzt …

»Perfekt arrangiertes Gefühlschaos gefällig? Bitte schön!«
woman

Fischer Taschenbuch Verlag

fi 16341 / 1

Peggy Porschen – die Königin der Zuckerglasur

© Simon Scarboro

Sie kommt aus einer Kleinstadt in der Nähe von Aachen. Sie ist die Bäckerin der Stars. Von den Beckhams über Gwyneth Paltrow bis hin zu Stella McCartney hat sie alle schon mit stylischen Plätzchen versorgt. Dabei wurde sie nach dem Abitur erst einmal Stewardess. Ihre Leidenschaft für Kuchen holte sie jedoch schnell wieder auf den harten Boden der Patisserie-Schule zurück. Nachdem sie bei den edelsten Adressen Londons Erfahrungen als Konditorin gesammelt hatte, machte sie sich vor drei Jahren selbstständig. Mit Erfolg, wie ihre Kundenliste zeigt.